Mirjam Müntefering
Wenn es dunkel ist, gibt es uns nicht

Zu diesem Buch

Fanni (35), Greta (32), Madita (33) und Jo (24) sind eng befreundet, seit sie sich vor fünf Jahren in einer Laien-Theatergruppe kennen lernten. So unterschiedlich die vier Freundinnen auch sind, eines haben sie gemeinsam: »Wir drehen alle vollkommen durch, wenn es um Liebe geht.« So bringt es Madita auf den Punkt. Sie selbst hat eine unglückliche Liebesgeschichte mit Julia erlebt, deren Verlust sie lange nicht verwinden kann. Und schlimm sieht es auch bei Fanni aus, die offensichtlich vergeblich auf ihre große Liebe Elisabeth hofft. Denn die lebt in einer festen Beziehung mit einem Mann und offenbart sich nur in emotional brodelnden Briefen. Jo wiederum lebt seit drei Jahren mit der zehn Jahre älteren Anne zusammen, und ihre Beziehung scheint vor dem Ende zu stehen ... Ein Roman über Frauen, über Freundschaft, Verlust, Hoffnung und Tapferkeit. Eine Geschichte, die die Alltäglichkeiten des Liebens zu einem Schlachtfeld macht, auf dem nur die gewinnen kann, die mit sich selbst eins ist und damit alles wagt.

Mirjam Müntefering, geboren 1969, studierte Germanistik, Theater- und Filmwissenschaft und hat einige Jahre fürs Fernsehen gearbeitet. Sie lebt als Autorin und Journalistin in Witten. Zuletzt erschienen ihre Romane »Apricot im Herzen«, die Fortsetzung zu »Flug ins Apricot«, sowie »Die schönen Mütter anderer Töchter«, »Ein Stück meines Herzens« und »Das Gegenteil von Schokolade«.

Mirjam Müntefering
Wenn es dunkel ist, gibt es uns nicht

Roman

Piper München Zürich

Von Mirjam Müntefering liegen in der Serie Piper vor:
Flug ins Apricot (3802)
Wenn es dunkel ist, gibt es uns nicht (3957)

Originalausgabe
1. Auflage Januar 2004
2. Auflage April 2004
© 2004 Piper Verlag GmbH, München
Umschlag/Bildredaktion: Büro Hamburg
Isabel Bünermann, Julia Martinez/
Charlotte Wippermann, Kathrin Hilse
Foto Umschlagvorderseite: Hendrik Nennecke
Foto Umschlagrückseite: Stefanie Grote
Satz: EDV-Fotosatz Huber/Verlagsservice G. Pfeifer, Germering
Druck und Bindung: Clausen & Bosse, Leck
Printed in Germany   ISBN 3-492-23957-9

www.piper.de

Für euch. Wegen aller gemeinsamer Träume.
Für dich. Weil du endlich hier bist.
So viel Anfang war nie.
Doch von jetzt an immer.

MÄRZ

Das soll also der Frühling sein.
Es hat in der Nacht geschneit, und Madita stapft durch den Schnee.
Madita, hatte Julia gesagt und sie nachdenklich angesehen. *Madita, ist das nicht …?*
Ja, hatte sie geantwortet und gelacht. *Meine Eltern mochten Astrid Lindgren.*
Ach, und meine Shakespeare.
Sie hatten ihre Blicke getauscht wie Klebebildchen fürs Poesiealbum. Voller Entzücken über die Schätze der anderen. Voller Gewissheit, dass dieses bunte Glimmern der anderen wertvoller, hübscher, erstrebenswerter sei als alles eigene.

Heute nacht hat sie wieder davon geträumt. Immer träumt sie in diesem Winter von der ersten Begegnung im Schnee. Auch wenn es schon zwei Jahre zurück liegt. Auch wenn dazwischen, zwischen dieser ersten Begegnung und dem Jetzt Ewigkeiten liegen. Abende der Vertrautheit als Beinahe-gute-Freundinnen unter einer Decke, beim Videogucken oder Zeitverquatschen. Nachmittage im Freibad, Öl auf der Haut der anderen. Nur dann, wenn Julias Freundin Ulrike nicht dabei war, hatten sie sich gegenseitig eingecremt. Dieses Muttermal. *Da hast du eine Narbe. Ich weiß.* Zwei Jahre lang kennen gelernt. Und erlebt. Mit und von der anderen. Wirklich um ein Haar beste Freundinnen geworden. Wäre da nicht die ganze Zeit das andere gewesen.

Madita öffnet die Wagentür und flucht, als der Schnee vom Dach auf den Sitz fällt, pappig, klumpig. Alles wird feucht. Wann denn endlich wird sie sich merken, dass sie nur dann nicht im Nassen sitzen muss, wenn sie zuerst den Schnee vom Rand des Daches herunterschiebt, um ohne Gefahr für den Sitz die Tür öffnen zu können? Der Eiskratzer liegt im Beifahrerfußraum. Sie geht um den Wagen herum und räumt die Scheiben frei.

Frühling stellt sie sich vor als etwas Warmes, Blühendes, Frisches. Alles duftet im Frühling, alles nimmt Farben an und Gestalten. Aber davon passiert nichts. Nur, dass sie nachts im Bett liegt und bei dem geöffneten Fenster den Schnee riechen kann im Schlaf. Und der Geruch bringt die Bilder zurück von der ersten Begegnung mit Julia. Ihre Augen, deren Farbe so schwer auszumachen war anfangs, bis sie sich nah kamen, immer anders in Licht und Schatten. Dann träumt sie davon. Obwohl in der Zwischenzeit, obwohl in den vergangenen zwei Jahren so viel mehr als nur diese Begegnung geschehen ist.

Ihr Käfer springt erst beim vierten Versuch an. Sie streicht über das dünne Lenkrad. Ein Museumsstück ist dieses Auto bald. Schon wird sie auf der Straße hin und wieder bestaunt. Kleine Jungs fragen sich gegenseitig, wie dieser Autotyp heißt. Sie kennen nur den Beatle.

Nostalgisch, nennen es Wohlwollende. Madita selbst kommt es heute morgen eher vor wie das verkrampfte Festhalten an etwas, das eigentlich längst einen Abschied verdient hätte. Verdient. Weil es eine schöne Zeit war, weil viele wunderbare Erinnerungen leben dürfen. Weil man einfach nicht warten sollte, bis man ständig gereizt sein wird, weil nichts mehr funktioniert. Ein verdienter liebevoller Abschied. Mit Loslassen. Vielleicht an einen echten Käfer-Bastel-Freak. Vielleicht an den Schrotthändler. Den TÜV wird er eh nicht mehr überleben. Es ist doch nur ein Hindämmern bis dahin. Und der Tag rückt immer näher. Eine verflixte Träumerin ist sie. Schließt immer dann die Augen, wenn es darum geht, genau hinzuschauen und entsprechende Konsequenzen zu ziehen. Ihr ganzes Leben geht das schon so. Kein Wunder, dass da mal eine kommen musste, die genau in die Schablone passt, wie dafür gemacht. Kein Wunder, dass sie sich von dieser Schrottmühle einfach nicht trennen kann.

Jetzt denkt sie schon über Autos nach! Derartig über Autos nachzudenken, als seien sie eine Metapher für das Leben ... nein, für die Liebe ... nein, für Julia. Eine Metapher für Julia und Madita.

Sie versucht, an etwas anderes zu denken. Ob es glatt werden wird am Abend oder ob sie es wagen wird, zum Tanzen zu fahren. Ob ihre Schülerinnen heute so gut wie in der letzten Stunde oder so miserabel wie in der vorletzten sein werden.

Doch dieser verdiente Abschied geht ihr nicht aus dem Kopf. Und das Loslassen.

Das kann sie nämlich nicht. Weil sie einfach zu lange gewartet hat. Weil es einfach zu kurz war. Egal, warum. Nicht loslassen können, das ist bitter.

Madita also, hatte Julia gesagt und auf ihre Schuhe gesehen, die mit Schnee bewehten. Dieser Geruch von Schnee, der sie heute immer noch erinnert, als hätte sie ihn da zum ersten Mal überhaupt wahrgenommen. *Schöner Name. Außergewöhnlich. Ich kenne keine sonst, die so heißt. Meine Freundin heißt Ulrike.*

Und dann hatte sie gelacht, mitten aus dem Sonnengeflecht heraus, von wo ihr Zauber ausging.

Heißt Loslassen auch diese Erinnerung loslassen? Oder heißt Loslassen nur den heißen Wunsch nach mehr loslassen? Nach immer und immer mehr.

Der Weg zum Stall ist ihr so vertraut, dass sie ihn im Schlaf fände. Der Schlaf, der in den letzten Wochen immer nur ein Gast ist bei ihr. Ein gern gesehener, ein herbeigesehnter Gast, der nie den Mantel ablegt, um es sich wirklich gemütlich zu machen. Immer unruhig behält er stets die Straßenschuhe an, als hätte er noch andere viel wichtigere Termine. Nur Zeit auf eine Tasse schwarzen Kaffee, die er – noch dampfend und nur halb geleert – zurücklässt.

Du kannst unmöglich mit so wenig Schlaf auskommen, sagt Greta immer. *Kein Mensch bleibt gesund an Leib und Seele, wenn er die Nacht nur vier oder fünf Stunden schläft. Was machst du denn in der Zeit, in der du nicht schlafen kannst? Die Nacht ist doch lang.*

Greta, die wunderbare Freundin, die immer einen Tee weiß, immer ein Heilkraut, immer die richtige Meditationsmusik im Regal stehen hat. Greta weiß von Julia. Natürlich. Ihre Freundinnen wissen von Julia. Wussten es schon, als Madita noch sagte: *Unsinn! Sie hat eine Freundin! Und außerdem: Schaut sie euch doch mal an! Glaubt ihr, wir würden zueinander passen? Miss 2000 Volt und ich?*

Renate ist schon im Stall, das Licht brennt.

Gustaf wiehert einmal schrill, als Madita die Tür aufschwingt. Wie jeden Morgen.

»Guten Morgen, Alter!«, grüßt sie ihn. Wie jeden Morgen. Geht vorbei an der einen leeren Box am Ende der Stallgasse, direkt vor der Sattelkammer.

»Uih, Madita, mal wieder aus dem Bett gefallen?!« Renate sieht beinahe unheimlich aus mit ihrer bleichen Haut und den dunklen Ringen, die heute unter ihren Augen liegen. »Kann es sein, dass du mich fragen willst, ob ich morgen früh bei Gustaf das Misten übernehmen kann und vielleicht auch die erste Unterrichtsstunde? Weil du tatsächlich an einem Freitagabend auf die Rolle willst?«

Madita grinst sie müde an. »Wie kannst du nur am frühen Morgen schon so direkt sein? Ich schaffe es nicht mal, charmant darauf zu antworten, geschweige denn so zu tun, als sei mir dieser Gedanke noch gar nicht gekommen. Also, machst du's?«

»Klar!«

Renate kennt sie nun schon seit vier Jahren und weiß, dass Madita am Morgen nicht viel redet. Das hat gar nichts mit dem erst langsam sich in Gang setzenden Kreislauf zu tun, wie Maditas Mutter immer behauptet hat. Es ist die Sprachlosigkeit der in Träumen Verfangenen. Doch egal, was es ist. Renate kennt und respektiert es, das in sich gekehrte Schweigen. Vor vier Jahren hat Madita sich bei ihr vorgestellt als Pferdewirtin und Reitlehrerin, die per Annonce gesucht wurde. Ein schlecht bezahlter Job. Aber eben ein Traumjob für Madita.

Sie war gerade mal fünf Jahre alt gewesen, als ihr Opa sie zum ersten Mal auf ein Pferd gesetzt hatte. Es war der alte Lord gewesen, dessen Rücken von seinen vielen Jahren schon durchhing wie eine Hängematte und den Madita geliebt hatte, wie Pferdenarren nur ihr erstes Pferd lieben können. Ihre Tage waren angefüllt mit Erlebnissen am Stall. Ihre Abende verbrachte sie mit Abenteuergeschichten in Ponyhof-Büchern. Die Pferdewelt bot Madita den Raum, in dem sie ungestört sie selbst sein konnte. Als Lord starb, hatte ihr Großvater sich nicht zuletzt wegen Madita entschieden, noch einmal ein Pferd zu kaufen. Obwohl er selbst schon lange nicht mehr mit der alten Leidenschaft am Reiten hing. Doch Maditas Begeisterung und ihr Engagement steckten ihn wieder an, als entzünde jemand eine schon fast ausgekühlte Glut erneut.

Die Pferdeliebe, die Narrerei um diese großen, imposanten, zärtlichen Tiere, hatte in Maditas Familie eine Generation übersprungen. Ihre Mutter, Tochter des Großvaters, kannte sich mit ihnen aus und unterstützte Madita auch mit allen Mitteln in diesem Hobby, während sie ihre Tochter dabei beobachtete wie eine Medizinstudentin ein mit einem neuen Impfstoff gefüttertes Meerschweinchen. Maditas Vater freundete sich zeit seines Lebens nie mit dem Gedanken an, dass seine Tochter furchtlos mit etwas umzugehen vermochte, wovor er den allergrößten und Distanz einfordernden Respekt hegte.

In der leeren Box vorn in der Stallgasse stapeln sie jetzt die Strohballen, mit denen sie die frisch ausgemisteten Boxen neu einstreuen. So müssen sie nicht jeden Morgen in die Scheune hinüber, um Nachschub zu holen.

»Praktisch, nicht?«, sagt Renate wieder einmal. Mindestens einmal am Tag sagt sie das. Wie praktisch es ist, dass diese Box hier vorn nun frei ist und sie die Strohballen dort stapeln können und nicht mehr jeden Morgen in die Scheune hinüber müssen. Bei fünfundzwanzig Pferden im Stall ist das eine große Erleichterung. Mindestens einmal am Tag nickt Madita dann und beteuert, dass es tatsächlich ein echter Glücksfall ist und dass sie hoffen könne, dass nicht so bald ein anderer Pferdebesitzer von der Möglichkeit des Unterstellens seines Vierbeiners erfährt und Renate aus finanzieller Überlegung dann gar nicht anders kann als die Box wieder zu vermieten.

Im Winter ist die Arbeit des Mistens fast angenehm. Sie wärmt und beruhigt gleichermaßen, denn die Bewegungen müssen schwungvoll und regelmäßig sein.

Renate und Madita arbeiten fast gleich schnell. Sie waren die letzten zwei Jahre immer in etwa zur gleichen Zeit fertig mit ihrer Seite der Stallgasse gewesen. Seit ein paar Wochen ist Madita schneller. Auf ihrer Seite befindet sich die leere Box.

Nach dem Misten geht sie in die Sattelkammer, die auch eine Art improvisiertes Büro ist mit einem uralten Schreibtisch und sogar einer klapprigen Schreibmaschine darauf. Auf alle Fälle steht darin aber auch eine Kaffeemaschine, die – das sollte niemand unterschätzen – tatsächlich lebensnotwendig sein kann. Zumindest, wenn eine kaffeeabhängig ist wie Renate.

Madita kocht jeden Morgen nach dem Misten eine Kanne schwärzesten Kaffee.

Dann geht sie hinüber in die Futterkammer und rührt mit heißem Wasser das Futter an.

Die Pferde werden unruhig in ihren Boxen. Bella schlägt hin und wieder mit dem Hinterhuf gegen die Tür und steckt die anderen mit ihrer Gereiztheit an. Jeden Morgen am Ende alle fünfundzwanzig Pferde so, als hätten sie seit Wochen nicht gefressen.

Und erst wenn das Futter durchgezogen ist, wenn Renate und Madita mit den großen Kellen jeden Trog gefüllt haben, auch den von der Zwergziege Heidi, erst dann kehrt wirklich Frieden ein.

Friedlichster Frieden, den Madita kennt. Das Mahlen der großen Kiefer. Das warme Schnauben, das in Dampf aufsteigt über den Nüstern in der Märzkälte.

Madita geht durch die offene Boxtür hinein und setzt sich auf die Strohballen, die noch verblieben sind. Heute Nachmittag wird sie sich ein paar der Mädels schnappen und sie auf ihre nette Reitlehrerinnenart bitten, Nachschub aus der Scheune rüber zu holen. Das machen die gern. Fühlen sich gern wichtig. Arbeiten gern für ihre Lieblingstiere. Nutzen jede Gelegenheit, um in ihrer Nähe zu sein, im Vorbeigehen die weichen Mäuler berühren zu können und miteinander zu diskutieren über Wesen und Sprungkraft der verschiedenen Stallinsassen. Die Mädchen lieben den Duft von Stroh und Heu genauso wie Madita. Werden auf dem Wagen mit den dicken Gummirädern immer sechs oder sieben Ballen herübertransportieren und hier aufstapeln.

Dieser heiße Wunsch nach mehr. Von der ersten Begegnung im Schnee an war er da gewesen, war in ihr umgegangen wie ein Jemand mit einer lichterloh brennenden Fackel, der in alle Winkel leuchtet und sich wundert, dass in den Ecken so viel Platz ist. Doch es war ja so unmöglich gewesen. Wegen Ulrike an erster Stelle. Und wegen vieler anderer Dinge an anderen Stellen. Zum Beispiel Julias Hang, sich über Naturgesetze hinwegzusetzen. Wie sie mit Nemo und Gustaf durch den Wald ritten, lag da ein Stamm im Weg. Niedergedrückt und entwurzelt von den Schneemassen dieses ersten Winters. Ein Stamm auf einem abschüssigen Weg, der vor Glätte und Unebenheiten heimtückisch war. Es war nicht möglich, den umgestürzten Baum mit einem Pferd der A-Klasse zu überspringen.

Madita, die Julia noch nicht wirklich gekannt hatte und die mit ihr Anvertrautem nie ein unnötiges Risiko einging, hatte Anstalten gemacht, umzukehren. Doch Julia hatte nicht auf sie geachtet. Hatte die Zügel gestrafft und sich im Sattel zurechtgeschoben. *Den schnappen wir uns, was, Nemo?!*

Und Nemo, dieses Araberhalbblut, dieser von Gott gesandte Irre, den Julias Eltern ihr niemals hätten zum Geschenk machen dürfen, Nemo stürzte sich schnaubend nach vorn. So dass Madita gewiss war, dass er diesen Stamm auch genommen hätte, säße nicht die wilde Furie auf seinem Rücken mit wehenden Haaren. Verantwortungslos war Julia. So ging sie mit allem um, was ihr lieb und teuer war. Verantwortungslos. Auch mit sich.

Wie sie einen Schrei ausstieß und Nemo abhob, als habe er Flügel. Hinüber, weit. Aufkam auf seinen zerbrechlich dünnen Vollblutfesseln, ausschlug wie im Wahn. Und Julia lachend auf dem bockenden Pferd saß. Niemals würde er sie abschütteln.

Madita hatte sie angeblickt mit erfrierendem Atem. Ahnungsvoll erstarrt. War sie der Baum? War sie das Pferd? Für Julia war alles eine Herausforderung. Sie lehnte niemals eine ab.

»Madita?« Renate erscheint in der Tür zur Stallgasse, ihren Kaffeebecher fest umklammert, in der anderen Hand den Becher für Madita, im Blick die Frage der vergangenen Wochen. *Wie geht es dir? Geht es dir ein bisschen besser? Was ist das nur für ein Kummer, den sie dir bereiten kann? Wirst du dich davon erholen? Und wann?* »Entschuldige, will dich nicht in deinen Gedanken stören, aber ich hab schon drei mal gerufen.«

Der Kaffeebecher mit Milch und Zucker wechselt die Hände. Madita schließt die Finger um diese dampfende Wärme.

»Denkst du daran, dass wir heute wieder die neue Gruppe haben? Es hat sich noch eine weitere angemeldet. Ist angeblich früher schon auf Dressur-Turnieren gestartet. Kannst dir ja mal anschauen, was sie drauf hat. Auch eine von dieser Sorte, denk ich.«

Damit sind die Hausfrauen gemeint, die sich meist einen Haflinger oder sonst ein Pony zum Freizeitreiten halten. Sie juckeln auf ihnen durch Flur und Feld und nehmen hin und wieder zehn Reitstunden, um festzustellen, welche verheerenden Fehler sich inzwischen bei ihnen eingeschliffen haben.

Madita mag diese neue Gruppe, obwohl sie ihr noch nicht vertraut ist. Normalerweise gehört Vertrautsein und Mögen bei ihr unweigerlich zusammen. Aber sie macht Ausnahmen. Julia war eine Ausnahme in ihrer So-anders-als-du-Art. Auch bevor Madita sich an Julia gewöhnen konnte, hatte sie sie gemocht.

Im Schnee war Nemo doppelt wild gewesen, doppelt schwarz, mächtig und irr, mit rollenden Augen und wirbelnden Hufen. Und Julia gelassen, lachend. *Alter Mistbock! – Der ist nicht immer so. Der mag nur keinen Schnee. Und neue Ställe hat er auch genug gesehen. Was, Nemo? Komm her, komm her, mein Schmetterling. Butterfly, mh, mh, mh ...*

Auch wenn die Mädchen dumm rumstanden und glotzten. Auch wenn ihr graubeschläfter Vater nichts peinlicher zu finden schien als ein durchdrehendes Pferd bei der Einführung in seinen neuen Stall. Auch wenn Julia Madita noch gar nicht kannte. Julia hatte einfach gesungen. Nicht besonders klar, nicht außergewöhnlich schön. Das war ihr egal. Aber ihre Stimme, der Hellglockenklang erreichte Nemo in seiner anderen Welt des Schreckens eines einstündigen Pferdewagentransportes. Er wurde ruhiger, sein Blick klarte sich, seine Ohren spielten. Bis er nur noch ein wenig nervös hin und her trippelte und den Kopf hob, um sich umzuschauen. Um sich anzuschauen, wovor er denn seit dem Rückwärtsgang aus dem Transporter solch eine Todesangst gehabt haben mochte.

Und Madita. Stumm war sie gewesen. Mit allem, was sie fühlen konnte für eine, die ein solches Pferd halten konnte, beruhigen konnte, ihm Vertrauen geben konnte.

Die mag ich!, hatte sie still für sich gedacht. Gewusst, dass dieser Begriff des Mögens vielleicht einmal zu wenig sein würde. Da schon gewusst. Bevor sie Julia kennen lernte, bevor sie vertraut wurden miteinander und sich aneinander gewöhnten. Ja, auf jeden Fall kann von Gewöhnung auch dort die Rede sein, wo große Gefühle auf der Lauer liegen wie ein Leopard im Dschungel.

Im Esszimmer ihrer Eltern hatte Maditas Vater ein Bild aufgehängt, das auf den ersten Blick einfach nur grün aussah. Es war ein Blätterrausch des Urwaldes. Exotische Pflanzen, mannshohe Blüten, undurchdringliches Dickicht des Fremden. Hindurch ging ein Schwarzer mit nacktem Oberkörper. Auf seiner Haut perlte der Schweiß. Sein Blick war starr geradeaus gerichtet. In der Hand hielt er Schild und Speer. Doch würde die Bewaffnung ihm nichts nutzen. Denn das Bild, das auf den ersten Blick wie ein einziges Werk aus grüner Dschungelromantik erschien, dieses Bild zeigte genau jene Sekunde, in der die gefleckte Katze lossprang. Ein riesiger Leopard, größer als der Mann selbst. Es war die Sekunde des Sprunges. Der Wimpernschlag, bevor es in sein Bewusstsein dringen würde. Die Sekunde des Fluges, in der noch nichts wirklich entschieden und dennoch so klar war.

Sieh dir das genau an, hatte ihr Vater gesagt. Mit einem Lächeln, das ihr erklärte, sie könne auch über seine Worte lachen, oder aber sie ernst nehmen, es liege nur an ihr. *So ist das Leben.*

Spinn dem Kind nicht solche Geschichten vor!, hatte Maditas Mutter geantwortet. *Am Ende traut sie sich im Dunkeln nicht mehr auf die Straße.*

Aber Madita, das Kind, hatte das Bild angestarrt und gewusst, dass es darin nicht um Angst vor der Dunkelheit ging. Es ging nicht einmal um die Angst vor Raubkatzen. Es war, wie ihr Vater gesagt hatte: So war das Leben. Und deswegen betrachtete sie das Bild genau, wann immer sie auf ihrem Platz am Esstisch saß. Bis der Anblick des Bildes ihr so sehr auf die Netzhaut gebrannt war, dass sie es auch sehen konnte, wenn sie die Augen schloss.

So war das Leben. Auch an diesen Satz, an den dahinter liegenden Gedanken, hatte sie sich gewöhnt. Wie vieles, das anfangs fremd und neu ist, vertraut wird mit der Zeit. Wie die Gewöhnung an Julia.

Gewöhnung an das Besondere, das Überraschende, das Spontane und Überschäumende. An das Staunen über dieses Unzähmbare, Verlorene, das immer auf der Suche war nach etwas, das es aufhalten würde, festhalten, halten, endlich. Wie sanft Julia wurde, wie unglaublich sanft und gefügig und still, als Madita sie endlich gehalten hatte. *So fühlt es sich also an, wenn man ankommt*, hatte Julia in ihren Arm hineingemurmelt. Mitten hinein, wo es am meisten trifft, direkt über dem Herzen, das schlug und schlug.

Schlug und schlug.

Schlug und …

»Madita? Hörst du nicht? Dein Handy geht!« Renate steckt ihren Kopf aus der Sattelkammer.

Madita greift nach der Brusttasche ihrer Daunenjacke und fingert das Handy heraus. Renate verschwindet wieder in der Sattelkammer, kopfschüttelnd.

»Jo!«, sagt Madita, weil sie vor dem Abnehmen ins Display geschaut und dort den Namen gelesen hat.

»Madita«, antwortet Jo mit ihrer ruhigen Stimme, weil es ihre Art ist, zuerst den Namen zu sagen und dann alles andere. »Madita, ich hab von dir geträumt und … du kennst das ja, weiß nicht mehr, was … aber ich dachte, du fuchtelst vielleicht wieder mit irgendwelchen Energien herum und hast aus Versehen oder mit Absicht mich getroffen. Wie geht es dir?«

Madita hält das winzige Handy an ihre kühle Wange, geborgen in der hohlen Hand. »Ich hab auch geträumt. Wieder so ein Schneetraum. Und jetzt geht's mir entsprechend. Ständig diese Tagträumerei.«

»Trink einen starken Kaffee!«, rät Jo ihr. »Trink einen Kaffee und sprich mit den Pferden, oder was du sonst so mit ihnen machst. Hast du schon mit Gustaf geschmust?«

Madita lächelt. Jo ist ihre Freundin. Ihre wirklich gute, liebe, enge Freundin. Sie hat drei davon. Und jede kann sie auf diese Art lächeln machen.

»Nein, hab ich noch nicht.«

»Dann tu es! Ich kann zwar nicht verstehen, wie man beim Schmusen mit so einem riesigen Tier angenehme Gefühle entwickeln kann, von Entspannung mal ganz zu schweigen, aber bei dir ist es ja wohl so. Hast du jedenfalls immer gesagt. Schmus also mit Gustaf und versuch aufzuwachen. Wach auf, Madita! Sie ist weg!«

Madita sieht sich in der Box um, in der sie sitzt, in der bis vor ein paar Wochen Nemo gestanden hatte.

Wenn das so ist, Julia, hatte sie gemurmelt. Wenn das so ist, dann … kann ich dich nicht mehr sehen. Deine Nähe, deine Anwesenheit, das Wissen, dass du dich da bewegst, wo ich mich bewege, das … halte ich nicht aus. Wenn dir also etwas an mir liegt …

Julia hatte genickt. Und zehn Tage später war Nemo fort gewesen. Die Box ist jetzt leer.

»Das weiß ich, Jo«, murmelt Madita nun, sich umblickend. »Das weiß ich ja. Aber es ist noch nicht allzu lange her ...«

Jo unterbricht sie. Rüde. Schnodderig. Wie es ihre Art ist. Ihre Art, Fürsorge zu zeigen: »Noch nicht allzu lange, aber es *ist her.* Es ist vollkommen und total vorbei. Und nach den vergangenen zwei Jahren wird es jetzt langsam Zeit, dass du von dem Stoff runter kommst. Fang an mit der Entziehungskur!«

Madita schweigt.

»Komm heute abend mit uns tanzen. Greta ist auch dabei. Wir fahren zusammen. Machst du?«

»Hatte ich sowieso vor.«

»Klasse. O.k., Süße, ich muss weitermachen. Meine Nächste wartet schon, glaub ich. Bis heut abend, ja?!«

»Bis heut abend ... und Jo?«

»Hm?«

»Lieb von dir, dass du angerufen hast.«

»Ach, was. Wollt nur sicher gehen, dass ich heute abend Gretas Tanzwahn nicht allein ausbaden muss.«

Sie legen auf.

Jo kramt träge auf dem Schreibtisch herum. Beinahe zufällig fallen ihr die Karteikarte der heutigen Patienten in die Hand, und sie sortiert sie langsam. Die Tür zum Behandlungsraum ist nur angelehnt. Das Polster der Liege hat bereits geknarrt.

Jo stöhnt auf, ohne es zu merken. Es ist der Gedanke an die braun glühenden Augen, an das sanfte Leuchten, an das Ersterben alles Lebendigen in ihnen. Ihre Freundin leidet. Jo stöhnt wieder, bei ihrem Versuch, zuversichtlich zu sein: Madita wird es schon schaffen. Es ist einfach eine Sache von Überleben. Eine Weile muss sie einfach nur überleben und sich von einem Tag in den nächsten retten, wie eine Alkoholikerin, die trocken werden will. Vielleicht muss sie manchmal gerettet werden. Jo wird immer da sein, um sie zu retten. Greta auch. Und Fanni. Und vielleicht auch noch die eine oder andere, die nicht zu ihrem komischen Quartett gehört. Hauptsache ist, dass Madita diese Wochen übersteht. Dass sie lernt zu leben, ohne ständig diese Tussi vor der Nase zu haben.

Zwei Jahre lang! Und dieses ewige Hin und Her, dieses *Jetzt ist es genau so, wie ich zufrieden sein kann!* und dann wieder *Nein, ich will doch so viel mehr!* und *Warum gibt sie mir nicht, was ich will?*

Dieses Aufzehren durch Gefühle, das Madita manchmal durchscheinend wie ein Seidentuch gemacht hatte. Dahinter war in den vergangenen zwei Jahren Julias Bild zu sehen gewesen. Verächtliches Schnauben. Verwöhnte Göre. Einzelkind reicher Eltern. Schickimicki-Gehabe in immer neuen, immer super modernen Klamotten, T-Shirts grundsätzlich über dem Bauchnabel. Verlockend hübscher Bauchnabel, zugegeben. Aber bestimmt nicht so sirenengleich, dass eine dem Irrsinn sich nähern müsste. Bestimmt nicht wert, dass eine den Verstand verliert und außerdem fast zehn Kilos und – was das Schlimmste ist, eine Katastrophe geradezu – das Lachen.

Maditas Lachen.

Vor fünf Jahren mitten auf der Bühne einer albernen Laien-Theater-Spiel-Gruppe der VHS. Verhinderte Stars und Sternchen, bemühte Sozialarbeiterinnen, eine Frau um die Dreißig, lachend, in ihrer Mitte. Sie war die Mitte. Und Jo, gerade das Abi in der Tasche, gerade die ersten wackligen Schritte ohne Mami, gerade aus dem Ei geschlüpft und schon die empfindliche Haut versengt an der ersten unglücklichen Liebe, Jo war sich vorgekommen wie ein Satellit. Gefangen in ihrer vom wirklichen Geschehen weit entfernten Umlaufbahn bis zum dritten dieser Abende, die begannen, sie zu quälen. Weil die lachende Frau und zwei andere sich gut zu verstehen schienen, miteinander Witze machten, und nicht hersahen, nie hersahen, weil sie älter waren, reifer, gleich zu Anfang schon gesagt hatten *ich bin lesbisch* und (lachend) *oh, ich auch!* und *na, ich auch!*. Während Jo es nicht wagte und nichts sagte, nur dass sie allein sei. Wie denn auch hätte sie vor denen eine vage Andeutung fallen lassen können von ihrem Kummer, vor denen, die ihre Narben sichtbar trugen, stolz beinahe. Nicht wie Jo, die die frische Naht noch jedes Mal zu verdecken suchte. Eine Schande dieser tiefe Schnitt hier an der Brust. Ein Makel, zu wollen und zu begehren und einfach ein Nichts zu sein, wie eine jener Mitleid erregenden Tangenten im verhassten Matheunterricht, die sich niemals berühren, immer nur sich annähern, um sich dann wieder zu entfernen.

Doch am dritten dieser Abende, nach der offiziellen Verabschiedung, Jo hastete zwischen den vereinzelten Grüppchen hindurch, *hier geh ich nicht mehr hin, ich komm nächste Woche nicht wieder*, streckte sich ihr plötzlich eine Hand hin. Mitten in ihren Weg eine Hand, die sagte: *Hier nicht weiter. Erst siehst du mich an. Und lächeln, ja, lächeln wär auch nicht schlecht.*

Jo brachte es nicht fertig zu lächeln. Erst später, als sie wirklich mit ihnen gegangen war. Mit den anderen dreien, die älter waren und reifer, sich aber ebenso wenig kannten und daher manchmal hilflos wirkten in ihren Gesprächen. Aufgerieben und plötzlich festgehalten im vorsichtigen Kennenlernen über dem Kneipentisch, in der Neugierde und dem Ähnlichkeiten-Entdecken.

Warum hast du mich damals eigentlich gefragt, ob ich mit euch ins ›Nanu‹ komme?, hatte Jo von Madita wissen wollen. *Ich meine, ich bin doch ein Küken, oder?!*

Madita hatte gelacht. Das lag in ihr wie in anderen Menschen der Drang nach Essen und Schlafen. Madita konnte dem Lachen niemals widerstehen. Es schien, sie sei süchtig danach. Und machte andere Menschen damit co-abhängig.

Ich hab einfach gemerkt, dass du eine von uns bist, hatte sie geantwortet und Jo damit gestreichelt, ihren Kopf sanft in die Hände ihrer Worte genommen und zart ihre Stirn mit den vollen Lippen der warmen Töne geküsst. Jo hatte sich sehenden Auges verliebt in sie. Wissend, dass ihre Gefühle nicht auf diese Art erwidert wurden, und ahnend, dass das dieses eine Mal keine Rolle spielte. Sie heilte in dieser Liebe, sie gewann ein Stück ihrer selbst, das sie bisher noch nicht kannte. Ihre bittere Wunde über der Brust schloss sich und schmerzte nicht mehr. Das sanfte Summen ihres Sehnens wurde nie zerschlagen, nie brachial zerstört von demonstrativer Abweisung. Madita zeigte die Grenzen nicht auf eine demütigend deutliche Weise. Und sie sprach kein verwirrendes »Vielleicht« aus. Sie sprach nur von ihrem Wunsch, Jo würde dazugehören, zu ihnen.

Dazugehören, eine von ihnen sein. Madita hatte den Anfang gemacht. Greta und Fanni hatten es fortgesetzt. Als sie sich häufiger trafen, nicht nur nach der Theatergruppe, über die sie später auch immer häufiger lachten, da löste sich ein, wonach Jo gesucht hatte. Sie war eine von ihnen. Und deshalb war sie ihnen treu. Jos ganze Treue galt ihrem Quartett, in das sie sich hineingelebt hatte bis heute.

Heute, wo Madita ihr Lachen verloren hatte, irgendwo auf dem Weg des Verliebens in eine egozentrische, narzisstische, spielversessene Frau. Wissend, dass das nicht gut sein konnte. Wenn eine ihr Lachen verliert wegen einer anderen, dann sollte sie die andere meiden. Wegrennen. Davonlaufen. So schnell sie nur konnte, so weit es nur möglich war. Sich fernhalten von dieser teuflischen Macht, die das Lachen stiehlt. Madita aber schleppt sich nur mühsam dahin. Ihre Schritte sind schwer, und ihr Blick geht zu häufig zurück.

Jo fährt mit dem Finger über die Liste der heutigen Patienten, nimmt die entsprechende Karte und geht hinüber in den angrenzenden Raum.

Auf der Liege sitzt eine Frau Mitte Dreißig, die die eigenen Hände betrachtet und den Blick hebt, als Jo hereinkommt. Sie hat blonde Haare von einer ganz speziellen Tönung, die Jo für einen winzigen Moment stutzen lässt.

Sie begrüßen sich freundlich und Jo bittet die Patientin, Eva Werding, so steht es auf der Karte, selbst versichert, kein Mann, keine Kinder, keine Fehlgeburten, chronische Entzündung im Beckenbereich, sich auf der Liege lang auszustrecken. Eva Werding streift die Schuhe ab, weil die von dem Matschwetter ganz eklig sind, obwohl am Fußende eine dicke Plastikmatte liegt, leicht abwischbar, ist einfach bequemer so.

Jo berührt ihre Füße, die in dicken bunten Socken stecken.

»Das ist ein Frühling, was?!«, floskelt sie und hat damit nichts anderes im Sinn, als ihre eigene Irritation in den Griff zu bekommen. Nicht einmal eine blasse Ahnung hat sie, warum seit dem Betreten des Raumes dieses alte, beinahe vergessene Gefühl mehr und mehr von ihr Besitz ergreift.

Weißt du, schmunzelt Greta jedes Mal, wenn Jo ihr mit vor Verwunderung geweiteten Augen von solchen Situationen erzählt. *Mich würde es auch verunsichern, wenn ich mir einbilden würde, andere Menschen könnten meine Gedanken lesen. Ja, ich glaube, es würde mich ganz enorm verunsichern.*

Sie kann meine Gedanken nicht lesen! Sie kann nicht wissen, woran sie mich für den winzigen Bruchteil einer Sekunde erinnert hat, als ich gerade hier hereinkam und sie sah, denkt Jo, um sich selbst zu überzeugen.

»Haben Sie Schmerzen?«, fragt sie laut.

»Ja, hier.« Die Frau deutet auf ihren linken Beckenknochen, den Jo sogleich ertastet. »Und Sie?«

Jo hält inne und schaut die Patientin irritiert an. »Wie bitte?«

Die Frau lächelt amüsiert. »Haben *Sie* Schmerzen? Sie haben vorhin so geseufzt, dass ich dachte, Sie wären eine der Kranken hier. Ich war ganz verblüfft, als dann die Tür aufging und mir klar wurde, dass Sie die Behandlung durchführen ...«

Die Muskeln sind vollkommen verspannt. Verhärtet und steif. Sie wird erst massieren müssen, bevor sie bewegungstechnisch irgendwas tun können.

»Ich hab geseufzt, weil eine liebe Freundin von mir schlimmen Liebeskummer hat und ich ihr nicht helfen kann«, antwortet Jo schließlich, unschlüssig, wie sie das Abkippen des Gespräches ins Vertrauliche finden soll.

»Das liegt sicher nicht an Ihnen«, erwidert die Frau und beißt die Zähne zusammen, als Jo sie vorsichtig auf der Liege zurechtschiebt. »Bei Liebeskummer kann niemand helfen.«

Dann lässt sie Jo ihre Arbeit tun, ohne ein weiteres Wort zu verlieren.

Sie sprechen nicht ein einziges weiteres Wort, das Jo im nachhinein als etwas Intimes, Privates deuten könnte.

Irgendwann, nach der für diese Behandlung angemessenen Zeit, richtet sich Eva Werding wieder auf, zieht ihre Schuhe über die bunten geringelten Socken und geht mit einem freundlichen Gruß hinaus. Nicht einmal ein Lächeln über die Schulter, das darauf hindeuten würden, dass sie mehr weiß, als sie zugeben will.

Nach drei weiteren Patienten und in der Mittagspause in die Tageszeitung vertieft, hat Jo Eva Werding zuverlässig vergessen. Als das Handy klingelt. Es ist die Melodie, die nur bei einer bestimmten Nummer ertönt. Runtergeladen aus dem Internet. Der Gefangenenchor aus Nabucco. Weil Anne Opern liebt. *Ich ruf dich nur noch an, wenn du die Melodie für meine*

Anrufe runterlädst. Ich hör sie dann zwar nicht, aber ich weiß zumindest, dass ich gebührend in Empfang genommen werde. Dazu Annes immer gespieltes selbstgefälliges Lächeln, das nahtlos überging in ihr nie gespieltes selbstironisches Grinsen.

»Hi«, brummt Jo in die Winzigkeit des mobilen Telefons. »Grad Bissen im Mund.«

»Wunderbar! Dann kann *ich* ja mal reden!«, ertönt Annes Stimme munter. »Aber wie das immer so ist in den großen Momenten im Leben: Jetzt hätte ich mal die Chance, aber ... ich weiß nicht, was ich sagen soll! ... Oder doch! Ich bin nachher nicht da, wenn du heim kommst. Will noch mal in die Bibliothek, schauen, ob die Bücher da sind, die ich bestellt hatte. Da wollt ich fragen, ob ich in Fannis Wohnung vorbeifahren soll, um die Blumen zu gießen. Es liegt ja auf dem Weg, und dann musst du nicht nach der Arbeit durch die ganze Stadt fahren.« Schwang da wieder der Unwille in ihrer Stimme mit? *Wie kann man nur so viele Pflanzen haben, wenn man beruflich ständig auf Reisen ist? Das ist eine Zumutung für alle Freundinnen, Nachbarn und Bekannten!*

»Dank dir. Aber ich mach das schon. Gerne. Außerdem hab ich ja die Wohnungsschlüssel hier bei mir. Du kämst gar nicht rein.« Jo beißt erneut von ihrem Brot ab. Morgen bringt sie sich einen Salat von der Bar an der Ecke mit. Diese Ernährung durch Butterbrote macht sie madig. Und wahrscheinlich auch dick. Sie sieht an sich herunter. Ob sie zugenommen hat? Eigentlich sitzt die Hose so wie immer.

Sie merkt erst ein paar entscheidende Sekunden zu spät, dass Anne schweigt.

»Ist noch was?«, fragt sie rasch. Anne kann es nicht leiden, wenn ihr Gegenüber im Gespräch unaufmerksam ist. Das betont sie häufig. Mist.

Aber es ist nicht der spitze Ton der Beleidigten, der jetzt folgt. Es ist der Ton, der schon seit ein paar Wochen immer wieder mitschwingt. *Bitte versteh mich!,* sagt der Ton.

Jo könnte immer nur antworten: *Aber ich versteh dich nicht! Ich versteh nicht, was los ist! Warum du so bist. Warum wir so sind miteinander. Ich versteh nicht!,* könnte sie sagen, wenn Anne es nur einmal aussprechen würde. Doch sie sagt nichts. Es ist nur dieser Ton in ihrer Stimme, zwischen den Worten, um die Buchstaben herum. Wie eine süße Hülle aus hart gewordenem Honig, die an den Zähnen klebt.

Das Gespräch ist nur kurz. Beendet bevor Jos Butterbrot noch weiter schrumpfen kann. Als sie das Handy zur Seite legt, legt sie auch das Brot hin.

Sie sollte sich nicht länger etwas vormachen.

Vor allem sollte sie nicht um Madita seufzen, ihren Kummer aufsaugen wie ein Schwamm, mit dem sie ihren Körper wäscht und reinigt von ihrer eigenen Verwirrung, ihrer eigenen dunklen Verzweiflung.

Ein Ende ist ein Ende. Auch nach drei Jahren.

Aber ein Ende, das noch keines ist, das ist nicht nur neu, das ist auch beängstigend. Jo ist erst fünfundzwanzig und hat noch nie jemanden verlassen. Sie fasst einen Beschluss: Sie wird Madita und deren Schmerzen um Julia mal für ein paar Tage aus ihrem Kopf streichen. Mal hinschauen, mal genau ansehen, was da eigentlich noch ist zwischen Anne und ihr. Sich ansehen, was nicht mehr ist.

Sachlich. Sie steht auf und nimmt den Weg zu den Toiletten. Sachlich und spröde ist sie. Nach drei Jahren einfach so abgeklärt mit dem Gedanken, dass sie an einem Ende angekommen sind. Nicht etwa an *dem* Ende, nein, nur an *einem* Ende. Wenn eine Liebesbeziehung endet, dann ist das vielleicht manchmal *das* Ende. Manchmal nur *eines*. Von immer wiederkehrenden vielen. So stellt Jo es sich vor.

Die Gesichter des Tages sind heute farblos und flach. Als das letzte hinausgegangen ist, über einem schmerzenden Körper, den Jo nicht heilen kann, dem sie aber irgendwie helfen soll, setzt sie sich für einen Moment auf die Behandlungsliege und starrt auf die Vertiefung, die dieser letzte Hinterkopf im kunststoffbezogenen Kissen hinterlassen hat. Vielleicht nicht nur der letzte. Vielleicht sind es alle Hinterköpfe des heutigen Tages gemeinsam gewesen, die diese Mulde hineingedrückt haben.

Blonde, weizenblonde Haare dieser besonderen Tönung. Genau hier auf diesem Kissen haben sie das Gesicht umrahmt. Wie lange her. Dass sie daran gedacht hat.

Jo wäscht ihre Hände und greift nach der Handcreme. Der Verschluss eine Herausforderung. Der weiße Strang aus der Tube auf der immer leicht gebräunten Haut. Von ihrem verflixten biologischen Vater geerbt, der sich noch vor ihrer Geburt auf und davon gemacht hat nach Südamerika, wo er auch hergekommen war.

Jo hält inne. Jo sieht auf ihre Hände. Wie sie einander reiben und wenden. Nutzvoll. Mit Sinn. Nach dem Händewaschen eincremen, damit die Haut nicht trocken, rau wird. Nicht spröde und unangenehm für ihre Patienten. Weich und geschmeidig. Für die Berührungen des Alltags. Als sie mit neunzehn Jahren diese Ausbildung begonnen hatte, war jede Haut ihr eine besondere. Heute scheint ihr am Ende eines Tages alles als ein Einerlei.

Diese Patientin heute morgen. Vielleicht lag es an der Farbe ihrer Haare. Dieses weizenfarbige, das sie immer an den Spätsommer erinnert. Dieser von quälenden Schmerzen erzählende Blick, als sie ruhig auf der Liege saß und Jo den Behandlungsraum betrat. Und dann später der Ausdruck von Ergebenheit in den weichen Augen.

Tut Ihnen das nicht weh?, hatte Jo Anne gefragt. Anne, vor drei Jahren, der Autounfall lag bereits sechs Monate zurück. Sechs Monate, in denen sie zig mal operiert worden war, von Arzt zu Arzt weitergereicht wie eine Trophäe. Und nun angekommen in Hildes Praxis, der Ergotherapeutin, bei der Jo gelernt hatte. Mit Beinen, narbenübersät und kaum in der Lage einen Schritt zu tun.

Höllisch, hatte Anne geantwortet. *Es tut höllisch weh.*

Jo hatte weiter den schlanken Fuß in ihrer warmen Hand gehalten und ihn bewegt, den Widerstand gespürt, das Knacken der Gelenke gehört. Richtig gedeutet, dass es beinahe unerträglich sein musste, was sie von diesem Körper verlangte.

Doch das Gesicht dieser Frau, zehn Jahre älter als sie selbst, wie sie von der Karteikarte wusste, das Gesicht dieser Frau lag ganz entspannt auf dem kunstlederbezogenen Kissen. Was waren das für weiche Augen gewesen, die sie musterten, umrahmt von der Andeutung der ersten Lachfältchen.

Ich meine nur … Sie tun so, als wäre es ein kleiner Spaziergang, den wir hier unternehmen. Sie jammern nicht. Sie beschimpfen mich nicht. Was machen Sie denn mit den Schmerzen?, hatte Jo noch zu fragen gewusst. Bevor sie es für eine ganze Weile wieder nicht wagte, in diese Augen zu sehen.

Ich breite die Arme aus, war die Antwort gewesen. *Und dann falle ich hinein. Ganz einfach.*
Jo hatte ihre Arbeit gemacht. *Ganz einfach.* Als Echo in ihrem Kopf noch Tage später diese Stimme. *Ganz einfach.* Direkt unter diesen Augen. Beides, Stimme und Blick, ein unüberhörbares, ohrenbetäubendes Ja zum Leben. Was notgedrungen, zwangsweise, unabwendbar da ist, nicht auszuweichen dem, das sollte niemand leugnen. Widerstand, Abwehr zwecklos. Etwas, das da ist, weil es zu einem Teil vom Selbst geworden ist, auch wenn es Schmerz heißt. Was sonst damit tun als es annehmen, es akzeptieren, es so sein lassen wie es ist und ... sich hineinfallen lassen?
Wie Jo heimgefahren war an diesem Tag. Mit dem Rennrad die Straßen entlang und falsch herum in ihre Wohnstraße, die eine Einbahnstraße war. Wie sie Madita angerufen und ihr davon erzählt hatte. Und wie Madita dann fragte: *Kommt sie wieder zu euch? Wann?* Mit dieser Frage gesagt hatte, was sie dachte. Vielleicht gesagt hatte, was sie sah. Denn Madita, das wussten ihre Freundinnen, konnte in die Zukunft sehen. Sie hatte die Gabe, große Ereignisse im Voraus zu erahnen. Sie wusste, welche Begegnungen Folgen haben würden und welche bedeutungslos im Sande verlaufen würden. Sie sagte, es handele sich schlicht um Intuition, um eine Art, sich den Gefühlen anderer Menschen und den Möglichkeiten des Lebens ganz und gar zu öffnen.
Jo war aber davon überzeugt, dass es eine Art Magie war, die ihre Freundin betrieb. Ein Zauber der Visionen.
Und als Jo sich wenige Wochen später mit Anne verabredet hatte und Madita und Greta beim gemeinsamen Abendessen schicksalsgläubig davon berichtete, lachte Madita laut auf und erwähnte den Begriff ›self fullfilling prophecy‹.
Vielleicht ist die dreijährige Beziehung mit Anne also einfach ein Irrtum, der auf dem Glauben an Magie beruht?!
Jo schüttelt den Gedanken aus ihrem Kopf. So eine Überlegung ist keine gute Voraussetzung für objektives, klärendes Schauen auf das, was da ist und was nicht da ist. Sie sollte so etwas gar nicht denken, damit sie in aller Ruhe ...
Sie steht auf und ordnet die Unterlagen für Montag früh. Sie hat es gern, wenn sie morgens an den Schreibtisch kommt und

alles schon vorbereitet findet. Oft genug kommt etwas dazwischen. Auf ihrem Schreibtisch. Im Leben.

Ein gemeinsames Haus. Vielleicht in wiederum drei Jahren. Sie wohnen seit eineinhalb Jahren zusammen. Und es ist angenehm. Anne ist eine angenehme Wohnungspartnerin. Ordentlich. Ruhig. Selten launisch. Immer zuverlässig. *Vielleicht sollten wir daran denken, ein Haus zu kaufen, was meinst du?*, hatte Anne gefragt. Da waren sie ein paar Monate in der Wohnung. Es kam ihnen wagemutig, aber nicht allzu riskant vor, darüber zu reden.

Ein Haus, hatte Greta versonnen gesagt, als Jo ihr davon erzählte. *Ein Haus hätte ich auch gern. Vielleicht steht da ja noch eines, ein ganz kleines, in eurer Nachbarschaft. Hättet ihr etwas dagegen, wenn ich den Gartenzaun regenbogenfarben anstreiche?*

Und Jo war hingerissen von dem Gedanken, Madita, Fanni, Greta direkt neben sich, in winzigen hutzeligen Hexenhäuschen wohnen zu haben. Mit gemeinsamen Blumenbeeten, Sommerwiesen, Hühnern und mindestens einem Labrador. Doch wohlwissend, dass das vielleicht nicht so gut ankommen würde, hatte sie Anne nicht von diesem Bild erzählt. Es war ja nur ein Traum. Nichts weiter.

Träume, weiß Jo heute, sind ein wertvolles Gut.

Heute ist sie eine der letzten, die heimgehen. Sie schaut noch kurz bei Hilde, ihrer Chefin rein, wünscht ein schönes Wochenende und verlässt das Gebäude. Der Gang über den Parkplatz deprimiert sie. Knöcheltiefer Schneematsch im März. *Wenigstens ist es nicht liegen geblieben* ist ein müder Trost. Sie sehnt sich plötzlich nach so viel mehr als nur zartfarbige Spitzen wagemutiger Krokusse.

Die Fahrt durch die Stadt immer ein Stress für sie, die nicht gern Auto fährt. Anne weiß schon, warum sie angeboten hat, die Blumenwässerung für sie zu übernehmen. Anne nimmt ihr gern Dinge ab, die für Jo unangenehm sind. Jo nimmt Anne eigentlich nie Dinge ab. Obwohl ... einkaufen geht sie häufig. Ja, sie kauft viel ein für die gemeinsame Wohnung. Aber wenn es mal schwierige Dinge gibt: Die Reklamation der Waschmaschine, die Auseinandersetzung mit dem Hausverwalter. Anne macht das schon. Jo tut nichts dazu außer einen schlauen

Spruch und das Zucken ihrer dichten, dunklen Brauen, das besagt, dass Anne das Kindchen schon schaukeln wird. Auf Anne ist Verlass.

Deswegen vielleicht gibt es so etwas wie gemeinsame Verantwortung nicht. Wie denn auch, wenn Anne nichts davon abgeben will.

Jo spürt wieder diesen harten Knubbel in sich. Ihre Seele muss das sein. So hat sie sich das früher als Kind immer vorgestellt. Etwas Weiches, Kuscheliges in ihr, das sich im Falle von Gefahr umhüllt mit einem Mantel aus Stahl, kalt, unnahbar, unverletzbar. Ein hervorragender Schutz.

Nur wird es schwer mit der Zeit. Sinkt herab, drückt auf die Organe. Das Atmen, findet Jo plötzlich, kurbelt die Scheibe herunter, das Atmen fällt schwer.

Kein Zustand für eine Seele. Unzumutbar für die anderen Organe. Tatsache ist, so kann es nicht weitergehen. Aber jetzt erst mal alle Überlegungen verschieben auf später. Oder morgen. Jetzt die Gedanken bündeln auf Parkplatzsuche. Bei Erfolg über die Straße hasten, gerade noch verschont von den Matschfontänen, die die vorbeifahrenden Autos gewaltsam ins ohnehin graue Leben werfen. Davongekommen. Unbeschmutzt, außer vielleicht von dem ein oder anderen Gedanken, hineinretten in den Hausflur und dann die Stufen hinauf zu Fannis Wohnung unter dem Dach.

Fannis Wohnung.

In Träumen sind Häuser und Wohnungen immer Sinnbild der Seele, Metaphern für das Innerste, das Unerreichbare, das schwer Erschließbare. Fannis Wohnung öffnet sich jeder Besucherin, jedem Besucher wie ein aufgeschlagenes Buch mit bunten Bildern.

Beim Betreten schon duftet es nach Orange und ein bisschen nach gebackenem Brot. Jo streichelt auf dem Weg zur pinkgetupften Gießkanne die Brotbackmaschine mit einem Finger. Kurz bevor Fanni fuhr, hatten sie hier in ihrer Küche gesessen und grünen Tee getrunken, aus großen Müsli-Schalen, die Fanni immer mit beiden Hände hielt, um sich daran zu wärmen. Eine brasilianische Sängerin hatte wilde Stakkati geschmettert und war dann wieder hinabgesunken auf dem Grund ihrer dunklen Amazonasstimme, traurig, schwer, leidenschaftlich.

Die Maschine hatte ein bisschen Dampf abgelassen, der nach Stuten mit Sonnenblumenkernen duftete. Jo hatte einen verrückten Moment des unerwarteten Glücks erlebt. Eine überschwemmende Euphorie durch die schlichte Tatsache, eine Freundin zu besitzen, die Brot selbst backen kann.

Jo geht herum und wässert die vielen grünen Pflanzen. An den Fenstern, auf den Schränken und Kommoden. Sie stehen überall wie verpennte, gemütliche Haustiere, die jetzt gerade nicht in Stimmung sind, sich zu bewegen. Vielleicht beobachten sie Jo bei ihrem Rundgang durch die Räume?

Nein. Jetzt ist es endgültig genug. Der Gedanke, dass Menschen ihre Gedanken lesen können, den kann man gerade noch zulassen, den kann man – hin und wieder zumindest – mal erwägen. Aber beobachtet zu werden von Pflanzen. Selbst wenn sie wohlwollend beobachten, ganz ohne jeden Groll oder Argwohn. Einfach nur interessiert, neugierig oder schläfrig, manche gelangweilt. Gelangweilt wäre ja fast schon eine Beleidigung. Immerhin gibt sie ihnen Wasser. Jede von ihnen trägt womöglich heimlich einen besonderen Namen. So wie die Gestalten in Fannis Geschichten, die sie erfindet. Manchmal erzählt sie eine davon, wenn sie sich treffen.

»Weißt du, was ich gestern erlebt habe?«, beginnt sie dann und erzählt eine haarsträubende oder lustige oder todtraurige oder wirklich ärgerliche Geschichte. Und am Ende, wenn Jo oder Greta oder Madita, wenn auch nur eine einzige Atem holt, um zu widersprechen, Mitgefühl zu äußern oder Gelächter, dann schießt aus ihr heraus dieses Gekicher, das sie alle mitreißt. Kein weiteres Wort ist dann notwendig. Es ist wieder einmal eine ihrer Geschichten, frei erfunden oder locker hinzugedichtet. Und immer haben die Figuren darin so klingende Namen wie »Amarosia« oder »Stringentus« oder »Frau Seidelfinkedink«. Greta ist verrückt nach diesen Geschichten und diesen Namen. Madita nimmt sie stets lächelnd auf wie ein Geschenk. Jo selbst gruselt sich, lacht, wütet, lebt darin. Manchmal ist sie nicht sicher, ob die eine oder andere nicht vielleicht doch wahr sein könnte.

Denn Fanni erlebt tatsächlich sehr viel. Sie reist selten im Auto, meist mit dem Zug und im Flugzeug. Immer schwer bepackt mit Tonnen von Fotofilmen, fünf Kameras, Objektiven,

Stabblitzlichtern, Zusatzgeräten. Ihre Arbeitsausrüstung lässt sie nie aus den Augen, trägt sie immer selbst und verlässt sich nie auf fremde Hilfe.

Ihre Kleidung verschickt sie stets vorher oder führt einen schmalen Koffer mit sich, in dem das Notwendigste verstaut ist. Fanni macht nie ein großes Aufheben um ihre Klamotten. Verwunderlich daher ihr Auftreten in klassisch geschnittenen Bundfaltenhosen im Marlene-Dietrich-Stil, Blazern, Blusen, Sandaletten und Lackstiefeln.

Wie sie in diesem Dress diese Fotos machen kann. Jo steht schon eine ganze Weile vor einem neu aufgehängten Bild, das etwas zu klein für seinen Rahmen ist.

Eine pechschwarze, kleine Katze sitzt auf der Mauer im Vordergrund. Ihr Fell ist struppig, die Rippen ragen kläglich an der Seite heraus. Das rechte Auge ist verklebt, das linke misstrauisch auf die Kamera gerichtet. Ein jämmerlicher Anblick. Vor dem Hintergrund eines Südseehafens, in dem verschwommen, wie im Traum, weiße Jachten schaukeln. Chrom und goldblinkendes Metall glänzen im gleißenden Sonnenlicht.

So ist Fanni. Sie sieht immer das, das nicht passt.

Jemand andere hätte die Katze fortgejagt und dann die Jachten in den Mittelpunkt gerückt. Fanni nicht. Fanni sieht, was wirklich wichtig ist. Und dann erzählt sie ihre Geschichten.

Diese Ecke hier. Jo hält inne und betrachtet die kleine Ecke Bücherregal, in der gut sortiert, nach AutorInnen und Themenbereichen geordnet, ansprechende Bücher stehen. Und davor eine kleine Sammlung von Musikorgeln. Diese winzigen Drehdinger, die aussehen wie ein Leiherkasten ohne Kasten. Eine fingerdicke Walze mit herausstehenden Punkten darauf, deren Muster beim noch so genauen Hinschauen keinen Sinn ergeben. Nur wenn die Kurbel mit dem clownsnasenroten Knubbel am Ende in Bewegung gesetzt wird, wenn die Walze sich durch die orgelartigen, unterschiedlich langen Zinken dreht, dann wird plötzlich klar, wie ausgerechnet dieses Relief zustande kommt.

Jo nimmt vorsichtig eines dieser filigranen Dinger vom Holz des Regals. Schräpig und kläglich kommen die Töne, ohne Zusammenhang. Schneller drehen vielleicht. Und wie Fanni es immer macht. Das Ding einfach gegen das Regal halten beim Drehen. Nicht fallen lassen, Jo! Gegen das Regal halten, gleichmäßig und nicht zu langsam drehen, den Klangkörper nutzen. Das Regal summt. Das Regal schmettert. *I'm singing in the rain.*

Jo probiert auch die anderen noch aus. *Memories. Die Muppet-Show. Happy birthday.* Das war bestimmt ein Geschenk. Vielleicht ihr erstes Sammlungsstück. Vielleicht aber auch ein möchte-gern-originelles Mitbringsel eines Geburtstagsgastes, der wusste, dass Fanni diese Dinger sammelt. *Mozarts kleine Nachtmusik. Für Elise.* Tamtamtatam. Das kann Greta auf dem Klavier spielen. Vielleicht sollten sie mal ein Duett versuchen. *Und hier sehen Sie, meine Damen und Lesben, hier sehen Sie Greta am Klavier und Jo an der Mini-Drehorgel, dem leihernden Leiherkasten ohne Kasten.*

Jo legt alles ins Regal zurück und hofft, dass es an der richtigen Stelle liegt. Wobei sie nicht sicher ist, ob es eine richtige Stelle gibt. In Fannis Wohnung sieht es nicht so aus, als gäbe es für alle Dinge die *richtige Stelle*.

Alles steht oder liegt in einer Art und Weise herum, die ordentlich und sinnvoll, aber nicht pedantisch geregelt aussieht. Fanni ist keine Chaotin so wie Greta, aber sie ist auch keine Perfektionistin wie Anne. Fanni hält das rechte Maß. In ihrer Wohnung.

Nur verlieben darf sie sich nicht. Verlieben bloß nicht. Denn dann gerät augenblicklich alles außer Kontrolle.

Genau deswegen haben wir uns damals getroffen und sind zusammen geblieben, hat Madita einmal gesagt. *Nicht etwa, weil wir lesbisch sind. Oder weil wir im Theaterspielen die Selbsterfahrung gesucht haben. Oder weil wir sonst irgendwelche Ähnlichkeiten haben würden, so unterschiedlich, wie wir alle sind. Nein. Weil wir alle vier total durchdrehen, sobald es um Liebe geht, deswegen.*

Jo dreht sich einmal ganz langsam um die eigene Achse und sieht alles genau an. Durch ihre Augen schickt sie die Bilder ans andere Ende der Welt.

Du musst dich nur hin und wieder umsehen und mir dann die Bilder schicken, hatte Fanni sie gebeten, als sie ihr die Schlüssel überreichte, wie schon so oft. *Wenn ich so weit weg bin, dann brauche ich die Bilder von zu Hause. Machst du das?*

Versprochen!, hatte Jo geantwortet.

Als Letztes sieht sie das Foto an, das im Flur an der übervollen, liebevoll wirr mit diversen Schnappfotos überladenen Pinnwand ganz oben hängt. Greta, Madita und Jo breiten ihre Arme aus, alle drei ganz weit, wie ein einziges Paar Arme sieht es aus, weil sie hintereinander stehen, ganz nah hintereinander, wie ein einziger Mensch. Und vorn im Bild, da ist Fanni, ihr Hinterkopf, ihre auch ausgebreiteten Arme, ihre wehenden kastanienfarbenen Haare. Das ist dieser Moment, bevor sie die drei erreicht, bevor sie in die Arme fällt und sie alle hintenüber, lachend, grölend, kreischend, kindisch in diesem simplen Augenblick des Glücks. Eine der bemühten Sozialarbeiterinnen hatte bei den Proben dieses Foto gemacht. Jo sieht es immer zuletzt an, bevor sie aus der Wohnung geht. Und schickt es los.

Fanni wacht auf.
Sie schläft sehr gut hier. Tief. Traumvoll. Mit übergroßen Blüten, die ihre Kelche zu ihr neigen, wildem Grün, sanftem Himmelleuchten. Aber jetzt wacht sie auf und sieht auf die Uhr. Zum ersten Mal seit Tagen spürt sie zu Hause.

Abend ist es da jetzt. Wo hier der Tag erwacht, dort Abend. Am anderen Ende der Welt. Wie immer, wie alles, eine Sache der Perspektive.

Die Perspektive. Sie atmet tief ein und wieder aus. Sie muss sich für eine entscheiden. Ihr Auftraggeber hat deutliche Grenzen gezeigt.

Ich kenne Ihren Hang, das Unauffällige zu entdecken und in Szene zu setzen. Aber das will ich nicht. Ich will wirklich Herausragendes. Ich will Dinge, die jedem sofort einfallen, wenn er den Namen hört: Neuseeland. Machen Sie mir keine Sparenzelchen, bitte! Dazu ein selbstgefälliges Lächeln. Kann sich nur der leisten, der das Geld hat.

Fanni kriegt ihres erst dann, wenn sie zufriedenstellende Ergebnisse abgeliefert hat. Herausragendes. Was jedem sofort einfällt. Als ob es ihr leicht fallen würde, sich in Köpfe hineinzudenken, die »jedem« gehören könnten. Eine Gefahr ist es, zu glauben, es gäbe solche Köpfe. Aber nun gut, das wäre eine Grundsatzdiskussion wert. Nicht jetzt. Nicht hier. Ihr Auftraggeber ist eh Tausende von Kilometern entfernt in Deutschland. Dort wartet er dickbäuchig über seinem Schreibtisch im Verlagshaus, wo Reiseliteratur und dazu schön gestaltete Bildbände verlegt werden. Am anderen Ende der Welt. Wo auch ihr Zuhause ist.

Fanni steht auf und sortiert ihren Pyjama, den sie im Schlaf immer rund um sich herum knetet. Sie muss über den Flur des kleinen Gästehauses, um ins Bad zu gelangen. An den zwölf Morgen, an denen sie jetzt diesen Gang getan hat, ist ihr nie jemand begegnet. Deshalb erlaubt sie sich für ein paar Sekunden vor dem bodengroßen Spiegel auf dem Flur stehen zu bleiben.

Ihr Haare, schulterlang, allerweltsbraun, wie sie findet, sehen aus wie frisch frisiert. Manchmal, nach anderen Nächten, wirken sie, als hätte direkt neben ihr eine Bombe eingeschlagen. Eine erkennbare Regelmäßigkeit in Ordnung und Unordnung auf ihrem Kopf kann sie nicht ausmachen. An den Träumen könnte es liegen. Ihr Pyjama jedenfalls ist immer knitterfrei. Satin eben. Sieht morgens noch frisch gebügelt aus, auch wenn sie in der Nacht das Oberteil auf links gedreht hat, ohne es zu merken.

Da steht sie, groß, überschlank, wie ein magersüchtiges Boss-Model mit fett triefendem Herzen.

Ob sie gleich, nach der Dusche und nach dem Frühstück, ob sie da noch schnell einen Blick auf den Brief werfen sollte? Auf die vertraute Handschrift. Das seidenglatte Papier.

Während sie, angespornt durch diesen Gedanken, plötzlich in Hast verfällt und ins Bad hineinstolpert, sind da wieder die Worte, denen sie beim Lesen begegnen wird.

Liebe Fanni.

Sie hatte über lange Strecken immer nur *Hallo* geschrieben. *Hallo Fanni.* Aber nein, in diesem Brief steht oben dieses Wort. *Liebe.*

Heute Morgen ist die Dusche sofort heiß. *Liebe Fanni. Das ist ein unschönes Gefühl, zu wissen, dass du so weit weg sein wirst in den nächsten Wochen. Irgendwie unerreichbar. Ich möchte dir daher ein paar Zeilen mit auf den Weg geben. Als könnte es mich trösten, zu wissen, dass du meine Worte liest.*

Briefe waren immer die Essenz ihrer Beziehung. Fanni weigert sich, das, was Elisabeth und sie verbindet, Freundschaft zu nennen. Briefe. Obwohl ihre Städte, in denen sie leben, Tür an

Tür liegen, wie zwei Appartements, bei denen man nur über den Flur würde huschen müssen, um sich Guten Morgen zu sagen. Stattdessen hatten sie Briefe geschickt.

Kein Mensch kann heutzutage noch einen gescheiten Brief schreiben, hieß es darin. *Es wäre eine regelrechte Aufgabe, sich Briefe zu schreiben, in denen nicht von Nebensächlichkeiten die Rede wäre, sondern von Wichtigem. Nebensächlichkeiten im Sinne von dem, was wir heute getan oder gesagt haben. Wichtiges im Sinne von dem, was wir nicht getan, nicht gesagt haben, aber tun, schreien oder flüstern wollten. Sich Träume mitzuteilen. Momente festzuhalten. Den Kern zu greifen versuchen.*

Fanni weiß nicht mehr, welche von ihnen beiden zuerst diesen Gedanken gefasst hatte. Es war ein Spiel gewesen, das sie miteinander trieben. Ein lustigmachendes. Ein einsames. Ein dennoch verbindendes.

Du lässt dich von dieser Intimität in die Irre leiten, hatte Madita sie gewarnt. Das war lange Zeit gewesen, bevor Julia sich von Ulrike trennte, bevor Julia zu Madita kam, bevor Julia Madita verließ. Eine Warnung, bevor Madita wissen konnte, wie ihre eigene Geschichte weitergehen würde. Ahnungsvoll erkennend, dass ihre eigene und Fannis Liebe einander ähneln könnten, womöglich beide von Illusionen lebten.

Fanni hatte ein Jahr lang Briefe getauscht mit einer, die aussah wie ihr Zwilling. Der gleiche hohe Wuchs, die schlanke Gestalt, die sie, wenn sie nebeneinander die Straße entlang gehen, aussehen lässt wie zwei Zypressen, die sich Ausgang genommen haben. Auch nach solchen Treffen, einem Kinoabend, einem Spaziergang im Park, hatten sie verstohlen Umschläge getauscht. Zwei Spione, die einander ihre geheimen Entdeckungen preiszugeben bereit waren. Sie waren auf der gleichen Seite.

Was ich in ihren Briefen vermisse, hatte Jo einmal ungefragt von sich gegeben. Fanni fürchtet Jos ungefragte Meinungsäußerung stets ein bisschen. *Ich vermisse die Erwähnung eines bestimmten Namens. Den schreibt sie nie in die Briefe an dich, oder?*

Nein. Elisabeth schreibt niemals den Namen *Lutz* in einen ihrer Briefe an Fanni.

Lutz heißt Elisabeths Freund.

Fanni läuft nun schon eilig über den ausgetretenen Teppich des Flures zurück in ihr Zimmer. Unten hört sie Misses Hopkins zu einem alten Song aus dem Radio summen. Misses Hopkins ist Witwe und betreibt das Gästehaus als Zugeschäft für ihre Rente. Und vielleicht auch, weil sie es mag, Menschen um sich zu haben, die etwas zu erzählen haben. Fanni hat ihr schon einiges erzählt. Von Deutschland. Von den Externsteinen, weiß der Himmel wieso ausgerechnet davon. Von der Theaterlandschaft und der Industriekultur im Ruhrgebiet. Vom Umzug der Hauptstadt. Vom Einzug des Euros. Misses Hopkins saugt alles auf wie ein Schwamm. Sie lauscht den Worten und Sätzen, überhört großzügig eine ungelenke, weil jetzt länger nicht geübte englische Formulierung, hilft sogleich bei Wortfindungsschwierigkeiten aus. Sie ist dabei nicht aufdringlich in ihrer Wissgier. Aber sie macht deutlich, dass es gar nicht genug sein kann, was sie erfährt über fremde Länder, Städte, Sitten, Menschen. Fanni hat den Verdacht, dass sie es aufschreibt. Ja, vielleicht schreibt Misses Hopkins ein Buch über ihre Gäste und deren Erlebnisse und Erzählungen. Zumindest würde Fanni das tun, wenn sie an Misses Hopkins Stelle wäre.

Heute Morgen wird sie ein Versammlungshaus der Maori fotografieren. Sie reißt eine Hose, eine Bluse und einen BH aus dem Schrank. Die Bluse hat sie bereits einmal durchgewaschen und mit ihrem Reisebügeleisen, das so aussieht, als sei es ausschließlich für Babysachen gemacht, wieder in Form gebracht. Der Stoff riecht nach Wildbeeren-Haarshampoo. Fannis Magen zieht sich zusammen, schmerzlich. Warum hat sie das nur getan? Sich dieses Shampoo gekauft, das sie sowieso nie benutzt, außer zum Durchwaschen von benutzten Reisekleidungsstücken. Elisabeths Haar riecht danach. Immer. Zuverlässig. Der Duft hinterlässt eine Erinnerung wie die Berührung einer ihrer Strähnen an der Wange.

Liebe Fanni. Dass du diesmal so lange fort sein wirst, und so weit, das macht mich unruhig. Obwohl ich an deine Reisen und dein Ausbleiben ja inzwischen gewöhnt sein müsste. Ich glaube, ich bin deswegen so nervös diesmal, weil in meinem Leben irgendetwas sich bewegt. Etwas hat sich in Gang gesetzt und ist noch ein wenig schwerfällig und auch behutsam unter-

wegs. Wohin? Ob dein Weggehen ausgerechnet jetzt, ob du selbst etwas damit zu tun hast, weiß ich nicht. Aber es tröstet mich zu wissen, dass du meine Zeilen lesen wirst, irgendwo jenseits meiner mir vorstellbaren Welt.

Madita war dabei, als Fanni ihre Koffer packte. Sie hatte den Brief dort liegen sehen, den Elisabeth am Morgen in den Kasten gesteckt hatte. Der Brief. Fertig zur Reise. Fertig zum Lesen. Fertig zum Erinnern. *Du wirst noch so enden wie ich*, hatte Madita da gesagt und dann ganz plötzlich entschuldigend gelacht, weil ihr wohl bewusst wurde, was für eine furchtbare Zukunftsvision sie damit gemalt hatte.

Auch diese, auch Maditas, Worte. Begleitung auf dieser Reise. Eine weitere Reise in ein fernes, diesmal wirklich irre fernes Land. Sechsunddreißig Stunden Flug. Ihr Körper revoltierte. Ihr Geist setzte aus in dieser eineinhalb Tage langen Meditation.

Fanni kann es nicht ausstehen, über Stunden so nah neben fremden Menschen zu sein. Sie hasst jede Art von Small-Talk, den ihr Mitreisende oft aufdrängen wollen. Mitreisende. Was für ein Unsinn. Niemand reist mit ihr. Jeder reist allein. Genau das möchte Fanni: Allein reisen. Mit ihren Büchern, ihren Briefen, ihren Erinnerungen und ihren Träumen. Deswegen zieht sie sich zurück in eine stille Meditation, in der selbst die freundlichste Stewardess sie nicht wirklich erreichen kann. Manchmal weiß sie am Ende eines Fluges kaum, ob sie das Bordessen angenommen hat. Und ob sie es dann gegessen hat oder unberührt wieder zurückgehen ließ. Sie hat inzwischen so viele Bordessen zu sich genommen, dass ihre Erinnerung daran auch diejenige von vor zwei Monaten sein könnte.

Maditas Warnung gilt natürlich der Gefahr, die von solchen Briefen ausgeht. Das bange Hoffen und das Herumdeuteln an jedem Wort. *Liebe*. Steht da. Dieses Wort in einem Brief von Elisabeth an sie. Und dass etwas sich bewegt in ihrem Leben. Und indirekt steht da auch, dass es sein könnte, dass Fanni eine Rolle spielt in dieser Bewegung – auch wenn Elisabeth sich da nicht sicher zu sein scheint. Oder nur vorgibt, nicht sicher zu sein. So tut, als sei sie nicht sicher, um Fanni nicht zu viel zu sagen. Sie haben noch nie darüber gesprochen. Dass der Name Lutz in Elisabeths Briefen an Fanni niemals auftaucht.

»Oh, smart! How elegant!«, tönt Misses Hopkins, als Fanni die Stufen herunterkommt. Zwölf Tage schon wundert Misses Hopkins sich jeden Morgen ein bisschen ausführlicher darüber, in welcher fabelhaften Ausstattung Fanni ihre Arbeit tut.

In ein paar Tagen wird es anders werden. Dann tritt Fanni eine mehrtägige Tour durch den Busch an. Urwald ist das hier. Kein durchforsteter Mischwald, in dem jeder Weg mit Schotter begradigt ist. Urwald von gewaltigen Bäumen, von mannsdicken Farnen, Moos, Dickicht und Schreien unsichtbarer Vögel. Ihr Führer ist ein Halbmaori. Einer, der sich auskennt. Sie ist ihm begegnet, als sie beim zuständigen Touristenbüro sich erkundigte nach einem, der ihr etwas von der Natur hier zeigen könne. Er stand zufällig neben ihr und hörte, wonach sie suchte. Er legte seine Hand vor sie auf den Tresen und fuhr mit einem Finger der anderen Hand über ein Netz von feinen Narben auf der Innenfläche.

So wie diese Schnitte meine Hand, habe ich dieses Land durchkreuzt. Sie können mit mir kommen. Ich kann ihnen zeigen, was wirklich wichtig ist, hatte er gesagt. In gutem, gewählten Englisch. Aber kurze Zeit später hörte sie ihn draußen mit einem halbgesichtig tätowierten Mann in Maori sprechen, was wahrscheinlich seine Muttersprache ist.

Muttersprache. Vaterland.

Heute morgen sind sie verabredet, um alles durchzusprechen für ihren kurzen mehrtägigen Trip durch die Wildnis. Die Farmen. Die Sehenswürdigkeit – bei diesem Wort muss sie immer noch stutzen, denn was ist schon sehenswürdig – und britisch wirkenden Siedlungen. Auch die Fjorde und sogar die Gletscher kann sie sich allein erobern. Nicht aber den Busch.

Gehen Sie bloß nicht allein los!, hatte auch Miss Hopkins sie gewarnt. *Das Ganze schimpft sich zwar Nationalpark. Aber stellen Sie sich darunter keinen Biergarten vor. Sie finden nicht wieder heraus.* Fanni hat neben ihrer üblichen Kleidung auch eine Trekking-Hose im Gepäck, einen guten Schlafsack, ein Mini-Zelt, einen Camping-Kocher, Wir-machen-aus-jedem-Flusswasser-Trinkwasser-Sprudeltabletten und ein Achtzehn-Zentimeter-Schnackmesser, das auf den leisesten Knopfdruck herausgeschnellt kommt aus seiner Scheide, bereit.

In Neuseeland gibt es weder auf der Nord- noch auf der Süd-

Insel große Raubtiere, die Menschen gefährlich werden könnten. Fanni wird sich ganz sicher nicht gegen einen Vielfraß, einen Puma oder einen Braunbären zur Wehr setzen müssen mit dieser blitzenden Klinge. Aber sie wird begleitet auf ihrer Tour von einem fremden Mann. Weil Führerinnen so gut wie gar nicht vorhanden sind. Das ist kein Frauen-Job, sich durch die Wildnis zu schlagen. Fremde Männer aber bedingen, dass Fanni vor ihrer Abreise aus Deutschland dieses Messer kaufte. Es ist nicht so, dass es ihr das Leben retten würde, so schnell, stellt sie sich vor, dass er es ihr entwinden könnte. Aber es gibt ihr Sicherheit, das Gefühl, kein Opfer zu sein, sondern stark und heimlich bewaffnet mit einer skalpellscharfen Überraschung. Und sie schämt sich kein bisschen, einem jeden fremden Mann zu unterstellen, dass dieses Messer von Bedeutung sein könnte. So ist es doch nun einmal. Madita würde sagen, wie sie es manchmal tut: *So ist das Leben.*

Misses Hopkins serviert Toast mit Eiern und einem Salat, aus dem knusprig gebratene Hühnchenstücke herausgucken. Ihr Gesicht ist vor Eifer rosig. Oder vielleicht sieht sie auch immer so aus. Fanni kennt sie nicht anders. Und fühlt sich durch diese eifrige geröteten Wangen stets ein bisschen geschmeichelt. Als sei sie selbst etwas ganze Besonderes, etwas Außergewöhnliches, weil sie aus Europa hergereist kommt, um Fotos von diesem Land zu machen. Als würde ihre gut bezahlte Aufgabe sie zu etwas Wertvollem machen, wenn schon nicht für die Welt, dann doch zumindest in Misses Hopkins Augen.

Sie schaut auf die Uhr. Jetzt muss sie sich aber beeilen. Während sie die Treppe hinaufeilt, zwei Stufen auf einmal, rechnet sie schon geradezu mechanisch aus, wie spät es jetzt in der Heimat ist. Und weil sie die Tage und die Leben dort so gut kennt, weiß sie, dass gerade ein Schlüsselbund klappernd herumgedreht wird und eine vielberingte Hand den letzten Griff zur Klinke tut, vergewissernd, dass die Tür tatsächlich verschlossen ist.

Greta wirft noch einen letzten Blick auf das Schaufenster des Ladens und wendet sich dann energisch ab. Mann, war das ein langer Tag heute. Und wenn sie ehrlich ist, hätte sie sich das schon vorher denken können. Das hat er nun einmal so an sich, dieser Tag.

Letztes Jahr, ihr wird plötzlich in ihrer Winterdaunenjacke ganz heiß, da hatte sie es sicherheitshalber gleich ganz vergessen. Und erst eine Woche später, als sie wieder einmal einen Blick in ihren selten genutzten Kalender warf, war es ihr aufgefallen. Da war es schon zu spät gewesen, um noch anzurufen. Und es kam auch sonst nie zur Sprache. Als sei es durchaus normal und nicht der Rede wert, dass sie es vergessen hatte. Einfach nicht daran zu denken. Verdammt, dass diese Gleichgültigkeit heute immer noch weh tut. Das ist doch paradox, schließlich hatte sie selbst es vergessen – damals.

Aber es ist eben zum Aus-der Haut-Fahren. Diese Gewissheit, dass es so unwichtig zu sein schien, nicht wert, darüber ein einziges Wort zu verlieren. Das hat reingehauen. So dass sie heute zum Ausgleich den ganzen Tag an nichts anderes denken konnte und es deshalb ein langer Tag wurde, der sich ausdehnt wie ein zäh gewordener Kaugummi.

Greta hastet die gewohnten Wege entlang. Im März ist es zu der Uhrzeit, zu der sie heimgeht, schon wieder dunkel. Und dann auch noch diese Temperaturschwankungen. Morgens schneit es, nachmittags taut wieder alles weg, und selbst auf den gefegten Bürgersteigen waten die Menschen knöcheltief im kaltschmutzigen Unbehagen. Auf dieses Wetter hat sie echt keinen Bock mehr. Das geht jetzt schon seit Wochen so. Und dann ausgerechnet heute noch so viele sonderbare Kundinnen.

Haben Sie dieses Buch, in dem es um Wiedergeburten von Alien geht? oder *Ich hätte gerne einen Bildband über Heilschnecken* oder *Welches Duftöl würden Sie mir empfehlen für eine Hausgeburt von Zwillingen? Ich meine nicht das Sternzeichen Zwilling, ich meine wirkliche Zwillinge.*

Die haben doch alle einen an der Waffel. Vielleicht sollte sie sich beizeiten einen anderen Laden suchen. Oder gleich einen anderen Job. Sie könnte sich viele Berufe für sich vorstellen. Zum Beispiel für eine Zeitung zu arbeiten, immer auf der Jagd nach den neuesten Nachrichten, mit gespitztem Bleistift und dem Handy am Ohr. Oder sie könnte auch Konditorin sein, mitten in Sahne, Zitronencreme, babyblauem Marzipan, über dessen fantastische Formen die Leute vor dem Schaufenster staunen würden.

Aber wenn sie ehrlich ist, sind das alles Spinnereien. Sie macht ihre Arbeit im Esoterik-Buchladen auf ihre ihr eigene verrückte Art gern. Sie ist da nicht umsonst hängen geblieben nach ihrer Lehre in der riesigen Buchhandlung und dann der abtörnenden Arbeit im schuhkartongroßen Laden der Linken. Im Grunde hat sie sich nicht nur eingerichtet mit ihrer Situation, sie mag sie sogar, die versponnenen Menschen, die auf der Suche nach der Erweiterung ihres Ichs über die Schwelle treten, die beruhigende Meditationsmusik und den Geruch nach Räucherstäbchen, der mittlerweile in all ihren Klamotten hängt.

Trotzdem. Hin und wieder muss Greta sich einfach der Vorstellung hingeben, sie könne grundlegende Dinge in ihrem Leben einfach so ändern. Besonders an Tagen wie diesem redet sie sich so was gern ein.

Der Weg heim quer durch die Stadt, ohne Fahrrad. Die dünnen Reifen ihres blassrosa Hollandrades, das allen airbrushgestylten Mountainbikes die lange Nase zeigt, wären viel zu rutschgefährdet. Sie würde mindestens einmal auf der Schnauze landen. Aber davon abgesehen, ist heute ein Tag, an dem sie das Rad auch ohne Schnee zu Hause stehen gelassen hätte. Denn manchmal gibt es Tage, an denen ist das Fahrrad in seiner Beschleunigung etwas, das Greta schwindelig macht.

Boah, es kotzt sie plötzlich richtig an, dass sie immer so durch den Wind ist, wenn es um dieses Thema geht, um einen bestimmten Menschen in ihrem Leben. An diesem besonderen Tag ist sie natürlich sowieso wie auf links gezogen. Aber so fühlt sie sich auch, wenn in nahezu verstohlener Geschwindigkeit Wochen vergangen sind und sich ihr der Gedanke aufdrängt, endlich mal wieder anrufen zu müssen.

Fast an der Haustür angekommen, die an einer der Hauptverkehrsstraßen liegt, wird sie doch noch Opfer des Tauwetters in Kombination mit breiten Reifen. Bis zu den Knien gesprenkelt betritt sie den Hausflur und schaut in den Briefkasten. Eine Karte. Darauf ein Urwald, über den Nebel fließt. Fanni schreibt, dass die Reise eine Katastrophe gewesen ist, aber dass sie eine nette kleine Pension gefunden hat und dass sie hofft, die Karte komme vor ihr zu Hause an.

Ach, Fanni! Greta drückt die Karte an ihre Brust, während sie hinaufsteigt in den dritten Stock. Wehmütige Sehnsucht.

Ganz unvorbereitet für so ein sentimentales Gefühl, von denen sie normalerweise doch meistens verschont bleibt, stolpert Greta in ihrer Wohnung und fällt fast über die heute Morgen im Flur vergessene Mülltüte. Fluchend sammelt sie die herausgefallenen Yoghurtbecher und Apfelschalen ein.

Wenn Fanni tatsächlich da wäre, würde sie jetzt lachen und sagen: *Komm, Chaos-Frau, ich mach uns einen leckeren Tee. Und danach rufst du an. Aber denk dran, nicht länger als fünf Minuten. Das reicht für einen Abend.*

Später würden sie miteinander das Telefonat durchgehen, Greta selbst in mühsam gebremster Wut und der üblichen Ohnmacht, Fanni mitfühlend lächelnd. *Nimm es nicht so ernst, Gretchen. Mach einfach nicht mit dabei. Nur was wir uns von anderen auf die Schultern laden lassen, wiegt so schwer.*

Fanni hat immer so schöne Sprüche drauf. Kein Wunder. Aufgewachsen bei ihrer Oma, die eigentlich gar keine Bilderbuchoma gewesen war, sondern eine geradezu emanzipierte Frau und paradoxerweise mit gleich einem ganzen Heer von Sprücheweisheiten. Wattig eingebettet in *Der frühe Vogel fängt den Wurm* und *Es ist noch kein Meister vom Himmel gefallen* hatte Fanni sicher eine schöne Kindheit gehabt, stellt Greta sich vor. An der Seite einer starken Frau, die den Unfalltod der einzigen Tochter und deren Mann als Prüfung betrachtet und die Erziehung der kleinen Enkeltochter so selbstverständlich übernimmt als eine zweite, wenn auch tragische, aber wunderbare, nicht zu erhoffen gewagte Chance.

Fanni war willkommen gewesen auf dieser Welt.

Die jetzt verknotete Mülltüte schiebt Greta unwillig mit dem Fuß beiseite und lässt ihre mit lila Plüschblumen bestickte Umhängetasche vor die Altglasflaschen fallen, die in der einen Ecke des Flures seit ein paar Wochen auf ihre Entsorgung warten. In der Küche finden sich Reste von der gestrigen Gemüsepfanne. Die könnten noch schmecken, auch wenn Greta vergessen hat, sie in den Kühlschrank zu stellen. Kalt genug zur Konservierung ist es hier. Schließlich hat dummerweise den ganzen Tag über das Fenster auf Kipp gestanden, weil sie nicht daran gedacht hat, es heute Morgen zu schließen.

Greta schaufelt das Essen in den Deckel einer Auflaufform und stellt alles in den Ofen, zweihundertzwanzig Grad.

Mist, da hinten sind ja noch zwei Brötchen drin vom letzten Frühstück mit Sonja. Das ist doch bestimmt zwei Wochen her. Steinhart. Na, wenigstens nicht schimmelig. Greta legt sie zur Seite. Die kann sie nachher Madita geben, für Gustaf, der frisst so gut wie alles.

Der Blick zur Uhr sagt: Jetzt muss es sein.

Greta hat schon zwei Schritte in den Wohnraum hineingemacht, als ihr auffällt, dass sie ihre Schuhe noch trägt. Außer ihr gibt es auf der Welt bestimmt keinen zweiten Menschen, der sich seit dreiunddreißig Jahren nicht angewöhnen kann, beim Hereinkommen als Erstes die Schuhe auszuziehen. Beim momentanen Wetter und bei wollweißem Teppich besonders ärgerlich. Greta springt zurück in den gefliesten Flur und betrachtet resigniert die beiden grauen Tapsen auf dem hellen Velourgrund. Mal wieder Zeit für Teppichreiniger.

Als sie schließlich auf Socken vor ihrem Schreibtisch steht, auf dem das Telefon liegt, ist der Kloß im Hals zuverlässig zurück gekehrt.

Sie nimmt den Hörer ab und wählt.

Nach dreimal Tuten meldet sich am anderen Ende die vertraute Stimme: »Sprengel?« Gelassen, stoisch, als sei nichts Besonderes zu erwarten.

»Hallo«, sagt Greta etwas kurzatmig. »Ich bin's.«

»Oh, hallo«, erwidert Inge Sprengel, Gretas Mutter. »Mit dir habe ich ja gar nicht gerechnet.«

Greta schluckt eine Erwiderung mit ähnlicher Spitze herunter. »Herzlichen Glückwunsch zum Geburtstag. Alles Gute wünsch ich dir.«

»Danke, danke, ach, es haben schon so viele Leute angerufen. Wenn mir so viel Gutes passieren würde, wie ich gewünscht bekomme, hätte ich ausgesorgt. Onkel Georg und seine Neue waren vorhin hier. Meine Güte, da hat er sich aber was Feines ausgesucht. Du kennst die noch gar nicht, oder? Na, wie auch. Du kommst ja gar nicht mehr hier in die Gegend.«

Greta sieht sich auf der Autobahn. Mit Brechreiz. Nächste Abfahrt raus und auf der anderen Seite in entgegengesetzter Richtung, heimwärts.

»War Hanne denn auch heute …?«

»Die haben einen Hund, so einen wuscheligen … Wie heißt

denn die Rasse gleich noch mal? Du weißt schon, so einen, wie Meisters damals auch hatten ...«

»War das nicht ein Tibet Terrier?« Aber Gretas Stimme geht unter im nicht auf Zuhören eingestellten Mitteilungsbedürfnis.

»Ach, fällt mir jetzt nicht ein. Aber du weißt schon, was ich meine. Die haben ihn Anton genannt. Uriger Name, nicht? Der kann auf zwei Beinen gehen. Hat sie ihm beigebracht. Georg ist ja auch nicht so für Sparenzelchen, genau wie ich. Aber die, die findet so was gut. Ich hab gesagt, sie sollen bloß aufpassen, dass der Hund nicht so'n Sofakissen wird wie der alte, der Max. Der war doch vielleicht fett. Wie sieht's denn bei dir aus im Moment? Ich hab dich ja lange nicht zu Gesicht bekommen.«

Auch ein Jahr, denkt Greta, *reicht manchmal nicht aus, um genug zu sein.*

»Du wolltest mich mal besuchen kommen«, erinnert sie ihre Mutter.

»Im Sommer, habe ich gesagt. Im Sommer komm ich mal. Aber es ist ja erst März. Bei dem Wetter unterwegs zu sein mit Bus und Bahn. Das ist doch ein echter Horror. Die ganzen Leute in ihren dicken Mänteln. Tja, das ist so eine Sache, wenn man keinen Führerschein haben darf. Ich nehm jetzt übrigens andere Tabletten. Der Hübner meint, wir sollten es mal versuchen. Die sind nicht so stark, weißt du. Meine Nieren machen das einfach nicht mehr lange mit. Und an die Dialyse, hab ich ihm gesagt, da will ich nicht dran! Würdest du das wollen? Jeden Tag an so einem Apparat hängen?«

»Nein, natürlich nicht ...«

»Hanne fährt mich jetzt einmal die Woche zum Einkaufen. Damit ich nicht die schweren Taschen schleppen muss ...«

Greta will es zumindest versuchen: »Das war im letzten Frühjahr«, sagt sie laut genug, um den Redeschwall zu unterbrechen.

»Wie?«

»Im Frühjahr vergangenen Jahres hast du gesagt, dass du im Sommer kommen willst. Aber dann bist du doch nicht gekommen.«

Kurzes Schweigen. Gekränkt. Sie kann vor sich sehen, wie sich die Unterlippe kräuselt und der Blick aus dem Fenster schweift, als habe ihre Mutter urplötzlich das Interesse an dieser sonderbaren Unterhaltung verloren.

»Rufst du deswegen an? Um mir Vorwürfe zu machen, weil ich einmal gesagt habe, ich komme, und dann nicht gekommen bin?«

»Natürlich nicht. Ich wollte dir zum Geburtstag gratulieren. Aber dann hast du gesagt ...«

»Du rufst sowieso so selten an. Ich versteh das ja. Du hast so viel zu tun. Der Laden, deine Hobbys, deine Freunde. Aber wenn man sich mal meldet, dann braucht man sich doch nicht sofort gegenseitig Vorwürfe zu machen, oder? Ich mach das doch auch nicht. Oder beschwere ich mich? Hab ich mich mal beschwert, weil du dich so selten meldest?«

»Nein.«

Nein, das tut sie nie. Sie beschwert sich nicht wirklich, nicht richtig, nicht greifbar, immer nur zwischen den Zeilen, wo der Vorwurf unanfechtbar schwebt und doch verschleiert wie auf einem Maskenball.

Aus der Küche dringt plötzlich der Geruch von verkokeltem Gemüse zu ihr.

»Ich muss auflegen. Mein Essen brennt an.«

»Tja«, seufzt Inge Sprengel. »Schön, dass du angerufen hast. Hat mich gefreut.«

»Ja«, sagt Greta. »Ich fand's auch nett.« Und das ist glatt gelogen.

Eine Weile starrt sie noch auf den Hörer, aus dem es langgezogen tutet, dann legt sie auf und geht in die Küche hinüber.

Wenigstens ist das Essen nicht komplett verdorben. Aber ihre Laune für den Abend, die wird sie aufbügeln müssen.

Sie stellt den Fernseher an und schlingt das heiße Gemüse, auf dem Bett vor dem Bildschirm sitzend, hinunter. Gut, dass sie allein wohnt. Da kann sie wenigstens ab und zu laut schallend über einen dämlichen Gag in der Comedy-Sendung lachen, die zufällig gerade läuft. Tut das gut! Obwohl es zugegebenermaßen nicht wirklich witzig ist.

Schade, dass Fanni heute Abend nicht dabei ist. Obwohl sie im Alltag immer etwas Aristokratisches ausstrahlt, ist sie auf den Schwofs oft ungehemmte Albernheit. Wenn Fanni tanzt, schwingt die Luft um sie herum und bringt alles in Wallung.

Ansteckend. Und Greta möchte sich gerade heute so gern anstecken lassen vom Flirren. Um sich dann selbst umzusehen und vielleicht ein paar Augen zu finden, an denen sie nicht gleich vorüber schaut. Ja, sie möchte gern ein neues Paar Augen kennen lernen.

Das mit Sonja, das wird nicht mehr lange dauern. Besitzt manchmal schon einen alarmiernd verbindlichen Charakter. Das wollen sie beide doch nicht. Und trotzdem schleicht es sich manchmal ein wie ein Schnupfen. Den man sich auch dann holen kann, wenn man Vitamine schluckt und sich warm anzieht. Auch dann.

Sie müssen immer längere Zeitspannen verstreichen lassen, um sich über den Beigeschmack der Gewöhnung hinweg zu täuschen. Aber irgendwann wird auch das nicht mehr funktionieren.

Um ehrlich zu sein: Diese Comedy ist der reinste Schwachsinn. Greta rollt sich übers Bett und angelt nach der Fernbedienung. Wird Zeit, dass sie sich mal etwas aufpeppt für den Abend.

Am besten ein Musiksender. Die bringen um diese Uhrzeit die Clips aus den Charts. In Gretas Schrank ist es immer bunt. Femme oder butch heute Abend?

Sie probiert die rote Hose mit dem Glitzereffekt. Die muss sie mal öfter anziehen, sonst ist die bald out und riecht immer noch neu. Aber heute Abend wirft der Stoff komische Falten am Hintern. Greta rechnet nach. Eisprungzeit. Mist. Da schrumpft ihr Hintern immer zusammen wie eine Dörrpflaume. Knackarsch in enger Hose kann sie heute vergessen.

Das blauschwarze Kleid passt super zu den frisch gefärbten kirschroten Haaren, die sich in wirren Korkenzieherlocken um ihren Kopf herum winden.

Unsere kleine Medusa!, sagt Madita immer liebevoll. Für Madita ist das ganze Leben ein Märchen und eine Sagenwelt. Nur, dass die Story mit der Prinzessin bei ihr ziemlich in die Hose gegangen ist.

Greta hat's ihr gleich gesagt. *Lass lieber die Finger von der. Die ist so unruhig. Ich wette, die kann sich nicht einlassen. Oder will nicht. Denk, was du willst. Aber eins sag ich dir: So*

ne Für-immer-Beziehung, wie du sie suchst, die kriegst du bei der auf keinen Fall!
Die Wahrheit ist, dass Greta glaubt, Julia und sie selbst gehörten ein und derselben Spezies an. Diese Sorte, die sich auf keinen Fall paaren darf mit dem Rest der Menschheit. Weil's sonst Mord und Todschlag gibt. Oder gebrochene Herzen. Aber diesen, seit zwei Jahren gehegten Verdacht würde Greta nicht laut äußern. Denn Jo, die in ihrer Naivität den Menschen direkt ins Herz sehen kann, hatte damals nämlich gesagt: *Ein Monster ist die! Tut so als könne sie nicht anders. Aber in Echt ist das ein Spiel für sie. Wie am einarmigen Banditen. Wenn sie mal was raus kriegt, wirft sie es sofort wieder oben rein. Der geht's nicht um den Gewinn, der geht's um den Nervenkitzel.*
Fanni hatte gelacht und Greta zugezwinkert. Weil Jo mal verliebt gewesen war in Madita. Und sie alle das wissen, aber nie drüber sprechen. Nur hin und wieder sich gegenseitig zuzwinkern, wenn Jo mal wieder eine von Maditas Flammen abhalftert als seien es allesamt Gestalten aus der Gosse.
Aber Madita war das sowieso egal gewesen. Sie hatte ihnen zugehört und nichts von dem angenommen, was sie ihr sagten. Sie lebt eben in ihrer eigenen Welt, und dort hatte sie sich einfach nicht vorstellen können, dass es für Julia und sie kein Happy End geben sollte.
Zu dem Kleid, das eigentlich zu kurz ist für diese winterlichen Temperaturen und schon allein deshalb auffallen wird, passen am besten die halbhohen Stiefel. Während Greta etwas Glitter auf ihren runden Schultern unter den Spagettiträgern verteilt, schlüpft sie schon mal in die derben Schuhe hinein. Das muss sein: Wenn sie oben rum so locker und leicht angezogen ist, dann braucht sie festes Schuhwerk. Echte Treter, in denen sie bombensicher stehen kann. Außerdem mag sie Stilbruch. Deswegen setzt sie probehalber noch das Häkelmützchen vom letzten Paris-Trip auf. Aber dann auch wieder ab. Ihre Locken sind heute derart unbändig, dass die Mütze auf ihnen sitzt wie ein Wellenreiter auf seiner Welle.
Beim Lippenstift braucht sie nicht lange zu überlegen. Fanni, die selbst gern dunkle Brombeertöne trägt, hat ihr neulich einen aus dem Duty Free Shop mitgebracht: Korallenrot. Mit dem Geschmack von wilden Kirschen. Fanni ist heute Abend

ziemlich häufig da. Hat die Karte das ausgelöst? Oder ist auch sie nur eines von diesen Fragmenten, die scheinen lassen als sei eine liebe Freundin, auch wenn sie Tausende von Kilometern entfernt ist, im Grunde nie wirklich fort von einem?

Als Greta schließlich, mit sich zufrieden, noch einmal in den Spiegel schaut, muss sie plötzlich lachen. Wie albern, sich den ganzen Tag zu verderben, wegen weniger Minuten bedeutungslosen Geschwafels.

Als sie sich fortdreht, hat sie für einen Bruchteil einer Sekunde den Eindruck, da sei ein Schatten hinter ihr im Raum.

Vielleicht die Gewissheit, dass ihr Lachen, erleichtert und euphorisch, ein paar Wochen reichen wird. Gerade so lange, bis die Zeit wieder reif sein wird für den nächsten Anruf.

Greta löscht rasch das Licht und verlässt eilig die Wohnung.

Jo wohnt mit Anne ein paar Straßen weiter. Nur Madita lebt als Einzige von ihnen außerhalb der Stadt, nahe beim Reithof, im Grünen, in ihrer anderen Welt. Deswegen muss sie immer mit ihrem schremmeligen Käfer herumgurken, weil sie sonst völlig auf dem Trockenen sitzt, da draußen, wo sich Has und Fuchs *Gute Nacht* sagen.

Greta besitzt kein Auto, aus Sicherheitsgründen. Reiner Selbstschutz, denn sie fährt wie ein Berserker, wenn sie mal hinter ein Lenkrad gelassen wird. Madita tut das deswegen schon lange nicht mehr. Und Jo willigt nur hin und wieder ein. Wenn sie selbst betrunken ist und deswegen sowieso nicht mitbekommt, auf welche atemberaubende Art und Weise Greta Jos kleinen Fiat durch den Straßenverkehr lenkt. Fanni lächelt immer weise, wenn sie mit ihrer etwas rauen Katzenstimme sagt: *Schätzchen, wenn du groß bist, darfst du auch mein Auto fahren. Versprochen!* – nur hat Fanni gar kein Auto.

Greta sieht die Straße auf und ab, aber von Maditas altem Wagen ist nichts zu sehen. Vielleicht kommt sie heute nicht mit zum Tanzen, vergräbt sich wieder in ihrem Kummer und schiebt das schlechte Wetter vor – als würden ihre besten Freundinnen das nicht durchschauen. Also schellt Greta und nimmt immer zwei Stufen der einen Treppe auf einmal.

Oben erschrickt sie. Jo hat Ringe unter den Augen. Kleine staubige Schatten, die unter diesen dunklen Kohlenaugen matt und unheilverkündend schimmern.

Greta will schon etwas sagen als hinter Jos Kopf, das Gesicht von Anne erscheint. Blass, mit stumpfem Blick.
Was ist hier denn los?, denkt Greta.
»Hi, Greta«, sagt Anne und schiebt sich hinter Jo vorbei, eine Chipstüte und eine Flasche Cola im Arm, auf dem Weg ins Fernsehzimmer.
»Du kommst wohl nicht mit?«, mutmaßt Greta, bereits eher zu Annes Rücken als zu ihren Augen.
»Heute mal nicht. Aber viel Spaß.« Damit ist sie verschwunden. Die Tür des Gästezimmers schließt sich mit einem rücksichtsvoll leisen Geräusch.
Jo sieht aus, als habe sie etwas schwer Verdauliches gegessen, und das seit Tagen.
»Was geht denn hier ab?«, flüstert Greta, als sie hinter Jo ins Wohnzimmer getreten ist.
Jo zieht die Brauen hoch, was bei deren Fülle wie ein kleines Gewitter wirkt.
»Sie hat mal wieder Ärger mit dem Chef.«
»Und deswegen hängt bei euch der Haussegen schief? Tut er doch, oder?«
Jo winkt ab. »Heute nicht«, bittet sie und Greta bemerkt, dass ihre Freundin heute Abend besonders sorgfältig zurechtgemacht wirkt. Ein neues T-Shirt ohne Arm und mit frechem Aufdruck. Die Haare im Nacken ausrasiert, die noch frische Tätowierung dort in Form eines verschlungenen Ornamentes herzeigend.
»Und du?«, raunzt Jo in ihrer liebenswert ruppigen Art. »Siehst selbst aus, als hättest du die Finger in die Steckdose gesteckt.« Damit meint sie Gretas Haare. Ein Thermometer für die Tagesform. Und wenn die ohnehin wirren Locken derart in alle Richtungen stehen wie heute, dann ist was im Busch. Wissen Gretas Freundinnen genau.
»Meine Mutter hat heute Geburtstag. Ich hab sie angerufen und das Telefonat war ... na ja, sagen wir mal bescheiden.«
Jo schnalzt mit der Zunge. »Hat sie wieder Lobeshymnen auf deine tolle Schwester gesungen?«
»Nein, sie hat nur einmal kurz erwähnt, dass Hanne ihre schweren Einkaufstaschen trägt. Aber das hat mir schon wieder gereicht. Oh, und sie hat erzählt, dass sie jetzt andere

Tabletten nimmt. Welche, die nicht so auf die Nieren schlagen.«

»Und das heißt?« Jo kennt sich inzwischen aus. Sie weiß, dass Gretas Mutter nie sagt, was sie meint, sondern in Zeichen, Rätseln und versteckten Hinweisen spricht, die es zu deuten gilt.

»Dass ich mir Sorgen machen soll. Dass ich öfter anrufen soll. Dass ich sie nicht aufregen darf. Sonst bekommt sie einen Anfall, den die schwächeren Tabletten nicht würden abfangen können.«

»Aha.« Jo nickt.

Greta sieht Jos Mutter vor sich, die hin und wieder bei den Partyvorbereitungen zu Jos Geburtstagsfeiern auftaucht. Eine leicht übergewichtige, tatkräftige Frau, die schwungvoll Salate zubereitet, dabei viel und vergnügt lacht, ihre Tochter im Vorbeigehen auf dem Hintern haut und außerdem kein Blatt vor den Mund nimmt.

Jo hat Gretas Mutter noch nie kennen gelernt. Ein Witz, sich vorzustellen, mit Jo oder Madita oder Fanni zu ihrer Mutter zu fahren, um sie ihr vorzustellen. Nicht einmal Corinna ist mehr als drei oder vier Mal mit ihr dort gewesen. Es war jedes Mal eine Farce gewesen, ein Horrortrip zwischen zwei eifersüchtigen Siebenjährigen, die einander die Windpocken an den Hals hexen möchten, aber gute Miene zum bösen Spiel machen. Und ihre Affären? Nie im Leben würde sie eine von denen mit zu ihrer Mutter nehmen. Dann lieber eine scharfe Handgranate schlucken.

Greta spürt plötzlich Jos Blick auf ihrem Gesicht und erwidert ihn.

Jo lächelt müde.

»Wir sind ja klasse drauf«, meint sie. »Wenn gleich Madita noch dazu kommt, können wir auf dem Schwof Werbung für ein feministisches Beerdigungsinstitut machen.«

»Geht's ihr schlecht?«

»Ich hab heute Morgen mit ihr telefoniert. Sie klang ziemlich mitgenommen. Hat wohl wieder diese Träume gehabt.«

»Von Julia?«

»Klar.« Jo knirscht mit den Zähnen.

»Sie kommt nicht drüber, hm? Ist doch jetzt schon drei Monate her, dass die weg ist.«

»Vier. Das war vor Weihnachten.«

»Ach, ja.« Greta fühlt sich für einen Moment unglaublich taktlos. Wie konnte sie auch nur eine Sekunde lang Maditas gerötete Augen im Schein der Tannenbaumlichter vergessen?

Sie sitzen minutenlang schweigend auf dem Sofa und blicken beide auf den gemusterten Teppich, ohne ihn zu sehen.

Greta ertastet die große Luftblase in ihren Kopf, in der ihre Gedanken herumschwimmen wie ein Mini-Goldfisch in einem riesen Bassin. Diese Leere, obwohl so viel Platz ist, die ist unheimlich.

Anne kommt über den Flur, bleibt kurz im Türrahmen stehen und schaut verwundert.

»Ihr seid ja so still. Ich dachte, ihr wäret schon gegangen.«

Jo erwidert nichts. Greta murmelt etwas von *schon den ganzen Tag so schlapp* und Anne verschwindet wieder.

»Woran denkst du so?«, will Greta gerne von ihrer Freundin wissen. Vielleicht hat sie auch Leere im Kopf, eine unbewohnte Höhle, in der ein eisiger Windzug geht.

Durch Jos Körper geht ein Schauder und ihre Augen sehen aus wie schwarz in der dämmrigen Beleuchtung des Zimmers.

»Heute Morgen hatte ich eine Patientin, die mich daran erinnert hat …« Es klingelt an der Tür.

Jo bricht ab und geht zur Gegensprechanlage.

»Kommt runter!«, schnarrt Maditas Stimme aus dem Gerät. »Ich hab keinen Parkplatz gefunden und steh hier in der Einfahrt zum Hof rum. Wir können mit meinem Auto fahren.«

Das Fernsehzimmer liegt direkt gegenüber der Eingangstür. Direkt gegenüber der Gegensprechanlage. Greta geht schon die Stufen hinunter und Jo löscht das Licht im Wohnungsflur, da erscheint noch einmal Annes Gesicht im Türspalt.

»Trink nicht so viel«, sagt sie bittend.

»Dir auch viel Spaß«, erwidert Jo freundlich und schließt die Wohnungstür mit einem leisen Klack hinter sich.

Greta zieht unwillkürlich den Kopf ein. Das klingt nach mächtig Krach. Aber Jo hat gesagt, sie will heute nicht darüber reden. Jo meint das auch so. Manchmal will sie Ruhe von ihren Gedanken. Was auch immer das für Gedanken sein könnten …

»Was war denn mit dieser Patientin heute Morgen?«, fällt Greta das begonnene Gespräch von gerade wieder ein.

Während sie nebeneinander den langen Altbauhausflur entlang gehen, sagt Jo wie nebenbei: »Sie hat mich an Anne erinnert. An Anne, wie sie war, als wir uns kennen gelernt haben. Und wahrscheinlich auch, wie ich damals war.«

Das ist es also. Greta hätte nur nicht gedacht, dass es so weit geht.

Madita lacht, als sie einsteigen.

»Boah, zieht ihr vielleicht Fressen! Was'n los?« Sie küsst Greta auf die Wange, ein Hauch von wildem Duft weht um sie herum. Ein neues Parfüm. Die hellblonden Haare fliegen um ihr Gesicht, soweit das pagenkopfkurze Haare können. Sie sind fein und weich wie Babyhaare. Greta hat sie schon oft gebürstet. Madita macht wirklich nicht den Eindruck, als ginge es ihr besonders mies.

»Du hast kein Patent für den leidvollen Auftritt. Merk dir das!«, erklärt Greta der Freundin und klettert freiwillig am vorgeklappten Beifahrersitz vorbei auf die Rückbank. »Ich hatte heute Abend ein Telefonat mit meiner Mutter.«

»Oh, alles klar! Das erklärt alles. Da kann ich nicht mithalten. Obwohl ich eine beim Ausmisten gebrochene Zehe anzubieten hätte.«

»Du hast eine …?« Jo umhalst Madita und versucht dabei, einen Blick auf deren Füße zu werfen.

»Nicht ich! Eines der Mädchen.«

»Ich sag's ja immer: Diese riesigen Tieren sind einfach gefährlich!«

»Irrtum! Es war eine Schubkarre! Dem Mädel ist beim Umladen auf dem Misthaufen das Ding ganz blöd auf den Fuß gekippt, und da hat es ›Knack‹ gemacht.«

Madita und Jo diskutieren vorn darüber, ob schon allein der Umgang mit Tieren, die größer als Hängebauchschweine sind – für die Jo eine unerklärliche Zuneigung hegt – eine Gefahrenquelle bedeutet.

Greta findet, eine gebrochene Zehe ist ein verhältnismäßig kleines Übel. Sie wackelt mit ihren Zehen in den halb hohen Stiefeln hin und her und stellt sich die Schmerzen vor. Tut bestimmt höllisch weh.

Aber ein kleines Übel. Im Gegensatz zu …

Dreimal verflucht! Wird sie denn diesen Abend gar nicht genießen können?

»Ach«, murmelt Greta, gerade noch so laut, dass die beiden anderen es hören können mit dem Eindruck, es sei gar nicht an sie gerichtet. »Wenn ich könnte, würde ich mich jedes Wochenende an eine andere verschenken.« Greta mag solche Sätze. Und wenn es ihr so geht wie heute, dann helfen sie ihr manchmal, sich besser zu fühlen. Schließlich ist darin von Freiheit die Rede, von eigenem Willen und Selbstbestimmung. Das Ganze verbunden mit einem grenzenlos guten Vorfreude-Gefühl, das dem Eindruck von buntem Blümchenmusterpapier und großen Seidenschleifen entspricht.

»Verschenken?«, wiederholt Madita vorn, ihren Blick starr auf die Straße gerichtet. »Gesegnet sei eine Einstellung, die dir das Gefühl vermittelt, wir seien ein Geschenk für die anderen.«

»Was denn sonst?«, fragen Greta und Jo gleichzeitig. Greta, weil sie es so meint. Jo bestimmt nur, weil sie immer eine große Klappe hat.

Madita brummelt ein bisschen. Und Greta ist froh über die flapsigen Sprüche, die sie jetzt mit Jo tauschen kann. Das kommt ihrer Vorstellung von einem gelungenen Schwofabend schon langsam näher.

Es sind nicht so viele Autos auf dem Parkplatz wie üblich. Viele Lesben lassen sich also vom Schnee abschrecken. Hoffentlich nicht die schönen, attraktiven, freien, einem Flirt gegenüber offenen.

Plötzlich lacht Madita, und Jo macht sofort mit, als habe sie unvorbereitet eine lustige Überraschung erhalten.

»Was ist denn?«, will Greta wissen.

Madita deutet voraus zum Eingang. »Kennt auch ihr diese Lesbenbücher? Die, die immer da anfangen, wo mehrere Frauen zusammen auf einen Schwof gehen und da dann tolle Bekanntschaften machen?«

»Die kenn ich! Wegen dieser tollen Bekanntschaften sind wir doch jetzt auch hier, oder?«, erwidert Greta ohne Ironie und sieht, wie Jo Maditas Hand nimmt, was sie sich nicht immer traut. Madita ist keine, deren Hand jede zu jeder Zeit einfach so nehmen darf.

»Sie fangen immer genau an dieser Stelle an. Als gäbe es kein Vorher. Dabei bestehen doch unsere ganzen Leben daraus, aus diesem Vorher.«

Davon will Greta jetzt wirklich nichts hören.

»Muss das noch mal nachgestochen werden?«, fragt sie und greift Jo in den Nacken, wo das Tatoo leuchtet.

»Bloß nicht!«, brummt Jo. »Tat höllisch weh. So was brauch ich nicht noch mal.«

Greta grinst. Weil Jo ihnen zu verstehen gibt, dass sie einen gewaltigen Schmerz ausgehalten hat. »Fanni hat erzählt, in Neuseeland lassen sich die Einheimischen traditionsgemäß das ganze Gesicht, manchmal den ganzen Körper tätowieren.«

Madita wendet sich herum. Das Licht einer Straßenlaterne fällt direkt in ihr Gesicht und lässt es jung und weich aussehen. »Was sie wohl gerade macht?«

Sie kämpft mit dem Belichtungsmesser. Vielleicht ist es die Luftfeuchtigkeit, die ihm zusetzt. Manchmal ist es hier so feucht, dass sie die Vorstellung nicht los wird, Tropfen aus der Luft lecken zu können. Das macht der Regen in diesem Herbst. Unglaublich, dass hier sogar eine andere Jahreszeit ist.

Das Versammlungshaus ist ein menschlicher Körper. Er ist einem nachempfunden in seiner ganzen Bauweise. Schon beim Hineingehen begibt Fanni sich in die mächtigen Arme, symbolisiert durch die Giebelbalken, die die Tür umrahmen. Der langgezogene Firstbalken ist das Rückgrat. Daran befestigt sind die seitlichen Dachverstrebungen, die Rippen. Fanni selbst steht in Brust und Bauch.

Ein grüner Salamander mit einem beeindruckenden Kamm auf dem Rücken klettert die Wand herauf. Die Holzschnitzerei ist an der Längswand so angebracht, dass Fanni zunächst den Eindruck hat, es handele sich um ein lebendiges Tier. An einer anderen Stelle hängt eine Maske, die im Gesicht die Maori-typische Tätowierung trägt und dem Betrachter mit rollenden hervorquellenden Augäpfeln die blutrote Zunge entgegenstreckt. Darin ist genau die Miene eingefangen, die die Maori-Männer in ihrem berühmten Kriegstanz zur Schau stellen. Sie soll der Abschreckung dienen. Und Fanni, die bereits einen solchen, für Touristen aufgeführten Folklore-Tanz fotografiert hat, weiß, dass es funktioniert. Bei diesen unheimlichen, verzerrten Gesichtern glaubt jeder gern, dass das kriegerische

Volk der Maori zu früheren Zeiten das Fleisch der Feinde verzehrte und dessen Köpfe auf Pfählen zur Schau stellte.

Sie ist so vertieft in ihre Arbeit, dass sie ihn nicht bemerkt. Er muss hereingekommen sein und dort schon eine Weile sitzen, ohne dass sie ihn gefühlt hat.

Fanni hofft, dass es ihr gelingt, ihren Schreck zu verbergen. Sie sieht demonstrativ auf ihre Armbanduhr.

»Sie sind zu früh«, sagt sie kühl und registriert ihre angespannten Schultern. »Aber Sie haben Glück. Ich bin schon fertig mit meiner Arbeit hier. Jetzt können wir irgendwo hingehen und uns unterhalten.«

Da erst sieht sie den Tracking-Rucksack, der neben ihm an der Wand lehnt. Er ist voll gepackt, fest verschnürt.

»Sie kommen gerade von einer Tour?«, fragt sie verwundert.

»Nein«, antwortet er, ebenso erstaunt. »Ich dachte, wir würden miteinander zu einer aufbrechen.«

Fanni legt den Kopf in den Nacken und lacht. Es ist ihr *Hochadellachen*, wie Greta es immer nennt. Entspringt einer irgendwie angeborenen lässigen Überheblichkeit. Was bestimmt nichts damit zu tun hat, dass ihr Gegenüber ein Halb-Maori ist. Vielleicht dass er ein Mann ist, der von ihrer Arbeit keine Ahnung hat. Und vielleicht dass er ein fremder Mann ist.

»Langsam! Langsam!«, lacht Fanni auf eben diese Weise. »Natürlich machen wir eine gemeinsame Tour. Ich brauche Sie als Führer durch den Urwald hier. Aber doch nicht heute. So was muss doch erst geplant werden.«

Er sieht sie ernsthaft an. »Sie haben gesagt, Sie wollen einen Trip von drei bis vier Tagen durch den Kauri-Busch. In vier Tagen wird es aber beginnen heftig zu regnen. Es ist das beste, wenn wir jetzt aufbrechen.«

Regen.

Fanni sieht ihre Kameras vor sich. Die hochempfindliche Elektronik. Die Filme. Aufgeweichtes Material. An ihrem Ankunftstag hier hat es einmal für ein paar Stunden geschüttet wie aus Kübeln. Es war um die Mittagszeit und der Himmel so dunkel wie um Mitternacht. Sie hatte staunend und noch schwankend unter Einfluss des Jet-Lags im Aufenthaltsraum der Pension gestanden und aus dem Fenster geglotzt. So ein Regen. Obwohl am Morgen die Sonne von einem strahlend blauen Himmel auf das Flughafengelände schien.

Misses Hopkins hatte über ihre Verwunderung amüsiert gelacht. »Das ist doch nur ein Schauer«, hatte sie gesagt und es hatte beinahe stolz geklungen. »Unseren Regen haben Sie noch nicht kennen gelernt, Misses.«

»Die örtliche Wetterstation scheint aber nichts davon zu wissen«, erwidert Fanni jetzt unsicher. »Ich habe mich erkundigt.«

Der Mann – sie hat seinen Namen vergessen und denkt, dass es dumm war, nicht noch einmal auf den Zettel geschaut zu haben, auf dem sie ihn notiert hat – nickt, als habe er nichts anderes erwartet. »Das kann durchaus sein«, antwortet er, ohne die Diskrepanz zwischen seiner vorher getroffenen Aussage und Fannis Wissensstand laut Wetterstation zu erklären. »Haben Sie einen Leihwagen?« Fanni kann nur überrumpelt nicken.

»Wunderbar. Ich dachte mir, wir fahren gleich los und sehen uns da oben erst mal um. Sie müssen mit vier Stunden rechnen. Dann sind wir heute Abend am See. Von dort aus geht es durch den Busch zur Küste. Ich nehme mal an, es geht Ihnen um die Vielseitigkeit der Busch-Landschaft? Die verschiedenen Pflanzen, allerlei Getier und so? Gut. Die werden Sie dabei ganz wunderbar zu sehen bekommen. Vorausgesetzt, Sie haben gutes Schuhwerk mit und Ihre Fotos leiden nicht unter schmerzhaften Blasen am großen Zeh.« Er ist nicht besonders schnell beim Sprechen. Er überfährt sie nicht wie Dieter Thomas Heck. Es ist eher seine ruhige Gelassenheit, die sie aus der Fassung bringt. Ihr Widerspruch kommt ihr einfach kindisch vor.

»Aber ich dachte, wir besprechen uns heute erst, entscheiden uns für eine Route, machen einen Plan, ich sage Ihnen, worum es mir geht, was ich sehen muss und so weiter«, stammelt sie. Sie hat sonst immer alles im Griff. Sie hat noch nie zugelassen, dass jemand ihre Pläne durchkreuzt, erst recht kein Mann. Deswegen empfindet sie auch keinen Ärger. Keinen Groll, den andere Frauen wahrscheinlich nur zu gut kennen. Frauen, die sich ständig von ihrem eigenen oder anderen Männern sagen lassen müssen, in welcher Reihenfolge ihr Leben ablaufen wird. Fanni empfindet nur Verblüffung.

Ihr Führer für die nächsten vier Tage lächelt. »Es gibt Wege, die entstehen nur beim Gehen«, sagt er schlicht und schultert sein Gepäck.« »Kommen Sie. Wir gehen zu Ihrer Pension und Sie packen Ihre Sachen. Wir sollten am See sein bei Sonnenuntergang. Der wird heute besonders schön.«

»Aber ... müssen wir nicht einen Vertrag aufsetzen? Über Ihre Bezahlung? Ich könnte Sie doch übers Ohr hauen.«

»Sie haben vorgestern per Handschlag den Bedingungen zugestimmt. Haben Sie es sich noch einmal anders überlegt?«, erwidert er ruhig.

»Nein. Nein, aber ich ...«

»Wenn wir zurück sind, schreiben Sie mir einen Scheck aus oder geben mir das Geld bar und ich unterschreibe Ihnen eine Quittung. Für Ihren Auftraggeber. Das wird ihm doch ausreichen, oder? Kommen Sie jetzt. Lassen Sie uns aufbrechen.«

Fanni geht mit ihm. Sie geht genau neben ihm, denn er achtet darauf, ihr nicht voraus zu laufen.

Auf ihrem so gemeinsamen Weg zu Fannis Pension, erklärt er ihr etwas über die Straße, durch die sie kommen und über das ungewöhnliche Land, in dem diese Straßen liegen. Er strahlt eine seltsame Würde aus, von der sie nicht anders kann, als sie anzusprechen. »Ist das Ihr Ureinwohnerstolz oder so was?«, lächelt Fanni charmant und er grinst sie breit an. »Ureinwohner? Gibt es in Neuseeland nicht. Außer Sie sprechen von den Kiwis und den schon lange ausgerotteten Moas. Aber ich schätze mal, dass Sie nicht unbedingt Vögel im Sinn haben dabei. Wenn Sie so wollen, sind die Maoris die ersten Einwanderer Neuseelands gewesen. Sie nennen es *Aotearoa*, das Land der langen weißen Wolke. Sie selbst sind *tagata maori*, das gewöhnliche Volk. Und Sie, Sie sind eine *Pakeha*, Nicht-Maori. Wissen Sie, mit meinem *Maoritanga*, meinem Stolz, Maoriblut zu besitzen, ist es so eine Sache. Meine Mutter ist eine *Pakeha*. Ich bin ein Halbblut, also irgendetwas dazwischen. Und das schon mein ganzes Leben lang. Da bleibt wenig Platz, um stolz zu sein.«

Fanni fühlt sich taktlos. Von dem Gefühl, *irgendetwas dazwischen* zu sein, hat sie nun wirklich keine Ahnung. Madita lacht immer, wenn eine von ihnen über solche Gefühle theoretisiert. *Was wissen wir schon davon, Mädels? Wir sind weiß, stammen aus diesem Land, sind christlich sozialisiert, nicht einmal jüdisch. Wir tragen keinen Schleier und sprechen nicht*

eine Sprache unserer Familie und eine anderer unserer Freunde. Also?
Greta, die hin und wieder die Opposition liebt, antwortet dann: *Aber wir sind lesbisch.* Darauf sagt Madita: *Nur, das sieht man uns nicht an!* Was das Ganze natürlich auf einen viel zu einfachen Nenner bringt.
Dennoch. Tokowa, so heißt er, hat er sie inzwischen erinnert, deutet ihr Schweigen richtig. »Es hat auch Vorteile«, fährt er fort. »Ich konnte weder den einen noch den anderen traditionellen Weg einschlagen. Ich musste meinen eigenen finden. So werden Helden gemacht, finden Sie nicht?«
Als sie am Haus von Misses Hopkins ankommen, ist er Fanni sympathisch.
Er wartet gelassen an die Motorhaube des Leihwagens gelehnt. Fanni kann ihn von ihrem Fenster aus sehen, nur ein kurzer Blick, während sie alles zusammensucht. *Das wird jetzt eine Weile dauern. Ich war nicht darauf eingestellt.*
Ihr winziges Zelt und der Schlafsack sind bereits verschnürt. Die Kleidung reduziert sie auf ein Minimum und steigt lächelnd in eine Trekking-Hose, in die sie ein Baumwoll-Shirt stopft, über das sie einen Wollpulli zieht. Das Regencape hängt am Rucksack. Wenn er tatsächlich Recht hat, wird sie es nicht brauchen. Ihre Ausrüstung, sie braucht drei Apparate, zig Filme, Bänder, Belichtungsmesser, das Stativ, nimmt den größten Platz ein. Als sie ihr Gepäck auf den Rücken hebt, hat sie für einen Augenblick das Gefühl, hintenrüber zu fallen. Aber dann fängt sie sich und steigt steif die Stufen hinab, an deren Fuße Misses Hopkins mit einem gut gemeinten und verlockend duftenden Lunch-Paket auf sie wartet. Mehr noch: Sie geht mit hinaus und sieht lächelnd zu, wie Fanni und Tokowa ihre Gepäckstücke in dem kleinen Toyota verstauen und sich hineinsetzen. Als sie die Straße hinunter fahren, sieht Fanni die kleine rundliche Gestalt am Straßenrand stehen und winken. Für einen Moment brennt ein grässlicher Schmerz im Sonnengeflecht, da wo Verlust am deutlichsten zu spüren ist.
»Sie fürchten sich doch nicht vor dieser schönen Tour?«, erkundigt sich Tokowa besorgt.
Fanni schüttelt den Kopf. Zum Nein. Und zum Vertreiben des Schmerzes. »Vor drei Jahren ist meine Großmutter gestor-

ben«, antwortet sie, verwundert über ihre eigenen Worte. »Ich bin bei ihr aufgewachsen. Gerade musste ich an sie denken, weil Misses Hopkins ...«

Sie schweigen einen Augenblick. Fanni konzentriert sich aufs Fahren. Zu Hause hat sie kein Auto. Und zur fehlenden Fahrpraxis kommt hier der tückische Linksverkehr hinzu. In den ersten Tagen wäre sie zwei Mal um ein Haar überfahren worden, weil sie immer in die falsche Richtung blickt zum Überqueren der Straßen.

»Meine Großmutter hat mir beigebracht, Bäume zu lieben«, beginnt Tokowa ihr Unterhaltung. Die vier Tage lang dauern wird.

Die Autofahrt nach Norden bis zum Kauri-Nationalpark. Über den Parkplatz hinweg, die anfangs unsicheren Schritte mit dem schweren Gepäck. Hinein in den Busch, wie ihn die Neuseeländer nennen, den Urwald. Dichtes Baumwerk, Unterholz, Büsche, mannshohe Farne, Moos, Schlingpflanzen. Die nichts auslassenden, vollkommenen Schattierungen von Grün lassen die Menschen, die es wagen hinzusehen, für länger als gewöhnlich verstummen.

So gehen sie über eine weite Strecke, die Fanni noch länger vorkommt, da sie das schwere Gepäck nicht gewöhnt ist, schweigend.

Es umgibt sie eine Fremde, die keine große Stadt und keine Menschenmenge, keine Mondrakete, kein Unterseeboot, kein Luftschiff in ihrer Intensität je erreichen könnte. Fannis Schritte werden gefedert von einem Boden, der älter und weiser zu sein scheint als jeder andere, auf dem sie in ihren sechsunddreißig Jahren bisher gegangen ist. Nach anfänglicher Beunruhigung, nach vielmaligem Umsehen, dem Spähen ins undurchdringliche Unterholz, lässt Fanni endlich ihre Schultern aus der nervösen Anspannung fallen. Ein Schaudern, das nur Wildnis hervorrufen kann. Auf Wegen, die so schmal sind, dass sie nur hintereinander gehen können. So kann sie also auch sein. Sie wendet sich kurz zu Tokowa um, und er lächelt ihr zu, als wolle er ihr Mut machen, hinzuschauen. Und Fanni schaut hin.

Auch bei Sonnenuntergang am See ist sie sich eine Fremde, die das Stativ aufbaut, das Licht misst, verschiedene Filme und Kameras einsetzt. Um die Farben, den Wechsel von Alles-ist-

Grün zu Alles-ist-Rot zu dokumentieren. Die Spiegelungen auf dem Wasser und in den großen glatten Blattflächen eines unbekannten Strauches. Sie ist so winzig vor all dem. Wie Alice im Wunderland fühlt sie sich. Ein Jammer, dass auf den Bildern nicht die Schreie der Vögel, das Rauschen des Laubes zu hören sein wird. Und nicht zu riechen der wilde, mal scharfe, mal süße Duft des in die Stille fallenden Ufers.

Erst in der Nacht, eingerollt in ihren Schlafsack, das Zeltdach zwischen ihr und dem sternenschmucktragenden Himmel, wird sie wieder zu der, die sie gewöhnt ist zu sein. Sie wacht auf, ohne zu wissen, was sie geweckt hat. Spürt das feine Rinnsal zwischen ihren Beinen. Es ist noch lange nicht Zeit dafür. Aber offenbar ist ihr Zyklus nicht auf Reisen ans andere Ende der Welt eingestellt. Wie betrunken wühlt sie sich aus der Thermofütterung und taumelt aus dem Zelt. Vorbei an Tokowa, der in seinem Schlafsack liegt und unter dem Blätterdach seine Träume fängt.

Während sie im Licht der kleinen Taschenlampe zwischen den niedrigen Büschen hockt und mit Zelttüchern ihre Schenkel so gut es geht von den dunklen Spuren beseitigt, erscheint Fanni plötzlich nichts auf der Erde so erbarmungswürdig wie eine Fotografin im neuseeländischen Busch. Jeder Mann der Welt ist dagegen vor der Überraschung einer sieben Tage zu früh einsetzenden Menstruationsblutung sicher.

Jämmerlich wie sie nachrechnen muss und nie mehr als auf vier Tampons kommt, die sie als Notfall-Versorgung immer dabei hat. Sie verbietet sich alle Tränen der Ratlosigkeit. Allein. Im Wald. Nein, im Urwald. Mit einer kompletten Fotoausrüstung und sonst nicht mehr als nur dem notwendigsten Gepäck.

Mit zusammengeknüllten Zelttüchern zwischen den Beinen, schleicht Fanni zurück. Tokowas Augen sind geöffnet.

»Geht es Ihnen nicht gut?«

»Ich habe ein kleines Problem«, lacht Fanni, ohne wirklich zu lachen. »Das bekannte Frauenleiden hat mich überrascht. Und ich nehme mal an, es gibt hier nicht zufällig eine Drogerie in der Nähe, wo ich Binden kaufen könnte?«

»Selbstverständlich«, antwortet Tokowa ihr ernsthaft. »Sie sind hier schließlich in Neuseeland.«

Fanni lächelt müde und kriecht mit einem weiteren »Gute Nacht« zurück in ihr Zelt. Fällt kurze Zeit später in einen unruhigen Schlaf, in dem sie sich eingesponnen fühlt in einen Kokon. Mit den ersten Lichtstrahlen erwacht sie wieder, zusammengekrümmt wie ein Embryo, mit Schmerzen, die als heiße Blitze aus dem Unterleib in die Beine und den Rücken schlagen.

An ihren Schläfen haftet schweißtropfenförmige Panik. Die Krämpfe sind da. Natürlich. Sie hat gestern und vorgestern nicht auf ihre Nahrung geachtet. Sie hätte nur Obst essen dürfen und Gemüse. Aber kein Fett, kein Zucker, kein Alkohol. Misses Hopkins' Küche und die Restaurants in der Stadt haben alles hergegeben, was herrlich schmeckt und Gift ist in den Tagen vor der Blutung.

Sie wird nicht laufen können. Sie wird nicht sprechen können. Sie wird nicht schauen können. Und fotografieren, nein, das ganz sicher nicht. Fanni stöhnt auf.

»Kommen Sie.« Tokowas Stimme, inzwischen schon annähernd vertraut, dringt durch die dünne Zeltwand, als sei die gar nicht vorhanden. »Ich habe was für Sie.«

Fanni stauchelt hinaus. Seinem Gesicht kann sie ablesen, dass ihr Zustand deutlich ist. Doch er lächelt nur freundlich und deutet ein paar Meter weiter, wo er über einem kleinen Bunsenbrenner Wasser erhitzt.

»Ich mache Ihnen einen Tee«, sagt er strahlend, als sei es ein wunderschöner Morgen auf der Terrasse eines gemütlichen Heimes.

Fanni stolpert in die Büsche hinter ihrem Zelt und übergibt sich.

Die Zelttücher sind durchweicht. Sie nimmt den ersten der vier Tampons. Noch drei.

»Hören Sie«, beginnt sie, als sie sich auf den Platz vor dem Zelt zurückgeschleppt hat. »Ich kenne das. Ich werde nicht gehen können heute. Das heißt, wir sitzen hier ganz schön in der Klemme. Am meisten natürlich ich. Denn ich werde Sie selbstverständlich bezahlen. Dafür, dass ich heute hier herumliegen werde. Ich denke auch, es wäre besser, wir brechen morgen früh zum Rückweg auf. Wir müssen noch einmal starten, in der nächsten Woche. Ich muss umdisponieren. Ich weiß zwar nicht, ob mein Chef mir eine Verlängerung bewilligt, aber ich sehe gar keine andere Möglichkeit.« Ihr Stimme holpert bei jeder Silbe.

Zum Schmerz kommt die Gewissheit dazu, dass die meisten Männer wenig verständnisvoll sind, wenn es um Regelkrämpfe geht. Was sie nicht kennen, akzeptieren sie nicht. Jeder Mann sollte in seinem Leben einmal die Schrecken von Geburtswehen erleben müssen.

»Ich mache Ihnen einen Tee«, wiederholt Tokowa geradezu stoisch und schüttet das kochende Wasser in einen festen Plastikbecher. Darin schwimmt ein zerstampfter Brei aus Teeblättern. Fanni sieht genauer hin.

»Was ist das?«

Er hält eines der vielen Blätterstücke hoch, die neben ihm auf einer Plastiktüte liegen. Es ist dieselbe Pflanze, deren Blätter Fanni am Abend fotografiert hat, weil das goldene Licht sich in ihnen fing wie in einem langsam erblindenden Spiegel.

»Ein uraltes Rezept«, erklärt er und reicht ihr ein paar Blattstücke herüber. »Versuchen Sie es mal.«

Fanni nimmt die kleingeschnittenen Pflanzenteile entgegen und betrachtet sie. »Sie meinen, ich soll das essen?«, fragt sie skeptisch.

Da lacht er. »Nein. Nicht essen. Die Blätter gehören in Ihren Slip. Probieren Sie es aus! Ich habe Ihnen doch gesagt, Sie sind in Neuseeland. Da gibt es auch im Busch eine Drogerie, in der Sie Binden bekommen können. Nur, dass Sie diese hier nicht einmal bezahlen müssen.«

Dieser Typ ist wirklich ungewöhnlich, das muss Fanni ihm lassen.

Ihre Großmutter, obwohl emanzipiert und fortschrittlich denkend, hat niemals einem Arzt vertraut. Sie war eine moderne Kräuterhexe. Eine, die alle Hausmittel kannte und wusste, welche von ihnen der Heilkunde und welche dem Aberglauben dienten. Sie hatte immer Gewürze, Kräuter, Aufgüsse eingesetzt, bei der kleinen Fanni und bei allen ihr lieben Menschen. Aber ihre eigene so oft erprobte und häufig bewährte Medizin hatte ihr selbst nicht helfen können. Gegen den Krebs. *Ein Arzt hätte das auch nicht gekonnt*, hatte sie gesagt und damit gewiss Recht gehabt.

Fanni denkt fest an diese blauen Augen. Den Schalk in ihnen, und den ungebrochenen Willen bis zuletzt. Sie hätte es sicher ausprobieren wollen. Selbstverständlich auch, um das selbst geschriebene Buch der Hausrezepte vielleicht noch um ein weiteres ausgefallenes zu erweitern.

Im Slip fühlen sich die Blätter zuerst seltsam kühl und feucht an. Das kann nicht gut sein. Das ist ganz sicher nicht gut. Die Krämpfe werden noch schlimmer werden.

Aber ihre Körpermitte erwärmt die Pflanze. Oder ist es die Pflanze, die warm und wärmer wird?

»Ist es in Ordnung?«, erkundigt Tokowa sich als sie neben ihm auf der Plane Platz nimmt.

»Es ist irgendwie ... warm«, antwortet Fanni verwundert.

Er grinst. »Das ist der Sonnenuntergang von gestern.«

Der Tee schmeckt faulig, wie aus altem Heu gemacht. Sie will ihn zur Seite stellen, aber er erwähnt gerade rechtzeitig, dass man Dinge, die man ausprobieren will, auch bis zum Ende ausprobieren muss. Weil man sonst niemals wissen wird, ob sie nicht doch geholfen hätten, wenn man durchgehalten hätte.

Also behält sie den Becher in der Hand und atmet einfach nicht, wenn sie einen weiteren Schluck nimmt. Schließlich ist sie eine, die von sich behaupten möchte, immer alles probiert zu haben. Alle Wege bis zum Ende gehen. Erst dann kann gesagt werden, es geht nicht. Aber vorher. Verschwommen im Grün taucht Elisabeths Gesicht auf.

Du hast es noch nicht einmal versucht, hat Jo neulich noch gesagt. Jo mit dem brennenden Herzen voll Hoffnung. Die vor Schüchternheit im Boden versinkt, es aber dennoch wagt. Damals bei Anne, als das mit den zehn Jahren Altersunterschied klar war, da hatte sie gemurmelt, das habe doch keinen Sinn. Anne werde sich totlachen. Aber trotzdem wagte sie es. Und gewann.

Tokowa hat auf dem Boden eine detaillierte Karte ausgebreitet und zeigt ihr den Weg, den sie heute gehen werden. Am Anfang denkt sie überrumpelt, *der spinnt doch, der hat gar nicht gehört, was ich vorhin gesagt habe, dass ich nicht gehen können werde. Oder er nimmt mich nicht ernst.* Und dieser Gedanke macht sie für eine Weile so wütend, dass sie ihm kaum folgen kann. Sie sieht seine braunhäutigen Hände, deren kurze kräftige Finger auf der Karte Linien nachziehen. Seine Stimme ist wie ein Bilderbuch dazu. Dem kann sie sich irgendwie nicht entziehen. Wie er von diesen Ausblicken spricht, von dem tosenden Wasserfall, den hundert Regenbögen darin, dem weisen Baumriesen und den eitlen Papageien.

Er lullt mich ein, denkt sie. *Er will mich einfach nur ablenken, weil er glaubt, ich würde vergessen, dass ich krank bin. Nur ein Mann kann das denken.*

Aber sie kann tatsächlich nicht anders als schon die Fotos sehen, die zu seinen Worten entstehen.

Nach fünfzehn Minuten lassen die Krämpfe plötzlich nach.

Ihr Körper wird weich in der Mitte. Die Blätter, dem Gefühl nach aus Baumwolle, strahlen warm. Der Aufguss in ihrem Magen, in ihrem Blut, in ihrem Unterleib macht sie fühlen, als sei es fast schon vorbei.

»Ich ruhe mich noch ein bisschen aus«, entscheidet sie und zieht sich zurück ins Zelt. Wo sie ihren Bauch abtastet und in ihren Slip späht. Dort saugen die Pflanzenfasern das Blut auf. Und den Schmerz.

Nach einer Stunde, die sie in ihrem Schlafsack gelegen hat, ohne dass die Krämpfe zurück kamen, krabbelt sie erneut aus dem Zelt und sieht Tokowa am hundert Meter entfernten Seeufer sitzen.

Sie geht zu ihm und sieht auf das Wasser hinaus, das immer in Bewegung zu sein scheint.

»Sieht so aus, als könnten wir doch gehen«, sagt sie.

»Prima!«, erwidert er und steht auf. Grinst er?

»Aber wir sollten was von diesem Zeug mitnehmen. Ich meine, nur zur Vorsicht. Vielleicht wäre so ein Tee in ein paar Stunden gar nicht verkehrt?!«, schlägt sie vor als sie zu ihrem Rastplatz zurück gehen.

Nein, er grinst nicht.

»Ich habe noch etwas geschnitten«, antwortet er ernsthaft und bückt sich, um die Plane einzurollen.

»Es hat mich einfach verwundert«, gesteht sie und fühlt sich unzumutbar tollpatschig. Unbeholfen in ihrer Bemühung, ihm ihren Dank auszusprechen. »Bei mir zu Hause ... also, es ist da nicht üblich, dass sich ein Mann, falls er nicht gerade Arzt ist, so gut mit einem typischen Frauenleiden auskennt. Ich komme eben aus einem anderen Land.«

»Sie kommen aus einer anderen Welt«, weiß er. »Aber glauben Sie bloß nicht, dass es was damit zu tun hat, dass ich Maori-Blut besitze.« Genau das hat sie gedacht. »Ich wuchs auch bei meinen Großeltern auf, genau wie Sie. Die beiden haben mir beigebracht, dass alles zusammenhängt. Die Frau kann ohne den Mann nicht sein. Der Mann kann ohne die Frau nicht sein. Wovon das Leben abhängt, darüber sollte man etwas wissen, finden Sie nicht?«

»Ich stimme Ihnen zu«, erwidert Fanni. Plötzlich mit einem anderen, aber auch wohl bekannten heißen Schmerz. Undefinierbar gelagert. Vielleicht im Rückgrat. Ach, es wird irgendwann mal entzwei brechen. Die Frau kann ohne den Mann nicht sein. Elisabeth. Lutz. Dessen Name in den Briefen fehlt.

Sie wandern eine Stunde, und Fanni sagt lange kein Wort.

An diesem anderen Ende der Welt ist Elisabeth also auch zu Hause.

Ihre herrschaftliche Erscheinung, der stolze Gang, der Bogen ihres weißen Halses. Die Blässe ihrer Haut, die sie selbst verteufelt und die Fanni anzieht wie ein Magnet. Vielleicht auch Lutz anzieht. Der als blauholzgerahmtes Foto im Bücherregal steht. Ein blonder Mann mit leuchtenden Augen, groß und kantig, ohne selbstverliebt zu wirken. In diesem Jahr hat Fanni kaum etwas erfahren über ihn. Nur weiß sie jetzt, dass auch er in Neuseeland ist. Überall, wo Elisabeth lebt, ist er auch. Sogar ihre Briefe wimmeln vor seiner Nicht-Erwähnung.

Sie muss diese Gedankenameisen, die über ihre Seele krabbeln und dort Straßen einrichten, loswerden. Abschütteln. Damit sie arbeiten kann. Das hier kann nicht wiederholt werden an einem Tag mit freierem Kopf.

Fanni streift die Pflanzen am Wegrand mit dem Blick und den Fingerspitzen. Eine könnte doch darunter sein, deren Aufguss all diesen Schlamm an Furcht und Hoffnung aus ihr heraus spült. Deren Blätter, in kleine Stücke geschnitten und auf die Augen gelegt, das Bild der Feuerhaare um das schönste Gesicht fortwischen würden.

Natürlich will sie das nicht wirklich.

Als sie am Wasserfall ankommen, erledigt sich das alles sowieso von selbst. Sie ist ganz sie, hantiert mit ihren Geräten und macht ihre Arbeit, in der sie sich wieder selbst spürt.

Tokowa steht neben ihr, sieht ihr zu. Und einmal weist er sie auf etwas Besonderes hin. Ein Schwarm von Regenbögen, die in einem Sonnenschauer übers Wasser fliegen.

Fanni erwischt sie mit der Linse. So schnell können sie nicht sein, dass Fanni sie nicht einfangen könnte als eine Erinnerung für die Menschen-Foto-Ewigkeit.

»Mister ...«

»Warum nennen Sie mich nicht einfach Tokowa?«, schlägt er vor.

»Tokowa!«, sagt sie und nickt ihm lächelnd zu. »Fanni.«

»Fanni«, wiederholt er verschmitzt grinsend.

»Tokowa, möchtest du mal sehen?«, wendet sie sich ihm zu und hat für einen winzigen Moment den Eindruck einer großzügigen imperialen Geste. Vielleicht erspürt Tokowa es ebenso, denn um seinen breiten Mund spielt ein amüsiertes Lächeln, als er herantritt, um dann stumm die Fotos in ihrer digitalen Kamera zu betrachten.

Sie schwafelt, um ihre Verlegenheit zu überspielen: »Die Fotos werden nicht ganz genau so aussehen. Die digitale Kamera habe ich eigentlich nur zur Kontrolle. Für die tatsächlichen Bilder benutze ich immer Film. Wegen der höheren Auflösung. Digitale Fotos besitzen eine viel geringere Auflösung, viel weniger Pixel, wusstest du das?« Sie vermutet, dass er genau weiß, dass ihre Worte belanglos sind, denn er antwortet ihr nicht wirklich, indem er sagt: »Als ich studiert habe, habe ich schon mal Bilder gesehen, an die diese hier mich erinnern.« Dabei richtet er seinen Blick in die Ferne wie in die Vergangenheit.

»Was hast du studiert?«

»Ökologie.«

Nur ein Wort.

»Aber es gab auch viele freiwillige Seminare, zum Beispiel zu Film und Literatur. Daran erinnern deine Fotos mich. Ich habe mit meiner Frau zusammen Dias für meine Examensarbeit gemacht. Diese Art, die man vielleicht auch durch eine gute Zeichnung ersetzen könnte. Verstehst du? Rein wissenschaftlich. Aber deine Bilder sind anders.«

»Es wird ja auch ein Fotoband, der Geschmack auf dein Land machen soll, keine Doktorarbeit«, lächelt Fanni. Unbegründet geschmeichelt fühlt sie sich. Obwohl er ihr – genau betrachtet – doch gar kein Kompliment gemacht hat. »Ich dokumentiere einfach nur die Schönheit.«

»Da stimme ich dir nicht zu«, erwidert er. »Ich bin der Meinung, du dokumentierst nicht, weißt du? Du erzählst damit eine Geschichte. Das ist selten. Ich glaube, zu Hause wartet jemand auf dich, dem du das alles hier erzählen willst, richtig?«

Er erwartet keine Antwort, sondern wendet nur lächelnd den Blick wieder fort.

Elisabeth. Aufrecht, groß, gerade, wird sie auf Fannis gelbem Sofa sitzen und die Fotos bestaunen. Sie staunt immer über Fannis Fotos. Die Farben. Die Formen. Der Blick. *Du hast einen Blick auf Dinge, der mich immer wieder überrascht. Und manchmal frage ich mich, was ich auf den Bildern sehen würde, wenn du ...*

Da hatte sie abgebrochen. Und Fanni hatte nicht nachgehakt, wusste es auch so. Wenn sie Elisabeth fotografieren würde. Dann wäre sie ganz und gar durchschaut. Deswegen hat sie Elisabeth bisher nie danach gefragt. Nicht einmal ein kleiner Schnappschuss. *Ich wäre tot beleidigt an ihrer Stelle*, hatte Greta einmal kommentiert. *Immerhin bist du Fotografin und sie ist eine Schönheit. Eine Liaison zwischen ihr und deiner Kamera bietet sich doch von selbst an.*

Fannis drittes Auge ist der Sucher. *Du erzählst damit eine Geschichte.*

Das könnte sie tun. Sie könnte eine Geschichte erzählen. Eine wahre. Oder eine erfundene. Eine Geschichte, die die Gesichter ihrer Freundinnen trägt. Wenn Großmutti noch leben würde, würde sie Fotos von ihr machen in ihrem Garten. Der Blumenkittel und die alten verdreckten Turnschuhe. Die Heckenschere in den faltigen Händen. Die knitterig aussehenden Oberarme. Ihr Lachen beim Anblick der Glyzinien. Später bei einer Tasse frisch aufgebrühten Kaffees. Schweißnase. Eine Strähne hat sich aus dem Dutt gelöst.

Alle Fotos von ihren Freundinnen, die sie in den letzten drei Jahren massenweise schoss, sind Versuche, nicht zu vergessen.

Aber warum soll sie ihre Erinnerungen nicht anderen erzählen? Warum soll sie nicht eine Geschichte erfinden und diese schönen Frauen als ihre Darstellerinnen verkaufen?

Am ersten der vier Tage ihrer Tour, frontal vor einem Wasserfall stehend, in dessen Gischt Schmetterlinge um die Tropfen tanzen, begreift Fanni, warum sie hierher kommen musste. Sie ist um die halbe Welt gereist, um eine Idee zu finden.

Die hält sie fest. Während sie immer neue Bilder findet. Hält sie fest, als sie mittags und abends den übel riechenden Aufguss in kleinen Schlucken trinkt. Die nebelige Idee wird zu einer greifbaren Subtanz, zu einem festen Vorsatz, im Schlafsack unter den Sternen, das Zelt am ersten Abend zwar noch aufgebaut, aber unbenutzt, am zweiten Abend eingerollt am Rucksack.

Es ist eine sonderbare Reise in die Zukunft. Inmitten eines Urwalds, keine hundert Kilometer vom Meer entfernt.

Der Rückweg ist beschwerlich. Doch sie hat sich an den Druck des Rucksacks gewöhnt. Sie machen nur Pausen, damit Fanni die Blättereinlage in ihrem Slip erneuern kann. In ihrer kleinen Notfalltasche stecken immer noch drei Tampons.

»Was wirst du tun, wenn wir wieder zurück sind?«, fragt sie ihn, als es nur noch zwei Stunden bis zum Auto sind.

»Angelica und ich«, das ist seine Frau, die seinem Reden zufolge die zweitschönste der Welt sein muss – sie hat ihm verschwiegen, wer die schönste ist –, »fliegen morgen schon los. Wir besuchen Freunde, die es nicht lassen konnten, auf den Kontinent zu ziehen.«

Fanni stutzt. Er missversteht sie. »Auch Trekking-Führer machen mal Urlaub«, grinst er.

Sie gehen ein paar Minuten schweigend. Aber Fanni muss das jetzt einfach wissen.

»Tokowa, darf ich dich was fragen?«

»Natürlich.«

»Als wir losgezogen sind vor ein paar Tagen«, sie stutzt, kann es erst so eine kurze Zeit her sein, dass sie aufgebrochen sind? »Da hast du gesagt, dass es regnen wird in vier Tagen, also heute. Erinnerst du dich? Das war dein Argument dafür, dass wir sofort aufbrechen sollten.«

»Klar erinnere ich mich.« Er grinst wieder. Inzwischen kennt sie dieses Gesicht. Aber einschätzen kann sie es immer noch nicht. Kann es sein, dass er so häufig amüsiert ist über das Leben?

Sie fährt fort: »Aber gerade habe ich ja erfahren, dass du jetzt gar keine Zeit mehr gehabt hättest, um diese Tour mit mir zu machen. Du hast mich doch angeschwindelt, oder? Du wolltest das Geld für die Tour noch reinholen, oder?«

Tokowa grinst immer noch. »Das würde ich wirklich niemals tun, Fanni«, antwortet er und geht ruhigen Schrittes weiter.

Diese Wanderung ist wie eine Reise ins Innere. Sie sind losgegangen und Fanni hat alle Zweifel so deutlich gespürt, als seien sie ihre Reisebegleiter. Dann hat sie geschaut und ihre Bilder geschossen, wunderbare, gute Bilder. Sie hat damit Geschichten erzählt, wie Tokowa richtig erkannt hat. Und die haben ein Ziel, wollen einem bestimmten Menschen erzählt werden. Und mit jedem Foto, das sie auf ihre Filme bannte, wich ein wenig Zweifel von ihr, zurück in die Schatten des Urwaldes.

Es ist gewiss keine Einbildung. Elisabeths Gefühle sind Wirklichkeit. Ihr letzter Brief, der im Pensionszimmer wartet, ist ein Hinweis darauf, dass eine Entscheidung ansteht. Die kann Fanni wohl nicht beeinflussen. Aber sie kann Elisabeth zeigen, wie sie sie sieht. Sie wird sie fotografieren. Sobald sie zu Hause ist, wird sie sie darum bitten. Dieser Gedanke beflügelt ihren Schritt. Ihr Gepäck wiegt leichter als vor einem Kilometer noch.

Elisabeth in ihrem Buch, in ihrem Band über die Menschen, die sie ... liebt. *Ja, trau dich, Fanni, trau dich, es zu denken. Liebe.* Was ist so verwegen daran, es zumindest zu denken, dass sie liebt? Deswegen wird es nicht mehr und auch nicht weniger erwidert. Aber sie selbst, sie selbst kennt ihr Ziel dann genauer. Denn wer liebt, bewusst und auch in klaren Gedanken, der will wiedergeliebt werden. So ist das.

In dem Augenblick, in dem sie aus dem Wald heraus treten, fallen die ersten dicken Tropfen.

Fanni will sich wirklich in den Hintern treten, mehrmals. Warum hat sie sich die Bemerkung mit der erfundenen Ausrede zum frühen Aufbruch vor vier Tagen nicht einfach verkniffen, bis sie wieder angekommen sind?

Nun ist sie innerhalb von zehn Minuten bis auf die Haut blamiert durch eine dahergeplapperte Unterstellung. Bis auf die

Haut durchnässt von seinem Wissen um die Natur. Plädder-nass von seinem Recht.

»Tokowa, ich ...«, stammelt sie schließlich, als sie schwer atmend von ihrem letzten Spurt nebeneinander im Auto sitzen. Sie haben noch die Heimfahrt vor sich, klitschnass, mit mühsam geretteter Ausrüstung, mitten im Unwetter. Danach wird sie ihn nie wieder sehen, fällt ihr da ein.

»Ich fand den Trip auch spitze!«, lacht er und umarmt sie. Starke Männerarme, Geruch nach regenfeuchtem Männerkörper, sein Atem über ihre Schulter. Schon wieder fort, bevor sie deutlich denken kann, dass es angenehm ist. Ungewohnt, aber angenehm.

Sie fahren die Strecke ohne Pause durch und trocknen in der Schwüle der Wagenheizung. Der Highway führt sie durch noch regenlose Landschaften. Aber die schwarzen Wolken folgen ihnen, und als Fanni in die Straße einbiegt, in der Misses Hopkins Pension steht, stürzen auch hier Güsse vom Himmel. Er will nicht, dass sie ihn heimfährt. Die letzten Schritte will er lieber laufen. Das passt zu ihm.

Ihre Verabschiedung ist unsentimental und herzlich. Nicht eiliger als im Sonnenschein. Und er bleibt tatsächlich noch kurz stehen und winkt, als sie sich auf dem Weg zur Veranda noch einmal umdreht zur Straße. Von innen wird die Tür geöffnet. Misses Hopkins zieht Fanni mit ihrem aufgeregten Gelächter ins Haus.

Fanni steigt tropfend eilig die Stufen zu ihrem Zimmer hinauf. Misses Hopkins am Fuß der Treppe, offensichtlich ein wenig verwundert, aber großzügig verständnisvoll über den einsilbigen Gruß ihres sonst so überaus höflichen und gesprächigen Gastes. Während Fanni oben die Tür hinter sich schließt und den Rucksack auf den Boden vor dem frisch gemachten Bett sinken lässt, hört sie ihre Gastgeberin unten besonders fröhlich einen Radiosong mitsingen, als sei Fannis Heimkehr ein Grund zur Ausgelassenheit. Ihr Gesicht im Spiegel sieht verändert aus. Von vier Tagen im Urwald, verändert. Sie räumt in der für diese Feuchtigkeit üblichen Hast die Ausrüstung zusammen. Sortiert die Kameras, sichtet die Filme. Der Regenschutz hat gehalten, was er versprach. Alles ist in Ordnung. Ihre Arbeit in Sicherheit. Jetzt erst mal eine Dusche. Im

Badabfalleimer wirkt der vertraute Anblick der vollgesogenen Blattstücke plötzlich absurd. Das warme Wasser über den Körper, die Haut, die prickelt und sich zusammenzieht, angenehm erschaudernd. Als sie mit noch feuchtem nach Beeren duftendem Haar in den Raum zurückkehrt, in ein Badelaken gewickelt, sich hinunterbeugt und im Rucksack kramt, nach der Bürste sucht, da ist sie nicht darauf gefasst. Was sie zu greifen bekommt und herauszieht. Das Messer. Das sofort reagiert, als sie den Knopf betätigt. Herausschießt aus seiner Scheide. Bereit.

Sie erzählen Geschichten, klingt Tokowas Stimme in ihrem Kopf. Tokowa, der ein fremder Mann gewesen ist für sie. Fanni wird tiefrot vor Scham.

Madita träumt.
Fünf Nächte sind vergangen, aber ein Bild ist geblieben. Und der Traum ist einer mit eindeutig braunen Augen. Einer mit sanften Händen. Mit Flüsterstimme. Ziehen im Unterleib. Madita wacht auf und findet ihre Hand zwischen ihren Schenkeln, wie aus Versehen vor ein paar Wochen dort vergessen. Diese Art von Lust hat nichts mit Liebe zu tun. Nur mit Blicken. Und mit dem Anblick eines Körpers beim Tanzen.

Anders. Ganz anders als Julia war sie gewesen.
»Guck mal, die da«, hatte Greta gesagt und mit dem Kopf vage hinüber gedeutet. Eine so flüchtige Bewegung war es gewesen, kaum zu erkennen für Madita selbst. Aber die Braunauge hatte es gesehen. Und verlegen fortgeschaut, gerade so fortgeschaut, dass Madita es noch sah. Was sie sah. Ganz anders. Ganz vollkommen und total anders als Julia. Nicht Julias pralle Sportlichkeit, kraftvolle Bewegungen, hektisch zielgerichtet. Madita sah kurze straßenköterblonde Haare in einem Schnitt wie selbst gemacht und mit Gel zerzaust. Die schlanke Gestalt mittelgroß, musikwiegend, eingeknickt in der Hüfte vor Lässigkeit. Der dicke Gürtel mit der breiten Silberschnalle, Wild-West-Romantik oder Coolness. Eine Hand in der Hosentasche, die andere an der Zigarette. Die Wangen sogen sich ein mit jedem Zug, den der Mund an dem Filter tat. Ein großer, sinnlicher Mund ohne überflüssige Schnörkel. Vollkommen ohne die leicht nervöse Zurückhaltung, die Julias Lippen immer gezeigt

hatten, als müssten sie sich vor Verführerinnen in Acht nehmen.

Madita sah wieder fort.

Sah wieder hin.

Die andere sah wieder fort.

»Jo«, hatte Madita sich bei ihrer anderen Freundin eingehakt. »Was hältst du von der da drüben, die mit dem Fransenhemd?«

Jo, der nie eine gut genug für Madita ist, hatte kurz hingesehen.

»Na, scheint ein John-Wayne-Fan zu sein«, hatte sie geantwortet und gegrinst, wie nur Jo grinsen kann, wenn sie Witze über jene Frauen macht, für die Madita Interesse zeigt.

»Sprich sie an«, hatte Greta gefordert.

»Du spinnst doch!«, war Maditas Antwort gewesen, zusammen mit dem schnurrgeraden Weg des Zeigefingers zur Stirn. »Ich hatte zwei Jahre lang Pferderomantik wie in der Kippenwerbung. Da werd ich doch jetzt nicht wieder anfangen, auf dem Schwof Frauen anzuquatschen. Das wäre doch ein Schritt zurück in die Steinzeit.«

»Aber sie guckt doch auch!«

»Na, wenn schon. Tu bloß nicht so, als ob das was bedeuten könnte.«

»Wenn eine wie die mich anglotzen würde ...«, hatte Greta ihr Eroberinnengrinsen gegrinst.

Madita, immer noch mit der Hand zwischen ihren Beinen, liegt in ihrem Bett und wünscht sich zum ersten Mal seit vielen Wochen, ach, was, seit Monaten, sie sei so veranlagt wie Greta.

Für die ist ein Flirt eine Verheißung, ein Affäre ist ein sonniger Spaziergang, Liebe ist ... unmöglich.

Gut, denkt Madita, *gut, dann werd ich es eben mal so machen wie Greta und eine kleine Affäre haben, einen One-Night-Stand meinetwegen. Vielleicht ist das ja mein Weg hinaus. Oder ein Weg mitten hindurch.*

Obwohl nicht sicher ist, dass sie die Frau mit dem sinnlichen Mund wiedersehen wird. Madita kann sich nicht daran erinnern, sie vorher schon mal bemerkt zu haben. Was wiederum aber auch nichts bedeutet, denn zwei Jahre lang hat Madita Scheuklappen getragen, die die Farbe von Julias Augenblau trugen. Könnte durchaus sein, dass diese fremde Frau nur einmal kurz auf Visite in der Szene war und jetzt nie wieder auftaucht. Ausgerechnet jetzt, wo Madita einmal den Entschluss gefasst hat, etwas mit ihr zu haben, was auch immer. Das wäre ja mal ein Pech.

Ihre Hand hat begonnen, sich zu bewegen. Sie mag es ganz ohne Phantasie. Einfach nur die Berührungen zu spüren und wahrzunehmen, wie die Hitze sich zentriert und immer deutlicher an Farbe gewinnt. Rot pulsierend, wird es manchmal in Büchern beschrieben. Für Madita ist es Weiß. Blendend, ein zu langer Blick in die grässliche Halogenschreibtischlampe, die Jo in ihrem Büro hat. Blind und ohne Geräusche sein. Nur fühlen. Ohne ein einziges Bild. Mit einem Lächeln es hinauszögern, wie um sich selbst in Spannung zu versetzen. Madita streckt ihren Körper, ebenso wie ihre Hand. Ruhig und gleichmäßig. Bis der Atem plötzlich durch ihre Lippen zischend gleitet.

Jetzt. Denkt sie. Und da ist ungefragt ihr Gesicht, ihre Augen, ihr wilder Blick. Madita öffnet überrascht den Mund.

Julia.

Sie sagt zweimal ihren Namen. Der meistgesagte Name. Zweimal, während sie kommt. Als ob nicht schon einmal zu viel wäre.

APRIL

Bei jedem Schritt schießt Fanni ein Foto. Jo spürt, wie ihre Stirn sich runzelt und in Falten legt. Ein Schritt. Klick. Ein Schritt. Klick. Es gucken schon diverse Leute her. Darauf ist sie nicht gefasst. Sie hat nur damit gerechnet, hier zu stehen und eine übermüdete, schlappe Fanni mitsamt ihrem schweren Gepäck über den Flughafen zum geparkten Auto zu schieben.

Aber dass Fanni ihre Kamera umhängen hat und damit Blitze abschießt. Darf sie das überhaupt? Hier? Vor dem Kissing Gate?

»Lass das!«, brüllt Jo Fanni fröhlich entgegen. »Wenn du noch mehr Fotos von mir machst, merkt noch jemand, dass ich berühmt bin!« Ihre Heiterkeit polterig plärrend, das spürt sie selbst. Ein paar Umstehende lachen amüsiert. Eine ältere Dame mustert skeptisch, ob vielleicht was dran sein könnte.

Fanni setzt die Kamera ab und schaut.

Dann erscheint auf ihrem Gesicht das strahlende *Endlich-wieder-daheim-Lächeln*, das Jo inzwischen von diversen Bahnhöfen und Flughäfen kennt. Und von da an läuft alles wie gewohnt. Fanni lächelt abgespannt und hat ein kleines Mitbringsel parat. Sie lachen über das schwere Gepäck, plagen sich mit dem Kofferkuli (Jo nimmt immer den einzigen, dessen Rollen klemmen und der sich nur schwer bewegen lässt), und Fanni erzählt von der Reise, den anderen Passagieren im Flugzeug, der Zollabfertigung – wo sie diesmal auch ihre Kameras alle auspacken musste, sorgfältig aufgelistet alle Teile präsentieren. Die Kamera, die um ihren Hals hängt, hat sie dann gleich draußen behalten.

Endlich sitzen sie in Jos Mini-Auto und fahren los. Fanni rutscht im durchgesessenen Sitz herum und beklagt sich über ihren platten Hintern nach so vielen Stunden Flug.

Fast hat Jo den seltsamen Moment von vorhin schon vergessen, da sieht Fanni sie schräg von der Seite an, und diesen Blick, den kennt Jo. Irgendwas kommt jetzt.

»Jo?«
»Was?«
»Als ich dich fotografiert hab, vorhin am Flughafen ...«
»Ja?«
»Da dachte ich an Bilder, die ich in Neuseeland gemacht habe. Von gefangenen Kiwis.«

Jo lacht. Zufällig liebt sie Fannis manchmal etwas verrückte Ideen. »Du meinst, ich habe dich an eine grüne, behaarte Frucht erinnert? Und wieso gefangen?«

Fanni schmunzelt, aber ihre Augen bleiben ernst, als sie Jo jetzt anblickt. Jo wendet den Blick wieder nach vorn auf die Straße. Sie fühlt sich durchschaut. Weiß nicht, wobei.

»Es gibt doch auch Tiere, die so heißen. Der Kiwi-Vogel. Er ist das Nationaltier von Neuseeland.«

»Wusste ich natürlich«, schwindelt Jo. Mal im Ernst, muss man so was wissen?!

»Wie gesagt, ich hab ein paar von ihnen fotografiert, in engen Käfigen. Und sie hatten ... halt mich bitte nicht für bescheuert! Ich kann dir die Fotos zeigen. Dann wirst du sehen, dass es stimmt ... also, sie hatten so einen gewissen Ausdruck in den Augen.«

Warum sie jetzt schlucken muss. So ein Kloß in ihrer Kehle. Da ist er wieder der Gedanke, dass andere Menschen in ihren Kopf hineinschauen können und mühelos erkennen, was darin vor sich geht. Fanni kann es offenbar spielend. Madita und Greta können es auch. Nur Anne. Die kann es wohl nicht. Vielleicht auch einfach: nicht mehr. Jo kann sich nicht erinnern, ob es früher anders war. Ob auch Anne früher mehr gewusst hat als Jo ihr erzählt hatte.

»Und diese schönen traurigen Kiwi-Augen haben dich an mich erinnert?«, versucht sie einen kleinen Scherz.

»Nein, umgekehrt. Du hast mich grad an sie erinnert. Wie festgesetzt. In irgendeiner Falle.«

Jo bekommt eine Gänsehaut.

Dann öffnet sie den Mund, um zu sagen, dass das ja der reinste Unsinn ist. Aber heraus kommt etwas ganz anderes. Heraus kommt Anne und ein Missverständnis nach dem anderen oder zumindest irgendetwas anderes, das vorgibt, ein Missverständnis zu sein. Streits und Verbitterung und unterdrückter

Zorn und dann immer diese Frage. Jo erzählt plötzlich ihrer Freundin, die seit vielen Stunden auf den Beinen ist und vom anderen Ende der Welt heimkehrt, dass sie sich fürchtet. Weil Gefühle nicht so bleiben, wie sie mal waren. Weil Selbstverständlichkeit so ermüdend sein kann. Weil Anne sich jetzt manchmal anfühlt wie eine Fremde, mit der sie zufällig die Wohnung teilt, aber nicht mehr ihr Leben.

Währenddessen fliegen sie aus der Stadt hinaus, über die Autobahn.

Fanni schweigt die ganze Zeit aufmerksam. Und dann nachdenklich. Jo sagt schon lange nichts mehr. Schließlich kann sie es aber nicht länger aushalten. Als sie in Fannis Straße einbiegt, fragt sie: »Was denkst du denn jetzt, hm?«

Hoffentlich sagt sie nicht, dass sie an Trennung denkt. Dass sie an ein Ende denkt, das bisher noch keines ist. Hoffentlich haben Jos Worte nicht eine Flut von Bildern freigesetzt von gepackten Umzugskisten, von Bergen von Tempotaschentüchern, Farbeimern und einem Klingelschild, auf dem nur noch ein Name steht: *Johanna Breer.*

»Ich habe mich gerade gefragt, ob ich das alles auch ohne das Objektiv bemerkt hätte. Nur mit meinen Augen, weißt du. Ich war so müde und kaputt, diese vielen Menschen um mich herum die ganze Zeit. Ich hätte nur mich gesehen, glaube ich. Ich hätte dich angeschaut und gespürt, dass ich sehr erschöpft sein muss, so wie du mich ansiehst. Aber durch das Objektiv, da war es anders. Wie ein Gerät, durch das ich eine andere Dimension dieser Welt erkennen kann. Verstehst du?«

Jo ist sich nicht sicher. Und sie gehört bestimmt nicht zu den Menschen, die einfach so leichtfertig nicken würden. Besonders dann nicht, wenn es der anderen wichtig ist. »Du meinst, du nimmst dann deine Umgebung anders wahr als ohne Kamera?«

Dass Fanni aber auch immer so verletzlich und dünn aussehen muss. Jo möchte sie am liebsten umarmen und festhalten, damit ihr nichts passiert. Vielleicht möchte sie auch sich selbst umarmen und festhalten – nach all dem, was sie in den letzten beiden Stunden erzählt hat.

Fanni seufzt tief auf, als sie ihr Haus sieht. »Ich glaube, ich sehe mit ihr das, was wirklich wichtig ist«, nickt sie, und dann setzt sie hinzu: »Ach, Jo, ist das schön, wieder zu Hause zu sein!«

Sie tragen nur noch gemeinsam das Gepäck hinauf. Dann streicht Jo Fanni kurz über die Wange, zieht die Tür hinter sich zu und geht die Treppe wieder hinunter.

Sie kann es kaum glauben. Sie hat alles erzählt. Viel klarer und deutlicher, als es überhaupt vorher in ihrem Kopf gewesen zu sein schien. Und natürlich hat sich damit etwas verändert. Eigentlich alles. Es ist ausgesprochen. Es ist mitgeteilt. Nicht nur angedeutet. Es ist Wirklichkeit.

Sie findet einen Parkplatz direkt vor der Haustür und geht zur Tür. Auf dem Klingelschild steht:

> *Johanna Breer*
> *&*
> *Anne Weimer*

Anne hat den Schriftzug im Büro entworfen und gesagt, B kommt nun einmal vor W. Deshalb stehe Jos Name oben. Dabei würde Anne sich niemals an die erste Stelle stellen. Sie ist auch gegen Jo immer noch unglaublich höflich. Sie würde sich nie das größere Schnitzel aus der Pfanne nehmen, nie den letzten Schluck Cola aus der Flasche, nie das laufende Fernsehprogramm ändern. Sie hat diesen Anspruch an sich und die Welt. Sie will alles richtig machen. Perfekt für die anderen und damit zufriedenstellend für sie selbst.

Was will Anne eigentlich für sich außer ›*perfekt für die anderen zu sein*‹? Fragt Jo sich plötzlich, als sie die Treppe zur gemeinsamen Wohnung hinaufgeht.

Durch die große Scheibe der Eingangstür sieht sie einen Schatten. Anne, die wahrscheinlich gerade heimgekommen ist und nun im Flur herumräumt, ihre Arbeitsunterlagen aus der oder in die Tasche sortiert.

Jo steckt den Schlüssel ins Schloss, und von innen öffnet Anne. Sie schaut erstaunt. »Du bist schon da?«

»Ich hatte heute den halben Tag frei genommen. Habe Fanni

aus Frankfurt abgeholt«, erklärt Jo und erkennt in Annes Gesicht deutlich die Verwunderung darüber, wie sie das hatte vergessen können.

»Ach, ja«, murmelt Anne, etwas verlegen. »Die Zeit ist schon wieder rum.«

Da ist plötzlich so eine unerklärliche Wut. Ein wilder Zorn, der sich in Jo aufbläht.

»War ja klar, dass du das vergisst«, sagt sie laut, während sie ihre Schuhe auszieht. Sie könnte es auch brummen oder murmeln – wie sie es bisher immer getan hat. Anne könnte dann so tun, als habe sie es nicht gehört. Sie könnten einander für einen Moment gespielt verwundert ansehen und sich dann mit leicht gerunzelter Stirn abwenden voneinander.

Aber dass Jo zwei Stunden lang erzählt hat, was ist und was nicht mehr ist, das macht es heute anders.

Anne räuspert sich. Ihre Stimme klingt verhalten ängstlich. »Wieso? Wieso war das klar?«

Jo grollt noch mehr, als sie die Unsicherheit heraushört. Annes Furcht macht sie plötzlich nicht schwach und hilflos. Diese scheinbar nicht zu unterdrückende Angst macht sie aggressiv.

»Na, du nimmst doch eh kaum Anteil daran, was mit mir und meinen Freundinnen ist. Wahrscheinlich hast du nach drei Jahren immer noch nicht begriffen, wie das für uns ist, wenn Fanni so lange auf einer Tour unterwegs ist.« Dass dann etwas fehlt. Ein Rad an ihrem Wagen. Eine Stimme im Quartett. Ein leuchtender, Weg weisender Stern am Himmel. Dass alle anderen die verbliebenen Drei für bescheuert halten und es nicht begreifen, na gut, in Ordnung, diese *anderen* sind ja auch wirklich nicht von Belang. Aber Anne, die müsste es doch irgendwie begreifen können, nach all der Zeit, und nach all der Nähe zu Jo, die es mal gab.

»Meine Güte«, lacht Anne und geht den langen schmalen Flur entlang, biegt in die Küche ab und spricht die Worte über die Schulter zurück: »Nun mach's mal nicht schlimmer, als es ist. Sie ist ja bisher noch immer zurückgekommen.«

Jo möchte sie von hinten anspringen.

Der ihr zugewandte Rücken, die lapidaren Worte, das macht sie so rasend wütend. Sie kennt sich selbst kaum noch, als sie auf Socken Anne folgt und in der Küchentür stehen bleibt, ungebremst ausspuckt: »Manchmal denke ich echt, du bist eifersüchtig.«

»Eifersüchtig?«, wiederholt Anne und öffnet die Spülmaschine. Wenn sie streiten, räumt Anne gern die Küche auf. Ein angenehmer Nebeneffekt, haben sie manchmal gescherzt, als ihnen noch danach zumute war, über ihre Zankereien zu scherzen. »Auf Fanni?«

»Ich bin dran mit der Spülmaschine«, sagt Jo ruhig. »Nicht nur auf Fanni. Auch auf Greta und auf Madita.«

Anne beginnt, das saubere Geschirr auszuräumen und in den Schränken zu verstauen. Sie nimmt Jo öfter mal Hausarbeit ab. Aber gerade jetzt ist das verdammt nicht angebracht, findet Jo. Möchte ihr die Gläser aus der Hand reißen. Sie bleibt steif im Türrahmen stehen.

»Was Madita angeht ...«, beginnt Anne und bricht ab. Sie starrt eine Tasse an, die sie gerade hoch hält. Mit einem Finger der anderen Hand betastete sie den Rand. »Ein Sprung.« Damit stellt sie die Tasse zur Seite, und ihr Lächeln ist bitter und ironisch. Anne neigt dazu, kleine Zeichen im Alltag zu sehen. Jo ist auch so. Deswegen möchte sie die Tasse gern kaputt werfen. Aber dazu fehlt ihr natürlich der Mut. Und der Anlass. Es gibt ja gar keinen Anlass, jetzt so sauer zu sein. Dass Anne es nicht fertig gebracht hat, sich das Datum von Fannis Rückkehr aus Neuseeland zu merken, ist wirklich kein Grund, um eine Szene zu machen.

»Das mit Madita ist fünf Jahre her!«, erklärt Jo grollend.

»Klar. Fünf Jahre her. Aber wenn Madita mal wieder irgendwas möchte, springst du immer noch sofort. Wenn Madita Liebeskummer hat, gehst du gleich mit ein wie eine symbiotische Pflanze. Und seit einer Weile zeigst du schon die gleichen Tendenzen bei Greta und Fanni. Ich bin nicht eifersüchtig. Ich bin nur befremdet.«

»Das kommt vielleicht, weil du keine so engen Freundschaften kennst.«

»Meine Freundschaften reichen mir vollkommen. Danke.«

»Trotzdem musst du mir doch nicht meine vermiesen.«

»Das lag nicht in meiner Absicht, weißt du.«

»Boah, Anne, jetzt tu doch nicht so überheblich!«

»Jo, schrei mich nicht an!«, bittet Anne mit ruhiger Stimme

und hat damit mal wieder Überwasser, das ist klar.« »Was willst du eigentlich von mir? Du gehst auf mich los wie ein Dumdumgeschoss. Ich weiß nicht, wieso du heute so geladen bist und worauf das Ganze hier hinauslaufen soll. Ich hab nicht angefangen, mich mit dir über deine Freundinnen zu streiten. Ich find's ja klasse, dass du Menschen hast, die dir so nah stehen. Aber es ist mitunter so gut wie unmöglich, nebenbei noch eine gut funktionierende Beziehung mit dir zu führen, weißt du das eigentlich? Manchmal denke ich wirklich, es handelt sich hierbei um ein Entweder-Oder.«

Jetzt ist es soweit. Jetzt reden sie über das, über das sie sonst nie reden.

»Willst du mich etwa vor die Wahl stellen?« Jos Stimme klingt selbst in ihren eigenen Ohren gefährlich leise. Leise, wie vor einem Sturm. Eine verhaltene Warnung darin. Unbestechlich.

Da lacht Anne. Bitter klingt es. Annes Lachen klingt häufig bitter in der letzten Zeit. Wohin ist ihr Lachen von damals verschwunden? Das sehnsuchtsvolle, warm amüsierte, leicht melancholische. Nicht nur Madita hat ihr Lachen verloren. Anne womöglich auch. Aber Jo hat noch nie darüber nachgedacht, weil die nächste Idee so nah liegt. Die Frage nämlich, wer dran schuld sein könnte, wenn überhaupt irgendwer dran schuld ist. So wie sie stets rasch bereit war, Julia die Verantwortung daran zuzuschreiben, dass Madita aufhörte zu strahlen, so langsam nur sickert es in ihr Bewusstsein, was dieselbe Frage für Anne bedeuten könnte. Jo möchte nicht schuld sein, wenn eine ihr Lachen verliert.

Anne schließt die halb leer geräumte Spülmaschine. Vielleicht ist ihr für heute die Lust vergangen, Jos Hausarbeit zu übernehmen. Sie sagt: »Das werde ich ganz sicher nicht tun. Ich weiß schließlich, wie du dich entscheiden würdest.«

Jo hat nicht geahnt, dass Anne ein Messer nach ihr werfen würde. Jetzt ist es passiert. Zitternd stecken die Worte im Türrahmen neben ihr. Mehr als nur die Haut verletzt im Wurf.

»Was meinst du damit?« Als sie es ausspricht, weiß sie schon, dass es eine von diesen Fragen bleiben wird, auf die es nie eine ehrliche Antwort gibt.

»Wenn du mir nur halb so viel Loyalität entgegenbringen würdest wie deinen Freundinnen, dann wäre ich ja glücklich!«, sagt Anne und geht an Jo vorbei aus der Küche hinaus, über den Flur ins Wohnzimmer. Dort setzt sie sich in den Ledersessel und schaut mit über die Lehne gelegten Beinen aus dem Fenster.

Jo spürt ihre Wut verdampfen.

Albern und linkisch fühlt sie sich plötzlich. Eine Sechsjährige, die trotzt und am Ende nicht einmal mehr weiß, warum.

Minutenlang steht sie da und starrte hinüber. Anne schaut aus dem Fenster und nicht ein einziges Mal zu ihr her. Vielleicht fürchtet sie alles, was gesagt werden könnte, ebenso sehr wie Jo. Vielleicht sagt sie deshalb nichts von dem, was sie wirklich denkt.

Heute ist der Tag, findet Jo. *Jetzt wäre eine gute Gelegenheit. Wir haben ja schon begonnen. Der Anfang ist gemacht. Ich muss nur hinübergehen und mich zu ihr setzen. Ich muss ihr das erzählen, was ich vorhin Fanni erzählt habe. Ehrlich sein. Offen sein. Auch für ihre Sicht. Ich muss ihr klar machen, dass es für mich im Moment um alles geht. Und muss herausfinden, ob es für sie auch so ist.*

Jo ist nach dem Gespräch mit Fanni so klar im Kopf, dass sie dies alles denken kann, jetzt auch ohne Wut. Wütend sollte sie sowieso vor allem auf sich selbst sein. Schließlich liegt es in ihrer Hand, Dinge anzusprechen, die ihr gegen den Strich gehen.

Sie sollte es tun. Denn es muss getan werden. So kann es jedenfalls nicht weiter gehen. Jo fühlt sich plötzlich ganz mild und versöhnlich.

»Anne?«, beginnt Jo und macht einen Schritt über den Flur.

Anne wendet ihr das Gesicht zu und sieht nicht mild und versöhnlich aus. Sie sieht aus, als sei ihr Zorn in den Minuten des Schweigens gewachsen und gewachsen, um jetzt wie ein Riese vor ihr zu stehen, ihren Blick verstellend.

»Gibt's noch irgendwas an mir auszusetzen?«, fragt sie gelassen.

Jo zuckt zusammen. Kann plötzlich den nächsten Schritt ins Zimmer hinein, der ihr gerade noch so unglaublich wichtig und sogar relativ leicht erschein, nicht tun.

»Ich fahr dann noch mal los. Hab Greta gesagt, ich komm kurz im Laden vorbei.« Das ist gelogen.

Anne nickt und dreht den Kopf wieder fort zum Fenster.

Vielleicht waren das Tränen in ihren Augen.
Jo verlässt mit wenigen Schritten die Wohnung.

Greta schaut durch die gläserne Front des Ladens.
Herje, Jo sieht aus, als stünde sie in Flammen.
Greta sagt »Entschuldigen Sie!« zu einer Kundin und geht zur Tür.
»Wir schließen gleich«, grinst sie Jo entgegen. »Aber wenn Sie versprechen, alles über Fannis Heimkehr zu berichten, erhalten Sie Einlass.«
Greta liebt Überraschungsbesuche. Das Auftauchen einer vertrauten Gestalt, die sich eigens aufgemacht hat, um sie zu überraschen, bereitet ihr jedes Mal ein warmes euphorisches Gefühl. Ihre Freundinnen wissen das natürlich und überraschen sie häufig, riskieren dabei, sie nicht anzutreffen oder in Begleitung einer, die schon früher die Idee zu solch einem Besuch hatte.
So passiert es am heutigen Abend, dass direkt in Jos und Gretas Begrüßungsumarmung hinein eine muntere Frauenstimme fragt: »He, darf ich mitmachen?«
Es ist Sonja.
Greta lacht und schließt hinter ihnen dreien die Tür. Die Kundin vor dem Bücherregal über ferne Länder und ihre Religionen hat sich in einen Band über Buddhismus vertieft. Weiter hinten im Geschäft kramt ein asketisch aussehender junger Mann in den Geschenkartikeln und wagt ein paar Takte auf dem aufgebauten Xylophon. Den kann sie auch eine Weile sich selbst überlassen.
»Wow! Was ist denn heute los, dass ihr euch alle entschließt, mir einen Besuch abzustatten?«, freut Greta sich. Sie ist aufgedreht. Einen Augenblick der Gedanke, ob die anderen wohl gespürt haben könnten, dass heute ein irgendwie besonderer Abend für sie ist. Ein positiv aufregender besonderer Abend.
Sonja schielt zu Jo. »Ich will deine Pläne nicht durchkreuzen.« Der Rest geht eindeutig ausschließlich an Greta: »Aber ich hatte mir überlegt, mit dir einen Videofilm anzugucken und einen gemütlichen Abend zu machen.« Könnte sein, dass sie einen von diesen Schmachtfilmen meint. Die, wo zwei Frauen neunzig Minuten lang umeinanderschleichen und am Ende wil-

den oder sanften Sex haben. Manchmal auch schon zwischendurch. Das wäre wirklich ausgesprochen nett, weil so anregend. Aber es geht ja nicht.

»Oh, ich hab keine solche Pläne«, wehrt Jo mit erhobenen Händen ab und grinst. Vielleicht etwas bemüht. Jo ist in der letzten Zeit oft nicht so schwungvoll, wie Greta sie kennt. »Wollte eigentlich nur kurz vorbei, dich mal wieder sehen und erzählen, dass Fanni gut angekommen ist.«

»Wo war sie?«, will Sonja wissen und bietet eine Runde Kaugummi an.

»Neuseeland«, antworten Greta und Jo gleichzeitig. Sie lachen alle drei darüber.

Greta findet sich selbst bescheuert. Völlig bekloppt, stolz darauf zu sein, eine Freundin zu haben, die in weit entfernten Teilen der Erde herumreist und alles Schöne und Furchtbare auf Filmmaterial bannt. Eine Freundin, deren Arbeit immerhin so wichtig ist, dass ihre Auftraggeber sie ans andere Ende der Welt schicken. Stolz auf eine, mit der sie nicht mal verwandt ist. Lächerliche Gefühle gibt es. Greta schüttelt leicht den Kopf, als schwirre eine Mücke um sie herum.

»Süßer Einfall von dir, Sonja. Aber ich kann leider nicht. Ich hab um acht einen Termin«, entschuldigt sie sich. »Ein Vorgespräch.«

Es entgeht ihr sehr wohl nicht, dass Jo und Sonja sich einen Augenblick lang ansehen. Die beiden mögen sich. Vorsichtig. Aber in einer Sympathie, die Greta manchmal unheimlich ist. Nicht, weil sie es nicht schön fände, wenn ihre Liebschaften und ihre besten Freundinnen sich gut verstehen. Nein, deswegen nicht. Es ist nur. Dass sie weiß, dass es schon eine echte Zumutung ist, den Freundinnen alle Nase lang wieder ein neues Gesicht vorzusetzen und zu hoffen, dass sie es mögen. Aber dann kommt ja noch dazu, dass sie es bitte nicht zu sehr mögen sollen. Denn das gäbe nur Komplikationen. Falls dann mal wieder alles nach Abschied riecht. Sonja und Jo mögen sich also. Und tauschen einen Blick, als Greta das Wort *Vorgespräch* fallen lässt.

»Du meinst, du gehst zu Dr. Knack?«, hakt Sonja nach.

»Eine Psychotherapeutin«, korrigiert Greta geduldig. Na ja, sie möchte gern geduldig sein. Aber ehrlich gesagt, geht ihr dieser Ausdruck gegen den Strich. Und sie möchte sich nicht ärgern. Vielleicht wendet sie sich deshalb direkt im Anschluss, bevor Sonja noch etwas sagen kann, an Jo: »Und wie geht es Fanni? Hat sie das Gefühl, dass was Schönes dabei herausgekommen ist?«

»Na, klar. Du kennst sie ja.« Wie verwirrt Jo plötzlich aussieht. Als wisse sie die Antwort auf diese Frage gar nicht recht. Dabei sind die beiden doch zwei Stunden von Frankfurt hier rauf gefahren. Da werden sie doch sicher darüber gesprochen haben. Fanni erzählt doch immer so viel von ihren Bildern. Denen auf dem Fotopapier, und denen in ihrem Kopf.

Von da an reden sie nur über Neuseeland. Das Klima. Die Menschen. Die Tiere. Jo hält sich lange daran auf, dass es eine Vogelart gibt, die Kiwi heißt. Sonja weiß, dass es große Unterschiede gibt zwischen der Nord- und der Südinsel. Greta zieht ein Buch aus dem Regal, und sie sehen sich die Bilder an. Aber im Grunde ist sie nicht wirklich dabei, nicht wirklich hier mit ihren Gedanken. Wo genau sonst, kann sie aber auch nicht sagen. Schließlich weiß sie selbst noch nicht, was sie erwartet.

Plötzlich, unerwartet für alle drei, ist Ladenschluss-Zeit. Jo verabschiedet sich und gibt Greta an der Tür stehend einen gezielten Kuss auf die Wange. Das macht sie nicht so oft. Freundinnen kennen die feinen Unterschiede in der Verabschiedung.

Einen Augenblick sieht Greta ihr hinterher, wie sie die zu dieser Jahres- und um diese Uhrzeit noch straßenlaternen- und schaufensterbeleuchtete Straße entlang davongeht. Da ist doch mächtig was im Busch. Oder sie muss sich schon sehr täuschen. Dass Jo aber auch immer so lange braucht, bis sie mal rausrückt mit den Dingen, die ihr Kummer machen.

Greta selbst ist einfach zu ungeduldig für so was. Sie wird Jo einfach fragen. Morgen.

Sonja wartet ruhig im Hintergrund, wartet auch, bis der ausgemergelte junge Mann mit einem echt ostasiatischen Windspiel den Laden verlassen hat und Greta hinter ihm die Tür abschließt. Alles andere ist reine Routine. Kasse zählen. Das Wechselgeld dort belassen. Den Gewinn hinten im Büro im Safe verstauen. Sonja hat ihr schon oft zugesehen bei diesen Handgriffen. Sie unterhalten sich dabei wie so oft. Nur dass sie gleich nicht gemeinsam fortgehen werden. Direkt hineinspazieren in Gretas Bett oder an einen anderen netten Ort, an dem Sex Spaß macht – ohne dass einem bei diesen noch winterlichen Temperaturen der Hintern abfriert.

Eigentlich schade. Ja, wirklich schade, dass sie den heutigen Abend nicht zusammen verbringen können. Greta hätte Lust. Und überlegt, ob sie Sonja die Wohnungsschlüssel geben soll – damit sie einfach schon mal vorgeht, einen Tee kocht, auf sie wartet, sie erwartet … Greta geht hinüber zur Garderobe und tastet in ihren Jackentaschen herum. Sie hat leider Gottes keinen bestimmten Platz, an dem sie den Schlüssel immer verstaut. Das macht ihr Leben häufig noch ein bisschen komplizierter, als es auch ohne verlegtes Wichtigstes schon wäre.

»Hat Fanni dich also endlich platt geredet?«, grinst Sonja in diesem Augenblick. Sie ist eine sehr humorvolle Frau, die allen Seiten des Lebens stets etwas Lustiges abgewinnen kann. Sogar noch denen, über die die meisten anderen Menschen nicht mehr lachen können. Greta hatte das immer als einen großen Vorteil von Sonja betrachtet. Aber jetzt gerade macht das amüsierte Grinsen sie plötzlich aggressiv. Sie lässt den Schlüssel, den sie schon in der Hand hält, wieder zurück in die Jackentasche gleiten.

»Wie meinen?«

»Na, vor ein paar Wochen hast du dich noch schlapp gelacht bei der Vorstellung, in Fannis Fußstapfen zu treten und auch zu einem Hirnklempner zu rennen, und jetzt machst du's doch.«

»Das war nicht vor ein paar Wochen, sondern eher vor ein paar Monaten. Und in so einem Zeitraum kann man ja wohl mal seine Meinung ändern, oder?« Greta horcht ihren Worten nach. Der Groll über Sonjas Behauptung, sie würde in Fannis Fußstapfen treten, geht unter in einer anderen überraschenden Erkenntnis. Die ist offenbar auch bei Sonja angekommen, denn die verzieht keine Miene, sondern leckt sich leicht nervös die Lippen. Das tut sie selten. Nur dann, wenn es auch in ihrem Leben einmal ernst wird.

»Vor ein paar Monaten also, hm?«, wiederholt sie und sieht Greta zögernd an. »Ganz schön lange, nicht?«

Greta nimmt die Jacke vom Haken und zieht sie an. Das Rascheln der Thermo-Fütterung scheint ihr ungewöhnlich laut und nervig.»Keine Ahnung, wann das genau war. Hab ich jetzt einfach so dahergesagt.«

»Nein, du hast Recht. Es war auf jeden Fall noch im letzten Jahr. Irgendwann im Herbst. Und jetzt haben wir schon April. Frühling. Das ist ... man, ehy, das ist sozusagen ein halbes Jahr!« Da kommt die Ulknudel wieder raus. »Ganz schön lange.«

Greta nickt. Unwillig. Irgendwie gefällt ihr der Unterton nicht, der in Sonjas Stimme mitschwingt. Sie hat ihn schon öfter mal wahrgenommen, irgendwie am Rande. Aber das war nur flüchtig, und später hatte sie geglaubt, sie habe es sich nur eingebildet. Hat sie nicht. Und sie weiß auch, was dieser Tonfall zu bedeuten hat. Nichts Gutes.

»Weißt du noch, wie du mir am Anfang gleich erzählen musstest, dass deine Affären nie länger als maximal sechs Wochen dauern?!«, erinnert Sonja sie.

»Ausnahmen bestätigen die Regel«, erwidert Greta. »Affäre bleibt Affäre.«

Sie geht die Regalreihen entlang und kontrolliert, ob alles am richtigen Platz ist. Häufig ziehen suchende KundInnen Bücher heraus und stellen sie an der falschen Stelle wieder rein.

»Ist ja auch so eine Frage der Definition«, gibt Sonja zu bedenken. Und Greta kann gar nicht anders, als es auch zu tun: zu bedenken. Während Sonja fortfährt: »Wie würdest du eine Affäre denn definieren, wenn sie schon nicht auf eine bestimmte, meist wahrscheinlich recht kurze Zeit begrenzt ist?«

Das ist einfach! Schließlich hat sie sich mit dem Thema wirklich lange genug auseinander gesetzt.

»Eine Affäre ist eine Art von Beziehung, die – wenn schon nicht zeitlich begrenzt – bestimmte Einschränkungen, aber auch viele Freiheiten impliziert: In erster Linie geht es bei einer Affäre um Auslebung von Sexualität, und zwar in ihrer schönsten Form. Das heißt, wenn Langeweile im Bett – oder wo auch immer man es bevorzugt miteinander treibt – aufkommt, wird die Liaison sowieso beendet. Affären werden nicht unbedingt ins gesellschaftliche Leben der Beteiligten getragen. Das heißt, man stellt einander nicht die eigenen Eltern vor, oft nicht einmal die Freunde. Es gibt keinerlei Anspruch auf gemeinsam verbrachte Zeit, Aufmerksamkeit, Quantität der Treffen. Außerdem sind Affären in der Regel keine monogamen Beziehungen. Und es werden keine tiefer gehenden Gefühle investiert.«

Damit wäre ja wohl alles gesagt.

Es bleibt kurz still im Laden. Diese Art von Stille, wenn eine was Unangenehmes zu hören erwartet und die andere was Unangenehmes sagen will, es aber noch nicht über sich bringt.

»Vielleicht können tiefere Gefühle ja auch im Verborgenen wachsen?«, traut Sonja sich dann doch. Ihre Stimme klingt so, als würde sie mit diesem Satz sehr viel wagen. Greta spürt Übelkeit in sich heraufsteigen. Ihr ist viel zu warm in ihrer Steppjacke im beheizten Laden. Die Regale kann sie morgen früh kontrollieren. Dafür hat sie jetzt eh keinen Kopf mehr.

»O.k., damit das mal klar ist«, sagt sie, während sie sich umwendet. »An Liebe glaube ich nicht.«

»Aus einem bestimmten Grund?«, versucht Sonja ihr frechestes Grinsen zu grinsen. Es misslingt.

»Mann, das hatten wir doch direkt am Anfang schon mal. Sagen wir mal, ich hab's mal ausprobiert, und es ist ganz deutlich: Ich habe Recht.« Greta hasst es, wenn sie aus Stahl sein muss. Sie findet sich selbst einfach liebenswerter, wenn sie nicht so eine harte Nuss markiert. Aber manchmal muss das wohl eben sein.

Sie muss es ja nicht jedem erzählen. Überflüssige Worte. Diese Geschichte. Von gemeinsamen Jahren. Von Zukunft. Perspektiven. Bis zum Horizont gedacht und erträumt. Und dem Sturz. Davon erst recht nicht. Wer will von Stürzen hören. Am Boden liegend die Erkenntnis, sich getäuscht zu haben in einem Menschen, jahrelang, so sehr. An die Liebe geglaubt zu haben. Und nun nichts in den Händen als den Spaß und das Begehren. Begegnungen, die mal kurz sind, mal länger, nie mehr als das. *Vielleicht für die anderen*, denkt Greta, wenn sie einen zuversichtlichen Tag hat. *Vielleicht gibt es Liebe für die anderen. Aber ich, nein, ich müsste schon bescheuert sein, es noch mal zu versuchen.*

Sonja steht noch unschlüssig mitten im Laden, als Greta bereits den Schlüssel in die Tür fummelt.

»Kommst du?«

»Ja ... sicher ...« Ein paar unsichere Schritte macht Sonja und bleibt draußen nah neben ihr stehen. Sie sieht in die andere

Richtung, als sie sagt: »Vielleicht wär's besser, wir würden uns mal für ne Weile nicht sehen. Was meinst du?«

Greta kann es selbst kaum glauben, dass sie eine Sekunde lang zögert. Dann sagt sie rasch, um die Zeit aufzuholen: »Halt ich auch für eine gute Idee.«

Nur, mit so einer Situation vor der Buchhandlung, damit ist sie jetzt irgendwie doch überfordert. Erst mal zum Fahrrad, Schloss aufschließen, es gegen die Laterne lehnen, die Tasche im Korb befestigen. Abfahrtbereit. Und es wird auch Zeit.

»Na, dann ... viel Spaß in Tunesien«, sagt sie und macht ein paar Schritte auf Sonja zu. Die fliegt in der nächsten Woche in Urlaub und sieht jetzt so aus, als wäre Vorfreude darauf grad nicht drin.

»Danke. Werd ich sicher haben. Ich kann mich ja mal melden. Irgendwann, wenn ich wieder da bin?«

»Auf alle Fälle!«, bekräftigt Greta und beschließt eine Umarmung. In der Sonja sich plötzlich ungewohnt klein und schmal anfühlt.

»Lass es dir gut gehen«, murmelt Sonja in den Kragen der Daunenjacke. Ihre Hand mit klammen Fingern plötzlich an Gretas Hals, irgendwo zwischen Kinn und Ohr, wo die Haut so weich und verletzlich ist.

»Du dir auch«, erwidert sie, wendet sich rasch ab, geht zu ihrem Rad und winkt noch einmal zurück. Dann schwingt sie sich auf ihr Fahrrad und stößt sich von der Bürgersteigkante ab. Sie tritt heftig in die Pedale und dreht sich kein einziges Mal um. Auf keinen Fall umsehen. Bloß nicht zurückschauen. Wenn sie was im Leben gelernt hat, dann das.

Eine Weile strampelt sich wie eine Wilde. Ihr wird noch wärmer. Die Jacke verstaut sie besser gleich nachher im Schrank und holt die Sommerklamotten raus. Dieser Wechsel ist sowieso längst fällig.

Genauso wie der Abschied von Sonja. Sie hat's doch schon lange gemerkt. Das ging zu weit, das war zu lang, zu oft, zu intensiv. Und manchmal in den letzten Wochen haben sie sich getroffen, ohne miteinander zu schlafen. Das muss einem doch zu denken geben.

Aus und vorbei.

Schluss ist Schluss.

Sie will es ja nicht anders. Sie sucht es sich so aus. Immer wieder. Sie könnte es ja auch anders haben.

Das Blöde ist, dass Sonja Recht hat. Diese Rennerei zu irgendwelchen Hirnklempnern ist eine völlig bekloppte Modeerscheinung, unkritisch übernommen von den Amis, die seit Generationen ständig ihre Exporte rüberschicken, angefangen beim Rock'n 'Roll und Talkshows und Cola und hormonverseuchtem Fast-Food.

Das ist wie etwas Ansteckendes. Eine Sucht. Als müssten alle Menschen über fünfundzwanzig das machen. Oder vielleicht nur die Frauen, denn die sind bestimmt auch hierin mal wieder zahlenmäßig überlegen. Frauen sind immer mehr von so was betroffen, weil sie ständig alles ausdiskutieren wollen, sich und ihre Mitmenschen – in erster Linie ihre BeziehungspartnerInnen und ihre Eltern – analysieren und kritisieren und lernen müssen, sich selbst ernst zu nehmen. Boah, wie anstrengend. Ja, das Blöde ist, dass Greta Sonja irgendwo verstehen kann. Aber. Ja, aber! Es hilft ja nichts. Sie kommt irgendwie nicht weiter. Sie trampelt die ganze Zeit auf der Stelle herum in ihrem Leben, und langsam bekommt sie das Gefühl, die Jahre gleiten ihr durch die Finger, ohne dass sie etwas zu greifen bekommt, das sich wirklich lohnt. Vielleicht ist es ja einfach nur die Midlife-Crisis?

Das klingt ziemlich depressiv, hatte Fanni mit Kennerinnenmiene gesagt und ihr eine Visitenkarte über den Tisch geschoben. *Ruf da mal an. Vielleicht hat jemand einen Platz frei.*

Nie im Leben, hatte Greta gedacht.

Und jetzt. Steht sie hier. Von guten Argumenten überzeugt. Ja, so kann man es auch sehen.

Auf ihren Klingeldruck hin geht kurze Zeit später der Türöffner, und sie steigt die vier Stufen hinauf zur Parterrewohnung, in der Frau Müller ihre Praxis hat.

Es ist niemand sonst da. Obwohl in allen Räumen kleine gedimmte Lampen brennen. Das Gesprächszimmer ist groß genug für drei grüne Sessel und einen leichten Holzschreibtisch, der aber unbenutzt aussieht. Auf ihm steht nur eine bauchige Vase mit vollen Dolden einer blauen Hortensie.

Sie sitzen sich gegenüber. An der Wand hinter Frau Müller hängen zwei Bilder. Das kleine von beiden zieht immer wieder

Gretas Blick an. Es ist eine Aquarellzeichnung. Ein kleines Boot, das auf eine nahe Küste zusteuert. Im Heck sitzt eine vermummte Gestalt am Steuer. Vorn am Bug steht eine andere Figur und trotzt dem Fahrtwind, die Augen auf den Strand gerichtet.

Du musst es dir vorstellen wie eine Fahrt auf einem Fluss, hatte Fanni gesagt. *Es ist dein Fluss, dein Boot, dein Weg, aber das Steuer könntest du nicht allein halten. Verstehst du? Sie wird dir einfach helfen, anzukommen. Das ist alles.*

Das ist ja schon ein echter Klopper, dass jetzt so ein Bild hier hängt. Wenn sie das Jo erzählt, glaubt die wieder an das unvermeidbare Schicksal.

»Haben Sie schon andere Vorgespräche geführt?«, will Frau Müller nach einer kurzen Einleitung als Erstes wissen.

Müller ist echt ein Allerweltsname. Greta kann sich plötzlich nicht vorstellen, einer Frau all ihre Geheimnisse zu erzählen, die Müller heißt. Vielleicht sollte sie lieber gleich wieder gehen?

»Wieso haben Sie mich ausgesucht?«

Ehrlichkeit ist eine der Grundvoraussetzungen, sagt Fanni immer. O.k.

»Ich könnte Ihnen jetzt einiges erzählen, aber die Wahrheit ist, dass Sie die Einzige waren, die so bald schon einen Platz frei hat. Die Wartezeiten bei Ihren Kolleginnen haben Sie auf Platz Nummer Eins katapultiert.«

Frau Müller lächelt. Greta ist verblüfft. Sie an Frau Müllers Stelle wäre wahrscheinlich beleidigt gewesen.

»Wunderbar!«, sagt Frau Müller. »Das nimmt dem Ganzen den Druck, den es hätte, wenn Sie von drei meiner ehemaligen Patientinnen Lobeshymnen über mich gehört hätten und jetzt unbedingt zu mir und nur zu mir wollen würden. Dann würde ich doch vorschlagen, dass Sie mir als Erstes einmal erzählen, warum Sie sich zu einer Psychotherapie entschlossen haben. Was würden Sie sagen, sind Ihre Themen?«

Ich habe gerade einer attraktiven, humorvollen, charmanten Frau, die zu all dem wohl auch noch in mich verliebt ist, wie es scheint, den Laufpass gegeben. Und ich glaube, ich kann nicht wirklich lieben, könnte sie jetzt sagen.

Na, klar. So weit kommt's noch! Natürlich sagt sie was ganz anderes.

»Meine Familie, ganz sicher. Na ja, vielleicht am meisten meine Mutter. Da gibt es so viele ... Reibungspunkte.« Greta erzählt von ihrer Mutter und ihrer Schwester. Sie erwähnt auch, *ach, so, das hätte ich jetzt fast vergessen, vielleicht sollten wir das gleich zu Anfang klären*, dass sie lesbisch ist.

»Freut mich, dass Sie es fast vergessen hätten«, erwidert Frau Müller. Mehr nicht. Sie hört zu und lauscht in die Lücken hinein. Das fällt Greta erst auf, als die Frage nach ihrem Vater kommt. Von dem sie nur erzählen kann, dass er sie alle verlassen hat. Als die Mutter krank wurde. Weil die Mutter krank wurde. Eine Weile hat er es noch ausgehalten nach Gretas Geburt. Gerade so lange, dass sie ein paar vage Erinnerungen an ihn besitzt, die sie gerne weggeben würde. Das ist alles, was sie über ihn sagen kann. Es geht auch ohne Vater.

Schließlich lehnt sich Frau Müller bequem in ihrem Sessel zurück und betrachtet ihre eigenen Hände.

»Ich weiß nicht, welches Gefühl Sie jetzt zu mir haben, Frau Sprengel. Und Sie sollten Ihren Besuch hier vielleicht auch noch etwas wirken lassen. Aber ich kann Ihnen ja schon mal sagen, was mein Gefühl bezüglich unserer, von Ihnen angestrebten Zusammenarbeit ist.«

Plötzlich ist Greta sicher, dass sie sie ablehnen wird. Sie könnte für diese Annahme keinen Grund nennen. Aber vielleicht weiß Frau Müller einen. Komisch. Das sieht ihr gar nicht ähnlich. Sonst strotzt sie doch immer so vor lauter Selbstüberzeugung. Und immerhin hat sie selbst noch vor fünfzig Minuten in Erwägung gezogen, einfach wieder hinaus zu spazieren, ohne jede Verpflichtung. Ein Vorgespräch beinhaltet keinerlei Verpflichtung. Für beide Seiten steht offen, ob aus diesem ersten Treffen eine langfristige Beziehung wird oder nicht.

Und genau betrachtet sind langfristige Beziehungen doch gar nicht ihr Ding. Warum also dieser Hitzeschub, der in ihrem Pullover aufsteigt und zum Halsausschnitt herausdrängt wie eine Welle verschütteten Brühwassers.

»Meinem Gefühl nach könnten wir gut miteinander arbeiten. Sie bringen ja schon sehr viele Ideen mit hierher und scheinen über eine gute Introspektionsfähigkeit zu verfügen. Aber natürlich sollten Sie es sich jetzt erst noch in Ruhe überlegen.

Es reicht, wenn Sie mich im Laufe der Woche anrufen und mir mitteilen, wie Sie sich entschieden haben.«

»Ja«, bringt Greta heraus, hölzern vor Bemühen, ihre Erleichterung nicht erkennen zu lassen. »Das werde ich machen. Ach, und noch etwas ...«, sie hebt leicht eine Hand, »ich hab gerade nicht alles gesagt, was meine Themen angeht. Wissen Sie, ich habe nämlich gerade einer attraktiven, humorvollen, charmanten Frau, die zu all dem wohl auch noch in mich verliebt ist, wie es scheint, den Laufpass gegeben. Und ich glaube, ich kann nicht wirklich lieben.«

»Noch zwei gute Gründe, das Gespräch zu suchen«, erwidert Frau Müller gelassen.

Draußen schaut Greta auf das Schild neben der Haustür. Darauf steht: *Psychologische und Psychotherapeutische Praxis Heidelinde Müller.* Gretas Blick verweilt auf dem Vornamen. Heide ist weit und blühend und duftig und es schwirrt dort eine Vielfalt von Insekten, flattern Falter, brummen Hummeln. Es ist ein rosa bis lila Leuchten im satten Grün. Bis zum Horizont. Während die Linde fest verwurzelt Mittelpunkt der Dörfer ist. Unter ihrem Blätterdach, dicht, mächtig, schützend, wird getanzt und geküsst und gelebt. Ein Baum, der sich unter Menschen wohl fühlt. Während sie ihr Fahrrad von der Laterne losschließt, beschließt Greta, dass sie sie Heidelinde nennen wird. Natürlich nur still für sich. Sie wird sie nicht so ansprechen. Aber wenn sie Heidelinde für sie sein wird, dann spielt das Allerwelts-Müller keine Rolle mehr.

Wenn ihr doch nur einmal eine Frau begegnen könnte, richtig begegnen, die Heidelinde hieße!

Oh, Vorsicht! Die Geschichten, in denen sich lesbische Frauen in ihre Therapeutinnen verlieben, sind nicht selten.

Greta muss plötzlich grinsen. Und obwohl sie auf öffentlichen Straßen unterwegs ist, obwohl um sie herum Menschen sind, lacht sie sogar einmal laut.

Langsam beginnt das Jahr ihr Spaß zu machen.

                      Eine Schwachsinnsidee ist das gewesen. Fanni ist melancholisch. Jo streitet mit Anne. Greta hat ihre Tage. Madita ist also allein hingefahren. Und sie bereut. Eine total hirnverbrannte Vorstellung, einfach hergehen zu können, eine Frau anzusprechen und eine erotische Nacht zu erleben wie aus ihren Träumen. Eine von diesen Nächten, die keine Bedeutung haben, die aber unglaublich befreien und durch die tiefe Sehnsüchte und Herzschmerz vergessen werden. Eine von diesen Nächten, die sich alle ausmalen, von denen alle sprechen, die es aber womöglich in Wirklichkeit gar nicht gibt.

Die Braunauge ist tatsächlich da. Aber sie hat erst ein einziges Mal herübergesehen. Und dann nicht mehr.

Vielleicht ist da heute Abend eine andere, mit der sie per Blicke flirtet. Vielleicht hat sie Madita vorhin im Durchgang zum Café zu nah gesehen und im Hellen erkannt, dass Madita doch nicht so ist, wie im Schummertraumlicht der Disco visioniert. Madita selbst hat da jedenfalls ihrerseits erkannt, dass ihre bisher eher willkürliche Wahl zu etwas Interessantem führen könnte.

Seit sie das entdeckt hat, liegt ihr etwas daran, dass aus ihrem Vorsatz etwas wird. Sie will. Diese Frau soll es sein. Die erste nach Julia. Unwissend, welche Bedeutung ihr beikommt. Die Braunauge steht da, wo sie letztens auch stand. Sie hat ein paar Freundinnen dabei. Aber keine von ihnen umarmt oder küsst sie. Ihr schnörkelloser schöner Mund verzieht sich beim Reden oft zu einem Lächeln. Dann entstehen in beiden Wangen Grübchen.

Es ist wichtig.

Wichtig, dass sie hersieht. Dass sie rüberkommt. Dass sie miteinander reden, sich vorstellen, vielleicht gemeinsam tanzen, für einander sich bewegen vor den Augen aller anderen, dann verschwinden, etwas verschämt im Gedränge hintereinander gehend, die Verlegenheit mit ruhiger Stimme überplaudernd auf dem Weg zum Auto.

Vielleicht könnte eine Entzauberung stattfinden, wie sie in den Märchenbüchern nicht vorkommt. Eine Enthexung von Sehnsucht und Verlangen, das so lange Zeit immer nur Julia meinte.

Sieh doch endlich her!

Die Fremde wendet den Kopf und schaut herüber. Maditas Blick huscht davon wie eine erschreckte Maus. Die Knie zittern.

Nein, das kann sie nicht machen.

Tief ansehen, das kann doch nur schief gehen. Tief ansehen, das ist doch der Anfang vom Ende. Wie konnte sie nur so dumm sein und allein hierher kommen? Wo sie nun ständig sich selbst und ihrer Angst begegnet.

Als sie es wieder wagt, hinzuschauen, ist die Fremde verschwunden.

Im nächsten Moment eine Berührung.

»Hups«, macht die Braunauge, eher zu ahnen, als zu hören, fasst Madita kurz entschuldigend an die Schulter und geht weiter.

Maditas Haut brennt. An der Schulter.

Der Hinterkopf der Frau verschwindet am Ausgang. Es ist noch viel zu früh, um zu gehen. Warum hat sie Greta nie gefragt, wie es eigentlich so läuft, wenn zwei auf dem Schwof sich ein Zeichen geben. Greta könnte ihr viel erzählen über die Signale derer, die das suchen, was Madita heute gerne hätte. Aber Greta ist weit entfernt, auf ihrem Sofa, in Decken vergraben, hingegossen in einen Paracetamol-Rausch. Madita folgt der Fremden.

Sie steht nicht vorne vor der Tür, wo sich viele Raucherinnen tummeln, und das Summen der vielen Stimmen von einer ersten lauen Aprilnacht erzählt.

Auch auf der Straße ist keine Spur von ihr.

Vielleicht ist sie doch auf dem Weg heim?!

Madita schlendert den Weg zum Parkplatz entlang. Wenn sie nicht hier ist, und warum sollte sie hier sein, dann wird Madita einfach heimfahren. Es war sowieso eine blöde Idee, allein herzukommen. Es war eine wirklich ...

Auf Maditas Auto hockt eine schlanke Gestalt.

»N' Abend«, lächelt Madita. »Was tust du denn hier?«

»Oh«, macht ihr Gegenüber und klettert verlegen lächelnd von der Motorhaube herunter. »Es sah irgendwie am gemütlichsten aus.«

»Du willst also behaupten, du sitzt hier rein *zufällig* auf *meinem* Auto herum?« Madita verschränkt die Arme vor der Brust und versucht sich zu erinnern, welche Gesichtsmuskeln für ein charmantes Grinsen zuständig sind. Grinsen, etwas frech, aber zugetan, hübsch, aber nicht lieblich. Soll sagen: Ich durchschau dich sowieso! Aber es will ihr nicht recht gelingen. Ein Gefühl, als sei die Batterie alle. Früher hat ihr das nie Mühe bereitet. Ihr charmantes Lächeln, dem selten eine widerstehen konnte, ihr mitreißendes Lachen, es kam von selbst aus ihr heraus.

»Wär's nicht einfacher, bei der Wahrheit zu bleiben? Wir sind doch unter uns.«

Braunauge sieht sie forschend an. »Ich weiß ja nicht, mit wem du sonst so zu tun hast, aber *ich* bleibe immer bei der Wahrheit. Ich hatte keine Ahnung, dass das dein Auto ist.«

Warum musst du immer lügen, Julia?

Vielleicht, ein Lächeln, unergründlich bis zum Wahnsinnigwerden. *Vielleicht ja deshalb, weil ich es immer so spannend finde, mit mir selbst zu wetten, wann du endlich dahinterkommst.*

»Und was hast du hier so gemacht, auf meinem Auto?«

Ihr Gegenüber hält die Hand hoch, in der sie eine gerade entzündete Zigarette hält.

»Meine letzte!«

»Deine letzte?«

»Ja, ab morgen werd ich nicht mehr rauchen. Und gleich ist Mitternacht.«

»Verstehe. Du hast dich also rausgeschlichen wie Aschenputtel, die sieht, dass sich der Zeiger der Uhr der Zwölf nähert.«

»Cinderella«, verbessert sie. »Das klingt viel schöner.«

Greta hat Recht gehabt. Das wäre eine für sie. Eine, die was auf Namen gibt. Mit der würde Greta sich verstehen.

»Und wie heißt du wirklich?«, will Madita wissen.

»Karo.«

»Karo?«

»Ja, so wie Pik, Kreuz und ... Herz.« Karo lächelt und zeigt Madita ihre Grübchen. Zum ersten Mal allein für Madita. Das ist schön. Noch mal, bitte!

»Ich bin Madita.«

Karo nickt und lächelt wieder. Dann zieht sie mit Genuss an ihrer Zigarette.

»Dein erster Versuch?«, fragt Madita und deutet auf den Glimmstengel.

Karo lässt sich mit der Antwort Zeit. Ihre Worte warten, bis auch der letzte Rest blauen Dunstes durch ihre Lippen gewabbert ist. »Nein, ich hab's schon mal fast geschafft.«

»Und dann?«

»Abschlussprüfung.«

»Oh.« Mitfühlend, aber zu einem großen Teil auch amüsiert.

Ihre Gegenwart ist nicht beunruhigend. Ihre ganze Gestalt wirkt eher vertraut. Madita setzt sich auf die Motorhaube ihres Wagens und Karo tut es ihr gleich.

»Was machst du denn? Ich meine, wofür war es die Abschlussprüfung?«

»Orgelbauerin«, antwortet Karo und nickt, als wolle sie es sich selbst noch einmal bestätigen. Wieder lächelt sie. »Ich hatte Angst, ich müsste in der Prüfung ein katholisches Kirchenlied spielen.«

»Und da hast du wieder angefangen zu rauchen?«

Karo lacht und zuckt mit den Schultern.

»Na, dann kann ich dir ja nur wünschen, dass du demnächst nicht wieder in die Situation gerätst, vor Publikum auf einer Orgel spielen zu müssen.«

»Was das angeht«, Karo pustet wieder Rauch aus ihrer Lunge in die Nacht, »bin ich auf der absolut sicheren Seite. Orgeln sind nicht so gefragt zur Zeit. Ich habe momentan keinen Job. Arbeitslos.«

»Hm.« Sie hätte es auch verschweigen können. Einfach lachen und nichts sagen. Aber wenn Karo behauptet, dass sie immer die Wahrheit sagt, dann bedeutet das womöglich auch, dass sie wesentliche Dinge nicht verheimlicht. Vor niemandem. Als wäre ihre Arbeitslosigkeit ein Grund, um nicht mit ihr ins Bett zu steigen.

»Und du?« Karo tut einen letzten Zug an der Zigarette, als wolle sie keinen Millimeter einfach so sinnlos verglühen lassen.

»Ich bin Pferdewirtin. Du weißt schon, Boxen ausmisten, Pferde striegeln, füttern, Tierarzt anrufen, so wie man es sich eben vorstellt. Ich gebe aber auch Unterricht. Reitlehrerin also auch. Klingt gut, oder? Ich meine, lesbische Reitlehrerinnen haben doch echt was, nicht?«

Karo lacht, wirft einen wehmütigen Blick auf den Stummel in ihrer Hand und wirft ihn auf den Boden.

»Um ehrlich zu sein, war das nicht das, was ich wissen wollte«, feixt sie.

»Was denn?«
»Ob du rauchst.«
Darauf kann doch jede nur verblüfft schweigen. Madita macht solche Direktheit sprachlos. Es stellt sich fast schon die Frage, ob eine bestimmte Art von Ehrlichkeit nicht eher an Unhöflichkeit sich lehnt.
Andererseits. Es war immer so schwer festzustellen, wann Julia sie selbst war, wahrhaftig und tatsächlich sie selbst. Oder ob sie gerade wieder einmal in einem der Filme lebte, die in ihrem Kopf gedreht wurden. In denen sie charmante, liebevolle, sehnsüchtige Sätze sagte, die dem Drehbuch entsprachen, aber nicht immer dem Zustand in ihrem Herzen.
»Nein, tu ich nicht. Hab ich nie getan. Ich trinke nur wenig Alkohol, nehme auch sonst keine Drogen und gehöre keinerlei Sekte an.« Die einzige Sucht, der sie bisher erlegen war ... die einzige Sucht war Julia gewesen. Und es ist eine saublöde Idee, vor dieser Sucht davonlaufen zu wollen, indem sie eine andere umgarnt und mit falschen Karten spielt. Madita schließt die Tür ihres Wagens auf, nimmt einen Kaugummi aus dem Handschuhfach und verschließt die Tür wieder. Ihr ist nicht nach Kaugummi. Aber sie braucht einen kleinen Grund, aus dem sie zum Auto gegangen ist. Nur um jetzt wieder zu verschwinden. Das wird sie nämlich. Wieder verschwinden und sich nach einer weiteren langweiligen Stunde am Rand der Tanzfläche auf den Heimweg machen.
Karo sieht nicht so aus, als wolle sie den Rückweg zum Schwof antreten.
»Tja, dann ... vielleicht bis gleich«, murmelt Madita.
»Ach, noch was ...«
Madita bleibt stehen und wendet sich um zu Karo. Dass sie braune Augen hat ist eine Beruhigung. Es ist eine innig vertraute, deutliche Farbe. Ohne einen Zweifel, schon zu Beginn.
»Dass du grad direkt nach mir raus gegangen bist, war *das* ein Zufall?!«
Ich bleibe immer bei der Wahrheit.
Madita hat die Wahl.
»Nein«, sagt sie. Es gelingt ihr, dabei nicht zu lächeln. »Nein, das war kein Zufall.«
Karo nickt.

Und Madita dreht sich nicht wieder fort. Geht nicht davon. Kein cooler Abgang wie geplant. Sie kommt wieder zurück zu Karo und setzt sich neben sie auf die Motorhaube. Augenblicklich ist das Metall des Wagens überzogen mit einer elektromagnetischen Spannung, unter der sich Körperhaare aufrichten.

Sie reden unter diesem Einfluss beide ziemlich dummes Zeug. Über das Wetter, diese erste warme Nacht des Jahres, genau passend zum Frauenschwof. Über die Autos mit den regenbogenfarbenen Lesbenaufklebern, und was die verschiedenen Modelle, Farben, Sonderausstattungen, Plüschtierbeifahrer so über ihre Besitzerinnen verraten. Über Pferde. Was schon mehr ist als nur dummes Geschwätz. Denn dass Gustaf in Maditas Leben wichtig ist, steht außer Frage.

Vielleicht ist es das, ihre lustig und liebevoll erzählten kleinen Anekdoten über die Tiere und Karos zärtliches Lächeln, ihr helles Auflachen darüber, was schließlich den Anstoß gibt.

»Ich mach so was eigentlich nicht«, sagt Karo und zögert.

»Ich mach so was eigentlich auch nicht«, erwidert Madita und grinst. Dieser Satz ist ja schon ein Witz an sich.

Karo lächelt: »Aber heute würd ich's wohl machen. Es ist nur ...«

»Ja?«

Madita will eigentlich nur eins: Nach Hause fahren, Karo ausziehen und Sex mit ihr haben. Alles, was das hinauszögert, macht sie ungeduldig.

»Da ist Mathilde.«

Sie hat eine Freundin. Eine, die Mathilde heißt.

»Mathilde?«

Wenn sie eine Freundin hat, dann mach ich das nicht. Eigentlich könnte es mir ja egal sein, ist ja eh nur für eine Nacht. Aber gerade bei Dingen, die möglichst unkompliziert sein sollten, sollte keine Dritte im Spiel sein. Es kann sonst alles mögliche Unangenehme passieren.

»Mein Hund.«

Aus Madita bricht ein unerwartetes Lachen, das alle sich gerade aufbäumenden Enttäuschung wegspült. »Und hat Mathilde etwas dagegen, wenn du mitten in der Nacht fremde Frauen mit heimbringst?«

»Tja, wie ich gerade schon sagte, tu ich das nicht ständig. Um ehrlich zu sein, ich hab's bisher noch nie ausprobiert. Käme auf einen Versuch an, schätze ich mal.«

Es kommt immer auf einen Versuch an.

Karos Wohnung ist genau so, wie Madita es von einer Orgelbauerin erwartet hat. Sie ist klein und alle Möbel sind aus Naturholz gefertigt, die aussehen wie aus einer Puppenstube. Die längste Wand besteht aus einem Bücherregal, in dem vom Boden bis zur Decke bunte Bücher stehen. Auf den zweiten Blick erklärt sich das besonders Farbenfrohe: Es sind zum größten Teil Kinder- und Jugendbücher.

»Denk bloß nicht, dass ich einen Haufen Nichten und Neffen habe und das wegen der Kinder lese«, lächelt Karo, als sie den langen Blick bemerkt. »Ich steh einfach auf diese Geschichten. Bücher für Erwachsene sind meistens so ... fantasielos.«

Mathilde stellt sich heraus als eine Art zu heiß gewaschener Flokati. Von der Farbe und Fellkonsistenz eines matschbespritzten Schafes. Und es ist schwer auszumachen, wo vorne und wo hinten ist. Gott sei Dank wedelt sie an einem Ende heftig. Somit wäre diese Frage also geklärt.

Jetzt, mitten in der Nacht, muss Mathilde noch mal Pipi machen und bricht nach dem kurzen Spaziergang glücklich in ihrem Körbchen zusammen. Das Körbchen steht im Schlafzimmer, direkt gegenüber dem Bett. Auf das Madita ein paar Sekunden starrt, ehe sie deutlich Karos Blick auf ihrem Gesicht spürt.

Moment mal. Hat sie vorhin nicht mal gedacht, Karos Gegenwart sei nicht beunruhigend? Wie kam sie darauf?

Karos Blick ist so tief, dass Madita über eine Klippe stürzt, als sie näher tritt. Fast fallen ihre Lider schon herab. Die Lippen so nah. Da zuckt sie zurück und reißt die Augen noch einmal auf.

»Wie alt bist du eigentlich?«, will Madita unbedingt wissen. Sie hat noch nie eine geküsst, von der sie das nicht wusste. Sie wusste immer so viel mehr als nur das Alter von denen, die sie küsste. Karos unbekannte Nähe, ihr unbekannter Geruch, die unbekannte Wärme ihres Gesichts verwirren sie. Wie macht Greta das nur immer? Sie muss doch permanent total durcheinander sein.

»Dreiunddreißig«, antwortet Karo verdutzt.
»Gut«, sagt Madita und küsst sie.
Zuerst sind da nur Lippen. Ohne eine Empfindung von Gier oder Verlangen. Eher eine stille Verwunderung, dass Lippen sich alle gleich verführerisch und zart anfühlen. Ihr Geschmack ist süß.
Aber dann ist da Karos Zunge, bei deren Berührung Madita zusammenzuckt wie bei sehrheiß oder sehrkalt auf der ungeschützten Haut.
Das ist es, was sie kennt. Der drängende Schmerz zwischen ihren Beinen. Das Erschaudern bei jeder Fingerspitzenerkundung. Das Herzrasen, als Stoff verrutscht und nackte Bäuche sich berühren. Sie stehen hier neben der Tür, nur wenige Schritte zum Bett, die sie beide noch nicht tun können.
Lieber beginnen sie hier, sich gegenseitig auszuziehen und in der Sicherheit des Noch-nicht-im-Bett sich anzuschauen, vergewissernd, sich nicht zu nah zu treten.
Sich nicht zu nah zu treten? Was für ein absurder Gedanke. Sie sind im Begriff, Sex zu haben! Sie werden einander so dicht an dicht kommen, wie es zwei Menschen nur können. Wie könnten sie einander nicht zu nahe treten?
Es geht.
»Du siehst so ... gequält aus, irgendwie«, bemerkt Madita leise, als sie mit den Fingern durch Karos Haar streicht, das so warm und weich ist wie seine Farbe. Julias Wildhaar war schwarz. So blaurabenschwarz, dass sich jede an dieser Kälte verbrennen muss, die es zu lange berührt.
Karo lacht. »Ich hab Schmacht!«
Wie ihre Nase sich kraust. Die Grübchen dazu. Etwas bewegend Rührendes in ihrem Blick.
Besonders in dem Moment, als sie ihr Hemd mit den flatternden Fransen über den Kopf streift und in einem bunt schimmernden BH vor Madita steht. Dessen Spitzen verhüllen so reizvoll, dass es eine Schande ist, ihn auszuziehen. Ihn anzubehalten ist aber unmöglich. Mittlerweile absolut unmöglich.
Brüste sind eine der Sachen, die Madita an Frauen ausnahmslos liebt. Karo geht mit ihren um, als seien sie ein Schmuckstück. Was zweifellos stimmt. Sie sind genauso groß, dass Madita sie mit jeweils einer Hand umschließen kann.

Julias Brüste waren ... Madita blinzelt. Karo küsst ihren Hals, und alle Gedanken werden in den Strudel der Empfindung gesogen. Eine Welle, die sie aufs Bett schwemmt und alles landunter gehen lässt.

Madita taucht erst wieder auf, als sie Haut an Haut liegen. Bein zwischen Beinen. Leises Stöhnen und feuchte Fingerspitzen.

Karo hat gesagt, dass sie so etwas eigentlich nicht macht, aber sie ist weder scheu noch schüchtern. Sie ist neugierig und erkundungsfreudig.

Vielleicht macht sie das doch öfter, auch wenn sie etwas anderes behauptet hat. Aber im Grunde ist das ja egal. Wichtig ist nur, dass es sich gut anfühlt. Und das tut es. Wie schön sie ist, wenn sie sich quer über das Laken spannt. Mit einer wie frisch gebadeten Haut, auf die das Nachtlicht der Stadt durchs schräge Dachfenster tröpfelt.

Ihre Stimme ist dunkel, wie durch Wolken gesprochen.

»Was muss ich tun?«, flüstert Karo Madita ins Ohr.

Madita lächelt im Dunkeln nur für sich. Karo könnte es sowieso nicht sehen. »Das ist alles sehr schön, was du tust.«

Karos Finger halten für einen Moment inne, eine bewusste Pause, bis sie wieder von Neuem beginnen und Madita genussvoll seufzt.

»Aber willst du denn nicht ...? Ich meine, was muss ich tun, damit du kommst?« So sanft sagt sie das, so zart und liebevoll, meine Güte, sie kennen sich doch gar nicht. Wie kann ihre Stimme so klingen, den Anschein erwecken, es läge ihr tatsächlich etwas daran? Den Orgasmus der anderen nicht um der eigenen Lust willen, sondern als Gabe, als Geschenk, als Beweis der Zuneigung.

Was muss sie tun?

Ganz einfach. Sie muss nur Julia sein. Dann klappt es von ganz allein. Gleich drei oder vier oder fünf Mal. Weil Julia nicht nachließ in ihrem Wunsch, sich machtvoll zu fühlen, die Kontrolle zu besitzen. Die Kontrolle über Maditas Hilflosigkeit, Stöhnen, Beben und Erlösen. Vielseitig und erfinderisch war sie gewesen. Ihre schmalen Hände voller Kraft. Ihr Mund, ohne satt zu werden, samtweich und katzenzungenrau.

Den Gedanken an Julias Mund verbietet Madita sich sofort. So weit kommt es nicht. Nicht während sie mit einer anderen zusammen ist. Die erste andere. Ihr Lächeln, das gedankenlos selige, ist längst erstorben.

»Weißt du was?«, meint Karo da, zieht ihre Hand zurück und springt nackt aus dem Bett, ihr Körper gespannt wie ein Bogen. »Ich mach uns einen Tee.«

Ein Tropfen an der Scheibe. Fanni wartet. Bis er sich noch ein bisschen dicker saugt, schwerer wird, hinabfließt am Glas. *April, April, der macht, was er will.* Omas Stimme bei jedem Sinnspruch, jeder Bauernweisheit. *Was du heute kannst besorgen, das verschiebe nicht auf morgen. Pflücke die Rose, solange sie blüht. Man soll den Tag nicht vor dem Abend loben. Was lange währt, wird endlich gut.*

Lange. Währt.

Fensterputzen bei diesem Wetter wäre eine echte Dummheit. Fenster anschauen. Glas anschauen. Regentropfen anschauen. Ja, das geht. Und warten. Fanni wartet. Eigentlich weiß sie nicht einmal ganz genau, seit wann.

Am Anfang war es noch etwas anderes. Ganz aufgegangen in ihrem Job. Das Reisen hatte Vergnügen gemacht. Das Ungewöhnliche sehen dürfen. Das Schöne und Erschreckende festhalten. All das Fremde. Hin und wieder nachdenken, überdenken, wie es war mit Nicole. Ihre Ex, mit dem Tick für Echsen. Darüber hatten sie immer Witze gemacht, kurz nach der Trennung. Zögerliches, aber gemeinsames Lachen über die schlichte Tatsache, dass sie nun nicht mehr zusammengehörten, nach sechs Jahren.

Das Leben hatte aus Bildern bestanden, aus Reisen, aus Sprachen, aus dem Aufbügeln von Arbeitsblusen, die allen immer so elegant erscheinen. Meist gesehene, meist geliebte Gesichter waren Madita, Greta und Jo. Natürlich.

Warten war etwas gewesen, das sie an der Bushaltestelle tat, im Bahnhof, am Flughafen, in Restaurants. Manchmal in einem fremden Hotelzimmer, bei Regen. Und das war auch schon das langwierigste Warten, das sie kannte. Jeder Bus, jeder Zug, jeder Flieger kam, das Essen auch. Und sogar die Sonne. Nach einer Weile ganz sicher.

Nie hatte sie über Warten nachgedacht. Tat es einfach.

Wieder ein Tropfen an genau der gleichen Stelle. Hunderte natürlich. Tausende. Aber an genau der gleichen Stelle. Fanni ist sich sicher.

Am Anfang war es noch anders gewesen. Elisabeth tauchte auf wie eine Rakete am Nachthimmel. Richtete sich gen Boden und steckte alles in Fannis Umkreis in Brand.

Vollkommener Unsinn, sich Hoffnungen zu machen. Eine Frau in einer langjährigen Beziehung. Noch dazu hetero. Noch dazu die schönste, die es auf dieser Erde gibt. Nein, Fanni kannte keine Hoffnung am Anfang, trotz des Lichterlohs um sie her.

Wann also fing es an?

Mit dem ersten Brief? Oder dem zweiten? Mit einem Blick aus dem Hellblau. Der Verwunderung, wie schön ein blasshäutiges Gesicht sein kann, wie klar.

Nicht mehr zu erinnern der Tag, die Stunde, der Augenblick. Als Fanni zu warten begann.

Selbstverständlich wusste sie immer, dass es ihn gab. Elisabeth erwähnt ihn selten. Aber sie trägt seinen Ring an der einen Hand und hat an manchen Abenden keine Zeit für Verabredungen, ist am Telefon kurz angebunden.

Sein Name stand nicht ein einziges Mal in ihren Briefen, die flutwellenartig über Fanni schwemmten. Auf Briefe brauchte Fanni nie zu warten. Aber.

Fanni wartet.

Schon eine ganze Weile. *Zu lange*, sagt Madita immer. Weil sie selbst so lang gewartet hat. Fanni teilt die Meinung, dass zu langes Warten das letzte Fünkchen Chance auf eine Erfüllung zerbröselt. Zu langes Warten bedeutet, dass am Ende nichts mehr möglich ist. Wie bei Madita und Julia.

Die Sache ist nur die, dass Fanni keine Ahnung hat, wie sie damit aufhören kann. Mit dem Warten. Auf Elisabeth.

Die Tür öffnet sich, und ein Mann kommt herein, der sein verlegerisches Gewicht in Form eines gewaltigen in eine teuer geschneiderte Weste gestopften Bauches eindrucksvoll vor sich her schiebt.

Er streckt ihr beide Hände entgegen, ohne dass es entgegenkommend wirken würde. »Frau Dupres...«

»*Düpree*«, verbessert ihn Fanni, ohne mit der Wimper zu zucken, und wendet der großen Fensterfront nun den Rücken zu.

Warum Deutsche einfach nicht begreifen können, dass französische Namen immer noch französische Namen bleiben, auch wenn sie einer Deutschen gehören, ist ihr schleierhaft. Wäre ihr Vater ein Deutscher gewesen mit dem Nachnamen Sentberger oder Krug oder Grumme, gäbe es in ihrem Leben ein Ärgernis weniger.

»Frau Dupres«, wenigstens bemüht er sich jetzt und umschlingt ihre schmale Hand mit seiner fleischigen, bevor er sich schnaufend hinter seinem Schreibtisch verschanzt und sich dort in einen gut gepolsterten Ledersessel fallen lässt. »Ich hoffe, ich habe Sie nicht zu lange warten lassen.«

Darin ist nicht der kleinste Hinweis auf eine Frage zu finden, auch nicht die Spur einer Entschuldigung.

Fanni erwidert: »Das braucht Ihnen nicht Leid zu tun. Ich bin Warten gewöhnt.« Wenn sie das den anderen erzählt, werden sie sich totlachen.

Sein Schreiben, das sie postwendend auf ihre mit dem Kurier geschickten Neuseeland-Bilder erhielt, ließ so einiges vermuten. Sein frostiges Lächeln, das sich in seine Gesichtsfalten gräbt, ebenfalls.

»Schön, dass Sie kommen konnten. Hat man Ihnen bereits die Andrucke geschickt?«

Fanni schüttelt den Kopf. Er beugt sich vor und haucht mit betont nuancierter Stimme in die Sprechanlage: »Frau Scherber, wären Sie so freundlich? Die Andrucke zu Neuseeland.«

Fanni sammelt sich und ist dann nie sie selbst. Eigentlich ist sie weich. Sie ist sanft und zärtlich. Eine zerbrechliche Frau. Jetzt nicht.

»Lassen Sie uns gleich zur Sache kommen, Herr Stemp. Sie haben mich doch anreisen lassen, um mir zu sagen, dass Sie nicht zufrieden sind mit meiner Arbeit, nicht?«

Er faltet die fetten Hände, Fanni denkt ganz bewusst *fette Hände,* weil es ihr eine Genugtuung ist, auf der Schreibtischplatte, und sieht sie von unten herauf an. Es soll ein freundlicher, verständnisvoller Blick sein, in den sich nun ein bisschen verlegerischer Kummer mischt.

»Frau Dupres ...«

»Düpree«, lächelt Fanni gelassen. Auf ihn wirkt sie hoffentlich gelassen. »Sie kannten meine Arbeiten. Ich habe Ihnen im

Vorfeld ausreichend Material zur Verfügung gestellt, damit Sie sich ein Bild davon machen konnten. Was hatten Sie erwartet? Dass ich meinen Stil auf einer einzigen Reise komplett ändere?«

Er lächelt gequält. Das kennt sie schon. Alle schauen sie an und erkennen in ihr die, die sie wirklich ist. Aber wenn sie dann ein anderes Gesicht zeigt, wenn sie scharf spricht und ungehalten wird, ungeduldig und hart, dann lächeln sie alle auf diese gleiche gequälte Art und Weise. »Ihr Buch über die alten Maya-Stätten zum Beispiel spricht eine ganz andere Sprache. Sie erinnern sich gewiss, dass wir diesen Band ausdrücklich als Vorlage für unser Neuseeland-Projekt besprochen hatten.«

»Und Sie erinnern sich gewiss, dass ich betont habe, dass ich dieses Buch vor fast zehn Jahren fotografiert habe ...«

»Ein unerwartet steiler Aufstieg einer so jungen, unbekannten Fotografin, die gerade erst ihre Kunst erlernt hatte«, lobt er, sie unterbrechend.

»Mein Handwerk«, Fanni legte alle Betonung auf das zweite Wort, »konnte sich leider erst nach und nach entwickeln. Damals habe ich noch Stil und Zielsetzung meiner Ausbilder kopiert. Aber es muss Ihnen doch klar gewesen sein, dass ich mittlerweile ganz eigene Richtlinien habe. Außerdem«, setzt sie rasch hinzu, als er den Mund zur Erwiderung schon öffnet, »habe ich Ihnen auch damals schon gesagt, was es mit diesem Band auf sich hatte. Die Maya-Stätten erzählen sich von selbst. Jeder Tourist kann dort mit seiner Polaroid Bilder machen, die faszinieren würden.«

Seine Haltung macht es noch deutlicher als der Brief. Fanni kennt das alles. Aus unzähligen anderen Gesprächen. *Die Bilder sind gut, aber zu ungewöhnlich. Wir machen hier keine Kunst, wir machen gute Reiseliteratur. Wir wollen den Menschen Lust auf Reisen machen, verstehen Sie. Ihre Fotos sehen alle so aus, bitte missverstehen Sie mich nicht, aber sie sehen so aus, als hätte dieses Land irgendwie zwei Gesichter.* Auch hier wird sie also an eine regelmäßige Auftragsarbeit nicht denken können.

Sie hat einen Beruf, in dem sie unglaublich viel Geld verdienen und sogar zu einen guten Ansehen in der Szene gelangen könnte. Wäre sie nur bereit, gefälliger zu sein. Wäre sie nur bereit, zu fotografieren, was alle abgelichtet haben wollen, und nicht das, was sie tatsächlich sieht. Aber sie ist eben nun einmal nicht blind. Und sie geht so herrschaftlich aufrecht, weil sie kein verkrüppeltes Rückgrat besitzt.

»Bevor ich Sie für diesen Auftrag engagiert habe, hat man mir bereits zugetragen, dass Ihre Vorgehensweise ... wie soll ich sagen?«, lamentiert Herr Stemp weiter herum.

»Unkonventionell?«, hilft Fanni ihm müde.

Er grunzt. »Unkonventionell. Richtig. Sie sei unkonventionell, sagte man mir. Aber Ihre frühen Arbeiten sprachen für sich. Und auch der Eindruck, den Sie mir vermittelt haben«, sein Blick wandert an ihr hinunter, kein Grapschblick, kein Gierblick, eher ein irritierter, der über ihre makellose Kleidung wandert, die strahlend weiße Bluse, deren überlange Ärmel unter dem beigefarbenen Pullunder hervorragen wie eine Skipiste, die elegante rostbraune Hose mit der perfekten Bügelfalte, »nun, wie soll ich sagen ... ich hatte etwas anderes erwartet.«

Schweigen.

Fanni hasst Gespräche mit Auftraggebern. Sie laufen alle nach dem gleichen Muster ab.

»Sie sind nicht die einzige Fotografin, mit der wir Versuche starten, wissen Sie. Die meisten Ihrer Kollegen sind allerdings bereit, von ihren Kür-Veranstaltungen auch einmal zurück zu treten, wenn es das Projekt verlangt. Sie kennen doch meine Theorie, dass jeder Beruf einen kleinen Teil Kür, aber leider auch einen großen Teil Pflicht beinhaltet?!«

Fanni erinnert sich zu gut an seine weit gefächerte Abhandlung zu diesem Thema bei ihrem ersten Besuch in diesem Büro.

»Aber Sie werden das Buch doch rausbringen?!«

»Selbstverständlich. Ich meine, stellen Sie sich das mal vor. Ihre Reise da runter hat Unmengen verschlungen. Wir werden es hinbiegen, Sie werden sehen. Allerdings haben wir den Auftrag zu Sizilien, über den wir vor Ihrer Abreise sprachen, nun anderweitig vergeben. Ich denke, das werden Sie verstehen.«

Denkt er.

Als sie fast an der Tür ist, wird von außen geklopft, und Frau Scherber erscheint, verwundert dreinblickend, mit dem Arm voller Andrucke, auf die Fanni nun keinen Blick mehr werfen wird.

Im Hinausgehen sieht Fanni noch, wie die beiden hinter ihr beinahe gleichzeitig die Achseln zucken.

Am Fahrstuhl hängt ein Warnschild in englischer Sprache, das verkündet, dass im Brandfall die Lifte nicht zu benutzen sind. Dort steht *Event of Fire*.

Ein Event kann eine Party sein, ein Konzert, eine Großveranstaltung, wo sich Tausende von Menschen drängen, um Stars und Sternchen zuzujubeln. Event of fire. Na, wunderbar. Fanni nimmt die Treppe.

Als sie das Gebäude verlässt, hat es gerade aufgehört zu regnen. Die Luft hängt noch voller Feuchtigkeit, und gemeinsam mit einem wilden Lachen fliegt eine Erinnerung an den Morgen heran, an dem sie das Versammlungshaus fotografierte und mit Tokowa zu ihrer Tour durch den Busch aufbrach.

Wenn also alle der Meinung sind, scheppert sie mit ihren knallenden Absätzen auf den gepflasterten Weg, wenn also alle der Meinung sind, sie mache irgendeine absurde Art von Kunst mit ihren Fotos, sie sei eine unkonventionelle (sprich: ausgeflippte) Ausdrucktäterin, an die niemand handfeste Arbeiten vergeben sollte ... nun gut, wenn sie alle der Meinung sind, dann wird Fanni ihnen eben bieten, was sie erwarten. Sie weiß auch schon einen Titel für das Buch. Und sie hat schon einen Großteil der Fotos zu Hause. Die Geschichten, die sind schon alle da. Sie muss sie nur zusammenfügen. Und noch etwas anderes will sie tun.

MAI

Die Rapsfelder blühen.
Was jedes Jahr bedeutet, dass er endlich da ist, mit aller Gewalt, der Frühling, mit den ersten wirklich warmen Tagen.
Greta radelt zwischen den Feldern durch. Sonntage hat sie als Kind gehasst. Meistens standen Verwandtenbesuche an. Sie musste saubere Kleider tragen, durfte nur leise mit Lego spielen. Auf keinen Fall war erlaubt, raus zu gehen und draußen herumzutoben. Selbst im Mai nicht. Selbst bei Sonnenschein nicht. Und unter gar keinen Umständen durfte sie Robin Hood mimen. Letzteres Verbot war eine himmelschreiende Ungerechtigkeit, denn Robin Hood war ein wirklich ehrenhafter Held. Und wenn Tante Hetti sich empört beschwerte, dass Greta ihr an der Hausecke entgegensprang, um mit vorgehaltenem Weidenzweig-Degen fünfzig Pfennig zu erpressen, war das unfair. Schließlich nahm Robin Hood von den Reichen, um es den Armen zu schenken. Und wer konnte schon ärmer sein als eine Horde von bangenden Reihenhauskindern, die Heißhunger auf eine Tüte Gummizeugs von der Bude hatten?
Gott sei Dank liegen diese Art von Sonntagen nun schon lange hinter ihr. Heute genießt sie diesen freien Tag, an dem sie sich niemals Verpflichtungen auflastet. Am liebsten nimmt sie sich gar nichts Bestimmtes vor, sondern schläft aus und entscheidet dann nach einem Blick aus dem Fenster, was der Tag ihr bringen wird. Heute ist es eine ausgiebige Radeltour durch die in allem Saft stehende Natur.
Anfangs hat sie noch viele andere Menschen getroffen. Viele Hundebesitzer vor allem. Und sie hatte Glück. Heute war nur ein einzelner Kläffer dabei, der ein paar Meter neben ihrem Rad her lief und versuchte, in die Speichen zu beißen. Mittlerweile begegnen ihr aber nur noch selten Spaziergänger. Umso mehr sticht die Frau heraus, der sie sich nun rasch von hinten nähert. Sie trägt eine kurze Sporthose und ein T-Shirt, die langen dunklen Haare zu einem wippenden Pferdeschwanz ge-

bunden, aber sie joggt nicht, sondern geht langsam den Feldweg entlang. Genauer betrachtet, hinkt sie ein wenig.

Greta klingelt einmal kurz, um sie nicht zu erschrecken. Die Frau dreht sich um und sieht ihr entgegen. Moment mal. Die kennt sie doch. Aber woher? Vielleicht eine Kundin?

Vorbeifahren wäre ziemlich blöd.

»Hallo«, sagt sie freundlich, hält ihr Rad neben der jungen Frau an, steigt aber nicht ab.

»Tag auch«, erwidert die andere und grinst schief. »Na? Soll das ein Krankentransport werden?«

»Was fehlt dir denn?« Greta sieht an der Frau herunter, die ihren linken Fuß nur auf den Zehen aufstützt.

»Ein großes Stück Glückseligkeit« ist eine wirklich gelungene Antwort. »Den nächsten Schwof kann ich mir schenken«, setzt sie noch hinzu, und da ist ja auch klar, woher sie sich kennen. »Babs.«

»Wie?«

»Ich heiße Babs. Und du?«

»Greta.«

Babs starrt sie einen Augenblick lang verblüfft an. Dann sagt sie: »Ungewöhnlicher Name.«

»Höre ich öfter.«

»Echt? Was für ein Ärger. Dann will ich nichts gesagt haben.«

»Wieso?«

»Na, wer will schon was sagen, was alle sagen?!«

Interessant ist sie auf alle Fälle. Außerdem hat sie sehr hübsche Augen. Und sorry, aber es ist nun mal so, Greta steht auf Frauen, denen sie nicht gleich ansieht, dass sie sie vom Schwof kennt.

Jetzt steigt Greta doch vom Rad und schiebt es neben Babs her.

»Wie ist das passiert?«

Babs lacht. »Wahrscheinlich so eine mentale Geschichte. Ich wollte mit dem Joggen anfangen. Weil ich finde, ich sollte etwas Sport machen. Obwohl ich es eigentlich nicht besonders mag. Aber wenn man mal über dreißig ist ...« Sie hält kurz inne. »Bist du auch schon über dreißig?«

»Vielen lieben Dank!« Greta grinst verschmitzt. »Dreiunddreißig.«

»Das war ehrlich gemeint.«
»Schon klar.«
»Ich hab mich neulich beim Tanzen sogar mal gefragt, ob du tatsächlich so jung bist, wie du wirkst, oder ob es einfach deine Energie ist, die das so scheinen lässt.«
Hey, hey, da geht was!
»Du meinst, meine Tanz-und-mach-Faxen-Energie?«
»Hm ... nein, ich meine eher die, die aus deinen Augen rausspringt.«
Sie sehen sich kurz an, und da ist ein nervöses Flattern im Magen. Das kennt sie doch zu gut. Babs hat sie also beim Tanzen bemerkt. Auf dem Schwof der hundert hübschen Gesichter hat sie sich ihres herausgepickt, um es anzuschauen und sich zu ihren Augen Gedanken zu machen.
Dass sie sich jetzt hier treffen. Greta kann schon förmlich hören, was die schicksalsgläubige Jo dazu sagen wird.
»Das mit deinem Fuß scheint ziemlich weh zu tun. Wohnst du weit weg?« Was man so alles Nebensächliches sagt. Zu Beginn.
»Machst du Witze? Ich hab doch gesagt: Ich fange gerade an mit dem Joggen. Da bin ich noch nicht weit gekommen. Ich wohn da vorn in der kleinen Siedlung.«
Greta schaut voraus, wo zwischen den Feldern ein paar Hausdächer im Sonnenlicht leuchten. Für einen winzigen Moment flattert eine Erinnerung an ein Gespräch mit Jo vorüber. Als sie darüber sprachen, wie schön es sei, Nachbarinnen zu sein, Tür an Tür, mit einem gemeinsamen Gartenzaun. In einer kleinen Siedlung wie dieser dort, irgendwo auf dem Land.
Dass sie gesagt hatte, *ich wohn da vorn*, das bedeutet ja auch was. Sie wohnt allein. Vielleicht lebt sie auch allein. Bei Liebschaften sind es immer die gleichen Dinge, die abgecheckt werden müssen. Keine Frau in einer festen Beziehung. Das gibt nur Probleme.
Aber es laufen ja auch genug Singles herum.
Oder humpeln.
Greta muss grinsen.
»Pass auf, ich leih dir mein Rad, wenn du willst. Du setzt dich drauf, und ich schiebe. Dann musst du deinen Fuß nicht belasten. Hast du jemanden, der dich zum Krankenhaus fahren kann?«

Babs besieht sich das Fahrrad skeptisch, als vermute sie darin ein weiteres Verletzungsrisiko.

»Klar. Ich ruf gleich meinen Bruder an. Der wohnt nicht weit weg. Kann ruhig mal was tun für seine kleine Schwester.« Greta sammelt weitere Indizien für Partnerinnenlosigkeit.

Dann machen sie es genau so, wie Greta es vorgeschlagen hat. Babs sitzt auf dem Sattel des Rades und Greta schiebt. Und damit Babs bei diesem Unternehmen nicht umfällt, hält sie sich an Gretas Schulter fest. Fröhliches Gelächter. Locker und unverkrampft.

Quatschen über dies und das. Gespräche ohne Bedeutung. Und doch mit Babs Augen als grüne Lichtsignale. Freie Durchfahrt.

Manchmal fängt es so an.

Greta hätte nichts dagegen. Sonja hat sich nach ihrem Urlaub nicht mehr gemeldet.

Sie tauschen Telefonnummern aus, direkt in ihre Handys hinein. Babs ist mit Handy joggen gegangen, unglaublich. Und es bleibt eine vage Verabredung, dass Greta Bescheid bekommt, was denn nun mit dem Fuß ist. Und dass Babs Besuch bekommt, wenn die Schmerzen so etwas zulassen.

Als sie sich wieder auf ihr Rad schwingt und davonfährt, ist Greta in Hochstimmung. Babs hat wirklich einen atemberaubend hübschen Ausschnitt. Und wie sie geschaut hat hinter ihrem schwarzen Pony. Das könnte was werden. Ein One-Night-Stand zum Beispiel. Greta muss laut lachen. Gott sei Dank niemand in der Nähe. Das Gespräch mit Madita neulich spult sich vor ihr ab. Und das war wirklich lustig. Für Greta jedenfalls.

Habt ihr schon gehext?, hatte sie gefragt, als Madita von der wiederholten Begegnung mit dieser jungen Karo vom Schwof erzählte.

Madita hatte gut gelaunt gelacht, was zuallererst ein wirklich gutes Zeichen ist. *Bei einem One-Night-Stand hext man doch ganz selbstverständlich.*

Ich schon, hatte Greta gegrinst und damit gesagt, dass bei Madita doch immer so einiges anders ist. Schließlich war eineinhalb Jahre zwischen Madita und Julia trotz aller großen Gefühle nichts passiert. Und da hatte Madita die eine oder andere

Stichelei von Greta einstecken müssen. Obwohl Madita liebte und begehrte, war nicht einmal ein Kuss geschehen über eineinhalb Jahre, mit Julia.

Freut mich, zu hören, dass du dich langsam dem normalen Status annäherst, hatte Greta gefeixt. Und Madita hatte gutmütig gelächelt.

Weißt du, ich hätte nur mal gern was gewusst. Du bist doch Fachfrau. Wieso kommt es, dass man bei diesen One-Night-Stands das Gefühl hat, man darf der anderen nicht zu nah treten?

Greta hatte alarmiert den Kopf gehoben. *Wie?*

Na ja, ich hatte immer den Eindruck, dass wir uns ganz oft vergewissern, dass für die andere auch alles in Ordnung ist und dass wir nichts tun, was vielleicht zu weit gehen könnte. Verstehst du?

Allerdings. Du meinst, dass ihr Rücksicht genommen habt?

Ja.

Da war Greta klar gewesen, dass Madita offenbar auch in dieser Hinsicht nicht den allgemeinen Regeln unterlag.

Du willst sagen, dass es nicht nur brennende Leidenschaft war, sondern auch sehr viel Zärtlichkeit?

Ja.

Dass ihr euch nicht aufeinander gestürzt habt, sondern darauf geachtet habt, was die andere wohl mag? Dass es Unsicherheiten gab, ob es ihr auch hoffentlich wirklich gefällt?

Ja. Ja.

Greta hatte nur kurz geschwiegen, um dann mit der Wucht einer Granate abzufeuern: *Dann war das mehr!*

Madita war offensichtlich schockiert gewesen.

Nicht einmal einen One-Night-Stand bring ich richtig zustande. Hatte sie gesagt. *Und man sollte doch meinen, dass dabei nicht allzu viel falsch zu machen ist.*

Greta erlaubt sich noch einmal ein lautes Lachen. So leicht ist ihr plötzlich ums Herz.

Die Rapsfelder blühen. Und sie fürchtet sich nicht vor dem Frühling.

Auf dem Reithof hat die Katze Welpen bekommen. In der freien Box. Renate sitzt auf einem Strohballen daneben, trinkt an Teer erinnernden Kaffee und schaut der jungen Mutter dabei zu, wie sie ihre Babys säugt, sortiert, zärtlich schnurrend ableckt.

»Da haben mir alle gesagt, sie ist noch zu jung dafür. Sobald die Babys nicht mehr bei ihr trinken, wird sie kastriert. Aber was mach ich jetzt mit den vieren? Vor allem, das Schwarze ist wahrscheinlich ein Kater. Kann man noch nicht so genau erkennen. Ich glaub aber schon. Wer will schon einen Hofkater zu sich nehmen? Hier bleiben kann der nicht. Eh ich mich verseh, hab ich hier eine Katzenzuchtstation.« Kummervoll soll sie klingen, die Stimme, die in ihrer Nuancierung selbst den störrischen Nordwind, reiner Trakehner, genannt Winni, dazu bringt, seine Bockerei glatt zu vergessen. Aber Madita sieht in Renates Augen auch dieses gewisse Leuchten. Als ihre Stute Bella im vorletzten Jahr das Fohlen bekam, Casjopeia, da hatten Renates Augen gar nicht mehr aufgehört, so zu sprühen.

Neues Leben hat einen Zauber, dem viele Menschen sich nicht entziehen können.

Madita hat sich lange Zeit selbst ein neues Leben gewünscht. Noch einmal anfangen, bevor sie Fehler machte, bevor sie Dummheiten beging. Aber in diesen Tagen bleibt die alte Sehnsucht nach diesem Unmöglichen aus. Sie betrachtet die winzigen Kätzchen und nimmt sich still vor, Fanni davon zu erzählen. Fanni, die Katzennärrin, die an keiner von diesen vorbeigehen kann, ohne sich hinzuhocken und ihre elegante Kleidung vollhaaren zu lassen von einem unbekannten Straßenstreuner.

»Was für eine schöne Zeit, um Babys zu bekommen«, sagt Madita laut zur Mutterkatze. »Die Sonne scheint, die Vögel singen, und überall laufen Mäuse in Scharen.«

Renate schüttelt wieder einmal den Kopf über sie. Aber anders als häufig in den vergangenen Wochen.

Überhaupt ist vieles anders.

Kann das denn sein?

Ein One-Night-Stand ist nicht immer das, was er zuerst zu sein scheint. Dass es dann aber eine merkwürdige, unverbindliche Begegnung wird, die womöglich jeden zweiten Tag vertieft wird, das hat Madita wirklich nicht kommen gesehen. Greta hat zwar so was erwähnt. Aber.

Es macht Freude, Karo kennen zu lernen. Und nicht nur das Zusammensein und Erzählen oder stille Betrachten. Irgendetwas daran macht, dass hier zu sein, zu misten, das Stroh aus der leeren Box zu holen, mehr Sinn macht als vorher. Sogar der Unterricht.

»Sie haben wohl heute Morgen einen Clown gefrühstückt?!«, ruft eines der Mädchen vom hohen Ross herunter, als Madita eine weitere ihrer vergnügten Bemerkungen über die heute eher misslungenen Reitkünste ihrer Schülerinnen fallen lässt.

Dieser etwas aufmüpfige Spruch eines Teenagers: Grund zum Lächeln.

Als Madita aus der Halle kommt, fällt ihr Blick gleich auf die offen stehende Boxtür. Gustafs Tür darf keines der Mädchen öffnen. Goldene Regel. Eher zum Schutze Gustafs, weniger dem der Mädchen. Denn der Gute ist derart schmusig und anziehend, dass er wahrscheinlich ständig belästigt und am Ende gar totgedrückt würde.

Mit gerunzelter Stirn macht Madita die paar Schritte über die Gasse. Und erkennt hinter Gustaf stehend Karo.

Sie krault ihn hinter den Ohren, und auf ihrem Gesicht liegt lederduftender Pferdezauber.

Beim ersten Mal, vor drei Wochen, hatte Karo verlegen vor der Boxtür herumgestanden. Madita war hineingegangen wie in ihr Wohnzimmer, und Gustaf hatte sie schnaubend begrüßt, seinen Kopf an ihre Schulter gelehnt und zärtlich um eine Karotte gebettelt. Es hatte ein paar Minuten gedauert, bis Madita es realisierte, bis sie begriffen hatte, dass Karo Angst hatte. Das war ein sonderbarer Moment gewesen. Eine Erkenntnis, die vor Madita einen riesigen Krater auftat, in den sie hineinstolpern sollte. In dem sie verschwinden sollte, weil alle erwünschten Unterschiede zu Julia auch ihre Grenzen haben. Angst vor Pferden. Also wirklich.

Aber dann war Renate die Stallgasse entlang gekommen mit ihrem energischen Schritt, hatte kurz inne gehalten und Karo unauffällig gemustert, während sie lächelt: *Kannst du dir vorstellen, dass ich auch so war, als ich zum ersten Mal in einem Stall war?*

Wie denn?, hatte Karo scheu gefragt. Und Madita hatte Renate angestaunt.

Na, so. Renate zog ihre Schultern zusammen und den Kopf ein, die Hände verschränkte sie schützend vor dem Bauch.

Madita hatte schallend gelacht, und Karo grinste.

Das glaub ich nicht, hatte sie gesagt und einen vorsichtigen Blick zu Gustaf geworfen, der gut gelaunt mit dem Kopf wippte.

Doch, ehrlich!, hatte Renate bestätigt. *Du wirst sehen, wenn du öfter herkommst, wird sich das von ganz allein auflösen wie Frühnebel. Dann spazierst du in die Boxen, als hättest du nie was anderes getan. Wart's nur ab!* Und dann hatte sie den Kopf gewandt und Madita in die Augen gesehen, als sie noch einmal hinzusetzte: *Du wirst es schon sehen.*

Madita lächelt.

»Was für eine nette Überraschung«, sagt sie jetzt, und Karos brauner Blick trifft sie in den Unterleib.

In all seiner Unsicherheit liegt in ihm ein Verlangen, dem nicht auszuweichen ist.

»Ist das wirklich o.k.?«, fragt Karo und klopft Gustaf noch einmal den Hals, bevor sie aus der Box tritt und sie hinter sich schließt, ohne hinzuschauen. Sie guckt nur Madita an. »Mathilde wartet draußen am Zaun. Ich dachte, ich bring sie besser nicht mit rein. Die kennt das nicht. Vielleicht dreht sie durch oder hat Angst.«

»Ach, das gibt es öfter. Reine Gewöhnung«, erwidert Madita schelmisch grinsend. »Nach einer Weile löst sich das auf wie Frühnebel.«

Mathilde dreht natürlich gar nicht durch, und Angst hat sie auch keine. Im Gegenteil. Sie steckt ihre Lakritznase in die Ritze zu Gustafs Box und saugt begierig den warmen Pferdeduft ein.

Karo hockt sich zu ihr hin und erklärt ihr ausführlich mit leiser Stimme, dass Pferde tolle Tiere sind, ähnlich wie Mathilden, und dass Gustaf ein besonders liebenswertes Exemplar seiner Gattung zu sein scheint.

Ein paar der Mädchen bringen die Pferde aus der Halle herein, laufen geschäftig über die Stallgasse und mustern Karo, die ihnen als eine erscheint, die mehr Rechte hat, hier zu sein, als sie selbst.

Auch Julia war oft so gemustert worden. Aber Madita hat bis heute keine Ahnung, ob eine von den Mädels etwas ahnte, ob getuschelt wurde oder fabuliert.

Madita muss das Futter noch anrühren und hat keine Zeit, länger hier herumzustehen. Aber im Fortgehen wendet sie sich noch einmal um und sieht Karo dort knien, in einer innigen Umarmung mit einem hechelnden Teppichrest.

Vielleicht sind es die kleinen Dinge.

Während sie das Futter mit der Kelle in den Trog schaufelt und das Wasser erhitzt, fallen ihr mehrere kleine Dinge der letzten drei Wochen ein. Die Betonung eines einzelnen Wortes am Telefon, wie eine zärtliche Berührung. Der Moment des ersten Wiedersehens, überraschend aufregend und zugleich schon vertraut. Karos Gesicht, als sie sich am heißen Tee die Zunge verbrennt. Ihr eigenes schallendes Gelächter bei einem Kneipenabend, und wie Jo sich da vom Tresen her verwundert umdreht und ihr mitten ins Gesicht sieht. Oder ins Herz.

Kleine Dinge. Wie Fannis Fotos, die nur Momentaufnahmen darstellen, aber so wichtige.

Die Handgriffe ihres Alltags sind erledigt. Sie streunt mit Karo und Mathilde noch über den Platz vor dem Stall. Dann setzen sie sich in ihren Wagen und fahren zu ihr.

»Ich bin nicht auf Überraschungsbesuch eingestellt«, warnt Madita. »Bei mir sieht es unglaublich schlampig aus.«

»Ich könnte was kochen, während du Ordnung machst«, schlägt Karo vor.

Was bedeutet das alles?

Madita saugt den schalen Geruch der Staubsaugerlüftung ein. Das monotone Geräusch und das Schaben der Bürste über den Schlingenteppich verursacht ihr eine Gänsehaut. Sie liebt diesen Krach. Welche andere Frau würde sich in den Schlaf singen lassen von dem Gebrumm einer stinkenden Maschine?

Nie hat sie vor Julia mit ihrem Staubsauger herumgewerkelt. Immer war alles schon sauber, wenn sie kam. Perfekt. Für ihre Begegnungen. Da war kein Platz. Kein Platz zwischen Julia und ihr für derlei. Und nun. Trotz erst drei Wochen Kennen schon so ein Gefühl von Gewöhnung. Tatsächlich ein erstaunliches Anschleichen von Alltag. Der nicht staubig ist, sondern warm und hell. Aber Alltag.

Was bedeutet das alles?

Karo kocht Nudeln mit einer Soße, in die sie alles Gemüse

wirft, was sie in der Küche findet. Es schmeckt. Es macht satt. Nichts Besonderes. Und doch.

Wie sie später im Bett liegen, unter dem Fenster, ist da schon so viel Vertrautes. Dass ihr Zittern nicht mehr das der Nervosität ist, sondern ausschließlich das der Lust.

Madita spürt das seichte Ziehen ihrer Lippen zu einem Lächeln nur für sie selbst, als Karo an ihr hinunterkrabbelt, sich in der Bettdecke verwickelt. Sie kichern beide. Hören sogleich damit wieder auf. Denn Karos Mund, der unter dem Bauchnabel sich in sie hineinschmiegt, macht sie beide auf eine angenehme Weise ernst. Über ihnen ausgebreitet wie eine Decke liegt die Spannung des erwartungsvollen Bangens. Das ist intim. Das ist mehr, als nur mal mit einer in die Kiste hüpfen. Vielleicht gibt es Frauen, die das schon beim ersten Mal tun, sich gleich verschlingen mit Haut und Haar. Aber Madita und Karo gehören beide nicht dazu und wissen, jetzt passiert etwas Besonderes.

Karos Zunge teilt sie und nimmt sie zugleich zusammen.

Sanftes Rollen, so zärtlich, dass es schmerzt.

Dass sie so weise ist beim Lieben. Nichts auslässt und nichts zu viel tut. Keine falsche Leidenschaft. Nur Hingabe der stillen Momente.

Es könnte.

Es könnte passieren.

Es wird.

Madita schließt die Augen, und ihre Hände greifen nach dem Laken. Greifen nach irgendetwas, an dem sie sich vielleicht wird festhalten können.

Eine Welle von Heiß umschließt sie fest. Das Aufblitzen des weißen Lichts überrascht für eine Sekunde, dann legen sich alle Gedanken nieder und lassen den Verstand für zeitlich nicht abschätzbare Momente zurück.

Ihre Stimme ist wie die eines Tieres, das von einem Pfeil durchbohrt im Unterholz liegt. Ihre Hand greift in Karos Haar und umfasst ihre Wange, die schließlich am Schenkel zu liegen kommt. An der Handinnenfläche kann Madita spüren, dass Karo lächelt. Erleichterung durchflutet sie wie ein zweiter mächtiger Orgasmus.

Es ist auch mit einer anderen möglich.

Mit irgendeiner anderen als Julia.

Irgendeine andere? Als diese an ihr heraufrobbt, warme Brüste an ihrer Seite liegen, ein süßer Atem an ihrem Hals und dieses sanfte Leuchten, da denkt Madita: *Gut, zugegeben, mit Karo!* Und das macht für sie vieles anders.

Ein Gedanke, bestehend aus Trost, sich selbst zugeraunt wie etwas lang Vermisstes.

Es ist eine Erschöpfung, wie Madita sie schon lange nicht mehr erlebt hat, voller Genuss, dem sie nachspüren kann in die Fasern ihres innersten Körpers hinein. Karo riecht so gut. Direkt an ihrer Seite. Und Madita hält sie im Arm, solange ihrer beider Atem noch rasch geht. Sie sprechen nicht. Sie lauschen einander nach ihrem Ein und Aus. Sie lauschen in sich hinein.

Was bist du mir?, fragt Madita sich leise. Nur sich allein. *Was bist du mir, hier in meinem Arm, in meinem Bett, an meiner Haut mit deiner.*

Zärtlichkeit regt sich sanft. Liebevolle Annahme. Berührung in ihr. Zartes Sehnen.

Karo ahnt nichts davon, schläft an ihrer Seite selig ein, während Madita an der Wand lehnt und fühlt.

Du bist mir gleich. Du bist da, wo ich bin. Julia rast mit ihren Schlittschuhen übers Eis. Oben herum, so schnell. Sie sieht nichts von dem, was darunter ist. Während ich von unten gegen die dünne Schicht klopfe. Dünn, ja, aber stark genug, sie zu tragen. Stark genug, uns zu trennen. Dick genug, um mich von der Luft zum Atmen fernzuhalten. Du schwimmst mit mir hier unten. In der Tiefe, wo es ein bisschen dunkel zugeht und langsam, viel langsamer als bei dem Gerase dort oben. Die große Blase Luft neben mir, die könnten wir uns teilen.

Madita betrachtet Karos Brüste und zieht vorsichtig die Decke darüber, damit ihr nicht kalt wird, später.

Lange liegt sie da, mit dem Rücken an der Wand, und sieht durch den Raum. Sieht aus dem Fenster. Und sieht sich wieder unten auf der Straße stehen, vor Wochen, nein, Monaten.

Julia trug Maditas rote Jacke, die ihr so viel besser stand. Sie hatte nie eine Jacke dabei, als befürchte sie ein Beschweren ihres Fortkommens. Sie wollte immer aufspringen und fort. Und genau das hatte sie getan. Sie war aufgesprungen und fort gewesen. Viel zu schnell für Madita.

In der roten Jacke stand sie, mit hochgezogenem Kragen und stolz gerecktem Kopf. Sie wusste stets, wie wundervoll Madita sie fand. Und besonders an diesem Abend.

Kommst du noch mit rauf?, hatte Madita gefragt. Sie hatten beide hinauf gesehen zu diesem Fenster. Von dem beide wussten, es ist das Fenster des Schlafzimmers. Julia hatte sie schon mit den Augen geliebt. Und sie waren hinauf gegangen. In diesen Raum. Auf dieses Bett. Hier. Wo sie jetzt liegt. Wo sie jetzt mit Karo liegt.

Maditas Brust reißt mitten auf und ihr Herz fällt geradewegs heraus. Tränen rinnen aus ihren Augen und wollen die Wunde schließen. Doch die klafft tief und schrill. Sie lässt sich nicht heilen.

Karo wird wach davon und richtet sich auf. Ihre Augen schlafentrückt, verschwommen blickend wie bei den kleinen Katzen. Augen, in denen plötzlich ein Begreifen steht wie ein Blitzlicht. Sie nimmt Madita in ihre zarten Arme, hält sie, wiegt sie, lässt sie weinen, ohne ein Wort.

»Es tut mir Leid«, flüstert Madita. »Es tut mir so Leid.«

»Wovor fürchtest du dich denn so?«, fragt Karo sanft und hält Madita immer noch fest.

Madita möchte sie fortstoßen, direkt vor die Brust, an die sie sich gerade noch schmiegte. Sie möchte alle Sachen zusammen sammeln, die im Zimmer verstreut liegen, und rufen: *Verschwinde! Mach dass du weg kommst!* Als hätte sie nie eine Einladung ausgesprochen, als wäre sie überrannt, betrogen, bestochen worden.

»Erzähl mir!«, murmelt Karo in ihr Haar. In solcher Zärtlichkeit, das sie wie Rasierklingen schneidet.

Nie nie nie wollte sie einer anderen von Julia erzählen. Geschworen hatte sie es sich. Ihre Freundinnen und sie, der wissende Pakt. Aber keine Neue, keine von den anderen. Was würde das denn bringen. Einer von ihnen zu erzählen ... Madita krümmt sich unter der Beschämung, dass es sogar schon die Erste ist.

Die Erste nach Julia, der sie alles erzählt. Wie es begann, damals im Schnee, was unwirklich wirkt, jetzt, da es beinahe Sommer geworden ist. Wie es seinen Lauf nahm, auf der spiegelglatten Fläche der unerträglichen Sehnsucht, die keinen Halt bot. Kein Halt weit und breit, solange Julia noch mit Ulrike alles teilte. Solange dort eine Beziehung bestand, die alles verbot, was Madita ...

Wie oft sie sich wünschte, notfalls auch Julias Glück entgegen, dass alles zerbrechen würde. Eine Chance für sich selbst. Eine einzige, windige Chance, die sie ergreifen und festhalten würde. Und die ihr nichts nutzte, als sie schließlich da war. Obwohl sie sie ergriff, obwohl sie sie fest umklammerte wie das Seil am Abgrund. Julia verschwand trotzdem. Weil sie nicht konnte. Weil sie nicht bereit war. *Noch nicht*, wie sie sagte. Nach fast zwei Jahren *noch nicht*. Fanni, Greta, Jo hatten alle bitter dazu gelacht.

»Gut, dass du sie hast«, sagt Karo, nachdem Madita geendet hat, etwas atemlos, ungläubig über all das, was sie gerade einfach so ausgeplaudert hat. »Deine Freundinnen, mein ich. Gut, dass sie da sind.«

Ein merkwürdiges Fazit, das sie zieht. Am Ende dieser unglücklichsten Liebesgeschichte steht für Karo nur die Erkenntnis, dass Madita wundervolle Freundinnen hat.

»Da hast du wohl Recht«, antwortet Madita verwundert.

Aber das war doch noch nicht alles. Karo lächelt, als sie sagt: »Was zwischen uns ist, das ist ja noch gar nicht viel. Vielleicht willst du ja doch lieber zu Julia ... egal, ob sie will oder nicht. Vielleicht findest du ja bald raus, dass es für dich doch nicht geht mit mir. Aber dann sag es mir bitte rechtzeitig. Sobald du es merkst, ja? Weil ... wenn ich mich einlasse, dann mach ich das auch richtig.«

Da ist es zum ersten Mal. So ein merkwürdiges Gefühl. Als hätte sie Karo nicht verdient. Als würde ihr etwas entgegengebracht, das sie nicht zurückgeben kann im gleichen Maße. Ein Geschenk, das beschämend ist in seiner Kostbarkeit. Denn sie kann es nicht erwidern. Und sie weiß, sie sollte diesen Schatz besser zurückweisen, freundlich, liebevoll, aber bestimmt.

Madita blinzelt. »Natürlich«, antwortet sie Karo, die sie abwartend anschaut. »Natürlich. Das mach ich.«

Wie macht sie das nur? Seit mehr als zwölf Monaten verblüfft sie mit ihrem Aussehen bei jedem Treffen. Fanni hat kein Foto von ihr. Deswegen ist es jedes Mal ein Schock, wenn sie sie sieht. Dieses unerwartet Schöne, das sich nicht festhalten lässt in der bildlichen Erinnerung.

Elisabeth kommt herein und bewegt sich wie in ihrem Zuhause. Der Griff zum Kleiderbügel, um die leichte Leinenjacke an die Garderobe zu hängen, während der glockenförmige Rock um ihre Beine schwingt. Ihre Haare setzten beinahe den luftigen Vorhang in Brand, der zwischen Flur und Wohnzimmer schwebt. Die strömenden Locken sind von dieser Farbe, die einen blind machen könnte, wären sie nicht nur so derart leuchtend, sondern auch weniger warm. Die Wärme ihrer Haarfarbe war das Erste, was Fanni hatte stutzen lassen, als sie sich zum ersten Mal trafen.

Eine Ausstellungseröffnung im Parkmuseum. Ein gemeinsamer Bekannter stellte Bilder und Fotocollagen aus. Fanni schlenderte durch die Reihen der ungünstig positionierten Stellwände und unterdrückte ein Gähnen, als ihr endlich etwas auffiel. Ein himmelsglühendes Rot.

Natürlich hätte sie daran vorbeigehen können. Es war nicht ihre Art, fremde Menschen anzusprechen. Erst recht keine faszinierend schönen Frauen, denen zudem ihre Heterosexualität aus allen Poren pulverte. Doch sie konnte nicht vorübergehen. Vielleicht, wenn es nur diese flammenden Haare gewesen wäre. Aber als die Frau sie ansah und aus ihrem blassen Gesicht, das mit Sommersprossen übersät war, heraus lächelte, führte kein Weg daran vorbei.

Eine irische Rose, hatte Fanni gedacht. Was bereits alles entschied. Fannis Lieblingsland, in dem sie in ihren Träumen auf den Klippen steht und gegen die Gischt anlacht, mit den Möwen kreischend.

Vor drei Jahren hat sie für einen kleinen, aber sehr angesehenen Verlag einen Bildband über Irland erstellt. Sechs Wochen die Liebe ihres Lebens dokumentiert. Die walrückenähnlichen Hügel gestreichelt wie mit großen Händen. Seen ins Auge gefasst, als wolle sie sie nie wieder loslassen. Das Meer rundherum erkannt. Straßen durchwühlt nach Gerüchen und Farben. In die Gesichter der Menschen hineingelesen.

Die Zusammenarbeit mit der Verlagschefin, die sich des Projektes höchstpersönlich annahm, war wunderbar. Die Verlagschefin war wunderbar. Luise Pitsch. Mit einem Namen wie aus einer Winni-Pu-Geschichte und dem Gesicht einer griechischen Tempeltänzerin. Sie hatten sich über die Fotos hinweg angeschaut, und Fanni hatte sich gesagt: *Auf keinen Fall!*

Aber es war doch passiert, wie es eben geschieht, dass zwei Magnete sich gegenseitig anziehen, wenn sie die entsprechenden Pole besitzen.

Fanni hatte gewusst, dass Herr Pitsch eine kleine Nummer war. Luise war es, der der Verlag gehörte. Sie war die treibende Kraft in jeder Hinsicht. Und sie zerstreute Fannis Bedenken in Bezug auf verheiratete Frauen mit einer einzigen Handbewegung.

Dass allerdings Luise sich ernsthaft verlieben könnte. Dass sie davon sprechen würde, ihn zu verlassen, und dass sie sogar Zukunftsaquarelle malen würde von ihr und Fanni, das war nicht abzusehen gewesen. Als es geschah, musste Fanni entsetzt feststellen, dass ihr Wollen nicht so weit ging. Und im schmerzvollen Abschied mahnte Luise an, was es denn verdammt noch mal gewesen sein könnte, was Fanni in ihre Arme getrieben hatte, wenn nicht die große Liebe. In ihren Worten hatte ein bitterer Hinweis gelegen, der Fanni für Wochen die Kehle zuschnürte.

Es ist also in diesem Moment der erneuten Begegnung in ihrer Wohnung nicht nur Elisabeths äußere irische Erscheinung, die Fanni an diese Episode mit Luise zurückdenken lässt, sondern wohl auch die bange Frage, ob sie womöglich dem Missionarswahnsinn aufsitzt. Vielleicht ist es eine fixe Idee von ihr, fest gebundene Frauen aus ihrer Heterosexualität erlösen zu müssen?

Elisabeth durchschreitet den großen Raum und leistet Fanni Gesellschaft beim Limonademachen.

Erdbeere. Mit Zitronensaft. Und Fruchtstücken.

»Was du alles kannst«, murmelt Elisabeth und legt ihre langen schlanken Hände an die Spüle, die blank geputzte.

Fanni nimmt es wahr, aus dem Augenwinkel. Wie sie alles wahrnimmt, was Elisabeth tut. Und fühlt sich beim Anblick der hellhäutigen Finger auf dem blitzenden Metall wie damals, als Fünfzehnjährige, verknallter Teenager, wartend auf einen Jungen, dessen Name in ihrem Kopf die Zeit ausgelöscht hat.

Zurückgeblieben nur die Erinnerung daran, dass sie die ganze Küche geputzt hat, von oben bis unten, gewienert und poliert, bis alles glänzte. Weil er kommen würde, um zwei dicke Stücke von Omas wunderbarem Apfelkuchen in sich hinein zu schlingen.

Sie möchte es ihr erzählen. Ja, Fanni möchte Elisabeth davon berichten, dass sie in der letzten Zeit, seit ihrer Heimkehr vom anderen Ende der Welt, an etwas ganz Besonderem arbeitet. Sie möchte ihr erzählen, wie oft sie aufsteht, nachts, wenn die Dunkelheit sich längst auf ihre Lider legen will. Wie sie die Datei öffnet, liest, die Bilder betrachtet. Wie ihre Finger auf den Tasten Geschichten erzählen.

Sie würde Elisabeth so gern davon erzählen. Es brodelt in ihr. Die Nähe zwischen ihnen lässt kaum zu, dass sie ihr nicht erzählt, was momentan in ihrem Leben eine so wichtige Rolle spielt. Plötzlich verschobene Prioritäten in ihrer Arbeit. Herausforderungen, die sie in Atem halten. Weil sie zum ersten Mal nicht mehr versucht, fremden Erwartungen zu entsprechen. Zum ersten Mal nur das tut, was ihr Bauch ihr sagt, ganz und gar. Das wäre etwas so Besonderes, es ihr zu erzählen. Es wäre doch vollkommen anders, als diese Bilder hier anzuschauen.

Elisabeth ahnt nichts.

Sie betrachtet ein Foto nach dem anderen, lange und genau, wie es ihre Art ist. Sie sieht nur manchmal auf, um etwas Schönes zu sagen. Zum Beispiel: »Fanni, das hast du wieder großartig gemacht. Wie du dieses Licht eingefangen hast!«

Was interessiert Fanni eigentlich, was Gregor Stemp von ihrer Arbeit hält? Jetzt mal davon abgesehen, dass er ihr (widerwillig) Geld gibt ... was interessiert sie seine Meinung?

»Komm«, fährt Elisabeth fort und berührt, auf dem Sofa sitzend, den Ordner mit den Neuseeland-Abzügen auf dem Tisch vor sich, kurz Fannis Hand. »Erzähl mir, was das für Pflanzen sind. Ich wette, es gibt zu jeder eine Geschichte.« Die Haut glüht auf an dieser Stelle.

»Na ja, das hier, das ist wohl das Beeindruckendste, was ich dir zeigen kann. Fangen wir doch gleich damit an. Das ist ein Kauri-Baum, ein Waldgott, ein Riese. Er ist einundfünfzig Meter hoch.«

»Tatsächlich? Ich hatte ja keine Ahnung, dass es so hohe Bäume gibt! Das ist ja unvorstellbar. Wie alt muss er sein!«

Antiquiert, hatte Greta geschmunzelt, als sie Elisabeth das erste Mal hatte reden hören. *Sie spricht wie eine, die gerne alte Wörter und Redewendungen hört und sich dessen schon gar nicht mehr bewusst ist, wie oft sie selbst sie benutzt.*

Fanni fand immer, Elisabeth spricht so, wie andere und sie selbst schreiben. Niemand sonst spricht so. Es gehört ganz und gar nur zu ihr. Dieses Besondere. Das Aussprechen von Zeilen. Das deutliche Artikulieren von Interpunktion.

Schau dir diesen Pinselstrich hier an, hatte sie sich auf der Ausstellungseröffnung an die Fremde gewandt, die plötzlich neben ihr stand. *Sieht er nicht aus wie von van Gogh?* Sie hatten gemeinsam das kunstvoll stilisierte Bild vor ihnen betrachtet und sich dann abgewandt zu anderem. Am kalten Buffett über die erlesenen Happen hinweg zum wangengeröteten Jung-Künstler spähend, hatte Elisabeth sich plötzlich zu ihr geneigt und geflüstert: *Ist es nicht verblüffend, dass einer, der einen Pinselstrich von van Gogh imitieren kann, einen derart verschwindend winzigen Hintern hat?!*

Fanni hatte brüllend gelacht. Wenig adelig. Aber mitreißend. Später hatte sie nach Elisabeths Adresse gefragt und sie sofort erhalten. Ohne Gegenfrage. Und ohne Verwunderung, was die Fremde mit der Visitenkarte vorhat.

Noch am selben Abend hatte Fanni den ersten Brief an sie verfasst. *Verfasst,* nicht einfach so lapidar *geschrieben.* Und damit hatte es begonnen.

»Was macht deine Arbeit? Du hast länger nichts davon erzählt.« Fanni erwähnt mit keinem Wort den Brief. In dem die Rede davon ist, dass etwas sich in Bewegung setzt. Wobei Fanni vielleicht eine Rolle spielen könnte. Es ist Wochen her, dass Elisabeth ihn niederschrieb. Vielleicht hat sie es inzwischen bereits vergessen.

Die blauen Augen lösen sich vom Ordner und wandern über Fannis Gesicht. »Gott sei Dank habe ich gerade mal einen Job, bei dem ich aufrecht stehen kann. Es ist eine neue Praxis in Bad Pyrmont. Es soll alles super modern, super schick werden darin. Und sie haben in dieser Gemeinschaftspraxis sieben Behandlungsräume. Siehst du das Dollarzeichen in meinen Augen blinken? Lach nicht! Na ja, und weil der tägliche Anfahrtsweg viel zu weit wäre, haben wir uns wunderbar geeinigt. Sie werden die Gipsplatten später einlassen. Hoffentlich, ohne alles wieder zu ruinieren.«

Elisabeth arbeitet nichts von dem, was man bei ihrem Anblick vermuten würde. Sie führt mit ihrer Erscheinung ebenso alle in die Irre, wie Fanni es mit ihren gebügelten Eierpelle-Blusen tut. Elisabeth ist weder Galeristin noch vergeistigte Lyrikerin. Sie verbringt einen Großteil ihrer Arbeit auf dem Rücken liegend, unter Decken von Zahnarztpraxen. Wo sie Bilder aufs beängstigende Weiß malt, um den meisten Kindern und wahrscheinlich ebenso vielen Erwachsenen einen freundlichen Anblick zu bieten. Manchmal versteckt sie in den Deckengemälden Paradiesvögel oder kleine Mäuse. Die müssen die Kinder dann suchen, so lange sie an den Stuhl gefesselt sind und am Licht der Lampe vorbeistarren. Die Kontrolle abzugeben an Menschen, die einem im Mund herumwühlen, Schmerzen verursachen, alles nur gut meinen, was sowieso ja sein muss, das ist nur schwer zu ertragen. Elisabeth sagt immer, das hat sie im Kopf bei jeder ihrer wilden Erfindungen, die in der Lage sind, wundersame Gedanken in Hirnen entstehen zu lassen, die in einer Suppe aus Angstschweiß schwappen.

Sie denkt in Bildern. Ebenso wie Fanni. Sie wird alles verstehen, was mit Bildern zu tun hat, die Geschichten erzählen.

»Ich wollte es dir fast nicht sagen«, beginnt Fanni plötzlich und bereut es augenblicklich. Diese verflixten Momente, in denen etwas ausgesprochen ist und es kein Zurück mehr gibt. Was wird sie jetzt denken. Aufgeblasen, wie Fanni sich selbst fühlt. Eine unscheinbare Gartenteichkröte aufgebläht zu einem gewaltigen Ochsenfrosch.

Und jetzt diese hellen Augen.

Das letzte Mal, dass ihr etwas so peinlich war, das war wahrscheinlich, als sie mit dreizehn versuchte, im Stehen in die Kloschüssel zu pinkeln und Großmutti geradewegs durch die versehendlich nicht verschlossene Badtür hereinkam.

Ich will ja nichts sagen, hatte Großmutti später gemeint. Ihre Lippen ein schmaler Strich. *Aber versuchst du damit nicht, etwas zu sein, das du nicht bist?*

Fanni war zum ersten Mal der Gedanke gekommen, ob sie wohl auch Großmuttis Liebling wäre, wenn sie einen Bruder hätte. Wenn ihre Eltern es fertig gebracht hätten, einen Kronprinzen zu zeugen und zu hinterlassen, wäre Großmutti dann immer noch scharf auf die Prinzessin? Diese Überlegung gekoppelt mit der Scham, an diesem Ort überrascht zu werden, hatte das Erlebnis unauslöschlich in Fannis Hirn verankert.

»Was wolltest du mir nicht sagen?«, will Elisabeth natürlich wissen. Neugierig runde Augen unter den rotblonden Brauen.

Fanni stellt fest, dass sie keine Worte hat für das, was sie Elisabeth eigentlich nicht hatte sagen wollen. Verdutzt starrt sie auf ihre ineinander verschlungenen Hände. Die, die jetzt so oft über der Tastatur schweben, die Finger darüber trippeln lassen wie Mäuse beim Steppen. Zehn-Finger-System, das hat sie nie gelernt.

»Dass ich an etwas schreibe«, ist zumindest ein Anfang. Und es stimmt. Die Datei hat schon einen Namen. Bootsfahrt. Fanni dachte dabei zunächst an ein Segelschiff, das einen Fluss hinunterfährt. Aber möglicherweise ist es auch ein Hausboot. Auf dem Kajüten sind für jede von ihnen. Auf dem tagsüber an Deck Wäscheleinen gespannt sind und nachts Lampions hängen. Eine Geschichte des Lebens, die einen langem ruhigen Fluss hinunter fährt, am Ufer Entdeckungen macht.

Elisabeth lehnt sich zurück, rührt in ihrem Limoglas.

»Ein Buch«, sagt sie und lächelt vor dem nächsten Schluck. »Das dachte ich mir. Deine Briefe haben sich verändert, weißt du.«

Dass sie was gemerkt hat. Das kann nur Elisabeth merken. Fanni spürt, wie sich in ihr eine weitere Schranktür öffnet. Es ist immer noch ein bisschen mehr Platz da drinnen, für noch ein bisschen mehr Faszination. Für noch weitere Wünsche und Sehnsucht. Fanni könnte das Bündel aus all dem auch Liebe nennen, aber sie scheut davor zurück. Das würde es nur noch schwerer machen. Die Tatsache, dass in Elisabeths Briefen an sie ein Name nie erwähnt wird.

»Ein Roman?«

»Nein. Kein Roman. Es ist etwas ... ganz Verrücktes irgendwie. Passt gar nicht zu mir. Es ist ein Bildband mit Texten. Ein Fotoband. Und zugleich eine Geschichte. Die fiktive Geschichte einer Frauenfreundschaft. Na ja, Freundschaft zwischen mehreren Frauen. Es geht um ihren Alltag, ihr Leben, ihre Lieben, die Beziehungen nach außen, das Geflecht ihrer Beziehungen untereinander. Ihre Realität. Und ihre Träume. Madita, Greta und Jo sind die Darstellerinnen. Ich erfinde Geschichten aus den Fotos, die ich von ihnen mache. Verrückt, nicht?« Fanni erzählt. Beschreibt mit weit ausholenden Gesten, über die Greta sich immer amüsiert. Beschreibt das genaue Konzept. Und spürt, wie sie beim Reden neue Ideen entwickelt.

Elisabeth hört ihr konzentriert zu. Mit schief gelegtem Kopf. Ihre Wangen haben sich gerötet. Fanni muss fortsehen.

»Das passt nicht zu dir? Du machst Witze! Das passt ganz wunderbar zu dir. Ich wüsste nicht, wer sonst außer dir sich so etwas ausdenken könnte. Toll! Und ich wette, es wird grandios! Du musst mir alles noch genauer erzählen, alles, wie du es dir gedacht hast. Und ich will die Fotos sehen, die du bisher gemacht hast. Und als Erstes musst du mir jetzt sagen, warum du es mir gar nicht sagen wolltest?«

Fanni wagt es immer noch nicht, sie anzusehen. Sie ahnt um die Wirkung. Elisabeth mit diesem Gesicht, dem Rosa auf den Wangen und den Blitzzähnen und Leuchtaugen, das würde sie nach Luft ringen lassen. Einmal hat sie sich vorgestellt, wie sie aussieht nach dem Sex. Einmal?

»Ach, weißt du. Ich bin mir doch so unsicher. Und es ist das erste Mal, dass ich so was mache. Ich bin doch Fotografin, Handwerkerin. Es ist doch eigentlich nicht mein Fach, so etwas zu fabrizieren. Und ich will nicht wirken wie eine Zwergin, die sich die Arbeit von Riesen vornimmt.«

Aus dem Augenwinkel nimmt sie deutlich wahr, dass Elisabeth sie forschend ansieht.

»Tiefstapeln hast du meiner Meinung nach nicht nötig. Aber gut. Und warum hast du es mir jetzt doch erzählt?«

Jetzt! Fanni lächelt ihr eigens für diese Stelle des Gesprächs reserviertes, schelmisches Lächeln und sagt: »Tja, ich habe hin und her überlegt. Aber mir ist keine gute Ausrede eingefallen, um dich auf anderem Wege darum zu bitten...«

»Worum?«

»Darf ich auch von dir Fotos machen?« Jetzt schaut sie sie doch endlich an.

Elisabeth sieht nicht aus, als habe sie damit gerechnet.

Sie greift nach einem Stein, Rosenquarz, der auf dem Tisch liegt, spielt damit zwischen ihren Fingern.

»Ich weiß nicht genau. Du meinst, Fotos von mir würden dann in einem Bildband veröffentlicht? Und noch mehr als das ... da würden Texte, Briefe, Geschichten über mich ...«

»Nicht wirklich über dich! Es wäre etwas Fiktives. Es wäre, als würdest du einer fiktiven Gestalt dein Gesicht leihen, wie eine Schauspielerin. Aber mit etwas Glück für mich: ja, dann wäre es so. Nur weiß ich selbst noch nicht, was dabei herauskommt. Vielleicht lässt sich mein Konzept gar nicht durchhalten. Vielleicht wird alles super blöd, und niemand will es verlegen oder keine will es kaufen. Wer weiß.«

»Hm«, macht Elisabeth nur, und ihre sonst so meditativ wirkende Ruhe geht über in ein Wabbern, das sich in die Luft um sie herum fortsetzt.

Ein paar Minuten sagt keine von ihnen ein Wort.

Fanni durchlebt verschiedene Stadien der Selbstkritik bis hin zur Verzweifelung und Resignation. Sie wird sie nicht überreden können, und das will sie ja schließlich auch gar nicht. Alle, die irgendwie mitmachen, sollen es aus ganz und gar freien Stücken machen, selbstverständlich ohne jeden Druck, aber genauso auch ohne jedes Bittebitte.

Schließlich legt Elisabeth den Stein wieder zurück zu den anderen. Sie sitzt noch aufrechter als sonst und schnalzt leise mit der Zunge. Eine dieser sonderbar männlich wirkenden Gesten, die Fanni immer irritieren und zugleich fesseln. Dann sagt sie: »Eins kann ja schon mal nicht sein: Es wird auf keinen Fall so blöd werden, dass es niemand kaufen mag. Schließlich werden da viele Fotos von mir dabei sein ...«

Fannis Hände schießen nach vorn, ohne dass sie etwas dagegen tun kann. Ihre schlanken Finger umklammern die Elisabeths und drücken sie so fest, dass die in einer Mischung aus Überraschung und leichtem Schmerz das Gesicht verzieht. »Du machst es?! Super! Das ist ganz wunderbar! Oh, je, ich glaub, ich bin etwas durch den Wind jetzt ...«

»Hat es ein Happy End?«

Fanni schaut von ihren ineinander verschlungenen Händen auf, mitten aus ihrem sich aufbäumendem Herzen heraus.

»Bitte?« Obwohl sie verstanden hat.
»Hat es ein Happy End?«, fragt Elisabeth noch einmal.
Das würde wohl bedeuten, dass das Warten ein Ende haben würde.

Das Schlimmste für Jo ist das Schweigen. Ihrer beider heißen Worte brennen nicht mehr. Sie prallen ab an der Mauer stiller Verzweiflung, die Jo inzwischen um sich errichtet hat. Auch die bitteren, zögernd geführten Gespräche sind nicht der zitternde Speer, der in ihrer Brust steckt. Das Schweigen ist es. Wenn die andere gefragt hat: »Was denkst du?« und die Luft vibriert vom Nichtantworten. Das stumme Glotzen auf Teppich oder Bilder oder die eigenen Hände. Sprachlosigkeit vor dem, was gewusst werden will. Dieses Vakuum im eigenen Kopf und zwischen ihnen. Wovor haben sie eigentlich solche Angst? Zurückzunehmen, was sie sich versprochen haben? Einzugestehen, dass es schief gehen kann – auch wenn anfangs alle Ampeln auf Grün standen?

»Entschuldige, machst du noch was an dem Gerät? Ich warte schon ne ganze Weile ...« Die Frau vor ihr, in ihrem mistkäfergrünen Stretchanzug, schaut sie herausfordernd an. Jo kennt sie. Ihre Gestalt in supermodernen, aber leider stets geschmacklosen Trainingsoutfits ist ihr vertraut, auch wenn sie noch nie ein Wort aneinander gerichtet haben. Warum auch. In einem Fitness-Studio quatscht man nicht mit jeder und jedem.

»Tut mir Leid. Muss wohl geträumt haben.« Jo lächelt mit dem Mund. Ihre Augen, da ist sie sich ziemlich sicher, blicken unbeteiligt und fast an der Fremden vorbei. Sie steigt von der Bank herunter und überlässt der Chininpanzerfarbigen den Platz am Beinbeuger und -strecker.

Jedes Gerät hier hat eine ihm ganz eindeutig zuzuordnende Aufgabe. Einen Sinn, der für jede Benutzerin derselbe ist. Es sind die immer gleichen Bewegungen darauf. Alles wird bei jedem Menschen gleich abgehandelt. Wie einfach wäre es, würde das Leben auch so ablaufen.

Dann könnte Jo so sein wie Greta. Die hat nicht einfach nur eine große Klappe. Greta meint, was sie sagt, und handelt danach. Jo geht hinüber zum Butterfly, kontrolliert die Gewichte, setzt sich hinein und beginnt mit den Übungen. *Es wird mir zu langweilig mit derundder*, sagt Greta zum Beispiel. Und wenige Tage später treffen sie sich wieder, und die besagte Affäre ist beendet. Einfach so. *Klar*, lacht Greta dann. *Hab ich doch gesagt.*

Nein. Jo wünscht sich nicht, so zu sein wie Greta. Denn das mit Anne, das ist doch was anderes. So kostbar war das alles. Damals. Und noch eine ganze lange Weile danach. Wie zwei Blöde waren sie ins Kino gerast, hatten sich die Geschichten nacherzählt, Mienen kopiert, gelacht, geweint, sich in den Armen gelegen. Annes Hände hatten ihr von Hingabe erzählt. Von Zärtlichkeit und Verlangen. Sie hatte Jo, die zehn Jahre jünger, die viel unerfahrener war als sie, nicht geführt. Jo hatte alles selbst entdecken, sich alles erobern, alles an sich reißen, festhalten und in Ruhe betrachten können. Sie hatten eine wunderbare Sexualität, von der nichts übrig blieb in heimlichen Träumen.

Wie könnte Jo sich wünschen, das alles zu beenden.

Will sie ja nicht. Will nicht das beenden, was am Anfang war, und lange danach auch noch. Nur beenden will sie, was jetzt ist und nicht mehr ist. Ja, das soll enden. Aber auf Gretas Art, das dämmert Jo sowieso schon eine ganze Weile, auf Gretas Art würde es nicht gelöst werden.

Jo macht alle Übungen fünfzehn Mal und wiederholt das drei Mal. Wenig Gewichte, viele Wiederholungen. Das tut ihr gut. Sie braucht nicht noch mehr Muskeln. Wohingegen gewisse andere ganz erpicht darauf zu sein scheinen, demnächst bepackt mit Bizeps und strammen Waden herumzulaufen.

Jo wirft einen kurzen, missbilligenden Blick hinüber zum Beinstrecker. Erstarrt in der letzten Wiederholung ihrer Übung.

Das kann doch nicht sein!

Sie schaut rasch wieder fort und sitzt wie gelähmt, während ihre Hände immer noch die stählernen Arme des Gerätes umklammern.

Eva Werding. Weizenblondes Haar. Kaputte Hüfte, weil sie durch schiefes Gehen und Sitzen den chronischen Schmerzen im entzündeten Beckenbereich auszuweichen versucht.

Das gibt es doch jetzt nicht. Wieso begegnet sie ihr wieder? Nachdem doch ihre Chefin aus Termingründen die Behandlung übernommen hat und es so schien, als bliebe diese eine kurze Begegnung auf der Behandlungsliege lediglich ein Anstoß zum Denken und Fühlen für Jo.

Ja, es hatte diesen winzigen Moment des Bedauerns gegeben, als sie erfuhr, dass diese Patientin nicht wieder zu ihr kommen würde. So ein Schade-Gefühl, das natürlich völliger Unsinn ist. So wenig wie Gretas Vorgehen, etwas schlicht zu beenden, Jos Art ist, so wenig kann sie sich vorstellen, eine andere zu suchen, um es sich damit am allereinfachsten zu machen. Warum also jetzt diese Begegnung?

Oh, Mist, sie weiß genau, was Madita dazu sagen würde. Am besten, sie erzählt es ihr gar nicht. Dieser amüsierte Blick aus den braunen Augen. *Jo! Herrje, es muss doch gar nichts bedeuten. Gar nichts!*, würde Madita sagen, und Jo würde sich mickrig schicksalsgläubig fühlen, wie immer.

Dass sie dieser Begegnung Bedeutung beimisst, kommt daher, weil sie nicht so vielseitig beschäftigt und interessiert ist wie die anderen. Jos Welt ist so eng und klein. Wenn sie die Leben der anderen betrachtet, kommt sie sich manchmal regelrecht beschränkt vor. Für sie gibt es die drei anderen. Und zwar sehr. Und natürlich gibt es Anne. Das hat gut nebeneinander Platz, haben die vergangenen drei Jahre gezeigt. (Auch wenn Anne darüber vielleicht anders denken mag.) Und dann gibt es noch ihre Eltern. Und ihre Arbeit. Und ihren Sport. Das Studio, das Laufen, das Fahrradfahren und Schwimmen. Keine Mannschaft. Keine Wettkämpfe. Kein Verein. Bloß nicht. Nein, sie macht es nur einfach deswegen, weil es ihr Freude macht, ihren Körper zu spüren. Ebenso wie es ihr Freude macht, sich mit ihren drei Freundinnen zu treffen. Wie es ihr immer Freude gemacht hat, mit Anne innig zu zweit zu sein. Und in dieser beschränkten Welt macht es ihr plötzlich Angst, dass eine, die sie schon bei ihrer ersten Begegnung irritiert hat, so unerwartet wieder auftaucht in ihrem engen Gesichtsfeld.

Sie könnte aufstehen und rasch in den anderen Raum des Studios hinübergehen. So tun, als hätte sie niemanden erkannt. Dem Schicksal davonlaufen.

Aber in dem Moment, in dem Eva Werding jetzt ihren Blick erwidert, kann sie es natürlich nicht mehr tun. Meine Güte, sie hat sie angestarrt!

Eva Werding lächelt freundlich. Nein, erfreut. Sie lächelt erfreut und winkt kurz. Sie hat sie sofort erkannt. Nicht das zweifelnde Zögern, das Jo von sich selbst kennt, wenn ihr bei einem Kinobesuch an der Popcorntheke plötzlich eine Kassiererin vom Supermarkt begegnet ...

Wäre es nicht grob unhöflich, nicht kurz hinüber zu gehen und sie zu grüßen?

Jo hasst es, unhöflich zu sein. So ist sie erzogen worden. Ihre Mutter hat es gut hinbekommen mit ihr. Sie ist beliebt, hat keine großartigen Probleme mit Menschen oder Tieren oder Straßenbahnen. Und sie weiß, was sich gehört.

»N' Abend. Wie ich sehe, geht's besser?«, lächelt sie freundlich. Sie vermeidet bewusst die Anrede mit Sie oder Du. Natürlich haben sie sich in der Praxis gesiezt. Aber hier, in dem vertrauten Freizeitraum, kommt es Jo plötzlich unangebracht vor.

Ihre ehemalige Patientin verzieht das Gesicht, während sie die Beine ab dem Knie hebt und langsam wieder senkt.

»Ich habe Muskelaufbau verschrieben bekommen«, antwortet sie. »Eigentlich hasse ich Fitness-Studios, aber wenn man dir so zusieht, bekommt man den Eindruck, dass es Spaß machen könnte.«

Sie setzt sich über das Sie hinweg. Und sie hat Jo beobachtet. Hat Jo wahrscheinlich schon längst gesehen, bevor Jo überhaupt ahnte, dass sie hier ist. Vielleicht hat sie sie schon träumen sehen. Und im kurzen Wortwechsel mit der Frau in Grün.

Eva Werding ist eine attraktive Frau. Jo findet das nicht nur rein objektiv. Es ist auch so, dass sie eine leichte Unruhe ergreift, während sie jetzt miteinander reden. Nicht über die Erkrankung, sondern über Liebeskummer.

Und das kommt so: Eva Werding fragt: »Wie geht es deiner Freundin? Hat sie sich von ihrem Kummer erholt?«

Jo schluckt. Es ist Wochen her. Zwei Monate bestimmt. Dass sie sich begegnet sind. Doch Eva Werding erinnert ihr kurzes Gespräch und nimmt Bezug darauf. Warum? Sie könnten einfach grüßen, höflich lächeln und ihrer Wege gehen.

»Es geht leider nur langsam besser. Ist was Ernstes«, antwortet Jo und lächelt dann verschmitzt. »Aber danke der Nachfrage.«

»Keine Ursache. Das war schon verrückt. Damals ging es mir nämlich auch gerade so. Ich dachte, du sprichst mir aus dem Herzen mit deinen Seufzern, und fand es wirklich rührend, wie du dich um deine Freundin gesorgt hast.«

So war das also. Jo vergisst, etwas zu erwidern.

»Uhi, ich glaub, ich muss mal eine Pause machen. Kommst du mit an die ... Fitness-Bar?« Eva Werding will sich ausschütteln über diesen Begriff. Noch während sie auf den hohen Hockern tronen und mit Haferflocken gerührte Shakes durch zu enge Strohhalme schlürfen.

In Jo liegt etwas auf der Lauer. Ein Misstrauen gegen sich selbst. Wenn sie lächelt und Eva ins sympathische Gesicht blickt, etwas Nettes erwidert, das Gespräch tatsächlich genießt.

Dort zu sitzen, ist ein grober Verstoß gegen ihre sonstigen Gewohnheiten. In ihrer kleinen Welt ist eigentlich für derlei Absonderlichkeiten kein Platz. Spontaneität ist nicht ihre Sache. Erst recht nicht, wenn dadurch der Ablauf des Abends durcheinander gerät.

Doch dort sitzt sie und plaudert und fragt sich, was das alles ihr sagen soll.

Und es soll ihr etwas sagen, dessen ist sie ganz sicher. Da kann Madita sich noch so lustig machen über ihren Fatalismus.

Nach zwanzig Minuten, die schon auf eine halbe Stunde zugehen, erheben sie sich wieder und kehren zurück an ihre unterschiedlichen Geräte, zu ihrem so unterschiedlich motivierten Training. Manchmal viele Meter voneinander entfernt, begegnen sich dennoch hin und wieder ihre Blicke. Sie lächeln. Jo fragt sich, ob Eva an jedem Dienstagabend herkommen wird.

Die weizenblonden Haare dieser ganz speziellen Tönung leuchten durch den Raum.

Anne hatte damals bis in ihr Herz hineingestrahlt, das davon erglüht war, in Hoffnung und Mut.

Anne.

Wenn Jo heimkommt, wird sie da sein. Zwischen ihnen das vorsichtige Schleichen nach einem großen Streit, in dem vieles gesagt, aber nicht alles ausgesprochen wurde.

Damals. Jo sieht zu dem hellen Schopf am anderen Raumende hinüber. Damals hatte sie still für sich geschworen, dass sie immer alles aussprechen würde. Dass nichts verschwiegen werde an Enttäuschung, Missstimmung und Argwohn. Den Schwur, dass nichts zwischen sie geraten solle, hat sie in dieser

Zeit schon mehr als einmal gebrochen. Wann hat sie nur den eisernen und liebenden Willen von damals verloren?

»Sehen wir uns demnächst mal wieder hier?«, verabschiedet Jo sich später.

»Klar«, erwidert Eva und nickt gespielt grimmig. »Ist doch alles eine Sache des guten Willens, oder?«

Und Jo sagt sich, Eva kann es nicht wissen. Sie kann nicht einfach in Jos Kopf hineinschauen und darin die Gedanken pflücken wie Schneeglöckchen am Wegrand. Aber dass auch sie vom Willen spricht, das ist ein Zeichen.

Jo tritt in die Pedale ihres Rades und spürt jeden einzelnen Muskel an ihren Beinen. Dieser Abend bedeutet etwas, weiß sie. Nun ist sie ganz sicher: Eva ist ihr vom Schicksal nicht geschickt, um es ihr mit Anne auf diese gewisse beschämende Art und Weise einfach zu machen. Aber womöglich ist Eva ein Katalysator. Wie im Chemieunterricht. Diese Stoffe, die andere Stoffe mühelos verändern, ohne selbst davon beeinflusst zu werden. Da wird Gas zu Wasser oder Flüssigkeit zu einem festen Stoff. Und der Katalysator, der diesen Wandel ausgelöst hat, bleibt völlig unberührt davon. Sieht vorher so aus wie hinterher. Ihm ist nicht anzumerken, dass er für einen anderen Stoff gerade den Daseinszustand verändert hat.

JUNI

Madita horcht genau hin. Der Motor scheppert in der letzten Zeit so verdächtig. Sie hält vor dem Haus und würgt den Wagen ab.

Lächelnd blickt sie einen Moment auf das Blumenbeet vor dem Haus, das von ihrer Vermieterin zum einen mit viel Liebe zur wilden Botanik und zum anderen mit dem Zweck angelegt wurde, die Englisch-Rasen-Nachbarn zu verärgern. Die haben bestimmt wenig Sinn für all das Blühen und Samenwehen in ihrer Richtung. Madita aber genießt jeden Tag den fröhlichen Anblick des Blaurotgelbviolettgrüngrün. Es ist ein herzliches Willkommen, jedes Mal.

Sie ist im Sommer geboren und verabscheut die kalte Jahreszeit. Die Natur, in der sie jeden Tag verbringt, kommt ihr dann weniger lebendig vor, wie in einem Dornröschenschlaf. An Tod will sie dabei lieber erst gar nicht denken. Im beginnenden Sommer bricht das Leben auf. Direkt aus dem Boden fließt das bunte, leuchtende Sein nach oben, als reckten sich alle diese Arme gen Himmel. Die Abende werden sanfter, ohne die Bedrohung von Frost und früher Dunkelheit. Alles schreit danach, sich zu verlieben. Es rufen die ersten milden Nächte nach von Lust durchwühlten Betten. Und das letzte Wochenende. Madita grinst, während sie ihre auf und vor dem Beifahrersitz verstreuten Sachen einsammelt und in den schremmeligen Rucksack stopft, den sie immer mit sich herumschleppt. Ja, das letzte Wochenende war wirklich wie der beginnende Sommer persönlich. Karo hatte gestrahlt, ganz ohne Grund, und hatte Madita damit angesteckt. Grundlos zu lächeln, alles schön zu finden an einem Tag, jeden Fremden zu mögen, im Genuss der Sonnenstrahlen auf dem Gesicht die Augen zu schließen, das bedeutet Sommer.

Als sie mit beschwingten Schritten zum Haus hinübergeht und sich kurz hinunterbeugt, um an einer verlockend lilafarbenen Blüte zu schnuppern, deren Namen sie nicht einmal ahnt, sitzt da doch tatsächlich ein Junikäferchen. Bringt Glück. Und wirklich fühlt sich alles so an, als stünde es direkt vor der Tür. Sie könnte einfach zu ihm sagen: *Komm doch mit hoch!*, und alles wäre geritzt.

Über den Gedanken muss sie lächeln.

»Ich lass dich lieber hier unten, auf den tollen Blumen«, flüstert sie dem Käfer zu, ohne die Lippen zu bewegen. Nichts ist peinlicher, als von Nachbarn beim Zwiegespräch mit einer Blume ertappt zu werden. »Aber ein bisschen Glück kannst du mir ja mit rauf geben.«

Oben wirft sie ihren Rucksack in die Ecke neben dem Schuhschrank und schleudert ihre Turnschuhe daneben. Heute ist ihr einfach nicht nach Ordnung. Herrlich.

Im Wohnzimmer, auf dem Weg zur Küche, neugierig, was ihr Kühlschrank wohl an Paradiesischem für sie bereit hält, stolpert sie über etwas. Erkennt beim Hinschauen über die Schulter, dass es ein mitgenommen aussehendes Plüschhäschen ist. Ein Hundespielzeug, das Mathilde so heiß liebt, dass sie es in Abständen sogar zu verzehren versucht.

Hundespielzeug in ihrem Wohnzimmer, gedankenlos vergessen. Weil nicht so wichtig, es mitzunehmen. Weil sie ja wiederkommen werden, Mathilde und Karo.

Vielleicht könnten sie am kommenden Wochenende einen Ausflug ins nahe Bergland machen. Wandern gehen. So richtig mit Picknick. Bestehend aus frischem Brot, Käse, Weintrauben, klarem Wasser. Mathilde wäre begeistert. Und Karos Augen würden leuchten.

Das Telefon klingelt.

Hm. Na, das muss wohl sein. Wenn sie gerade mal anfängt, übermütig zu werden, will irgendjemand was von ihr.

Sie geht trotzdem ran. Es gibt wirklich nichts, was ihr jetzt die Stimmung vermiesen könnte.

Fanni am allerwenigsten.

»Du bist ja drauf!«, stellt die schließlich fest, als sie ein paar Minuten gesprochen haben. »Vielleicht könnte ich meine Batterie an dir ein bisschen aufladen? Dieser bescheuerte Auftrag mit den Traumhochzeiten raubt mir den letzten Nerv. Du glaubst gar nicht, wie dämlich sich manche Paare anstellen. Meistens ist SIE ganz scharf darauf, abgelichtet zu werden. ER ziert sich aber enorm. Und das sieht auf den Bildern am Ende dann so aus, als handele es sich um eine Zwangsheirat in einem matriarchalen atschebaischenischen Bergdorf. Einen miesmuffeligen Typen kann auch der dollste Weichzeichner nicht traumhochzeitsmäßig schön machen. Ich könnte ein bisschen von deiner Zuversicht brauchen.«

»Du könntest den strahlenden Bräuten auch den Vorschlag machen, sie ans andere Ufer zu locken. Damit wäre wohl allen geholfen.«

»Das kann ich leider nicht machen«, erwidert Fanni, als sei es ein ernst gemeinter Ratschlag gewesen. Und Madita fühlt sich plötzlich taktlos. Wie sie Fanni, die in eine Hetera verliebt ist, so sehr verliebt ist, so einen blöden Tipp geben kann.

»O.k., wenn das nicht geht, dann komm doch her, und wir machen uns einen netten Abend«, schlägt sie daher vor.

»Balkonkichergesäusel? Und vielleicht später Fernsehflimmerablästern?«

»Logo!«

»Super Idee! Ich schätze, ich könnte in einer halben Stunde bei dir sein.«

»Bis gleich!«

Sie legt auf und greift sich aus dem Kühlschrank eine halbe Honigmelone zusammen mit einem Stück mittelaltem Gouda. Dazu vielleicht noch einen Vanillejoghurt. Auch wenn auf der Verpackung steht, dass da lebende Kulturen drin stecken, was tendenziell stets Maditas Unbehagen weckt.

Das Telefon klingelt noch einmal. Typisch! Bestimmt hat Fanni etwas vergessen. Es gibt sicher auf der ganzen Welt keine zweite Frau, die derart wie aus dem Ei gepellt herumstolziert und dann bei jedem Telefonat irgendwas Wichtiges vergisst, so dass sie noch mal schnell kurz durchrufen muss.

»Was ist denn diesmal?«, lacht Madita in den Hörer.

Das Schweigen am anderen Ende der Leitung trifft sie in die Körpermitte. Ein Armbrustpfeil in die Stelle, an der die beiden Rippenbögen aufeinander treffen, direkt unterhalb des Brustbeins.

»Fanni?«, fragt sie rasch. Aber sie weiß es schon. Noch bevor sie die vertraute, lange nicht gehörte Stimme vernimmt. Ein solches Schweigen, das gibt es nur einmal.

»Nein, ich bin's.«

Sie meldet sich nie am Telefon mit Namen. Sie weiß, dass Madita sie sofort an ihrer Stimme erkennt. Das war früher auch schon so. Vom ersten kurzen Telefonat zu einer Reit-Verabredung an.

Sie geht einfach davon aus, dass Madita auch nach sechs Monaten und zwei Wochen nicht ihren Namen hören muss, um zu wissen, wer am Apparat ist.

»Hallo«, setzt sie noch hinzu. »Ich habe in letzter Zeit so oft an dich gedacht. Und da hab ich überlegt, ob ich dich jetzt mal anrufen soll. Ich meine, nachdem doch einige Zeit vergangen ist. Störe ich dich gerade?«

Ja. Madita will es laut sagen. *Ja, du störst. Du störst mich in meinen Gedanken zum beginnenden Sommer. Du störst mich bei meiner Freude über den Junikäfer. Du störst mich bei meinen Vorbreitungen zu Fannis Spontanbesuch, der eigentlich keiner Vorbereitungen bedarf. Ja, du störst. Mein Leben.*

»Nein«, antwortet sie mit ruhiger Stimme. Viel ruhiger, als sie glaubt in dem Augenblick, in dem sie ihren Mund öffnet. »Warum rufst du denn an?«

Wieder ein Zögern. Das sieht ihr nicht ähnlich. Sie zögert doch sonst nicht. Sie zweifelt doch nie. Aber da ist tatsächlich diese eine Sekunde, vielleicht sind es auch zwei, in denen nur ihr Atem durch die Hörermuschel kriecht, heran ans dorthin gepresste Ohr. Die empfindliche Ohrmuschel, die so empfänglich ist für zarte, fast nur gehauchte Berührungen von Lippen. Ein Schauder rieselt deutlich spürbar Maditas Rücken hinunter.

»Warum? Na ja, eigentlich gibt es keinen richtigen Grund. Ich meine, vielleicht ist es ja Grund genug, dass ich wissen wollte, wie es dir geht. Geht es dir gut?«

»Ja. Mir geht's gut. Danke. Und wie geht's dir? Und Nemo?«

Julia lacht einmal kurz auf. Ein Rosenrotmundlachen, das über dem blauschwarzen Pferderücken hängt in Maditas Erinnerung.

»Du kennst ihn ja. Legt sich mit jedem Hengst im neuen Stall an. Ausgerechnet der Belgier vom Besitzer ist der schärfste Rivale, wenn eine der Stuten rossig ist. Das musst du sehen. Wie die zwei schwarzen Teufel. Und Nemo so ein Winzling gegen diesen Koloss. Aber Nemo ist schneller. Wendiger. Das ist ein Bild für die Götter, wenn die beiden gleichzeitig draußen sind. Einer auf dem Reitplatz, der andere auf der Weide. Ich glaube, sie würden sich zu gerne mal ein Wettrennen liefern. Hast du nicht Lust, ihn mal wieder zu sehen?« Kein Wort über sie selbst.

Genau betrachtet, hat Madita auch nichts über sich gesagt.

»Meinst du, ihm liegt etwas daran?« Verdammt. Diesen Satz hätte sie sich sparen sollen. Er sagt so viel mehr, als sie ihr sagen will. Es liegt Zweifel darin und Hoffnung, zu gleichen Teilen.

»Ich wette, er würde sich freuen«, antwortet Julia genauso, wie Madita es befürchtet hat. Julia hat schon immer das größte Geschick darin gehabt, Dinge zu sagen, die Madita gleichzeitig herbeisehnt und fürchtet.

Madita räuspert sich und vertreibt damit nur unzulänglich den Kloß in ihrem Hals.

»Klar würde ich ihn mal gern wieder sehen. Aber es ist wohl nicht der richtige Zeitpunkt dafür.«

»*Noch* nicht?« Dass sie immer so bohren muss. Eine lästige Angewohnheit. Die Madita besonders an ihr liebt.

Geliebt *hat*!

Liebt?

»Ich weiß nicht. Kann ich dir nicht sagen. Ich weiß nur, es wäre jetzt bestimmt nicht in Ordnung für mich. Ich habe gerade erst angefangen, wieder ...« Sie bricht ab. Wieso soll sie Julia dies alles erzählen? Wieso soll sie ihr ihren Kummer mitteilen? Ihre Qual und die Schmach, die sie empfunden hat bei der Gewissheit, nicht mehr gehen zu können. Keinen Schritt mehr vor den anderen tun zu können. Lebensunfähig zu sein, hat sie mit vorher nie gekannter Scham erfüllt.

»Hast du dich verliebt?«

»Wie kommst du darauf?« Kein Ja. Kein Nein.

»Du bist anders.«

»Sicher. Wir haben uns ein halbes Jahr nicht gesprochen. Und wie es auseinander ging mit uns, das hat höllisch weh getan. Natürlich bin ich anders.«

»Ich wollte nicht, dass du darunter leidest. Deshalb habe ich mich nicht bei dir gemeldet.« Julias Stimme klingt weich. Voller Mitgefühl.

»Julia«, sagt Madita, und die Melodie dieses Namens aus ihrem eigene Mund schneidet sie plötzlich wieder an Stellen, von denen sie angenommen hat, dass sie dort nicht mehr verletzbar sei. »Egal, ob du dich gemeldet hast oder nicht: ich hab trotzdem gelitten.«

»Das tut mir Leid.«

Madita glaubt ihr. Julia geht unnötige Risiken ein. Julia verletzt sogar die, die ihr am liebsten sind. Am Ende tut es ihr dann von Herzen Leid. Aber am Ende nutzt das meist nicht mehr viel.

»War es falsch, dich jetzt schon anzurufen?«

Woher soll sie das wissen? Wie kann sie es jetzt sagen, was es mit ihr machen wird?

»Ich weiß nicht.«

Schweigen.

Am Ende. Da haben sie sich immer angeschwiegen am Telefon.

Am schlimmsten ist das Schweigen, hat Jo neulich mal gesagt, ohne großartigen Zusammenhang, so als sei es eine feststehende Tatsache, die sie derzeit einfach sehr beschäftigt.

Langsam sickert es in ihr Bewusstsein. Julia. Ruft an. Will sie sprechen. Will wissen, wie es ihr geht. Fragt indirekt, ob sie sich treffen wollen. Madita sträubt sich dagegen, aber in ihr plustert sich ein wohl bekanntes Gefühl auf. Eine knallrote Euphorie, die wirklich durch nichts begründet ist, dennoch so tut, als hätte sie eine selbstverständliche Daseinsberechtigung.

»Du weißt offenbar wenig, was mich angeht«, murmelt Julia schließlich und trifft damit wieder. Sie spricht Rasierklingen aus. Schneidet die jäh aufflammende Freude in mundgerechte Happen. Zum Verschlucken. Und dran Ersticken. »Ich denke, es war nicht wirklich in Ordnung, mich zu melden. Tut mir Leid. War eine dumme Idee.«

Früher hätte Madita ihr widersprochen. Es liegt ihr auf der Zunge. Aber sie beißt darauf. Bis sie den Geschmack von Blut wahrnimmt, ihre Kiefer voneinander löst. So überraschend der Anruf kam, so widerstrebend sie die wenigen Worte, die sie sagte, herausließ in den Hörer, ebenso will sie jetzt nicht die Stimme am anderen Ende wieder verlieren. Endlich ruft sie an.

»Ist schon o.k.«, sagt sie leise. Was weniger ist, als ihr zu widersprechen. Und dennoch wieder so viel mehr, als zu sagen: *Nein, es war nicht in Ordnung. Und gut, dass es dir Leid tut.*

»Mach es gut«, sind Julias letzte Worte.

Madita legt auf. Ach, ja, das hatte sie fast vergessen. Julia hatte schon immer ein Talent, am Ende alles wie eine Lappalie aussehen zu lassen.

Da erst wird ihr klar, dass sie heute noch nicht ein einziges Mal an Julia gedacht hat. Und gestern? Sie überlegt kurz. Kann sich nicht erinnern. Vielleicht hat sie gestern auch nicht an sie gedacht. Tage voller Sommergefühle, in denen Julia plötzlich nicht mehr vorkommt.

Als Fanni zur Tür hereinweht, um sie herum ein frischer Duft nach der gerade genommenen Dusche, genügt ein einziger Blick.

»Was ist los? Ist was passiert?«

Madita geht voraus in die Küche, um die Melone, die sie nun doch nicht gegessen hat, in Teile zu schneiden. Sie wird den Käse würfeln und alles zusammen mit rausnehmen auf den Balkon.

»Wie man's nimmt. Julia hat angerufen.«

Fanni steht einen Moment wie versteinert. Dann wird ihre sonst so feine Miene grimmig. »Wann?«

»Gerade eben. Kurz nachdem wir aufgelegt hatten.«

»Ach deswegen war besetzt. Ich hatte noch was vergessen und wollte noch mal anrufen. Aber es war besetzt ... und das war Julia.«

»Ja.«

»Aber du hast sie doch gebeten, dass sie sich nicht bei dir meldet«, brummt Fanni mit einer Tiefe, die man der Stimme einer so zierlichen Frau nicht zutrauen würde. Da tobt ein ungemilderter Vorwurf.

Madita zieht ein wenig den Kopf ein, als gälte dieses Knurren ihr. Als hätte ihr sehnlicher Wunsch den verbotenen Anruf verschuldet und sie sich selbst wie eine Fremde damit etwas Böses angetan. Sie schämt sich auch ein wenig über den fehlenden Ärger. Den nicht vorhandenen Zorn über die Nicht-Wahrung einer zuvor klar gezogenen Grenze. Beschämend, sich darüber zu freuen, wenn ein Mensch genau das Gegenteil von dem tut, worum sie ihn gebeten hat.

Auf dem Balkon sitzend, einen der ersten wirklich lauen Abende um sie herum streichend mit Vogelgezwitscher und Kinderstimmen beim Fangenspiel, reden sie, was sie schon oft besprochen haben. Unglaublich, wie oft man über eine bestimmte Frage, ein gewisses Thema nachdenken, debattieren, sich streiten kann, ohne je zu einem wirklich befriedigenden Schluss zu kommen.
Warum Julia so stark wurde, warum Madita sie so sehr in ihr Herz ließ ... eine ungeklärte Frage, deren Antwort möglicherweise nicht existiert, möglicherweise nur als Schimmer, als amüsiert lächelnde Ahnung, als Hauch, den man verwedeln kann mit ungeduldiger Hand.
Ungeduldig war Madita. Immer. Was Julia anging. Als spränge die Unruhe, die ewige Suche, das Auf-dem-Weg-Sein über und hielte sie fest umklammert.
Ein Teil von Madita ist tatsächlich so. Und findet es romantisch und ehrlich und auf sentimentale Weise auch schön, dass diese Liebe nicht endet – trotz aller Widrigkeiten, trotz des Verneintwerdens, trotz der wachsenden, sich reckenden Gefühle für Karo.
Fanni lacht. Kein schönes Lachen.
Madita denkt, dass es eine Zeit gab, in der sie dem Lachen nie widerstehen konnte. Es hatte zu ihr gehört wie ein Körperteil. Nun fühlt sie sich wie amputiert. Eine Stelle an ihr, die sie immer noch spürt und die juckt oder schmerzt, je nach Wetterlage. Das geht so weit, dass sie manchmal befremdet ist vom Lachen anderer Menschen. Erst recht, wenn es so ein Lachen ist.
»Wieso lachst du so?«
»Das war mein Verzweifelt-Lachen«, erklärt Fanni. »Das kennst du doch.«
»Du wirst mir bestimmt gleich etwas Schonungsloses sagen über Julia und mich. Du hast so einen gewissen Ausdruck«, murmelt Madita. Eigentlich will sie es gar nicht sagen. Als könnte das Verschweigen dieser Ahnung deren Erfüllung hinauszögern oder gar verhindern.
»Sexuelle Obsession«, sagt Fanni schlicht. Und in diesen Worten ist von Schonung wirklich keine Spur.
Madita spürt, wie ihr heiß wird.
Das Wort »sexuell«, in Verbindung mit Julia ausgesprochen,

bewirkt, dass sie zu schwitzen beginnt. Julia hatte so eine Art, ihren Hals zu küssen. Die Haare an Maditas Armen richten sich auf.

Fanni wendet den Blick ab. »Siehst du, das meine ich«, erklärt sie, als könne sie es nicht ertragen. »Ich muss es nur erwähnen, und schon siehst du aus, als stündest du in Flammen. Du gaukelst dir selbst tiefe Liebe vor, obwohl du sie eigentlich nur ... obwohl du sie ...« Jetzt hat sie sich verstrickt.

Madita grinst. Aber es gelingt ihr nicht, so frech, wie sie es gern hätte. Trotzdem sagt sie: »Greta meinte mal dazu, ich will sie in Grund und Boden vögeln.«

Madita sieht Fannis Schlucken. Mit Gretas lockeren Sprüchen kann von ihnen höchstens mal Jo mithalten, aber nur, wenn die ihren Super-Angeberinnen-Tag hat.

»Ich hätte es wohl etwas anders ausgedrückt. Poetischer, du kennst mich.«

»Ich kenne euch alle. Das Schlimme ist nur, dass ihr mir im Grunde alle dasselbe sagt, nur auf andere Arten und Weisen«, erwidert Madita.

»Sie hat dich irgendwie verhext«, legt Fanni all ihr Flehen in ihre Worte. »Und du hast sie überhöht. Das darf ich sagen, weil ich auch zu solchen Überhöhungen neige.« Sie hält kurz inne, als hinge sie einem rothaarigen, blasswangigen, porzellangesichtigen Gedanken nach. »Ich bin sicher, du wirst irgendwann erkennen, dass es eine ungute Verhexung war, der du zum Opfer gefallen bist. Sie war ein leeres Gefäß, in das du alles füllen konntest, was du dir schon immer gewünscht hast. Du hast in ihr etwas gesehen, dass sie nicht ist.«

»Du irrst dich. Ich sehe sie genau so, wie sie ist. Ich sehe sie. Und trotzdem. Ich weiß um all ihre Fehler, aber sie sind mir egal.«

»So oder so«, seufzt Fanni und streicht sich die Haare aus dem schmalen Gesicht. »Was nicht egal ist, ist, was mit Karo passiert. Du musst darauf achten, dass du sie nicht zerstörst. Sie ist wie ein Vogel auf deiner Schulter, den du in der hohlen Hand halten und lieben kannst, oder auch zerdrücken. Du könntest ihr Gefieder bersten und ihre zarten Knochen brechen, und es wäre ihr egal. Weil sie bei dir sein will. Und das macht mir Angst. Wirst du vorsichtig sein?«

»Wenn ich es kann, Fanni. So vorsichtig, wie ich es eben kann. Aber es gibt nur die Alternative, mich wieder zu verabschieden. Und das will ich nicht. So absurd das für euch auch aussehen mag. Ich weiß doch nicht, ob Karo und ich das werden können, was ich mir im Grunde immer noch erträume, als sei ich nichts anderes als ein blöder Teenager. Ich weiß nur, dass ich auch ohne sie Abstand würde nehmen müssen von etwas, das mich so aussaugt, das mich erschöpft vom ständigen Hinlaufen und Nie-Ankommen.« Madita muss nur noch ein Wort sagen. Nur noch ein einziges weiteres Wort, und sie wird weinen. Zu viele Worte. Zu viele Tränen. Zu viel um Julia. Einmal muss genug sein.

»Lass uns die anderen anrufen und fragen, ob sie Lust haben, her zu kommen!«, sagt sie deshalb.

Fanni zögert diesen einen Augenblick, in dem sie sich selbst überzeugen muss davon, dass dieser Vorschlag wirklich das Beste ist für Madita und sie an diesem Abend. Dann geht sie hinein und holt das Telefon.

Es liegt über ihnen Vieren ein sonderbarer Zauber, der immer seine Wirkung tut, wenn es einer von ihnen besonders schlecht geht. Dann geschieht dieses verrückte Wunder, dass vier Frauen, alle im Leben, alle mit anderen Freunden, mit Beziehungen oder Liebeleien, mit Familie, mit Jobs und Hobbys, dass diese vier Frauen zufällig ganz spontan Zeit haben für einen gemeinsamen Abend.

Greta und Jo treffen beinahe gleichzeitig ein. Jo bringt selbstgebackene Windbeutel, die sie eigentlich morgen zur Verabschiedung einer Praktikantin spenden wollte. Aber dafür kann sie ja auch Kuchen kaufen. Greta bringt die riesigste Pizza, die sie beim Italiener an der Ecke bekommen konnte. Ein Viertel ohne Käse, für Jo. Madita hat zufällig Sekt zu Hause, und Fanni den Elan, gleich zwei Flaschen zu öffnen. Knall. Knall.

Das sind die schönsten Abende, finden sie alle, ohne es auszusprechen, an denen sie zu viert zusammen sind. So wie damals, als sie sich trafen. Und keine mehr über eine andere wusste als die nächste.

Sie alle wollen etwas über Fannis Buch wissen. Und Fanni erzählt, zögert, greift heraus, geht ins Detail.

»Und dieses Kapitel, in dem es um Happy Endings geht«, forscht Madita nach, die dieses Thema gerade heute besonders interessiert. Eigentlich immer. Aber gerade heute. Weil dieser Anruf kam, der gar nichts mit einem Happy End zu tun hat. »Wie geht das?«

»Oh, das ist ganz einfach.« Fanni lächelt überlegen. »Wisst ihr, ich bin mit der Gewissheit aufgewachsen, dass Liebesgeschichten, die glücklich verlaufen, irgendwann notgedrungen zu einem Happy End führen. Alle Filme und Bücher machen uns das glauben, oder etwa nicht? Aber nach Jahren der eigenen Erfahrungen wurde mir klar, dass diese Definition von endgültig erreichtem Glück irreführend ist. Enden tut schließlich im Leben nie etwas, es sei denn durch den Tod. Und selbst das ist nur das Ende für eine von uns. Das Leben der anderen geht unbarmherzig weiter. Der Knackpunkt dabei ist jedoch nicht, dass es weitergeht, sondern *wie* es das tut. Die Vorstellung von der Zeit, die sich an einem stringenten Faden aufzieht, während rechts und links die Ereignisse sich überstürzen wie gefällte Eichen, ist einfach nicht richtig. Welche sich einmal die Mühe macht, die Zeit zu beobachten, und mit ihr den Verlauf der Liebe, die wird feststellen, dass wir uns in einem ewigen Kreislauf befinden, dem zu entkommen einfach nicht glücken will. Gott sei Dank, könnten wir sagen. Denn schließlich macht es genau das aus, das Leben: immer wieder mitzuspielen in diesem Kreislauf des Liebens. Doch viele begreifen diese schlichte Tatsache ums Verrecken nicht und hängen dem Kinderglauben an, es gäbe irgendwo ein Happy End für sie, nach dem der Vorhang fällt oder über das der Abspann rollt. Irgendeine wunderbare Abblende mitten in einem innigen Kuss, der dann niemals wieder enden wird ... Geschissen! Ich werde in meinem Kapitel über Happy Endings die Wahrheit sagen. Da müssen sich die Leserinnen eben gut anschnallen.«

»Und die Wahrheit ist?«, fragt Jo skeptisch.

»Die Wahrheit ist: Es gibt sie nicht!«

Die anderen drei sehen sich an.

»Ist das nicht eine sehr gewagte These?« Madita will das nicht hören.

»Es ist eine Frage des Standpunktes«, erklärt Fanni.

»Oder eine Frage, ob man Dinge sieht oder nicht?«, überlegt Jo.

Greta sagt lange gar nichts.

»Es gibt jetzt ein Restaurant in der Stadt ...«, erzählt sie schließlich. Greta weiß über neueste Schickimicki-Moden genauso Bescheid wie über die Ausrichtung der Esoterikmesse.

»Nein! Es gibt in der Stadt ein Restaurant? Unglaublich!«, kräht Madita. Sie hat zu viel Sekt getrunken. Sie verträgt überhaupt nichts. Jeder Schluck ist zu viel. Entweder Kopfschmerzen. Oder Sodbrennen. Oder solche Ausrufe, kreischig, lachhaft, einfach zu viel. Aber die anderen lieben sie vielleicht auch dafür und lachen darüber.

»Jedenfalls ist es da stockeduster. Man wird von einem Kellner an einen Platz geführt und muss dann alles andere ertasten. Das Essen, die Getränke. Und die Leute am Nachbartisch kannst du auch nicht sehen. Du musst dich auf deine anderen Sinne verlassen. Hören. Riechen. Tasten. Schmecken.«

Alle schweigen sie einen Augenblick. Indem sie sich gegenseitig anblicken oder vor sich hin.

»Und wie dunkel ist es da?«, forscht Fanni weiter. »Ich meine, auch wenn man einen Raum abdunkelt, kommt doch irgendwo immer noch ein kleines bisschen Licht durch. Ich kenne das. Nachts, da wache ich manchmal auf und denke, wie dunkel es ist, aber dann gewöhnen sich die Augen daran, und ich kann sehen wie eine Katze.«

»Nein, so ist es nicht«, erwidert Greta geheimnisvoll. »Man sieht nicht die Hand vor Augen. Es herrscht absolute Dunkelheit. Ein mächtiges, alles umfassendes Schwarz, das nicht zu enden scheint. Es ist, als ob man blind wäre.«

Madita neben ihr wird unruhig. Sie greift nach ihrem Sektglas, wirft es nur beinahe nicht um. Nach einem großen Schluck schüttelt sie den Kopf, als wolle sie mit der Flüssigkeit das Zahnfleisch spülen.

»Das könnte ich nicht!«, stellt sie fest, als sie den Sekt hinuntergeschluckt hat. Entschlossen. Fast wütend. Niemand wird sie dorthin zwingen. »Ich würde mich fühlen wie eingesperrt. Wie in einer Geschichte von Egar Allan Poe.«

Greta senkt ihre Stimme: »Meine Bekannte hat erzählt, als sie rausgingen, da war plötzlich jemand hinter ihr, und da hat

sie erst gemerkt, dass noch jemand mit am Tisch gesessen hat. Direkt neben ihr. Und sie hat es nicht mal geahnt ...«
Fanni quiekt auf.
»Nein!«, ruft sie. »Das ist mir zu unheimlich. Gruselig. Nicht zu wissen, dass da noch jemand ...«
»Ja, aber woher soll man's denn auch wissen? Wenn derjenige einfach nichts sagt?«
Jo ist, wie immer in solchen Dingen, pragmatisch. Sie schließt die Augen. »Wenn ich in eine Gruppe von Blinden komme und nur einmal kurz Guten Abend sage, dann aber nichts weiter. Vergessen die dann, dass ich da bin?«
»Unsinn!«, brummt Madita. »Unsinn!«
»Nein, bei Blinden wäre das sicher etwas anderes«, überlegt Fanni. »Die sind es gewöhnt, auch auf das zu achten, was sie nicht sehen.«
»Aber nur, wenn du nah an ihnen dran bist. Ich hab über Monate jeden Morgen einen blinden Mann gesehen, wenn ich zu meinem Auto ging. Er lief mit seinem Führhund auf der anderen Straßenseite«, erzählt Jo. »Ihr könnt mir glauben, dass der ganz sicher nicht wusste, dass es mich gibt. Der hatte keinen blassen Schimmer davon, dass ich seinem schwarzen Labrador schon heimlich den Namen Anton gegeben hatte und dass ich ganz irritiert war, als er für drei Wochen einmal nicht kam, weil er vielleicht im Urlaub war. Er konnte ja nicht wissen, dass ich mich freute, als er dann wieder da war, eines Morgens. Er wusste ja nicht, dass ich ihn kannte. Es gab mich nicht für ihn.«
Madita steht auf und geht in die Küche, deren Schiebetüren zum Wohnraum weit auf stehen. Sie nimmt sich zwei Stück Flammkuchen vom Teller und balanciert sie zurück auf ihren Platz. Die anderen füllen ihre Gläser oder essen die Reste, die auf den Tellern zurückgeblieben sind. Käsehäppchen. Als ein einzelner Bissen mit drei mal Geschmack nach Gurke, Weintraube, Käse.
Jo sieht auf ihre Armbanduhr. »Ist schon halb drei. Ich sollte fahren.« Und sie erhebt sich nicht. Anne wird nicht warten. Wenn sie weiß, dass Jo bei den anderen ist, wartet sie nie auf sie, sondern geht ins Bett und schläft tief und fest, wenn Jo heim kommt. Warum also sollte sie jetzt fahren?

Mittlerweile sitzen sie alle auf dem Boden, rund um den Tisch, der gerade so hoch ist, dass sie sich gegenseitig in die vertrauten Augen schauen können. Zweimal Braun, sehr geheimnisvoll dunkel und sanft rehfarben. Einmal hilfloses Grünbraun. Einmal aufmüpfiges Blau.

»Wenn man nichts sagt und es dunkel ist, dann ist man einfach nicht da?«, zieht Greta das Fazit.

Sie zieht das Fazit des Abends damit.

Alle sehen sie die Kerzen an und sich gegenseitig und sind froh um das Licht. Das sie sichtbar macht. Dass sie dasein macht für die anderen.

In Babs hat Greta eine ebenbürtige Partnerin gefunden. Was bedeutet, dass die genauso schnell auf den Punkt kommt, wie es Greta lieb ist.

Schon bei ihrer zweiten Begegnung haben sie wunderbar herrlich geknutscht. Greta liebt das Küssen. Die Berührung der weichen Lippen, die einander erforschen, und die Begegnung feuchter Zungen, die in Druck und Gegendruck umeinander kreisen. Aber der Fuß schmerzte noch, und irgendwie verbot sich damit alles weitere. Eigentlich auch ganz o.k. so. Denn so sehr Greta auch die Unverbindlichkeit schätzt, ist es dennoch aufregender, wenn dem ersten Sex zumindest zwei bis drei Treffen vorausgegangen sind. Das steigert die Spannung. Und spannend soll es schließlich sein.

Heute hat Babs zwar noch einen Verband um das Fußgelenk, aber sie kann sogar autofahren. Und so sitzt sie heiter und in Sommerlaune hier auf Gretas ausklappbarem Bett, liest das Inlay einer neuen CD, die sie im Regal gefunden hat, und in ihrem Plaudern liegt ein Ton von Verheißung, der sie beide hin und wieder grinsen lässt.

»Meine Güte! Die Titel schon alleine!«, stöhnt Babs jetzt gerade. »Wusstest du, dass sie verlassen worden ist von ihrer langjährigen Freundin? Kein Wunder, dass danach so eine Platte rauskommt.«

Greta schmunzelt. »Die Lieder sind trotzdem schön.«

»Klar sind sie schön. Traurige Lieder sind auf jeden Fall schön. Besonders dann, wenn man selbst nicht traurig ist, sondern vielleicht eher in besonders gehobener Stimmung ...« Sie schaut auf. Alles an ihr ist dunkel. Ihre Haare, ihr Blick, ihre Haut. »Legst du sie gleich mal rein?«

Greta greift nach der CD-Hülle. »Hattest du schon mal eine langjährige Beziehung?«, will sie wissen. Eher untypisch. Keine Ahnung, wieso sie das jetzt plötzlich interessiert.

»Zwei sogar. Die erste schon mit sechzehn. Meine Güte, ich dachte, sie hält das ganze Leben ...« Babs lacht und Greta mit ihr. Dieses Lachen gefällt ihr. Es hat etwas von dem schlichten Verständnis, dass Menschen keine Ringeltauben sind und damit nicht monogam und daher die wenigsten Beziehungen ein Leben lang halten.

Greta fühlt sich durch dieses Lachen mit Babs verbunden. »Tja, diese Erfahrung müssen wir wohl alle machen.« Corinnas Gesicht, für einen kurzen Moment. Manchmal taucht es noch auf, wie ein Schatten an der Wand, dem der reale Gegenstand fehlt. »Wir ziehen los mit der Vorstellung, irgendwo wartet die große und einzige Liebe auf uns. Und dann fallen wir alle früher oder später auf die Nase. Manchmal braucht es auch mehrere Versuche, bis man es begreift.«

Sie dreht die CD in der Hand, während Babs ihr konzentriert dabei zuschaut. Dabei gibt es da nicht viel zu sehen. Außer ihre Hände.

»Also, ich bin von dem Trip der einzigen Liebe im Leben auch runter. Aber trotzdem ... wäre es nicht schön, eine zu finden, mit der man ganz lange, viele Jahre, zusammen ist? Vielleicht, wenn man alt genug geworden ist, um die Richtige auszusuchen, nach etlichen Versuchen«, Babs gluckst einmal kurz, »vielleicht würde das ja dann doch bis zum Ende bedeuten? Schließlich sehnt sich doch jede nach ein bisschen Geborgenheit, Sicherheit, dem Gefühl, zu jemandem zu gehören.«

Greta grunzt. Sie erlaubt sich so ein unschönes Geräusch, weil sie das wirklich schon oft gehört hat und es schon die letzten Male langweilig fand. »Ach, Unsinn! Man kann von einer Beziehung doch nicht mehr erwarten, als hin und wieder nette Stunden miteinander zu verbringen. Verbindlichkeit im Sinne von aufeinander verlassen können, die gibt es nicht.«

»Auf niemanden verlassen können?«, hakt Babs nach.

»Nein, nur auf meine Beziehungspartnerin nicht. Ich gehöre zu niemandem, was die Liebe angeht. Ich gehöre zu meinen

Freundinnen, was das Zusammengehören angeht...« Sie denkt an den Abend neulich. Da hat sie es wieder ganz deutlich gespürt. Dass sie zueinander gehören. Dass ihre Bindung die stärkste und sicherste ist, die sie in ihrem Leben eingehen wird. Dass es genau richtig ist so.

»Also, meinst du nicht, dass du dir damit etwas vormachst?«, forscht Babs vorsichtig. Sie erkennt bestimmt ganz richtig, dass sie bei diesem Thema nicht zu weit gehen darf, was ihre Skepsis angeht.

»Wünscht du dir nicht auch etwas anderes?«

»Etwas anderes?«, erwidert Greta. Ein dumpfes taubes Gefühl in ihr. Etwas anderes, was ist das?

»Ja. Zweisamkeit. Neben deinen Freundschaften eben auch eine Partnerschaft, die dich ausfüllt.«

Na, das musste ja kommen! Früher oder später kommt es immer. Und bei Babs nun offenbar ziemlich schnell. Noch bevor sie zum ersten Mal Sex haben. Schade. Greta hatte anfangs geglaubt, es könne vielleicht anders sein diesmal. Ohne dass wenigstens einmal diese Diskussion aufkommt.

Babs lacht darüber, glaubt, sie macht Unsinn, ist albern. Als sie aufhört zu lachen, weil Greta nicht mitlacht, wiegt sie den hübschen Kopf. »Irgendwann werden sie alle verbindliche Beziehungen eingehen, meinst du nicht?! Sie werden eine finden, die zu ihnen gehört – so wie du glaubst, dass es sie nicht gibt. Vielleicht werden sie an diesen Lieben scheitern. Aber vorerst werden sie sich ihren Partnerinnen zuwenden und von dir ab.«

Greta fährt hoch. Auf ihrer Stirn eine steile Falte. Die ist nur selten da. Sie muss provoziert werden. Heftig provoziert. Nur dann. »Hör mal zu«, sagt sie. »Wenn du mir den Abend vermiesen willst, dann quatsch ruhig weiter so einen Schwachsinn. Das wird nicht passieren. Ich weiß das. Und du hast gar keine Ahnung. Keinen blassen Schimmer von uns.«

Babs lehnt sich zurück, wendet den Blick ab.

Falls sie sich öfter treffen werden, wird sie sich immer an diesen scharfen Tonfall erinnern, der so scheinbar gar nicht zur lebenslustigen Greta passt. Soeben hat Babs die wichtigste Lektion über Greta gelernt. Dass es Dinge gibt, über die sie nicht lachen will. Nein, das ist weder ein Thema zum Scherze-Machen noch eines, über das man mal eben locker diskutieren kann.

Für eine kurze Weile liegt eine Stille zwischen ihnen, die auch bedeuten kann, dass Babs gleich aufsteht und grußlos hinaus geht. Jetzt wird sich zeigen, wie sehr sie Greta will.

»Ich hab eine Idee!«, sagt Babs da betont fröhlich und schwenkt ihren Rucksack, aus dem sie eine Flasche Babyöl zaubert. »Während wir die CD anhören, massier ich dich.«

Greta weicht noch mehr zurück. Innerlich. Babs merkt natürlich nichts davon. Sie lächelt immer noch und entblößt dabei ihre schönen weißen Zähne. Ihre Küsse werden heiß sein. Vielleicht wird sie beißen.

»Ach«, macht Greta und legt ihren Arm um diese schlanke Taille. »Ich hab noch eine viel bessere Idee.« Und dann küsst sie Babs.

Das Massieren vergisst sie in Sekundenschnelle. Seit Corinna hat sie es nur zweimal versucht. Und jedes Mal hatte sie eine halbe Stunden lang gewähnt, dass ein Messer über ihr schwebt. Auf dem Bauch liegend. Wehrlos. Den Rücken einer zugedreht, von der sie doch nicht mehr weiß als den Namen und vielleicht das eine oder andere unbedeutende Detail.

Dies hier aber, das ist etwas ganz anderes. Hier hat sie die Kontrolle. Hier hat sie alles im Griff. Alles in ihren schlanken, kräftigen Händen, die viel Erfahrung haben im Erkunden und Verwöhnen. Und Babs ist eine, die es zu schätzen weiß. Sie überlässt sich ganz Gretas Händen und ihrem Mund, breitet sich aus auf dem Bett und erlaubt ihrem Körper zu reagieren. Sich zu winden, zu dehnen, starr zu werden vor Lust und Begehren. Was für eine besondere, einzigartige Faszination, wenn Greta selbst noch angezogen ist, in T-Shirt und Hose. Und ihre Geliebte bereits keinen Fetzen Stoff mehr am Leib trägt, von ihrer Haut der Duft des Liebens ausgeht. Wow. Das hier ist viel besser, als sie erwartet hat. Diese Begegnung ist wie eine aus einem Film. Tabulos. Ohne Schranken.

Babs stöhnt, während Gretas Finger seicht über ihren Bauch hinab tanzen. Sie verweilen im krausen Haar, schleichen vor und zurück, täuschen an, Babs bebt, ziehen sich kurzfristig wieder zurück, Babs wimmert.

Babs schlingt die Arme um sie und flüstert: »Sag meinen Namen!«

Greta hat nur den einen Gedanken, endlich ihren Mittelfinger in diese Frau gleiten zu lassen und dort zu bewegen.

»Barbara«, haucht sie in den Nacken mit dem schwarzen Flaum.

Filmriss. Musik bricht ab. Darstellerinnen schauen auf. Das Licht geht an.

»Was?«, fragt Babs. Irgendwie brüsk. Greta fällt kein anderes Wort dazu ein. Zu diesem Gesichtsausdruck. Um ein Haar lacht sie. Es fehlt nur ein Millimeter, ach was, weniger.

»Du hast doch gesagt, ich soll deinen Namen ...«, bekommt sie gerade noch raus und lacht doch. Keine, wirklich keine, Ehrenwort, könnte ernst bleiben, wenn eine so ein Gesicht zieht. Babs. Barbara.

Sieht plötzlich nicht mehr so aus, als wäre sie scharf drauf, Gretas rechten Mittelfinger irgendwo in sich zu spüren.

»Ich kann's nicht ausstehen, wenn jemand mich so nennt!«, faucht sie und zieht sich zurück. Nackte Haut kühlt rasch ab.

Greta staunt. »Aber heißt du denn nicht so?«

»Diejenigen, die mich mögen, nennen mich Babs. Das hast du doch bisher auch getan.«

»Schon. Ja. Klar. Na ja. Aber ... also, sei mir nicht böse, aber ich fand Babs gerade nicht so besonders ... es war irgendwie nicht .. antörnend.«

Das war's. Jetzt ist es sowieso vorbei. Da kann sie auch ans Handy gehen, das klingelt.

Es ist Hanne. Ihre Stimme sehr ernst. Greta spürt, wie ihr Herz in weniger als einer Sekunde einen schützenden Wall aus unzerbrechlichem Stahl errichtet.

»Ich dachte, es interessiert dich vielleicht«, sagt Hanne mit dieser ernsten Stimme gegen diese Mauer, während hinter Greta Babs sich ihr T-Shirt über den Kopf zieht. »Mama liegt im Klinikum. Sie hatte heute morgen einen Anfall.«

Dieses Geräusch aus ihrer Kehle, das einfach herausspringt wie ein lange gefangen gehaltenes Tier, das nur auf diese Gelegenheit gewartet hat. Dieses Keuchen, das einfach in den Hörer hinein stürzt, lässt Hanne ihre kühle Zurückhaltung fahren. Plötzlich weint sie. Spricht schluchzend weiter: »Tante Anni war bei ihr. Weil Mama sich nicht gut gefühlt hat. Gott sei Dank saß sie im Sessel. Sie ist nicht gestürzt. Und Tante Anni hat sofort den Notarzt gerufen. Greta, kannst du nicht ... Ich kann hier nicht weg jetzt. Der Schenke will mich nicht gehen lassen wegen der Konferenz gleich. Ursel könnte auch mitschreiben, aber ... Kannst du nicht hinfahren und nach ihr sehen?«

Fehlt nur noch, dass sie bitte sagt.

»Natürlich«, beeilt Greta sich zu sagen. Bevor ihrer Schwester doch noch etwas herausrutschen kann, so etwas wie ein Flehen. Von dem es später heißen würde, ohne das hätte Greta sich nicht in Bewegung gesetzt an diesem Tag. »Ich hab heute meinen freien Tag. Ich fahr sofort hin.« *Jetzt sag bloß nicht danke!*

»Gut. Das ist eine Erleichterung. Zu wissen, dass du dich schon mal kümmerst. Wir sehen uns dann sicher später. Bis dahin. Ich muss jetzt.«

»Bis dahin.«

Fast erwartet sie, dass Babs' Gesicht immer noch beleidigt und gekränkt hinter ihr auf sie wartet. Aber statt des Vorwurfes, mit dem sie schon sicher rechnet, ist da etwas ganz anderes.

Babs sitzt in ihrem T-Shirt, ohne Hose und ohne Socken auf der Bettkante und sieht tatsächlich besorgt aus.

»Das war ein schlimmer Anruf, hm?«, erkundigt sie sich.

Als Greta nicht antwortet, streckt Babs den Arm aus und zieht sie an sich. Da ist es warm, tröstlich und stark. Diese Umarmung verblüfft Greta so sehr, dass sie nichts sagen kann. Zwischen ihnen geht's doch nur um Sex. Es ist doch nur ein kleines, vielleicht einmaliges Abenteuer. Und zudem eines mit Hindernissen, wie sich gerade herausgestellt hat. Wieso denn dann so eine Umarmung und so ein Blick? Sind denn jetzt alle vollkommen durchgedreht?

»Meine Mutter liegt im Krankenhaus. Ich muss hinfahren«, erklärt sie nicht wirklich etwas.

»Ich fahre dich!«, entscheidet Babs kurz entschlossen.

Wieder stutzen. Doch dann ist klar: »Das geht nicht. Ist nicht hier in der Stadt. Und es kann unter Umständen länger dauern. Vielleicht muss ich übernachten oder so.« Gretas Arme überziehen sich mit einer feinen Gänsehaut bei diesem Gedanken.

Babs sieht traurig aus. Auch das noch.

»Aber du kannst mich vielleicht zu einer Freundin fahren. Wenn es klappt und sie mir ihren Wagen leihen will.«

Jo geht sofort ans Telefon und klingt geschäftig. Sie hat eine Patientin erwartet, die nicht zum Termin erschienen ist. Natürlich leiht sie Greta den Wagen. Ja, sicher auch bis übermorgen, wenn es notwendig ist. Sie kann mit der Bahn nach Hause und morgen zur Arbeit fahren oder mit Anne, wenn die einen kleinen Umweg in Kauf nimmt.

Babs und Greta sitzen schon in Babs' Auto und rasen durch die Stadt.

»Aber es ist doch nichts ... ich meine ... was Schlimmes, oder?« Irgendwie ist sie rührend. Greta schaut sie von der Seite an und stellt sich vor. Oh, nein, das stellt sie sich jetzt nicht vor. Eine, die an ihrer Seite ist. Eine, die weiß, was es bedeutet, wenn Greta jetzt in die Klinik hetzt. Eine. Nein. Sie denkt lieber an Jo, die ihr den Wagen leiht, natürlich, sofort, kein Problem, kein Wenn und Aber. Und sie denkt lieber an Fanni und Madita, die sie anrufen wird, denen sie nichts erklären muss, weil sie wissen. Nein, an eine andere wird sie jetzt nicht denken. Auf keinen Fall an eine.

Sie halten auf dem Parkplatz vor der Praxis, in der Jo arbeitet. Autotür auf, kaum Zeit zu einer richtigen Verabschiedung. Fast schon fort.

»He, Greta.« Die schlanke, warme Hand an ihrem Arm lässt sie inne halten. Sie blickt in die hübschen Augen und trotz der Hektik, trotz allem anderen, ist da ein Ziehen im Unterleib. »Wenn du magst, ruf mich doch heute Abend mal an. Oder morgen. Ich denke, ich könnte mich auch mal damit abfinden, Barbara genannt zu werden«, sagt Babs mit einem kleinen frivolen Lächeln, das sich dann ganz plötzlich verändert, geradezu mutiert in ein mitfühlendes, zu dem passend sie hinzusetzt: »Ich wünsch dir, dass jetzt alles gut geht!«

Greta wird ihr Lächeln noch lange vor sich sehen. Das Angebot, das darin lag. Und auch alles, was unausgesprochen dahinterstand. Aber jetzt muss sie es zur Seite schieben. Sich beeilen. Jo hat gerade eine Patientin – das sind kostbare fünfzehn Minuten – und dann die kurze Zeit für eine einzige, mitfühlende Umarmung.

»Fahr bitte vorsichtig! Ras nicht so! Du weißt, der Wagen ist zwar alt, aber er muss noch ne Weile halten.« Jos Art, ihre Sorge zu zeigen, hat etwas Rührendes.

Greta rast trotzdem. Froh, etwas tun zu können. Das Steuer selbst in der Hand halten zu können. Sie braucht etwa eine Stunde und sitzt dabei in einer Realitätsmaschine. Keine Zeitmaschine, die sie nach vorn oder hinten katapultiert. Nein, eine Realitätsmaschine, die sie hineinwirft aus ihrer Wirklichkeit in eine andere Welt, in ein anderes Dasein, dem sie seit ihrer Geburt zu entkommen versucht.

Sie erfährt vom Pförtner, Herr über einen gewaltigen Katalog mit Patientennamen, dass ihre Mutter auf Station drei liegt. So wie vor knapp einem Jahr.

Und sie hat Glück. Als sie aus dem Aufzug schießt, sieht sie hinten auf dem Gang eine überraschend vertraute Gestalt mit wehendem Kittel.

»Dr. Schröder!« Sie eilt ihm nach über den sauber gebohnerten Gang, vorbei an drei Schwestern, die vor dem Aufenthaltsraum zusammen stehen und sich lachend unterhalten, jetzt kurz inne halten und ihr nachsehen.

Er ist mitten im raschen Schritt in der Bewegung eingefroren und schaut ihr entgegen.

»Dr. Schröder, kann ich Sie einen Augenblick sprechen? Meine Mutter ist …«

»Frau Sprengel. Wir kennen uns doch noch vom letzten Mal, als Ihre Mutter hier war.«

Greta lacht das Lachen, das reserviert ist für penetrante KundInnen an einem Schlechte-Laune-Tag.

»Ich kenn Sie ganz sicher noch. Aber ich weiß ja, dass Sie jeden Tag viel Patienten sehen. Und da bin ich jetzt nicht davon ausgegangen, dass Sie sich an mich erinnern.«

Dr. Schröder, etwa fünfzig, Halbglatze, aber dynamisch wirkende blaue Augen, die bei Frauen bestimmt gut ankommen, schmunzelt betont. »Na, wir sind ja auch nur Menschen. Und haben es hier mit Menschen zu tun. Die Klinik ist viel weniger Fließbandbetrieb und Massenabfertigung, wie man gemeinhin annimmt.« Er sieht auf die große Uhr an der Wand über dem Schwesternzimmer und bekommt es in eingeübter Gewohnheit hin, dass es nicht demonstrativ wirkt. »Ich hab leider nur ein paar Minuten Zeit.«

»Ich weiß noch gar nichts. Meine Schwester rief mich an, und ich bin sofort hergerast.« So war es. Das stimmt. Aber

trotzdem klingt etwas darin schräg. Weil es nach einer besorgten, liebevollen Tochter klingt, die um ihre Mutter fürchtet.
»Können Sie mir etwas sagen?«
Er räuspert sich, indem er die Faust kurz vor den Mund hält und sich damit etwas Wichtiges gibt. »Nun ja, der Anfall war schwerer als der letzte. Wir haben sie erst einmal ruhig gestellt. Ich denke, alles weitere werden die Folgeuntersuchungen ergeben. Sie kennen das Prozedere ja bereits.«
»Warum passiert das? Warum werden die Anfälle immer schlimmer? Der letzte war schon schlimmer als der davor. Und jetzt das hier. Wozu nimmt sie all die Medikamente, wenn die nichts helfen? Können wir nicht irgendwas anderes versuchen? Können wir denn gar nichts tun? Meine Schwester und ich haben uns immer um sie gekümmert. Es muss doch was geben, was wir tun können.«
»Frau Sprengel, Ihrer Mutter zu helfen, das ist unsere Aufgabe. Sie können da gar nichts tun«, sagt er.
Greta macht eine rasche Bewegung mit dem Ellenbogen. Als wolle sie ihn in die Rippen stoßen. Unwillkürlich. Sie tritt einen Schritt zur Seite. Ihr sind im Affekt schon ganz andere Sachen passiert. Und verdient hätte er's. Warum sagt er das auch so? Sie weiß das doch. Verdammt noch mal! Sie weiß das!
»Ich weiß«, hört sie sich dumpf murmeln, viel weniger selbstsicher und ihn in seine weißbekittelten Schranken weisend, als sie es vorhatte.
»Die Krankheit Ihrer Mutter ist unberechenbar. Wir können nicht sagen, wie sie verlaufen wird. Es hat viele gute Zeiten gegeben. Und dann immer wieder Momente, in denen es gar nicht gut aussah. Aber ich möchte es Ihnen noch einmal explizit sagen: Es kann durchaus möglich sein, dass Ihre Mutter hundert Jahre alt wird.«
Greta erschaudert. *Das wäre doch etwas zu viel des Guten*, will sie spitz lächelnd antworten, aber kein Wort kommt über ihre Lippen.
»Sie können zu ihr«, gesteht er ihr zu. »Sie wird allerdings jetzt schlafen.«
Auf seinen fragenden Blick hin nickt sie ihr Einverständnis, und er fühlt sich entlassen, grüßt freundlich und eilt davon.
Greta schießt herum und läuft im Eilschritt an der Reihe der

Türen entlang, sucht die richtige Nummer. Findet sie, klopft kurz an, wartet keine Antwort ab, drückt die Klinke, stürzt hinein. Am Bett hat sie plötzlich das Gefühl, eine scharfe Bremsung zu vollziehen. Als wäre sie seit Stunden nur gerast, gehetzt, geeilt, um jetzt, ganz unvermittelt am Ziel zu sein und anhalten zu müssen. Und das fällt ihr schwer. Es ist viel einfacher, sich zu beeilen in voller Hektik, als still hier zu sitzen und nichts zu tun. Sie kann ja nichts weiter tun. Die Unruhe fällt trotzdem nicht von ihr ab. Kein Wunder. Ist sie denn jemals angekommen an der Seite dieses Menschen?

Im Nachbarbett liegt eine Frau. Etwa fünfzig, mit knitterigem rosa Nachthemd. Sie liest eine Frauenzeitschrift. Aber nicht wirklich. Immer wieder schaut sie herüber. Nur schaut sie nicht Greta neugierig ins Gesicht. Es macht eher den Eindruck, als wolle sie sich immer wieder vergewissern, dass Gretas Mutter ruhig schläft.

Greta spielt einen Moment mit dem Gedanken, die blasse Hand vom Laken aufzunehmen und zu halten. Ihre Mutter würde es nicht merken. Sie schläft ganz fest. Immer nach einem schweren Anfall schläft sie wie eine Tote, manchmal zwei Tage lang durch.

Es ist mehr als ein Moment, den Greta mit diesem Gedanken spielt. Immer wieder schaut sie die Hand an, schmal, kraftlos, am Zeigefinger ist der sorgfältig aufgetragene perlmuttfarbene Nagellack abgesprungen. Vielleicht hat sie um sich geschlagen und dabei ...

»Mein Sohn ist auch Epileptiker«, sagt die Frau im Nachbarbett da mit seltsam rauer Stimme. »Sie glauben nicht, wie furchtbar das war. So ein kleiner Wurm. Diese Krämpfe. Man will ihnen das so gern abnehmen. Aber es geht ja nicht, hm? Das ist schon ein schweres Los. Da trägt die ganze Familie dran, hm?«

Familie.

Greta nickt.

»Er hatte es von Geburt an. Den Ärzten sind ja auch die Hände gebunden. Seit wann hat Ihre Mutter es?«

»Auch von Geburt an«, antwortet Greta. Mehr nicht.

Es war ihre eigene Geburt. So eine schwere Geburt. Fast sechzig Stunden. Und am Ende ein Kollaps. Der klinische Tod, dem sie Greta entrissen haben, indem sie den harten, krampfenden Bauch aufschnitten.

Hanne, sechs Jahre alt, so voller Vorfreude auf die kleine Schwester, voller Stolz und vorgeschossener Geschwisterliebe, hatte nur eins begriffen: dass alles anders wurde mit Greta. Nicht besser. Bestimmt nicht besser oder schöner. Sondern mühsam, gefährlich, bedrohlich. Der Tod zog ein in ihr kleines Reihenhaus, in dem bisher viel Fröhlichkeit und Blühen gelebt hatte, und lag dort hinter jedem Treppenabsatz auf der Lauer. *Fast wäre sie für immer von uns gegangen, wegen dem kleinen Fratz*, sagten die Verwandten. Das Kinderbett war ein Ort, an dem sie flüsternd standen, lächelten und dennoch eine Spur von Furcht über ihre Gesichter zog. Denn Greta, das wussten jetzt alle, Greta wollte viel. Greta war ein Kind, das fast das Leben der Mutter gefordert hatte. Durch Gretas Erscheinen auf dieser Welt wurde ihre Mutter herausgerissen aus ihrem Kreis der Glücklichen. Das Krampfen, das unkontrollierte Zucken, die rollenden Augen im Weiß, der verspritzende Speichel, die Panik in allen Gesichtern, das alles machte sie zu einer Außenstehenden von nun an. Da hatte Hanne wohl plötzlich nicht mehr gewusst, ob sie nun lieben oder hassen sollte. Wahrscheinlich bis heute nicht.

Als sie zweieinhalb Stunden später blass und besorgt ins Zimmer geschlichen kommt, hat sie sowieso nur Augen für die Mutter.

Dabei sind die Mutter und sie wirklich nicht das harmonische Gespann, als das sie sich hin und wieder gern darstellen, besonders Greta gegenüber. In Wirklichkeit zeigt Hanne häufig Verhaltensweisen, die deutlich machen, dass sie ihre Ketten sprengen möchte, dass sie fort möchte, möglichst weit, dass sie nicht länger da sein will, immer da sein. Und auch ihr Groll ist oft zu spüren, zwischen ihren sorgsam gewählten Worten. Als hätte die Mutter die Sechsjährige von damals absichtlich im Stich gelassen, während sie die Augen verdrehte, mit wirren Worten und Speichel vor dem Mund abtauchte in eine unerreichbar ferne Welt.

»Wir können nichts tun, sagt Dr. Schröder«, teilt Greta ihr mit. Das ist nicht wirklich eine Information, aber Hannes Blick sagt dennoch *Danke* dafür. »Immer das Gleiche«, sagt ihr

Mund. Für einen kurzen Augenblick legt sie Greta die Hand auf die Schulter.

Dann sitzen sie lange schweigend auf zwei Stühlen neben dem Bett ihrer Mutter. Bis Hanne es irgendwann nicht mehr aushält.

»Wie läuft es im Laden?«, fragt sie.

»Die Mittsommerwende naht. Da drehen alle Esoteriker total durch. Der Laden ist gerappelt voll. Vor allem vor dem Bücherregal mit den Ritualen«, erklärt Greta ihr, obwohl es nicht wirklich stimmt. Irgendwie erzählt sie der Europasekretärin Hanne gern so etwas aus ihrem verrückten Laden.

Heute bleibt der verwunderte Seitenblick aus. Hanne sieht aus, als seien die Worte nicht bei ihr angekommen. Oder als sei sie inzwischen an solche Antworten ihrer jüngeren Schwester gewöhnt.

»Und du? Wie schaut's bei dir aus?«

»Ach, ich fürchte mit durchdrehenden Senior-Chefs kurz vor der Mittsommerwende kann ich nicht aufwarten«, antwortet Hanne scheinbar leichthin und verblüfft Greta kurz damit. »Der ewig gleiche Trott. Manchmal sitze ich in der Mittagspause und weiß nicht, ob noch heute ist oder schon morgen oder noch gestern.« Das klingt nun wiederum so, wie sie immer klingt. Das ist gewohnter Boden. Gleich wird sie etwas in der Richtung sagen, dass sie sich gern nach etwas anderem umschauen würde. Vielleicht ein Job in einem großen Reisecenter.

»Nadja, du weißt schon, die Schwester von Susette Ellers, hat jetzt ihre Ausbildung zur Flugbegleiterin abgeschlossen. Die ist auch nur zwei Jahre jünger als ich. Sie meint, die nehmen jetzt ganz gern auch ältere. Hauptsache, man ist sprachensicher. Und das bin ich ja wirklich. Ich meine, wo finden sie sonst eine, die Englisch, Französisch, Spanisch, Türkisch und ein paar Brocken Russisch spricht? Ich hab mir mal Material schicken lassen. Damit vergebe ich mir ja nichts. Man kann sich ja mal informieren, nicht?«

»Klar«, antwortet Greta. Eine Europasekretärin als Serviererin von Kalt- und Heißgetränken in mehreren Tausend Metern Höhe. Mit fast vierzig zwischen den beinahe zwanzig Jahre jüngeren Kolleginnen. Ihre Augenfältchen kaschierend mit Make-up und einem strahlenden Lächeln. Mit natürlicher Souveränität ausgestattet für den Umgang mit betrunkenen Fluggästen oder solchen mit Höhenangst. »Klar, mach das doch. Wieso nicht?!«

»Ja, wieso nicht, oder?!«

Wieso nicht, wissen beide. Weil dieser Job, genau wie alle anderen, mit denen Hanne die letzten zwanzig Jahre geliebäugelt hat, sie weit fortführen würde. Sie wäre immer auf der Reise, immer außer Reichweite. Stünde nicht zur Verfügung. Könnte nicht einfach so in wenigen Stunden herbeieilen an das Bett ihrer Mutter. So wie sie es immer schon getan hat.

Im gemangelten Weiß der Krankenhausbetten hat Hanne all ihrer Träume begraben.

Und Greta bringt es nie fertig, sie darauf hinzuweisen. Sie kann ihr nicht einmal zaghaft sagen, wie oft sie doch schon von solchen Plänen gesprochen hat. Welche Türme von Info-Material sich in ihrer Wohnung wohl erheben mögen. Sie schafft es nicht, weil dies die einzigen Situationen sind, in denen Hanne sie teilhaben lässt. Teilhaben an einem realitätsfremden, wirklichkeitsverleugnenden Traum zwar nur. Aber teilhaben.

Viel später, als Greta sich verabschiedet – Hanne wird auch gleich gehen, nur noch einen kleinen Moment –, sehen sie sich kurz in die Augen. »Erzähl aber Mutti nichts davon. Ich meine, von dieser Flugbegleiterinnen-Ausbildung«, bittet Hanne sie als Verschwörerin. »Du kennst sie ja. Sie würde sich nur aufregen.«

»Natürlich werde ich das nicht tun.« Greta empfindet einen lächerlichen Moment trügerischer Verbundenheit. *Meine Schwester und ich.*

Während sie über den Parkplatz zu Jos Auto hinübergeht, müde, erschöpft, vom Sitzen an einem Bett, hat sie keine Kraft mehr, auch nur einen einzigen Gedanken davon abzuhalten, sich in ihrem Kopf einzunisten.

In der Schule hatte sie eine Busenfreundin, Elke, die eine tolle ältere Schwester hatte, Susanne. Elke und Susanne stritten auch manchmal, zankten um das neue Fahrrad, die Barbiepuppen oder den Eisbecher mit mehr Sahne drauf. Aber als Jürgen, das Ekel der Klasse, Elke Haue androhte, stand am nächsten Morgen Susanne vor der Klassenraumtür. Vier Jahre älter, groß, stark und entschlossen. Jürgen zog es vor, sich ein anderes Opfer zu suchen. Später nahm Susanne Elke mit ins Kino oder zum Schlittschuhlaufen auf die Wiesen. Sie zeigte Elke, wie man sich mit einem angespitzten Kohlestückchen die Augen schminken konnte und dass ein kirschroter Lolli fast so gut war wie ein Lippenstift, wenn man ihn nur richtig einsetzte. Von dem Lippenstiftlolli erzählte Greta zu Hause nichts, aber alles andere erzählte sie und dass sie auch gern eine große Schwester hätte.

Ihre Mutter hatte nicht geantwortet, sondern sie nur seltsam angeschaut.

Das war kurz bevor ihr Vater die Familie verließ.

Ihr Vater.

Meine Güte, heute kommen ihr die wirrsten Gedanken. Wie lange hat sie schon nicht mehr an ihn gedacht. An sein in ihrer Erinnerung verschwommenes Gesicht unter den wilden Locken, die sie von ihm geerbt hat. An den Tag, an dem Mutter ihnen sagte, dass er für immer fortginge. Dass er ihre Krankheit nicht mehr aushalten könne – oder wolle, sagte sie. Dass sie von jetzt an eben nur noch zu dritt sein werden. Kein Wort davon, wer schuld an der Krankheit war. Und doch hatte Greta es deutlich gespürt, die Last der Verantwortlichen. Nicht nur verantwortlich für die entsetzlichen Krämpfe, sondern nun auch für das Fortgehen des Vaters. Dessen Bild ausgelöscht wurde. Dessen Fotos aus allen Bilderrahmen im Haus verschwanden, so wie seine Sachen verschwunden waren in dem großen Möbelwagen. Fortan galt er zwischen der Mutter und Hanne als Verräter. Der nicht mittragen wollte, woran sie doch alle zu schleppen hatten. Nur Greta war klar, wer tatsächlich den Verrat begangen hatte in aller Augen, wohl auch in denen des Vaters. Nur wusste sie einfach nicht, wie sie es hätte anders machen sollen. Wie sie es hätte schaffen können: nicht zur Welt zu kommen.

Greta muss vor einer roten Ampel halten. Schüttelt heftig den Kopf. Da ist eine Wut, die immer wiederkehrt. Es reicht. Für heute reicht es wirklich. Und eigentlich auch für alle Zeit. Sie ist erwachsen. Schon lange nicht mehr das kleine Mädchen, das im Kopf wirklich einiges durcheinandergeworfen hat.

Irgendwann muss sie es doch mal schaffen, auf ihre Mutter oder ihre Schwester zu treffen, ohne gleich regressiv zur Sechsjährigen zu mutieren.

Um das endgültig in den Griff zu bekommen, hat sie Heidelinde aufgesucht, geht sie Woche für Woche dorthin und erzählt von sich. Aber statt sich endlich lösen zu können und alles mit einem Achselzucken abzutun, kommt es Greta eher so vor, als würde es schlimmer. Schlimmer und schlimmer, dass sie in ihrem alten Sumpf aus Schuld und Selbstanklage herumwatet, hilflos ihre Sehnsucht nach familiärer Zuneigung abwehrend.

Fanni hat gesagt, dass das passieren kann. Dass es zunächst den Anschein hat, als würde alles doppelt so furchtbar. Weil alles Verdrängte, alles mühsam Fortgeschobene, ans Licht geholt wird. Wenn dem so ist, dann weiß Greta grad wirklich nicht mehr, wieso sie verdammt noch mal diese bekloppte Therapie eigentlich macht. Es soll ihr gut gehen dadurch. Aber heute Abend fühlt sie sich beschissen wie schon lange nicht mehr.

Greta stellt Jos Auto vor dem Haus ab und zögert nicht einen Augenblick. Jo hat gesagt, sie kann den Schlüssel einfach in den Briefkasten werfen, wenn sie lieber nicht raufkommen will nach all den Anstrengungen. Greta klingelt. Der Türsummer geht.

Jo weiß schon, noch bevor sie den vertrauten Klang der Klapperschuhe auf den Mosaikfliesen des Hausflures hört, dass es Greta ist. Mit Greta hat sie eine telepathische Verbindung. Sie weiß, dass sie es ist. Und sie weiß, dass es ihr nicht gut geht. Aber dass sie so mies aussieht, damit hat sie dann doch nicht gerechnet.

»Boah, Greta, du siehst aus wie aus Gips gegossen. Komm rein. Ich mach uns einen Tee.«

Das tut sie dann auch. Und mehr noch, während Greta auf dem Sofa zusammengesunken sitzt und flach atmet, steht Jo irgendwann auf, hockt sich auf die Rücklehne und massiert Gretas Schultern.

»Lass dich nicht so hängen, Schätzken. Das ist nicht gut für den Beckenboden. Und wenn was nicht gut für den Beckenboden ist ... na ja, du weißt ja, was dann passiert.«

»Kannst du dir vorstellen, Jo ...« Greta bricht ab und sieht verwirrt aus. »Ach, Quatsch.«

»Sag doch!«

»Ach, nein.«
»Komm schon!«
»Ach, es war nur ... so' n blöder Gedanke.«
»Hab ich ständig.«
»Echt?«
»Eigentlich unentwegt.«

Greta wendet den Kopf und sieht sie kurz zögernd an. Jo denkt, *manchmal gibt es auch Dinge, die nicht einfach sind, einer Freundin zu sagen.*

Schon längst hat Greta sich wieder nach vorn gedreht und Jo massiert ihren Nacken weiter. »Könntest du dir mich vorstellen, wie ich in einer festen Beziehung lebe?«

Jo blinzelt. Mit allem hat sie gerechnet. Aber das?

»Du meinst ...?«

»Ja, so mit allem Drum und Dran. Ein Wochenende bei ihr, eines bei mir. Irgendwann die gemeinsame Wohnung. Ein Hund vielleicht. Mit dem wir zusammen in die Hundeschule gehen. Und zu allen Festen nur zu zweit. Zusammengehören. Dass ihr euch daran gewöhnt, ›Greta und Yvonne‹ oder so was zu sagen statt immer nur meinen Namen.«

Ein Lachen bricht aus Jo heraus. »Nein. Nein, wirklich, das kann ich mir nicht vorstellen. Oder sagt ihr zu mir immer ›Jo und Anne‹?«

Da muss auch Greta grinsen. »War vielleicht ein blödes Beispiel. Ich meinte eher ... na ja, dass man Verantwortung übernimmt, dass man eine gemeinsame Zukunft plant, dass man viel mehr teilt als nur das Bett und schöne intensive Momente.«

Da ist plötzlich die Frage, wo bei Jo die schönen intensiven Momente sind, die bunten, lichten Träume von der gemeinsamen Zukunft. Sie findet sie kaum bei sich selbst. Wie soll sie da ...? Aber es ist Greta bestimmt wichtig. Aus irgendeinem Grund ist ihr offenbar plötzlich wichtig, was sie sonst immer mit beiden Händen weit von sich gestoßen hat.

»Sicher«, antwortet Jo deshalb langsam und ist froh, dass Greta ihr dabei nicht in die Augen sehen kann. Sie ist sich nämlich nicht wirklich sicher, aber sie möchte gern, dass Greta ihren Worte glaubt. »Natürlich kann ich mir das vorstellen. Ich wusste nur bisher nicht, dass du dir das wünschst.«

»Tu ich auch nicht«, erwidert Greta rasch. »Mir kam nur vorhin so dieser Gedanke.«

Dann lässt sie den Kopf hängen, damit Jo besser massieren kann.

»Ist was passiert? Ich meine, war was mit dieser Babs? Du hast dich doch mit ihr getroffen, oder?«

»Ja, heute.«

»Heute?« Jo stutzt. »Du meine Güte. Das war ja ein Tag für dich!«

»Allerdings.«

»Und wie war es?«

Greta setzt sich zur Seite und Jo rutscht von der Lehne hinunter neben sie.

»Wir hatten einen ... wie soll ich das nennen? ... Wenn wir Heteras wären, hieße es wohl, Coitus interruptus.«

»Im Ernst? Wie ärgerlich!«

»Hannes Anruf kam dazwischen.«

»Uih...«

»Nein, um ehrlich zu sein ... es war was anderes. Aber aus irgendeinem Grund hab ich plötzlich angefangen, nachzudenken ...«

Jo knufft Greta in die Seite. »Das ist im Grunde doch nichts Verkehrtes.«

»Hast du dir das immer gewünscht?«

»Was jetzt?«

»Na, so eng mit einer zusammen zu sein. Anne und du, ihr macht doch viel zusammen. Ihr lebt miteinander hier. Ihr schlaft jede Nacht im gleichen Bett. Habt mit niemandem Sex außer mit der anderen. Ihr kauft gemeinsam ein, besucht deine Mutter, geht ins Kino oder Theater, fahrt zusammen in den Urlaub oder übers Wochenende nach Holland. Bist du da so reingeschlittert oder wolltest du das immer schon?«

»Was glaubst denn du?«, flapst Jo. Sie möchte, dass es amüsiert, bestenfalls cool klingt. Aber sie hört selbst, dass darin ihre Verletzungen der letzten Wochen liegen, in denen all das von Greta Aufgezählte zu fehlen scheint. Und plötzlich fehlt ihr das alles ganz entsetzlich. »Natürlich will ich das so. Ich weiß ja, wie deine Einstellung zu solchen Beziehungen aussieht. Aber für mich käme deine Art von Liebesgeschichten gar nicht in Frage.

Ich will alles. Ich möchte, dass es hundertprozentig ist. Mein Gefühl und das Zusammenleben. Und im Gegenteil: Wenn ich, wie jetzt, merke, dass so vieles davon nicht mehr möglich ist, werde ich unzufrieden, enttäuscht. Dann ist mir alles zu wenig. Kannst du dich denn nicht mehr daran erinnern? An dein Gefühl, wie es war, als du mit Corinna zusammen warst?«

»Was hat das mit Corinna zu tun?«, fragt Greta stumpf.

»Du sagst doch selbst immer, dass es alles damit zu tun hat.«

Greta macht eine Handbewegung, die so heftig ist, dass sie wahrscheinlich die gesamte Massage zunichte macht. »Es ging ein paar Jahre gut. Dann war es vorbei. Unschön, zugegeben. Ich hab es also versucht. Und es hat sich gezeigt: Diese Art, Liebe zu leben, ist nichts für mich! Fertig!«

»Vielleicht traust du dich seitdem einfach nicht mehr«, sagt Jo möglichst locker.

Greta reibt sich mit der Hand über die Stirn und lehnt sich einen Augenblick mit dem Rücken gegen Jos Bauch. »Ach, eigentlich ist es doch egal. Tatsache ist doch: Ich will oder ich kann so nicht mehr. Und wenn mir so ein Gedanke wie vorhin kommt, dann ist das einfach nur Unsinn. Vergiss es!«

Natürlich wird Jo nichts davon vergessen. Weder das, was dieses Gespräch über Greta erzählt hat, noch das Gefühl, das sich in ihr selbst breit macht. Sie weiß genau: Sie wird es nie anders wollen!

Sie glaubt an die Liebe in ihrer reinen Form. Sie glaubt an den gemeinsamen Alltag, den Erhalt der Erotik, die immer wieder neu zu entdeckende Anziehung. Sie glaubt an die Annahme von Stärken und Schwächen. Sie glaubt nicht daran, dass ein Scheitern mit Anne bedeuten könnte, dass sie selbst an der Liebe scheitern wird. Und wenn sie genauer nachdenkt, glaubt sie nicht einmal, dass diese vertrackte Situation, in der sie jetzt gerade stecken, bedeutet, dass sie aneinander scheitern.

Sonst wäre doch die Sehnsucht nicht mehr da. Die Leere, die sie so deutlich empfindet, weist doch darauf hin, dass sie sie füllen will.

Jo sitzt immer noch und allein auf dem Sofa, als Anne heimkommt.

Anne schaut auf ihrem Gang durch den Flur nur kurz durch die Tür und sagt: »Hi, und fast schon wieder tschüß. Ich zieh mich nur schnell um und muss wieder los.« Damit verschwindet sie im Schlafzimmer. Sie sind vorsichtig miteinander. Wenn sie nicht schweigen, bemühen sie sich beide um Höflichkeit.

Deswegen ruft Jo ihr: »Wie schade!« hinterher. Um dann überrascht festzustellen, dass sie es tatsächlich schade findet, gleich wieder allein zu sein. Der Gedanke, den Abend mit Anne zu verbringen, mit ihr zu erzählen und vielleicht sogar wieder einmal zu lachen, vielleicht einen netten Film zu sehen oder gemeinsam ein leckeres Abendessen zu kochen, ist ihr angenehm. Wirklich. Schade.

Es dauert auch nicht lange, da taucht Anne bereits wieder auf. Sie trägt jetzt nicht mehr den nüchternen Büro-Anzug, sondern die weich fallende Jeans und darüber ihr wollweißes Kaputzensweatshirt. Sexy sieht das aus. Plötzlich wird Jo klar, dass sie nicht weiß, wann sie das letzte Mal miteinander geschlafen haben. Es ist nicht einmal das bittere Nachrechnen – jetzt zwei Wochen, jetzt drei Wochen, schon einen ganzen Monat – nein, sie hat es einfach vergessen. Und kann sich auch nicht genau erinnern, wie es war.

»Hast du eine Verabredung?«, fragt sie. In ihrem Bauch ein ungutes Gefühl. Bitte das nicht!

Aber es ist ganz anders.

»Ich muss zu Ralf fahren«, antwortet Anne nämlich. »Es geht um diese letzte Unterschrift.«

Ralf, Annes Bruder, ein wirklich unangenehmer Typ im Karstadtanzug, mit zwanghaft produziertem Eroberungsscharm, Vertretermanieren und stechendem Blick. Immer ein Grund zum Ärgern. Auch derzeit wieder und vielleicht … hoffentlich, das letzte Mal. *Wenn ich das hinter mir habe, will ich ihn eigentlich sowieso nie wiedersehen*, hat Anne neulich noch gesagt.

Ihre Eltern haben sich entschlossen, das Haus zu verkaufen. Ein Riesenhaus mit parkähnlichem Grundstück. Eigentlich schon zu groß für eine fünfköpfige Familie. Erst recht, wenn der jüngste Sohn stirbt. Zu viel Platz für Erinnerungen an eine lange und schwere Krankheit. Zu viele Ecken und Zimmer für Trauer und Vermissen. Wenn dann die beiden anderen Kinder ausziehen, ihre eigenen Leben leben und nur kaum zurückkommen wollen zu Feiertagen, dann ist es wohl besser. Das

Geld, ein angemessenes Angebot einer Firma, die aus dem villaähnlichen Gebäude einen repräsentativen Sitz ihrer Verwaltung machen will, würde reichen für eine Neunzig-Quadratmeter-Wohnung in der Nähe, groß genug für ein Rentnerehepaar, und eine etwas kleinere Wohnung im Herzen von La Palma. Da würde genug übrig sein, den beiden verbliebenen Kindern ihren Anteil auszuzahlen. Vorausgesetzt, die Kinder, die inzwischen Miteigentümer sind, erklären sich einverstanden mit dem Verkauf.

Anne hat sofort zugestimmt. Ralf zunächst auch. Dann hat er es sich überlegt. Dann war er völlig dagegen. Und jetzt muss er überzeugt werden. Die solvente Firma hat bereits erklärt, es stehe noch ein anderes interessantes Objekt zum Kauf. Und es ist nichts herauszufinden über Ralfs tatsächlichen Beweggrund. Denn mal ist es *seine Sentimentalität,* mal ist es *sein Sinn für den Immobilienmarkt,* mal ist es *seine Sorge um die Eltern, deren Wurzeln doch nicht einfach so verpflanzt werden sollten.*

Die Wahrheit ist wahrscheinlich: Ralfs Hauptgrund, das Haus nicht verkaufen zu wollen, ist, dass Anne es verkaufen will.

»Warum können deine Eltern das nicht mit ihm regeln? Schließlich ist das ja noch zu zwei Teilen ihr Haus, das sie da verkaufen wollen. Wieso musst du dich wieder mit ihm auseinander setzen? Reicht es denn nicht, dass er dich neulich beim Notar so mies behandelt hat?«, argumentiert Jo jetzt. Sie ist das Thema unglaublich Leid. Eine Familie, die nur um ihre Söhne kreist – um einen toten und um einen von Natur aus schwesternopportunistischen – die findet sie ausgesprochen nervig, immer schon.

»Du weißt doch, wie sie sind. Er setzt sie so lange unter Druck mit Zuckerbrot und Peitsche, bis sie – besonders Mama – der Meinung sind, sie hätten sich selbst so entschieden.« Anne seufzt. Kein theatralisches Seufzen, sondern eins, das wirklich von innen kommt. »Es geht doch nur um eine Unterschrift.« Der letzte Satz klingt, als müsse er in erster Linie sie selbst überzeugen.

»Und denkst du, er wird ganz einfach unterschreiben, und das war's?«

»Nein, wahrscheinlich werde ich mich tierisch mit ihm zoffen«, murmelt Anne und will sich vom Sofa erheben. Jo zieht sie zurück. Rechnet im Grunde mit Abwehr. Rechnet mit Annes erhobener Hand, *lass mich, was soll das.* Aber nichts dergleichen passiert. Anne sieht sie fragend an, und vielleicht, kann das sein?, vielleicht auch ein bisschen erleichtert. Als sei sie froh, aufgehalten zu werden.

»Lass mich das machen«, hört Jo eine fremde Stimme sagen, die direkt aus ihrer Kehle steigt. Sie spricht, ohne zu denken. »Lass mich das für dich machen. Mit mir wird er keinen Streit anfangen. Dazu kennen wir uns zu wenig.«

Anne starrt sie an.

Jo starrt zurück. Irgendetwas macht sie diese Sätze sagen. Was macht so was mit ihr?

»Das meinst du doch nicht ernst!«, sagt Anne dann und lacht ein bisschen, aber leise und unsicher. *Noch kannst du zurück und so tun, als sei es ein Scherz gewesen.* »Du kannst solche Auseinandersetzungen, wie Ralf sie ständig provoziert, auf den Tod nicht ausstehen.«

Ach ja, richtig. Schließlich gibt es einen guten Grund, aus dem Jo Annes Bruder bisher nur zweimal kurz begegnet ist: Er ist ihr so derart unangenehm, dass sie ihm stets lieber ausweicht.

»Aber ich sag doch: Er wird mit mir keinen Streit anfangen. Ich geh einfach hin, sage, du bist krank, bitte ihn um die Unterschrift und fertig.«

Jo ist eine Maschine. Sie kann gar nicht raus aus ihrem Mund und ihrem Kehlkopf. Anne sieht so sonderbar aus. So sonderbar dankbar. So sonderbar wenig widersprechend. Ganz und gar nicht widersprechend. Sondern zustimmend. Anne nickt.

»Du hast ja Recht, aber ...« Wieder diese Verwunderung im Blick. »Aber bist du denn sicher, dass du...? Früher hättest du nie ...«

Stimmt!, will Jo sagen, mit der entsprechenden Überzeugung in diesem einen Wort. *Stimmt wirklich! Wie konnte ich nur auf diese dumme Idee kommen? Ich kann Ralf nicht ausstehen, und ich hasse es, in Auseinandersetzungen zu geraten. Die Wahrscheinlichkeit, dass er mit mir einen Streit anfangen wird,*

ist zwar geringer als bei dir, aber ausgeschlossen ist es trotzdem nicht. Stimmt. Ich lass das lieber. Geh du!
Da senkt Anne den Kopf.
Die Art, wie sie das tut, rasch und beinahe so, als möchte sie es vor Jos Blick verheimlichen, lässt dieses feige Gemurmel schlagartig verstummen. Alles verstummt in Jo.
Tränen.
»Warum weinst du jetzt?« Das ist wieder ihre Stimme. Das ist ihre Hand, die sich auf Annes Bein legt, wo sie Annes Hand sucht, findet, festhält und gehalten wird. Es tropft von der Nasenspitze auf den Handrücken. Angst tropft herunter und befeuchtet die Haut. Jo weiß, dass es nichts anderes sein kann als nur die Angst. Sie kennt Anne so gut. Sie haben sich Zeit genommen, sich kennen zu lernen damals. Haben einander ihre Leben erzählt und die andere hinschauen lassen, wenn es mal knifflig wurde im Alltag. *Sieh mich an und merk es dir gut. Das bin ich*, hatten sie einander gesagt. Deshalb wissen sie um die andere manchmal mehr, als es ihnen in der letzten, unschönen Zeit oft lieb ist. Daher weiß Jo, was Anne jetzt tut, wie sie sich verhalten wird. Dass sie erst weinen muss, ein Tempo sucht, die Nase schnäuzt, sich fasst, *geht schon wieder*, und dann erst was sagen kann.
Jo weiß, was es ist. Wenn sie ganz genau hinfühlt, weiß sie es.
»Ich kann nicht erkennen, was das alles bedeutet«, beginnt Anne und klingt, als komme ihr diese Unfähigkeit wie ein klägliches Scheitern vor. »Du hättest früher nie ... Immer habe ich alles geregelt, die Verantwortung getragen, die unangenehmen Dinge gemanaget. Darfst das nicht falsch verstehen. Ich hab's gern gemacht. War nie ein Problem für mich. Es macht einen auch härter, robuster, irgendwie durchsetzungsfähiger. Das ist wie ein Überlebenstraining, und ich bin gut in Kondition mittlerweile.
Das heißt, normalerweise bin ich es. Aber jetzt gerade wohl nicht. Wegen uns. Natürlich wegen uns. Das Streiten und das Schweigen zehrt an mir. Und jetzt kommst du und sagst mal eben so ganz locker und cool« (wenn sie wüsste, wie wenig locker und cool Jo ist), »dass du das übernimmst. Das ... das ... das habe ich mir immer mal gewünscht, glaube ich. ›Glaube ich‹ heißt: Ich weiß nicht mal, ob ich es mir gewünscht habe.

Ich dachte immer, ich wünsche es mir. Einfach, dass du auch mehr tust für uns, mir mal etwas abnimmst, mal die Ältere, die Weisere, die Knallharte bist. Ich dachte, ich würde mir wünschen, dass ich mich mal ausruhen kann an deiner Schulter und du losziehst für uns, in die Welt, um zu kämpfen, zu siegen, du weißt schon, all der ganze Schwachsinn. Ich glaube, Grimms Märchen sind daran schuld, dass ich mich als emanzipierte Frau auch hin und wieder mal nach so etwas sehne.

Aber jetzt ... jetzt tust du es. Jetzt sagst du plötzlich ... und nicht nur das. Du veränderst dich. Du wirst eine andere. Ich meine, du bist noch die alte, ganz die alte manchmal«, ein Grinsen, das hätte sie sich wirklich sparen können, »aber ich weiß nicht, ob es bedeutet, dass du weggehst. Von mir fortgehst. Es könnte sein, nicht? Aber vielleicht ...«, jetzt sind ihre Augen wieder so, genau wie damals auf der Krankenliege, ergeben, weich, ohne den Versuch des Abwendens, »...vielleicht ist das ja auch der einzige Weg, der uns jetzt noch zueinander führen kann?«

Jo merkt, dass sie auch weint.

Das ist ihr noch nie passiert. Erst merken, dass sie weint, wenn sie sowieso nichts mehr dagegen tun kann. Dabei ist sie Weltmeisterin im Tränenunterdrücken. Aber wenn sie erst mal laufen, ist es zu spät. Ihr Frühwarnsystem ist außer Kraft gesetzt worden. Wegen dieses Ausdrucks in Annes Augen.

Höllisch. Es tut höllisch weh. Aber ich breite die Arme aus. Und dann falle ich hinein. Einfach so.

Sie nimmt alles so an, wie es kommt, alles so, wie es da ist. So ist sie. Das ist ihr innerster, ihr wahrster Kern, der nicht mehr aufzuspalten ist. Und dann sehnt sie sich ein einziges Mal nach einer Veränderung. Sie sehnt sich danach, auch mal beschützt, gehalten, geschont zu werden. Und als ihr Wunsch in Erfüllung geht, begreift sie, dass es das Ende ihrer Liebe bedeuten könnte. Weil sich damit nämlich alles ändert.

»Würdest du mich denn so haben wollen?«, weint Jo. Die Weltmeisterin im Tränenunterdrücken heult wie ein Kleinkind. Weil zum ersten Mal seit langer Zeit der Schmerz ihrer Liebsten an ihr eigenes Herz greift. »Würdest du es denn überhaupt aushalten können, nicht immer diejenige zu sein, die alles im Griff, alles unter Kontrolle hat?«

Entwachsen kann man nur demjenigen, der einen nicht erwachsen werden lässt, hatte Madita gesagt.

»Es gibt immer eine Zeit, in der man etwas Neues wagen muss«, sagt Anne.

»Und was hast du geantwortet?«, will Fanni wissen. Unglaublich, was Jo da erzählt. Die kleine Jo, deren Horizont scheinbar nicht weiter reichte als bis zu ihrer ersten und bisher einzigen Beziehung, sieht so viel weiter, als Fanni selbst es gerade kann.

Jo, mit beiden Händen bis zum Ellenbogen in rosa Gummihandschuhen, versucht, sich mit dem muskulösen Oberarm eine Fluse aus dem Gesicht zu streichen. Sie pustet, indem sie die Unterlippe vorschiebt. Fanni drückt ab, und die Kamera löst gleich mehrmals aus.

Jo schnauft. Wobei nicht klar ist, ob sie damit ihre Fotogrimasse oder Fannis Frage meint. »Natürlich konnte ich nicht antworten. Ich habe geheult wie ein Schlosshund. Und Anne auch. Wir haben uns in den Armen gelegen. Ich hatte soo kleine Augen. Als ich später bei Ralf ankam, hat er mich allen Ernstes gefragt, ob ich eine Sommergrippe hätte. Ich habe ja gesagt, und dass das genau der Grund ist, aus dem Anne nicht kommen kann. Ich glaube, deshalb hat er auch so schnell unterschrieben und mich wieder raus gebeten: Er hatte Angst, sich anzustecken.«

Jo lacht und sieht dabei erleichtert aus. Fanni schaut sie durch den Sucher an. Die rosa Handschuhe sind mit Spülschaum bedeckt. Latin lover bei der Hausarbeit. Genial. Und wie sie lacht. So befreit und hoffnungsvoll. Da hinein kann Fanni alle Träume legen, die sie der Figur zudenkt, die Jo darstellen soll.

»Du bist also tatsächlich hingefahren?!«

Wieder macht sie ein paar Aufnahmen, denn Jo sieht aus, als sei sie nicht ganz schlüssig, ob sie ehrlich sein soll oder einen auf großen Macker machen soll. Schließlich siegt ihre ehrliche Haut. Vielleicht fühlt sie sich auch beobachtet vom Objektiv.

»Ja. Mit Herzrasen, das kann ich dir sagen. Und ist mir echt nicht leicht gefallen. Aber ich konnte ja jetzt auch nicht mehr zurück, nicht? Ich kann ja nicht vorher die Klappe so aufreißen und nach dem ganzen Drama mit viel Heulerei am Ende sagen: ›Jetzt kannst du doch lieber selbst fahren!‹ Ich saß in der Klemme. Aber soll ich dir mal was sagen? ... Es war *geil*!«

»Ach?« Das werden wunderbare Bilder. Lebendig. Emotional aufgeladen wie eine frische Batterie.

»Ja! Ralf war platt, mich zu sehen. Er hat kein einziges unfreundliches Wort zustande gebracht vor lauter Verblüffung. Und ich war so cool! Wow!«

»Warte einen Augenblick. Ich muss einen neuen Film einlegen.« Fanni hastet hinüber in ihr Arbeitszimmer und reißt drei neue Filmrollen aus dem kleinen Kühlschrank, der dort angeschlossen ist. Sie glüht. Ihre Stirn ist heiß. Sie ist im Fieber.

Diese Arbeit ist wundervoll. Je mehr sie in dieses Projekt investiert, desto surrealer kommen ihr ihre anderen Aufträge vor. Hochzeitspaare. Schloss Nordkirchen. Industriehallen. Alles schon hundert Mal da gewesen. Und öfter.

Aber das hier. Das ist neu. Das ist anders. Das ist etwas ganz Besonderes. Nicht nur für sie. Aber besonders für sie. Es bedeutet ihr etwas. So viel, dass sie letztens einen Auftrag abgelehnt hat, der ihr Konto wieder gefüllt, sie jedoch für zwei Wochen fort gerissen hätte. In einen neu angelegten Touristen-Park in Bayern. Wo eingesperrte, aber trotzdem möglichst wilde Tiere, Achterbahnen mit Looping, Fressstände, tausend andere attraktive Freizeitgestaltungen und sonnig lachende Familien auf ihre Kamera gewartet hätten. Dass sie jetzt gerade nicht fort kann, weil sie an einem anderen Projekt arbeitet, hat ihren Auftraggeber nicht interessiert. Dann wird er sich einen anderen Fotografen suchen. Es sind ja genug auf dem Markt. Er hat einen ganzen Katalog voll davon.

Er hätte nichts Besseres sagen können, um Fanni in ihrer Entscheidung zu bestärken. Ihr deutlich zu machen: Dieser Entschluss war goldrichtig.

Denn sie hat die Nase gestrichen voll davon, in Katalogen herumzugammeln. Nur um alles liegen und stehen zu lassen, sobald irgendein Freizeitparkbesonderswichtiggeschäftsführer zufällig ihre Seite aufschlägt.

Seitdem arbeitet sie wie besessen. Nimmt nicht mehr willkürlich alle Bilder, die sie von ihren Freundinnen zur Verfügung hat, und würfelt sie durcheinander. Sondern entwirft die

Geschichten um die vorhandenen Fotos herum, zeichnet die Charaktere deutlich. Und fügt nun die fehlenden Puzzlestücke hinzu.

Jo, deren Rolle die reinkarnierte Zorro ist, bei der Hausarbeit. Die Verführerin, der schmachtend Frauen scharenweise zu Füßen liegen, beim Abwaschen und Bügeln. Beim Gespräch mit der Omi von nebenan auf der Treppe. Geschmeichelte Omi. Weil die Fotos vielleicht in einem Buch erscheinen. Das ist fast so gut wie in der Stadtanzeigerzeitung, wo alle ihre Altenkreis-Freudinnen es sehen könnten. Die Omi, mit vor Aufregung und Verlegenheit geröteten Wangen, wird später im Buch so aussehen, als flirte selbst sie noch mit der Herzensbrecherin Jo.

Fanni ist betört.

Und kramt aus ihrer großen Arbeitstasche einen schmalen Ordner, den sie vor Jo hinlegt.

»Was ist das?«, fragt ihre Freundin und blickt irritiert darauf.

»Mein Vertrauen«, erklärt Fanni. »Jedenfalls so ähnlich. Wenn du es ansiehst und liest, wirst du verstehen. Wahrscheinlich macht man das nicht. Irgendwas Unfertiges herzeigen und rumreichen. Keine Ahnung. Aber ich möchte, dass ihr mir alle sagt, was ihr davon haltet. Ich bin unsicher, weil ich so was noch nie gemacht habe. Und ich mache diese Arbeit für Menschen wie euch. Vielleicht könnt ihr mir schon sagen, ob ihr es mögt, was euch fehlt oder was zu viel ist. Ich möchte einfach gern mit euch … darüber reden.«

Jos forschender Blick macht sie verlegen. Vielleicht ist es zu viel. Sie verlangt schon massig von ihnen allen, indem sie sie bittet, mitzumachen. Immerhin hat sie vor, ihre Gesichter einer hoffentlich großen Zahl von KäuferInnen preiszugeben. Bilder wie das von Madita in ihren ausgebeulten Leggins, die sie im Winter unter ihre dreckstrotzende Stallhose zieht. Oder wie das von Greta, die nach einem grauen Haar in ihrer Lockenpracht schielt – und zwar wortwörtlich. Solche Bilder sind nicht immer schmeichelhaft. Trotzdem schenken ihre Freundinnen ihr das Vertrauen, dass sie es schon rausreißen wird. *Der Kontext macht's schließlich!*, hatte Madita behauptet und Fannis eigener Unsicherheit ins Gesicht gelacht.

Jo schlägt den Ordner auf.

»Lass das!«, quiekt Fanni und streckt den Arm aus. »Du wirst doch nicht jetzt darin lesen! Wo ich noch hier bei dir sitze.«

Jo schließt den Ordner wieder.

»Wie kommt es, dass du mich das ansehen lassen willst?«, fragt sie dann. »Du erzählst nie etwas über deine Arbeit. Manchmal habe ich mich schon gefragt, ob du glaubst, ich bin zu dumm, um es zu verstehen.«

»Was?«, ein ungläubiges Auflachen kann Fanni nicht unterdrücken.

»Ja. Du präsentierst uns immer nur deine fertigen Bilder und Bände. Und manchmal erzählst du die eine oder andere Anekdote dazu. Aber während du daran arbeitest, während du nachdenkst über dein Konzept und deine Pläne dazu, bekommt man nie mehr als nur den Titel und das Thema aus dir heraus.«

Das trifft sie. Fanni war nie der Meinung, stolz sein zu dürfen auf ihre Arbeit. Was sie tut, das ist doch Handwerk. Lächerlich, darüber zu sprechen. Unglaublich profilneurotisch, ihre Freude darüber zu teilen. Manchmal so abwegig, dass sie schon oft das Gefühl hatte, diese Freude selbst schon nicht mehr empfinden zu können.

Dein Vater, mein Schatz, hat Brücken und Staudämme gebaut. Er hat etwas geleistet, was den armen und vergessenen Menschen dieser Welt zugute kam. Er hat wirklich Großes geschaffen! Und zwar ohne einen einzigen Ton des Selbstlobs. Und wenn man ihm Anerkennung aussprechen wollte, hat er abgewunken. ›Die Menschen da unten verdienen unsere Anerkennung!‹, hat er dann immer gesagt. Tja, dein Vater war wirklich bescheiden, bei allem Großartigem, was er so vollbracht hat in seinem zu kurzen Leben. Großmuttis Stimme lebt in ihr als kleines Tier, das sich meist einkuschelt in verborgene Winkel, manchmal jedoch herausschießt und seine unvermutet spitzen Zähnchen in die Haut schlägt.

Nein, was Fanni selbst schafft, das ist es wirklich nicht wert, darüber ausführlich zu reden. Ein Aufheben zu machen um etwas, das doch theoretisch jede andere ebenso gut hinkriegen würde.

Aber jetzt, hier an Jos ausladendem Küchentisch, stellt sich ihre Zurückhaltung plötzlich ganz anders dar. Als etwas, das gar nicht sein muss. Ein Manko sogar. Womöglich etwas, das die anderen an ihr vermisst haben: dass sie sich ihnen erzählt. Dass sie ihnen mitteilt, was ihre Tage ausmacht. So ein großer Teil von ihr war versteckt lange Zeit. Jetzt wird alles anders. Spürt sie. Sie ist auf einem neuen Weg.

»Ja?«

Darf sie sagen, dass sie stolz ist? *Hochmut kommt vor dem Fall.* Auf etwas stolz zu sein, auf sich selbst stolz zu sein, ist das nicht ein Frevel? Fanni zweifelt daran, dass das überhaupt das ist, was sie empfindet.

»Manchmal glaube ich, mein Leben besteht aus einer Reihe verzweifelter Versuche, die anderen stolz auf mich zu machen«, sagt sie leise.

Hört selbst, wie traurig das klingt. Nach Einsamkeit. Dem Wunsch nach Anerkennung. Aber zurücknehmen kann sie es jetzt wohl nicht mehr. Jedenfalls nicht, wenn Jos Augen derart schwarzdunkel schwimmen, dass Fanni kaum wagt, hinzusehen zu ihrer Freundin. Und weil sie es nicht wagt, steht Jo auf, geht um den Tisch herum und nimmt sie in den Arm. Die kleine Jo nimmt sie in den Arm. Manchmal muss die Welt wohl einmal auf dem Kopf stehen, um sich weiterdrehen zu können.

Jos Umarmung ist voller Fürsorge und Zuversicht. Allen Glauben, zu dem Fanni selbst vielleicht manchmal nicht in der Lage ist, trägt Jo für sie in sich. Und murmelt, dass sie so stolz ist auf Fanni, dass sie jedes Mal ein paar Zentimeter wächst, wenn Fanni ein neues Buch fotografiert, eine Ausstellung hat, all das tut, was Jo bewunderungswürdig findet. Weil ihre Bilder so schön sind, oder grausam, immer ehrlich. Weil Fanni Geschichten erzählt darin.

Fanni zittert ein wenig. Wird überrascht. An einem Tag wie diesem, voller Euphorie, Arbeitseifer und gemeinsamem Gelächter, überrascht von solcher Tiefe, die sie nie und nimmer erwartet hat. Jo und sie, das war vielleicht tatsächlich manchmal etwas schwieriger als mit den anderen. Weil Madita nun einmal Fannis innige Nähe suchte, als Jo Madita noch auf diese andere Weise liebte. Und weil Greta Jo stets anstieß mit ihrer poltrigen Heiterkeit. Und die beiden damit Fanni in ihrer leicht steifen Förmlichkeit aussehen ließen wie eine Anstandsdame. Es war in Ordnung gewesen. Sie hatten nie darüber gesprochen, hatten es stillschweigend hingenommen, dass manche Bänder inniger gespannt sind als andere. Selbst zwischen ihnen vieren. Hatten nie ein Wort darüber verloren.

Und jetzt spricht Jo ihr von Stolz, den sie empfindet.

Vielleicht sind wir uns am nahsten von uns allen, denkt Fanni plötzlich.

Denn so, wie sie sieht, dass Jo um Anne ringt. Wie sie kämpft um diese Liebe und wie sie ihren Glauben daran füttert, dass es gelingen wird. Wie sie sich hineingibt in diese Zweisamkeit. So fühlt es sich an mit Elisabeth.

»Greta entwirft ihr Leben auf eine ganz andere Art als wir«, sagt Fanni. »Und Madita wagt es noch nicht wieder, es auf unsere Art zu tun. Sie glaubt, es zu tun. Aber in Wahrheit ist ihre Haut noch überall verbrannt, und sie kann es nicht wagen, weil jede echte Berührung sie vor Schmerzen schreien ließe.«

»Mach dir keine Gedanken. Das wird besser werden«, antwortet Jo auf ihre pragmatische Weise. Mitten ins reale Leben hinein, ohne Fannis poetische Herzwortblüten. »Mit Madita wird es immer besser und besser werden. Seien wir doch mal ehrlich: So einem flatternden Schmetterling wie Julia darf keine allzu lange hinterher weinen.«

Fanni lächelt. »Und Greta?«

»Die wird's noch merken.«

»Merken? Was denn?«

»Dass wir Recht haben. Du und ich haben Recht. Die Liebe ist der wahre Sinn des Daseins.«

Danach hören sie Radio, reden über die verschiedenen Beiträge, backen gemeinsam ein wunderbar duftendes Brot, und beide denken sie und sprechen es nicht aus, dass dies auch eine reine Form der Liebe ist.

Stimmen aus dem Radio. Spätestens im Jahr 2021 wird der Ausstieg aus der Atomindustrie abgeschlossen sein.

»Schon wieder so was«, murmelt Madita. Ihre Augen starr. Der Blick rennte hinaus aus dem Fenster, in den Regen, dichte Stopffäden vom Himmel.

»Was denn?«, fragt Karo. Sie sitzt auf dem Boden und bürstet Mathilde.

»Im Jahr 2021«, erwidert Madita.

Sie wendet sich schon wieder dem Blick aus dem Fenster zu, es dämmert, bald wird es dunkel sein, als sie sich der Frage im Raum bewusst wird. Von dort unten auf dem Teppich herauf. Was meinst du nur wieder?

»Es ist schon so lange her. Ich weiß nicht mehr, wann genau es war. Ich konnte mal gerade rechnen, in der Grundschule, irgendwann. Da saß ich mit Jochen, meinem Kumpel, ein Haus weiter, unter unserem Apfelbaum, und wir haben ausgerechnet, wie alt wir sein werden, wenn das neue Jahrtausend beginnt. Es war eine unglaublich schwere Rechnung. Nicht nur wegen der Zahlen, verstehst du? Es war so schwer, sich das vorzustellen, jemals einunddreißig Jahre alt zu sein. Wir fragte uns, was wir dann sein würden. Und ob wir es überhaupt erleben würden.«

Karo lächelt.

»Er hat es nicht erlebt«, sagt Madita. »Er hat sich umgebracht. 1998.«

»Und jetzt fragst du dich, ob du das Jahr 2021 erleben wirst?«

»Ich frage mich, was dann sein wird, wie ich dann sein werde. Warum ich mich nicht sehen kann in zwanzig Jahren. Kannst du dich sehen in zwanzig Jahren?«

Sie sehen sich an. Braunauge in Braunauge. Lächeln darüber, wie ihre Augen ineinander sinken und plötzlich etwas ganz anderes da ist. Nichts von zwanzig Jahren und nichts, erst recht nichts von Atomwirtschaft. Bilder vom Morgen, an dem sie sich geliebt haben, Seufzen noch im Ohr. Ihre Blicke am Tag immer mal wieder eine Erinnerung daran. Bis jetzt, zum Abend.

»Nein, kann ich nicht.«

»Lass uns ins Bett gehen!«

Madita lässt sich entführen von Karos Händen. Hinaus aus ihren Gedanken, hinein ins Fühlen. Es ist nie ein Rausch, wie sie ihn einmal erlebt hat. Früher. Aber es ist warm, sicher, geborgen und lustvoll. Die Dunkelheit legt sich langsam vom Fenster her über ihre nackten Körper. Nach dem Lieben hilft nichts so sehr wie Dämmerlicht. Alles nur verschwommen wahrzunehmen durch die Augen. Die Fingerspitzen noch gemächlich auswandern zu lassen auf dem anderen Körper. Das Lächeln mehr zu spüren als zu sehen.

Es sind diese stillen Momente des Danach, in denen Madita ein Gefühl sich in ihr recken spürt. Ein Kleinkind, das die Fingerspitzen zur Zimmerdecke streckt, um sie zu berühren, hoffend auf die lebensbejahenden Regeln des natürlichen Wachstums.

»Ich liebe dich!«, flüstert Karo da und Madita erstarrt.

Ihr Körper wird zu einem Klotz aus Stein, den Karo versucht, geborgen in ihrem Arm zu halten.

Madita weiß, sie könnte einfach nichts sagen. Es einfach stehen lassen, ohne Erwiderung und ohne Widerspruch. Aber Fannis Worte hängen an allen Wänden des Raumes und leuchten aus dem Dunkel heraus. Das Bild eines kleinen verletzlichen Vogels schwebt darin, der die Flügel ausbreitet, nicht wissend, dass er noch lange nicht fliegen kann.

»Du kannst mich nicht lieben«, antwortet Madita da möglichst sanft. »Du kennst mich doch gar nicht.« Sie lacht leise, um ihre Worte noch zusätzlich zu entschärfen. »Und wenn du mich kennen würdest, würdest du mich wahrscheinlich nicht lieben.« *Ich bin verquer. Ich bin auf links gedreht. Ich bin durch eine Metamorphose gegangen, und heraus kam kein Schmetterling, sondern eine Raupe.*

»Das klingt ziemlich paradox.« In Karos Stimme klingt keine Verletzung mit. Aber der Wunsch, so zu tun, als habe keine stattgefunden. Das sagt ja wohl alles. Na, toll. Jetzt hat sie ihr weh getan. Einfach so, mit der Wahrheit.

»Ist es womöglich auch. Ich dachte nur, es wäre fairer, dir zu sagen, was ich darüber denke.«

Karo schaut aus dem Fenster, auf die sich langsam bewegenden Äste der Bäume auf der anderen Straßenseite. »Kann ich verstehen. Aber trotzdem kannst du doch nicht wissen, was ich fühle. Weißt du, ich bin echt keine, die rumläuft und das jeder sagt. Ich meine es ernst.«

»Ich auch.«

»Ich soll das nicht mehr sagen?«

»Nein.«

»Wieso nicht?«

Madita braucht ein paar Minuten. Der Grund ist so profan und liegt so auf der Hand, dass es lächerlich scheint, ihn auszusprechen. Karo hängt mit den Gedanken an ihren Lippen, das kann sie spüren. Sie hat sich aufgesetzt und sieht zum Fenster. Ihre gerade noch gelassene Haltung hat sich verändert. Ihr Körper verrät Spannung. Julia an ihrer Stelle hätte Madita jetzt in die Rippen geknufft. *Sag schon! Na, los!* hätte sie gefordert. Keine Zeit, zu warten. Keine Ruhe, sie Madita zu schenken, um einen Satz zu formulieren. Wahrscheinlich hätte Julia aber auch gar nicht gefragt. Weil Madita ihr niemals verboten hätte, diese Worte zu sagen. Diese Worte waren doch alles, was Madita von Julia hören wollte.

»Ich würde es missverstehen«, erklärt sie Karo schließlich. Die verwundert mit dem Kopf zuckt. Wahrscheinlich hebt sie auch die Brauen. Aber das kann Madita nicht sehen. Sie kann es nur ahnen, weil sie weiß, dass Karo bei Verwunderung oft die Brauen hebt. So gut kennt sie sie inzwischen. »Ich würde verstehen, dass es ein Versprechen ist. So bin ich. Ich höre ein paar Worte und denke, sie bedeuten viel mehr als eine Momentaufnahme. Ich würde sie ... missverstehen.« Anders kann sie es einfach nicht sagen.

Diesmal nickt Karo. Sehr langsam. Als würde sie gerade wieder etwas begreifen, was Madita doch gar nicht gesagt hat. Eine Entschlüsselung von bisher unerkannten Geheimnissen. Madita selbst weiß nicht einmal um sie. Unheimlich ist das manchmal mit Karo. Dieses langsame Nicken.

»Bitte pass ein bisschen auf!«, sagt Karo da unvermittelt. Madita blinzelt wie in helles Licht. »Pass auf, dass du für mich nicht zu einer Julia wirst.«

Das ist eine einfache Bitte. Ein schlichter Wunsch von einem pochenden Herzen zum anderen.

Aber Madita fühlt sich, als breche unter ihr der Boden weg. Eine Erdspalte tut sich auf, und sie wird hineinstürzen in etwas, das sie bisher noch nie gedacht hat, nie zu denken wagte: Sie könnte *Julia* sein für eine andere, für Karo. So geliebt, so gewollt, so verzweifelt und zärtlich gejagt in jedem Augenblick, und doch so fern, so unverbindlich unentschlossen wahrscheinlich doch ein Nein.

Sie will nie im Leben, auf keinen Fall, unter keinen Umständen, will sie *eine Julia* sein. Für niemanden. Und erst recht nicht für Karo. Die hat was Besseres verdient.

»Wie meinst du das?«, fragt Karo. »Was Besseres?«

»Ich hab nur laut gedacht.«

»Und was hat dieser Gedanke dann zu bedeuten?« Sie ist wirklich nur schwer abzuschütteln, wenn sie sich an was festgebissen hat.

»Na, was schon, Karo«, brummt Madita und findet es unmöglich, dass ihre Stimme diesen Tonfall annimmt. Ätzend, dass der Anflug eines schlechten Gewissens abgewehrt werden muss mit einem leicht aggressiven Unterton in der Stimme. Sie räuspert sich, bevor sie ruhig und kontrolliert weiterspricht: »Dass du eine verdient hast, die dich ganz und gar meint. Die in dir die Welt sieht. Die dir die Sterne vom Himmel holen will und wütend wird, weil es nicht geht. Die dich überschüttet mit Zukunftsperspektiven. Die dir zuvorkommt damit, dass sie sagt: ›Ich liebe dich‹...« Schluss damit. Sie redet sich hier um Kopf und Kragen, und Karo hundert Verletzungen herbei. Denn alles, was sie sagt, spricht davon, was sie nicht kann, nicht will, nicht tut.

Karo macht »Hm!«, legt sich wieder hin und kuschelt sich in die Decke. Die gleiche Decke, unter der Madita liegt. Sie berühren einander am ganzen Körper. Aber Madita legt nicht den Arm um sie, obwohl sie weiß, dass Karo es gern hätte.

»Ich komme mir hoffnungslos verlogen vor«, murmelt sie.

Karo schüttelt langsam den Kopf, im Liegen, ganz nah an Maditas Schulter. »Nein, du lügst mich nicht an. Du sagst mir alles. Du lügst nicht mich an. Nur dich vielleicht.«

Vielleicht fürchtet sie meine Selbstanklage ebenso wie Julias Rückkehr. Denn beides könnte dazu führen, dass ich mich wieder abwende von ihr. Fanni hatte Recht. Ich könnte sie in meiner hohlen Hand zerdrücken. Und es wäre ihr egal, weil sie bei mir sein will. Dafür nimmt sie alles in Kauf.

Neben ihrem selbstverwundenden Gefühl von Schuld, der Schuld, nicht mehr geben zu können als dieses jämmerliche Etwas, mit dem Karo sich zufrieden gibt. Neben diesem Gefühl plötzlich auch etwas anderes. Eine lächerliche und egoistische Freude darüber, angenommen zu werden, gewollt zu sein, ganz und gar. Denn danach sucht sie. Das braucht sie. Weil sie es bei Julia nicht hatte finden können.

»Mach dir nicht so viele Sorgen darum«, brummt Karo verschlafen und reibt ihr Gesicht an Maditas Halsbeuge, so wie

Gustaf es manchmal tut. Eine Geste, die Madita gerade deswegen ans Herz greift. Weil so viel Vertrauen darin liegt. »Lass uns einfach eine schöne Zeit haben. Dann wird alles von selbst gut.«

Das wünscht sie sich auch. Ja. Sie wünscht es sich sogar sehr. Aber sie fürchtet sich davor, es vielleicht gar nicht mehr zu können: einfach eine schöne Zeit haben. Denn mit Julia, das erinnert sie genau, war von Anfang an nichts *einfach so schön*. Von Anfang an stand der Abschied neben ihnen, auch in den wunderbarsten Momenten.

Was ist also, wenn sie es gar nicht mehr kann?

Es dauert nicht lange, dann erzählen Karos regelmäßige, tiefe Atemzüge von ihrem entspannten Schlaf.

Madita hört ihr zu. Und merkt, wie ihr eigener Atem sich langsam verändert. Sich anpasst an dieses sanfte Ein-und-Aus. Ein und aus.

Sie hat die Sonne vor sich stehen. Muss blinzeln, um etwas erkennen zu können. Die Gestalt, die ihr entgegenkommt. Nur schemenhaft ihre Umrisse.

Na, dass du mich nicht mehr erkennen würdest, hätte ich nicht gedacht.

Ihre Stimme. Wie neulich am Telefon. Sie streckt eine Hand aus, Julia entgegen. Die nimmt sie und zieht sie an sich. Nah ran. So dass sie schon befürchtet, hineingezogen zu werden in diesen Körper, der sie verwirrt, der sie verschlingt. Während ihre Lippen alle Orte aufsuchen, an die sie sich so lange träumte. Julias Mundhöhle voller Wunder an Geschmack, Weichheit, Feuchtigkeit.

Ihre sich liebkosenden Zungen.

Ihr Gesicht sieht von nahem ganz anders aus, stellt Madita fest.

Ihre Nacktheit ist schützend umhüllt von einem Mantel aus flammendem Begehren.

Komm zurück zu mir!, sagt Julia.

Madita weiß gar nicht, von wo sie zurückkommen soll. Sie ist doch da. Sie ist die ganze Zeit hier, an Julias Seite. Von wo aus soll sie bloß zurückkommen?

Ich kann dir nichts versprechen. Aber komm zurück zu mir! Du gehörst zu mir! Wir haben doch noch längst nicht alles zuende gelebt.

Es schmerzt. Ein stechender, ziehender Schmerz zwischen den Beinen. Sie erwacht zusammengekrümmt.

Ein kurzer Moment gaukelt ihr vor, sie sei allein. Denn sie liegt ganz fern. In der einen Ecke, während ihr Bett sich weit erstreckt über viele Zentimeter, die Haut von Haut trennen.

»Alles o.k. mit dir?«, murmelt Karo da. Nicht mal richtig wach. Morgen früh wird sie sich an diese Worte wahrscheinlich nicht erinnern können, weil sie so tief schläft, dass sie sich selbst nicht hört.

»Ich muss mal«, murmelt Madita, wickelt sich aus dem Laken und geht nackt hinüber ins Bad. Karo brummelt nur noch leise. Schläft wieder ein, gleitet hinüber in ihren festen Schlaf, um den Madita sie beneidet.

Vielleicht sollte sie es beenden. Morgen beim Frühstück ihr sagen, dass es keinen Zweck hat, weil alles aus dem Gleichgewicht gerät. Wenn eine schon mit Inbrunst sagen will *ich liebe dich*, und die andere sich nur zaghaft fragt, welche Definition für ihr Gefühl zur Verfügung steht, keine passend findet, dann herrscht eine ungute Schieflage.

Madita betrachtet sich im Spiegel. *Ich zehre*, denkt sie beim Anblick der eingefallenen Wangen. *Ich verzehre meinen Hunger nach ihr. Langsam nagt die Zeit daran wie ein sattes kleines Tier, dessen Bauch gefüllt ist, das aber nicht weiß, wann es wieder etwas finden wird. Es frisst mehr aus Langeweile denn aus Gier. Es wird lange brauchen. Ich weiß das. Aber ich weiß um die Heilkraft der Zeit.*

Ein tröstlicher inniger Gedanke ist das. Er gibt ihr die Kraft, zurückzugehen ins Schlafzimmer. Geblendet vom Licht des Badezimmers findet sie sich kaum zurecht in ihrem eigenen Zuhause. Sie fällt fast über den Hund, der vor dem Bett liegt. Stolpert unter die Decken, an Karos Haut. Liegt mit offenen Augen da und blickt ins Schwarz. Allein. Es ist dunkel. Und um sie her gibt es nichts. Niemanden. Vielleicht nicht einmal sie selbst.

JULI

»Wenn du das Kapitel nicht änderst«, droht Greta. »Dann werden wir Streit miteinander bekommen.«

Fannis erster Gedanke ist, dass sie von dem Teil der Geschichte spricht, in dem es um sexuelle Abenteuer geht. Wie selbstverständlich hat Fanni für dieses Kapitel die Figur ausgewählt, die Greta darstellt. Fanni findet, es spricht aus diesem forschen Gesicht, dem frechen Naserümpfen, den blitzenden Augen. So ein Gesicht erzählt doch ganz selbstverständlich von genussvollen Begegnungen.

Sie betrachten beide eine Weile den kleinen Stanley, wie er auf der meterlangen Fensterbank zwischen den Grünpflanzen herumstelzt. Für eine in einem Reitstall geborene Katze ist er unglaublich elegant. Er stellt seine pechschwarzen Pfoten so geschickt, dass Fanni zu zweifeln beginnt, ob die beiden runtergeworfenen Amarillistöpfe vor ein paar Tagen tatsächlich ein Versehen waren. Vielleicht mag der junge Kater einfach keine Amarillis? Obwohl sie – bei aller Liebe zu diesen Tieren – nie vermutet hätte, dass ein Exemplar dieser Gattung Aversionen gegen bestimmte Zimmerpflanzen entwickeln kann. Aber offenbar liegt sie hin und wieder mit ihrer Einschätzung der sie umgebenden Seelen doch falsch.

Sie hätte auch nie vermutet, dass es Greta vielleicht nicht recht sein könnte, ihr Gesicht herhalten zu lassen für eine fiktive Figur in einem Foto-und-Geschichten-Buch, deren Einstellung zu Liebe und Sexualität noch um ein Vielfaches extremer ist, als es Gretas Meinung in Wahrheit ist. Eine so offene und lockere Haltung, die Fanni noch nie wirklich nachvollziehen konnte, immer heimlich bestaunte. Fanni wollte ihre Freundinnen bei diesem wichtigen Projekt mitreden lassen, mit ihnen diskutieren, ergründen, formen. Jetzt hat sie den Salat.

Aber dann stellt sich heraus, dass Greta von dem sehr kurzen Kapitel über die »Happy endings« spricht.

»Bei dir piept's wohl!«, empört Fanni sich daraufhin im Gegenzug. »Ich lass mir doch nicht von einer dahergelaufen besten Freundin meine freie Meinung verbieten.«

Greta sieht aus als wolle ihre Stirn zerplatzen, so viele Furchen haben sich dort gebildet.

»Deine freie Meinung kannst du gern kund tun«, erklärt sie spitz. »Aber du darfst nicht irgendwelchen Unsinn verbreiten, der anderen auf die Seele schlagen wird.«

Fanni bleibt der Mund offen stehen. »Greta! Das glaube ich jetzt nicht! Du bist doch nicht etwa eine von diesen Happy-Endings-Jüngerinnen, die ständig bei mir an der Tür schellen und behaupten, *alles würde am Ende schon gut*?!«

»Also, wirklich, du verstehst ja gar nicht, worum es hier geht«, fährt Greta sie an.

In diesem Fall kann Fanni ihr jetzt wirklich nicht mehr widersprechen. Sie versteht wirklich nicht, worum es hier geht.

Greta erkennt ihre Ratlosigkeit und seufzt.

»Wünscht du dir ein Happy End?«, fragt sie mit dem Gesicht einer Krankenschwester, die sich nach dem heutigen Stuhlgang der Patientin erkundigt.

»Sich eines zu wünschen, ist ja nicht verboten«, macht Fanni ein Eingeständnis, denn selbstverständlich hat auch sie früher Märchen gehört, in denen es am Schluss hieß: »*... und sie lebten glücklich bis an ihr Ende.*«

»Ganz recht. Und deswegen gibt es sie auch!«, stellt Greta eine irrwitzige Logik auf. »Du musst nur wegkommen von dem Gedanken, dass mit dem Happy End auch alles zuende ist ...«

»Aber – entschuldige, wenn ich dich unterbreche – aber das beinhaltet doch das Wort allein schon: ›happy end‹. Glückliches Ende. *Ende!* Hm? Ist das nicht der Beweis, dass es kein Happy End geben kann?«

Greta fuchtelt mit ihrer Hand über den Tisch, als verscheuche sie eine penetrante Fliege. »Nur, wenn du davon ausgehst, dass alle sich lediglich nach einer Beziehung fürs Leben, nach der großen Liebe, nach dem Einundalles sehnen.«

»Lediglich?«, echot Fanni. Elisabeths Gesicht lodert vor ihr auf wie die Erscheinung einer Flamme. »Lediglich die große Liebe? Die Beziehung fürs Leben? Lediglich? Findest du das nicht etwas ... untertrieben?«

»Willst du eine Frau finden, die dich über alles liebt?«, fragt Greta.

Fanni nickt mit großen Augen. Verbietet sich, dabei an eine bestimmte zu denken. Denn hier geht es ja um Allgemeines.

»Eine, die dich mehr liebt als sich, so dass sie beginnt, sich selbst aufzugeben, um bloß noch so zu sein, wie sie glaubt, dass du sie gerne hättest?«

Diesmal schüttelt Fanni den Kopf, kommt aber nicht zu Wort.

»Eine, die dir jeden Wunsch von den Augen abliest? Die sich deswegen irgendwann kaum noch die Mühe machen wird, dich danach zu fragen, was du wirklich willst?«

»Ehm ...«, macht Fanni.

»Willst du dieser Frau alles geben, was du geben kannst? Willst du ihr deine Liebe schenken, deine Aufmerksamkeit, all deine freie Zeit? Willst du ihr Versprechungen geben ...«

»Nein!«, fällt Fanni ihr ins Wort.

»Kurz«, fährt Greta ungerührt fort. »Willst du dich von deiner Einundalles-Langzeitbeziehung auslutschen lassen wie eine Zitrone?«

Sie starren einander über die Mimosen auf dem Tisch hinweg an.

»Worauf willst du eigentlich hinaus?«, will Fanni dann angespannt wissen.

Greta tippt mit einem Finger auf das Platzdeckchen vor ihr und zieht dort ein paar Kreise. Es sieht aus, als wolle sie Fanni zappeln lassen. Falls sie das will, schafft sie es.

Schließlich zuckt sie die Achseln, als seien ihre Erkenntnisse für Fanni vielleicht gar nicht so von Belang.

»Vielleicht hast du Elisabeth ja nicht dazu getroffen, um mit ihr eine Liebesbeziehung in Sicherheit à la ›gähn mich an‹ einzugehen. Vielleicht ist es einfach nur ein Stückchen eurer Wege, das ihr zusammen unterwegs sein sollt. Aber vielleicht ist es auch wesentlich mehr. Vielleicht habt ihr etwas miteinander, das immer wiederkehren wird und das nicht eingeschläfert wird von Alltag und Langeweile. Tatsache ist jedenfalls: Ihr habt doch so viel. Hat das Viele, was ihr habt, etwa nicht ausgereicht, um schon längst ein ›happy end‹ zu sein?«

Fanni muss schlucken, um zu verdauen.

»Genau genommen nicht«, erklärt sie dann. Sie muss es wissen, sie hat das Kapitel schließlich geschrieben, um das sie hier diskutieren. »Denn schließlich endete unser beider Geschichte nicht mit einem unserer wunderbaren, nahen Momente. Nein, es ging ja wieder weiter wie vorher, mit Andeutungen und Vorpreschen und sanftem Rückzug und Nähe und Distanz. Nix Happy end!«

»Jetzt muss ich aber noch mal nachhaken. Wenn ich dich danach fragen würde, würdest du sagen, eure Geschichte hätte mit einem eurer schönen, nahen Momente enden sollen?«, forscht Greta mit einem fast tückisch zu nennenden Blick.

Fanni ist auf der Hut.

»Ich meine jene Momente, in denen es nur uns zwei gibt. In denen ihr Freund scheinbar nicht zu existieren scheint«, stellt sie klar.

»Von genau diesen Momenten spreche ich auch«, stimmt Greta ihr zu. »Und damit hätte eure Geschichte enden sollen?«

Worauf will sie hinaus?

Fanni wagt sich vorsichtig hinaus aufs Glatteis. »Nicht enden im Sinne von enden. Sondern enden im Sinne von anfangen. Da hätte unsere Liebesbeziehung anfangen sollen. Eine schöne, erfüllende Liebesbeziehung mit Nähe, gemeinsamen Plänen, Zukunft, Perspektiven ...«

Greta tut so, als müsse sie gähnen.

Fanni findet plötzlich, die neue Psychotherapie tut Greta nicht gut. Nein, um genau zu sein, findet sie, diese Therapie tut Fanni nicht gut. Sie findet es unheimlich, wenn ihre Freundinnen ihr über den Kopf zu wachsen drohen.

»Im Grunde sind wir uns doch einig«, lenkt sie ein, bevor Greta ihr die nächste Unverschämtheit um die Ohren hauen kann. »Ich definiere ein Happy end als ein Ende, als ein Verweilen und Stillstehen im ewigen Glück. Und das gibt es ja nun einmal nicht. Du definierst es als einen glücklichen Augenblick, der natürlich vergänglich ist und den es selbstverständlich im Leben gibt, immer wieder und – hoffentlich – recht häufig. Wie du also siehst, meinen wir beide im Grunde das Gleiche. Wir wollen beide nicht stehen bleiben. Weil da viel zu viele Wege und Orte locken, an die wir noch kommen möchten und an denen wir uns aufhalten wollen für eine Weile. Wir lieben beide die Bewegung und möchten am liebsten losgehen und alle dazu auffordern, auch mit uns zu ziehen. Es ist eben nur eine Definitionssache.«

Greta hat aufmerksam zugehört und ist offenbar zufrieden mit dem, was Fanni zusammengefasst hatte. Das sieht Fanni an ihrem Nicken.

»Dann frage ich mich nur, wieso du es nicht schaffst, das in einem Buchkapitel zum Thema ›happy endings‹ unterzubringen. Wer von uns ist denn die Künstlerin?« Damit steht sie auf und geht ins Bad.

Fanni bleibt verdutzt am Tisch zurück, leise ahnend, dass die Definition von Künstlerinnen als jene, die der Wahrheit meist am nächsten kommen, irgendwie nicht haltbar sein wird.

Als Greta kurze Zeit später aufbricht, begleitet Fanni sie ein Stück. Biegt irgendwann mit ihrer Kamera bewaffnet ab in eine Seitenstraße, schießt noch ein paar Bilder zurück, auf denen Greta in ihrem knallroten Minikleid immer kleiner wird, bis sie nicht mehr zu sehen ist.

Fanni geht absichtlich in Richtungen, durch Gassen, in denen sie sich nicht auskennt. Sie will einen neuen Blick, auf das Pflaster, auf die Risse im Asphalt. Doch der Objektivverschluss bleibt an Ort und Stelle. Fanni denkt nach. Der Himmel sieht aus wie ein umgestülptes Meer im Sturm. Aus seiner Tiefe rot beleuchtet.

Abendrot. Fanni hatte ihre Psychotherapeutin nach dem Namen ausgesucht. Das ist eigentlich ein Tick von Greta, diese Namensklamotte. Aber tatsächlich hatte es dieses eine Mal bei Fanni auch funktioniert. Sie hatte mehrere auf einer Liste stehen und war mit dem Finger daran herabgefahren, hatte die Namen gelesen und leise ausgesprochen. Fremde, bedeutungslose Namen. Ohne Sinn. Der vorletzte. Dann. Abendroth. Die ist es. Ohne zu zögern gewusst.

»Sagen Sie es ihr!«, hat sie ihr heute Morgen in der Stunde geraten. Sonst tut sie das nie. Therapeutinnen, findet Fanni selbst, sollten auch nicht raten. Vielleicht kann Frau Abendroth es aber auch nicht mehr mit ansehen.

»Wozu?«, hatte Fanni geantwortet, hilflos, mit dem bettelnden Blick derer, die es noch einmal hören möchten. Die im Ratschlag mehr als nur ihn selbst hören möchten: Eine wilde, nicht auszuschlagende Aufforderung. Ein Drängen. Ein Schubsen.

Und das Versprechen, dass es gut gehen wird. Was immer das bedeuten würde.

Frau Abendroth hatte geschwiegen.

»Ich meine, ich bin eine lesbische Frau, das weiß Elisabeth. Sie weiß, dass ich keine Beziehung habe. Sie liest meine Briefe und sieht meine Blicke. Was muss ich denn da noch...?«

»Sie fragen sich, warum manche Dinge einfach ausgesprochen werden müssen, obwohl sie doch so offensichtlich zu sein scheinen?«

Hinter ihr Schritte. Auf dem Pflaster lauter, als es Schritte sonst sind. Hallen in den Ohren. Fanni fröstelt plötzlich und schlingt die Arme um sich. Ihre dünne Bluse über dem kurzen, gerade geschnittenen Rock, schien heute Mittag völlig auszureichen für die Temperaturen im Juli. Aber jetzt, am Abend.

Warum sie da wohl nichts mehr hatte sagen können auf diese Frage?

Vielleicht, weil sie sich fürchtet. Vor dem bestürzten Blick aus Elisabeths blassblauen Augen. Vielleicht vor einem unbedachten Griff ihrer schlanken Hand an Fannis Arm. Den herausgestammelten Worten: *Oh, Fanni, das .. das tut mir Leid. Habe ich denn ... ? Habe ich dir denn Hoffnung gemacht?*

Unerträglich.

Ihre Arme überziehen sich mit einer Gänsehaut. Vielleicht ist es diese Vorstellung. Vielleicht auch diese Straße, die so einsam ist, an deren fast zerstörten Häuserzeile unzählige Fensterscheiben eingeschlagen sind. Und diese hallenden Schritte, wie ein Echo ihrer eigenen, raschen.

»Tschuldigung ... hast du mal Feuer?«

Es ist wie etwas, das sie schon einmal erlebt hat. Als sie sich umdreht. Ein leicht pikiertes Gefühl, das sich einstellen will in einer Art Gewohnheit. Darüber, dass er sie duzt, dass er sie einfach von hinten anspricht, wie ein Leopard im Dschungel aus dem Dickicht spränge. Ein Gefühl, das in ihren normalen Alltag gehören würde, in andere, normale Situationen, das aber nicht deutlich wird, nicht klar. Weil da etwas ist, das alles überlagert. Ein heißer Strom von Instinkt, der sie durchflutet mit aller Macht des Überlebenwollens.

Wie sie irritiert ist über dieses Empfinden, und schon den Kopf schüttelt als Antwort. Zu überrumpelt, um ihre Missbilligung zum Ausdruck zu bringen. Nicht zu überrumpelt, um in diesem Bruchteil einer Sekunde zu bemerken, dass er keine Zigarette in der Hand hält. Sondern etwas Aufblitzendes. Etwas Weißscharfes.

Das er hochreißt. Während sein Arm nach vorn schießt. Und sie nach Luft schnappt. Der kurze Moment, in dem sie glaubt, er wolle ihr die Kamera vom Hals reißen. In dem ihr klar wird, dass ihn das Ding nicht interessiert. Dass er ihren Hals will, ihre Haut, ihre Unversehrtheit. Während er sie in den Hauseingang zerrt. Ihr Körper sich plötzlich anfühlt wie der einer hilflosen Gummipuppe. Deren einer Arm herumschleudert und durch einen Zufall sein Handgelenk trifft. Seine Finger sich reflexartig öffnen und das Scharfe fällt, irgendwo zwischen ihre Füße, die umeinander treten, aufeinander. Sie zappelt. *Wehr dich doch richtig!* Sie ringt mit diesem Unbekannten, aus ihren Alpträumen, aus hundert Kinofilmen, das ihre Kehle umschließt und zudrückt. Ihr Kopf schlägt an etwas Hartes. Für einen Blitz lang das Bild ihres Messers, das sie durch Neuseeland trug, durch das fremde Land, neben Tokowa, das nun zu Hause liegt, seine Klinge nicht bereit. Dieser klare Gedanke in all dem Fühlen. Schweißgeruch beißt sie an Stellen, die weit von der Nase entfernt liegen.

Ohne einen Ton kämpfen sie gegeneinander. Ein großer kräftiger Mann gegen eine Frau, die chronisch unter ihrem Idealgewicht liegt. In einem Rock. Den er nur hochzuschieben braucht. Es tut. Klebrige Berührung, irgendwo. Irgendwo, wo sie nie und nimmer berührt werden will von so einem. Und das Knie einen blauen Fleck stoßend. Zwischen ihre Beine gepresst. Saure Übelkeit vor Schmerz und Begreifen. Wieder das Harte an ihrem Kopf. Oder ihr Kopf an etwas Harten. Schwarze Flecken. Vor ihren Augen Stellen, an denen sie nicht mehr sehen kann. Die Hitze ihrer Körper vermischt sich. Mit der Hitze des Asphalts, der Mauer in ihrem Rücken, grausam rau.

Da. Plötzlich dieser kühle Gedanke. In dem sie für die Dauer eines wilden Atemzuges ganz sie selbst ist. Fanni Dupres, Fotografin, vielleicht Handwerkerin, vielleicht Künstlerin, Vollwaise mit wundervoller Großmutter, Freundin wunderbarer Freundinnen, Geliebte schöner Frauen, alles schaffend, alles annehmend, alles erwartend, nur eins nicht. Dieser eine, nüchterne Gedanke, ohne Panik, ganz deutlich klar: *Vergewaltigt! Will ich nicht werden!*

Die Angst flieht die Straße hinab. Vertrieben von einem Schrei. Von einem Brüllen aus einem weit offenen Mund. Der sich nicht schließen lässt, von keiner noch so großen, noch so entschlossenen Hand der Welt. Auch nicht zwei Hände. Auch nicht eine Hand erneut an der Kehle. Schrei um Schrei.

Weit entfernt ein Fenster, das auffliegt. Eine Stimme. Obwohl gerufen sehr leise. Wie aus einer anderen Welt Stimmen. Und woran sie sich ganz deutlich erinnern wird: Ihre eigenen Finger, die sich festkrallen an ihm. Ihn nicht loslassen wollen, weil er noch bezahlen muss. Der darf nicht wegrennen. Wie sie das Bein um ihn zu schlingen versucht, ihn nicht entkommen lassen mit Klauen und Zähnen. Und plötzlich alles ganz anders rum ist. Er, der sich windet und sie von sich stößt mit aller Kraft, seine Faust in ihrem Magen. Aber ihre starken Hände mit einem Eigenleben an ihm. Der sie ekelt. Der ihr Angst macht. Den sie nie getroffen haben und nie wieder sehen will. Trotzdem lässt sie ihn nicht los. Das Geräusch des zerreißenden Hemdes. Wie ihre gepflegten Nägel seine Haut zerfetzen. Später wird sie Blut darunter finden.

Diesmal gewinnt er.

Nachdem sie gesiegt hat, gewinnt er. Hinterlässt nur einen Streifen Stoff in ihrer gekrampften Faust. Und das Geräusch seines Davonrennens in ihren Ohren.

Wie viel Zeit vergeht. Bis eine Stimme über ihr zögernd fragt: »Junge Frau? Alles in Ordnung?«

Es ist einer, der ein Hausmeister sein könnte, oder vielleicht ein Schrebergartenpächter. Einer, der Glyzinien und mehltauresistente Rosenstöcke pflanzt in seinem kleinen Gärtchen, direkt hinter dem verfallenen Haus, beinahe am Bahndamm also, sich nichts Böses denkt und plötzlich ein Schreien hört. Der einmal im Leben die Chance hat, loszurennen, kurzatmig, und vor einer jungen Frau zu stehen, die zerzaust, blutend, weinend auf schäbigen Stufen im Eingang zum unbewohnten Haus hockt, »Natürlich! Sofort!« zu sagen und zu wissen, wieso er auf die Werbung gehört und sich dieses dumme Handy angeschafft hat, mit dem er nicht richtig umgehen kann und das ihn sonst immer nur stört am Gürtel.

»Bitte ... rufen Sie die Polizei!«, sagt Fanni.

Sie schicken eine Polizistin. Natürlich ist auch ein männlicher Kollege dabei. Aber der bleibt dezent im Hintergrund, überlässt es ihr, sich zu Fanni zu setzen, hinunter auf die Stufen. Sie legt sogar den Arm um sie und spricht leise mit ihr.

»Jetzt kann Ihnen nichts mehr geschehen. Sie brauchen keine Angst mehr zu haben. Brauchen Sie einen Arzt? Tut Ihnen etwas weh?«

Fanni schüttelt den Kopf. Nickt. Fasst sich an den Hinterkopf. Kein Blut. Ihr Magen schmerzt. Ihr Bein. Ihr Hals. Ihre Hände. Ihre Handgelenke. Er hat ihr den kleinen Finger verdreht. Aber alles ist noch dran. Alles ist o.k.

»Fühlen Sie sich in der Lage, mit uns auf die Wache zu kommen?«

Fanni fährt mit. Die Polizistin sitzt mit ihr hinten.

Der Gang vom Parkplatz zur Wache wackelig. Der männliche Polizist mit besorgtem Gesicht, mitfühlendem Blick, den er mit seiner Kollegin tauscht.

Fanni lässt sich auf dem angebotenen Stuhl sinken. Es sieht auf Polizeiwachen immer noch so aus wie damals, als an ihrem ersten und einzigen Auto die Scheibe eingeworfen wurde von Randalierern. Ein nur halbherabgezogener Rollladen an einem der vielen Regale zeigt, was sie alle verbergen: unzählige Aktenordner, in denen Fälle wie dieser dokumentiert sind. Als Fanni ihr Messer gekauft hat, im März, hat sie daran gedacht, wie viele Fälle wie diesen es wohl gibt. Seitdem war diese Frage nicht mehr präsent.

Die Polizistin legt den durchsichtigen Plastikbeutel mit dem Klappmesser und den mit dem Hemdfetzen auf den Schreibtisch, den sie sich bestimmt mit dreißig ihrer KollegInnen teilt.

»Möchten Sie jemanden anrufen?«

Fanni wählt Maditas Nummer. Ihr Sternenschoß. Auf den möchte sie sich fallen lassen.

»Komm bitte!«, sagt sie. Mehr nicht. Die Polizistin spricht noch ein paar Sätze in die Muschel, erklärt Madita, wohin sie kommen soll und warum.

Jetzt ist Fanni ganz ruhig. In Sicherheit. Madita kommt.

Die Beamtin holt zwei Tassen Kaffee aus dem benachbarten Raum und schließt die Tür mit dem Fuß, fest. Eine Tasse stellt sie vor Fanni ab und lächelt sie an. Ihre Hand liegt kurz auf Fannis Arm. Dann schiebt sie eine Matritze in die Schreibmaschine.

»Wissen Sie was«, sagt sie freundlich und mit leiser Stimme. »Wir fangen mit etwas Einfachem an. Mein Name ist Senta Bruns. Damit Sie wissen, mit wem Sie es hier zu tun haben. Wie heißen Sie und wo wohnen Sie?«

Fanni gibt ihre Daten an. Und erzählt, woran sie sich erinnert. Stockend zunächst, immer rascher dann. Spürt deutlich, wie ihre Stimme zurückkehrt. Ihr Hals schmerzt immer noch. Aber der heiße Kaffee tut gut. Fließt wie gute, warme Medizin in ihm hinunter, während ihre Hand immer wieder zu der Stelle gleitet, an der er sie gefasst hatte.

»Sie werden ein Würgemal bekommen«, erklärt Senta Bruns ihr. »Das sollten Sie sich attestieren lassen. Kennen Sie eine gute Ärztin, zu der Sie gleich noch gehen können, um sich untersuchen zu lassen?«

Fanni nickt. Die Hand am Hals. Ein Würgemal. So ein Wort. Würgen. Ein Mal. Gezeichnet. Sichtbar. Für alle, die den Blick darauf richten.

Es klopft laut und vernehmlich. Aber die Tür öffnet sich erst, nachdem Senta Bruns deutlich: »Herein!« gesagt hat.

Es ist der Beamte von gerade. Hinter ihm eine Gestalt.

»Senta? Hier ist ein junger Mann, der sich als Zeuge gemeldet hat.«

Er steht verlegen da im Flur, etwas außer Atem, hält seine Baseballmütze ungeschickt in den Händen, unter dem Arm ein Skateboard. Vielleicht sechzehn. Vielleicht der tollste Hecht in seiner Klasse. Vielleicht ein Loser. Vielleicht einer ohne Freunde. Vielleicht verliebt in irgendeine Jannette oder Kirsten oder Nancy. Verliebt, ja, vielleicht, und denkt, es könnte ihr ja auch ... irgendwann ... und wenn dann einer da ist, der hingehen würde und sagen würde: *Ich weiß was! Ich sag was!* ... Deswegen vielleicht.

»Das ist ja sehr schön, dass Sie sich gemeldet haben«, sagt Senta Bruns. »Peter, machst du uns bitte noch einen Kaffee? Ich bin hier noch nicht fertig. Und Sie können sich draußen noch mal hinsetzen. Ich ruf Sie gleich rein und hör mir an, was Sie gesehen haben. Sie haben doch was gesehen?«

Es gibt immer diese Jungs, die denken, sie haben was gesehen, und am Ende ist es nichts als warme Luft.
Der Junge zögert.
Senta Bruns seufzt. Fanni starrt. Kann nicht anders. Das ist ein besonderes Zögern da im Flur.
»Ich hab nicht alles gesehen. Aber wegrennen hab ich ihn gesehen. Ich kam ihm entgegen. Wollte helfen, weil die Frau ...«
Da wendet er sich an sie. Hat braune Augen. Die schauen Fanni direkt an, als wolle er nicht einfach so über sie sprechen, während sie dabei sitzt. Dabei ist er nur ein Junge. Vielleicht weiß er einfach mehr als andere. »Sie haben geschrien.«
»Ja!«, sagt Fanni laut.
»Und da wollte ich helfen. Er kam mir entgegen«, wiederholt er. »Es ist nur. Ich kenn den. Ich weiß, wer das ist. Dem sein Bruder ist mit meinem Bruder früher in der gleichen Mannschaft gewesen.«
Senta Bruns schlägt mit der flachen Hand auf den Tisch, Befriedigung im Gesicht und einen Anflug von gerechter Rache, die diesen Mann ereilen wird wie eine mächtige Faust in die Magengrube.
Fanni spürt, wie ihr schwindlig wird. Leicht fühlt sie sich. Plötzlich ganz leicht.
Hinter dem Jungen ein kleines Gerangel auf dem Flur.
»He, wo wollen Sie denn hin? Da können Sie nicht einfach so reinspazieren!«, ruft ein Beamter.
Und schon hinter der Schulter des jungen Mannes: Maditas Gesicht.

Gretas Brust ist aufgerissen. Nie nie nie hätte das geschehen dürften! Nie hätte passieren dürfen, was ihr so deutlich macht, dass es verloren gehen kann! Ihre Kraft, ihre Stärke, ihr Immer-da-und-nie-furchtlos. Ist fort. Während sie zusammensank und nun auf den Knien hockt neben dem Telefon.
Greta fühlt sich klein. Jämmerlich ist sie in ihrem scheinbaren Alles-Können.
War einfach ihren Weg weitergegangen, nach Hause, in Sicherheit, unwissend, völlig bar jedes Gedankens, dass Fanni dem Verderben in die Arme laufen könnte.

Fanni. Die Schwächste von ihnen. Die zerbrechliche. Die Große mit den dünnen Armen, die den ganzen Tag schwere Kameras durch die Gegend tragen. Und an ihnen diese zärtlichen Hände. Greta erinnert das Gefühl, wenn Fanni ihr liebevoll die Locken ordnet. Dieses Spinnwebenzarte fast zerquetscht, beinahe zerschlagen.

Maditas Zitterstimme am Telefon. Madita ist auch nicht da gewesen. Dabei ist sie immer Fannis Schutzengel, selbsterkorener. Madita passt auf Fanni auf. Und Jo passt auf Madita auf. Wie ein Küken, das die Glucke bemuttert und in seinem Zorn über jede erdenkliche Bedrohung einfach über sich hinauswächst, zu einem Adler wird. Auch Jo. Nicht da.

Lange liegt Greta auf dem Teppich, neben dem Telefon und weint. Sie, die immer alle ihre Lieben schützen will vor jeder Gefahr, sie erkennt, dass es nicht geht. Dass es anderes gibt. Menschen. Autos. Krankheiten. Dinge, die anders sind, größer, nichts ihnen entgegenzusetzen. Greta ist kein Bodyguard. Und selbst wenn, selbst wenn sie ihr Leben oder ihren Tod geben würde, sie kann sich nicht in drei Teile schneiden. Greta, heimlich die Stärkste von ihnen, mit sich selbst im Klaren über dieses Los, Greta fühlt sich klein. Viel kleiner als Fanni. Der das passiert ist, die geschrieen hat, getreten, gekratzt. Kleiner als Fanni, weil sie begreift, dass sie als Einzige diesem Irrglauben anhing, dass sie als Einzige glaubte, sie könne alles Schlechte von ihnen fern halten. Als Einzige wähnt sie sie vier unverletzlich. Das macht sie nun zu der, die die anderen am meisten braucht.

Sie weiß nicht, wie lange sie hier gehockt und geweint hat. Ihr Adressbuch liegt neben dem Apparat. Sie nimmt es und wählt. Heidelinde geht sofort ran und lauscht auf ihre Worte.

»Wie Sie sich vielleicht denken können, bin ich auf so etwas eigentlich nicht eingerichtet«, sagt sie schließlich. »Aber Sie haben Glück. Eine Klientin hat vorhin kurzfristig abgesagt. Sie können in einer Stunde herkommen, wenn Sie möchten.«

Greta legt auf.

Sie hat Glück. Ha! Glück haben, was bedeutet das schon! Heißt das, noch einmal davon gekommen zu sein? Dann hat Fanni also Glück gehabt?

Mit diesem Gedanken kehrt die Wut in sie ein. Blinder Hass, der sich gegen alle richtet, die nicht auf ihrer Seite sind.

Und endlich kann sie sich wieder bewegen, fällt die bleischwere Lähmung von ihr ab. Sie schwingt sich auf ihr Fahrrad, radelt wie eine Verrückte die Strecke in so kurzer Zeit, dass sie noch eine halbe Stunde herumwandern muss, auf Bürgersteigkanten sitzt, wieder aufspringt, und dann fünf Minuten zu früh an der Tür schellt.

Heidelinde ist so gelassen, dass Greta sich die ersten Minuten fühlt wie unter Wasser. Als reiche hier hinein, in diesen Raum, kein Geräusch, keine Aufregung, keine Verstörung. Obwohl sie das alles mitgebracht hat.

»Hass gegen alle, die nicht auf Ihrer Seite sind?«, wiederholt Heidelinde und verschränkt die Hände ineinander.

»Na ja, Sie wissen schon. Vergewaltigende Männer, idiotische Autofahrer, profilneurotische Ärzte ... alle, die eine Gefahr darstellen.«

»Nur Personen. Oder auch Krankheiten?«

Greta weiß, worauf sie hinaus will. Und natürlich leuchtet es ein. Ihre Mutter ist epilepsiekrank. Und natürlich hasst Greta diese Krankheit.

»Wenn Sie meinen, dass ich nur deshalb so einen Beschützerinstinkt entwickelt habe, weil meine Mutter immer geschützt werden musste, dann haben Sie bestimmt Recht«, erklärt sie sich einverstanden.

Heidelinde lächelt. »So reflektierende Klientinnen wie Sie wünscht sich jede Therapeutin.«

Greta fühlt sich plötzlich um Längen besser.

Greta weiß: Es gibt nicht viele Stellen, an die sie sich weigert zu gucken.

»Und diese wenigen wären?«

»Na ja, finden Sie es nicht seltsam, wie ich Beziehungen lebe?«

»Finden *Sie* es seltsam?«

»Meine Freundinnen wundern sich immer wieder über mich.«

»Und wieso?«

»Ich glaube, sie finden, dass ich so doch nicht glücklich sein kann.«

»Sind Sie es?«

»Was?«

»Glücklich.«

Greta muss überlegen. »Ich finde, ich bin oft glücklicher als meine Freundinnen. Weil die Liebeskummer haben. Und sich in die Falschen verlieben. Und monatelang kaum noch lebensfähig sind, wenn etwas kaputt geht. Vielleicht passt auch das Wort ›glücklich‹ nicht dafür. Ich sage wohl besser, dass ich es einfacher habe. Dass ich lockerer und unbeschwerter sein kann durch die Art, wie ich lebe.«

»Aber Ihre Freundinnen sehen das anders?«

»Sie sind meine Freundinnen. Sie möchten natürlich, dass ich glücklich bin. Richtig glücklich eben. Nicht nur unbeschwerter.«

Heidelinde wiegt den Kopf. »Die Definition von Glück hat schon viele Philosophen beschäftigt. Vielleicht definieren Sie Ihr persönliches Glück einfach anders, als Ihre Freundinnen es tun. Deren Vorstellung von einem perfekten Leben mit einer perfekten Liebe stimmt vielleicht gar nicht mit der Ihrigen überein?!«

»Finden Sie also nicht, dass alles, was ich über meine Liebschaften so erzähle, so klingt, als fehle da etwas?!«

Sie guckt immer interessiert. Als sei es unglaublich spannend, was Greta erzählt. »Wieso fragen Sie mich, ob *ich* das finde? Das Einzige, was zählt, ist doch: Finden *Sie*, dass etwas fehlt?«

Immer dreht sie den Spieß herum. Und hat Recht damit. Natürlich. Greta muss grinsen. *So reflektiert, wie ich bin*, denkt sie, *durchschaue ich das alles natürlich*.

»Finden Sie, dass etwas fehlt? Und wenn ja, was fehlt?«, fragt Heidelinde weiter.

»Tiefe.«

»Sie meinen Nähe? Vertrautheit?«

»Auch.«

»Hatten Sie das alles schon mal? Wissen Sie, wie es sich anfühlt, wenn Sie viel Nähe, Tiefe, Vertrautheit mit einem Menschen teilen?«

Wieder zögert sie.

Die anderen würden sich schlapp lachen, wenn sie sie hier im Sessel sitzen sehen würden, die Hände um die Armlehnen gewrungen. So sprachlos und zaudernd kennen die anderen sie nicht. Vielleicht würden sie auch nicht lachen. Nein, eher würden sie staunen, seltsam berührt.

Jetzt muss sie wohl ran. Von Corinna hat sie Heidelinde noch gar nicht erzählt. Soll sie es jetzt tun? Aber diese Stunde war doch eigentlich einberufen worden, um etwas ganz anderes zu besprechen. Es ging doch um Fanni. Um diesen Typen, der sie überfallen hat. Um Gretas Unvermögen, sie zu beschützen.

»Vielleicht um Ihr Empfinden, dass Sie es nicht vermögen, sich selbst zu schützen?«, forscht Heidelinde mit hochgezogenen Brauen über einem warmen Blick.

»Mich?«, echot Greta. »Mich selbst? Aber wovor denn? Ich bin gesund. Ich wurde nicht von wildfremden Männern fast erwürgt und vergewaltigt. Ich wurde auch nicht von einem lieben Onkel betatscht. Ich werde nie dumm angemacht, und wenn, dann bereuen es die Typen gleich. Ich riskiere nicht mein Leben in einem gefährlichen Job und übe keine Extremsportarten aus. Wovor sollte ich mich also beschützen müssen?«

»Sie stellen mir viele Fragen, die eigentlich nur Sie selbst beantworten können.«

O.k., sie wird es tun.

»Ich habe Ihnen noch nicht von Corinna erzählt«, beginnt sie und erzählt.

Schon lange nicht mehr hat sie davon gesprochen. Nicht einmal mit den anderen spricht sie noch darüber. Sie denkt auch wenig daran. Nur manchmal kann sie einer Erinnerung nicht ausweichen. Bei einem Duft im Kaufhaus. Bei einem bestimmten Lied im Radio. Und neulich fiel ihr auf dem Dachboden eines der Fotos in die Hände. Sie hat sie nicht alle weggeworfen. Obwohl sie es hätte tun sollen. Was sonst tun mit so was?

Während sie die Jahre schildert und das gemeinsame Leben, die ersten Anzeichen der Krise, ihre Ahnung, es könnte eine andere geben, die Tage und Wochen der Trennung, Corinnas wachsende Aggressionen, ihr psychisches Zuschlagen, ihren Wandel von einem vertrauten Menschen in ein angsteinflößendes Monster, ist Greta, als erzähle sie eine Geschichte. Unbeteiligt und ohne Gefühl. Sie schaut meistens auf ihre Hände dabei oder auf das Bild. Mit den beiden Menschen im Ruderboot. Nahe der Küste.

Diese Zeit, von der sie erzählt, liegt so weit zurück. Draußen auf dem Meer. Wo ein Sturm geht. Der sie fort- und mit sich reißen würde, würde sie wieder hinausfahren. Deswegen tut sie es schon lange nicht mehr.

Nachdem sie geendet hat, ist es eine Weile still im Raum. Eine angemessene Stille.

Heidelinde erwidert ihren Blick, wann immer Greta sie anschaut, und sieht fort, wenn Greta es tut.

»Eine furchtbare Geschichte, Frau Sprengel«, sagt sie dann. »Sie haben ein Trauma erlebt. Die Art und Weise, wie Sie verlassen worden sind, das hat bei Ihnen offenbar einen Schock ausgelöst, den Sie immer noch mit sich herumtragen.«

Greta schluckt. »Ach, wissen Sie, das ist jetzt Jahre her. Klar hat mich das am Anfang wirklich sehr mitgenommen. Aber irgendwann muss es ja auch mal gut sein, nicht?«

»Sie haben Recht. Es ist immer gut, wenn man mit Vergangenem abschließen kann. Manchmal dauert das allerdings lange. Und wie ist es jetzt, wenn Sie Ihrer Ex-Freundin zufällig begegnen?«

Herzrasen. Zufällig. Ist nur einmal passiert. In einer Kneipe, die neu eröffnet hatte. Corinna geht nicht auf die Schwofs, und sonst auch nirgends hin. Sie kennt nur ihre Arbeit, ihren Ehrgeiz, ihre Karriere. Gretas »Belustigungen«, wie Corinna alle Freizeit ohne Nutzen gern nennt, sind da eher im Wege. Jo und Anne waren dabei damals. Sie drei, aufgepeppt, rausgeputzt, in spitzen Laune gekleidet und ein lautes gemeinsames Lachen im Schlepptau. Früh genug an diesem Abend, um noch drei der letzten Sitzplätze zu bekommen. Sich umschauen.

Und da entdeckte Greta in der Ecke, still, wie es ihre Art war, Corinna mit einem schwulen Freund. Sie hatte sie bereits bemerkt, wie denn auch nicht, Greta mit ihren wilden roten Locken und der fröhlichen Stimme, und sah herüber. In Gretas Gesicht. In Gretas Augen. In den alten Schmerz, der jäh jubilierte, die Flügel hob und ihren Tisch umkreiste wie ein Raubvogel, mit scharfen Krallen niederstieß immer wieder. Er wollte ihr die Augen aushacken. Damit sie nicht mehr sehen konnte. Damit sie den stummen verwundenden Blick nicht mehr erwidern konnte. Nicht mehr die menschliche Hülle mit einem Blick streifen, die damals zurück blieb. Nach gemeinsamen Jahren, nach Nächten nebeneinander, nach Zukunftsplänen und Seelenerweichen. Eine seltsam vertraute menschliche Hülle, die nichts mehr zu tun hatte mit der Frau, die sie geliebt hatte.

»Ein Monster«, versucht Greta es zu beschreiben. »Sie ist zu einem Monster geworden. Ein grässliches Gespenst, das mich umbringen will.«

Was sie hier so alles von sich gibt! Am Ende wird Heidelinde sie in eine geschlossene Anstalt einweisen. Unheilbar verrückt.

Aber Heidelinde schüttelt nur sanft den Kopf. »Nein, das ist sie nicht. Sie ist ebenso ein Mensch wie Sie. Lassen Sie nicht zu, dass Ihre kindlichen Fantasien Ihnen da einen Streich spielen. Ihre Ex-Freundin hat Sie so tief verletzt, dass Sie heute immer noch glauben, derartige Verletzungen wären nach wie vor möglich durch sie. Aber das sind sie nicht. Sie haben doch Distanz gewonnen. Sie haben den notwendigen Abstand. Sie kann Ihnen nichts mehr antun.«

Greta spürt dem nach.

Entdeckt mit Grausen vor sich selbst, dass sie Angst hat. Angst davor, dass Heidelinde nicht Recht haben könnte. Dass es irgendwo hier in der Stadt einen Menschen gibt, der ihr – der starken, wilden, entschlossenen, frechen Greta! – das Rückgrat zerschmettern könnte. Sie mitten an einem lauen Sommerabend von hinten überraschen und zu Boden werfen könnte. Sie würgen. Sie schlagen. Sie mit dem Kopf gegen eine Hausmauer donnern. So dass sie sich nicht wehren könnte, sondern nur noch sterben. Oder irgendetwas Schlimmeres.

»Sie beziehen das Verhalten Ihrer Ex-Freundin so vollkommen auf sich. Aber es hat nichts mit Ihnen zu tun, Frau Sprengel. Was Sie erzählen, klingt vielmehr so, als sei Ihre Freundin in bestimmten Bereichen ihres Lebens unfähig. Sie ist wohl nicht in der Lage, Vertrauen zu schenken, Verantwortung zu übernehmen, Beziehungen mit allen Konsequenzen zu leben. Vielleicht ist sie auch unfähig, sich selbst gegenüber ehrlich zu sein. Und wenn sie es sich selbst gegenüber nicht kann, wie hätte sie es da gegen Sie sein können? Ihre Freundin trägt an ihrer Schuld so sehr, dass sie in ihrem schlechten Gewissen mit Aggression reagiert, nicht nur mit Abwehr, sondern mit Angriff. Sie erträgt so wenig, was sie Ihnen angetan hat, dass sie Ihnen noch mehr antun musste. Verstehen Sie?«

»Nein. Das kann ich nicht verstehen.«

Heidelinde schaut einen Moment verständnisvoll. Dann sagt sie: »Das spricht menschlich für Sie.«

Das hilft jetzt aber alles nicht weiter.

Corinna unfähig. Aha. Na, das hat sie sich so und ähnlich eigentlich sowieso schon gedacht. Alles gut und schön. Aber im Grunde doch egal. Weil sie sich ja eh nicht mehr begegnen. An einen freundschaftlichen Kontakt, wie zum Beispiel zwischen Fanni und ihrer Ex Nicole, ist nicht die Bohne zu denken. Will sie auch gar nicht.

»Sie könnten sich auf die Suche machen nach dem, was Ihnen offenbar in Ihren kurzen Affären fehlt. Ich schätze allerdings, dass Sie es erst finden werden, wenn Sie am eigenen Leib erfahren haben, dass eine persönliche Begegnung mit Ihrer Ex-Freundin Sie nicht umwirft. Dass sie nicht mehr die Macht hat, Sie zu verletzen. Und dass Sie selbst sich deshalb nicht mehr verbergen müssen hinter dem hohen Schutzwall der Behauptung, Sie würden etwas wirklich Nahes gar nicht wollen.«

Langsam! Langsam!

Das waren jetzt ein paar Dinge zu viel auf einmal!

Schutzwall der *Behauptung* ... ?

Behauptung? Was soll denn das jetzt bedeuten? Das klingt ja so, als mache sie sich und anderen was vor.

Kapiert Heidelinde denn überhaupt, um was es hier geht?

Und Greta hat nichts davon gesagt, kein Wort davon, dass ihr etwas fehlt. Sie hat nur gefragt, ob Heidelinde findet, dass etwas fehlt. Das ist doch ein Unterschied.

Sich auf die Suche machen nach etwas. Von dem sie keinen blassen Schimmer hat, ob sie es eigentlich noch möchte. Jemandem nah zu sein, heißt verletzbar zu sein, heißt verletzt zu werden.

»Vielleicht hat die Zeit bei Ihrer Freundin ja auch etwas bewirkt? Vielleicht könnte Sie es jetzt sich selbst und auch Ihnen zeigen ...?«

»Was denn?«

»Dass es ihr Leid tut.«

Da ist so ein Rauschen in den Ohren. Ihr Blut. Das die überraschende Nachricht vom Trommelfell fortträgt in jeden noch so entfernten Winkel ihres Körpers.

»Soll das heißen, ich soll hingehen und sie besuchen? Um zu gucken, ob es ihr Leid tut?«, wiederholt Greta langsam. Sie hört ihrer Stimme an, dass sie nah dran ist, unhöflich zu klingen. Deswegen schluckt sie einmal kurz, bevor sie mit Überzeugung weiterspricht: »Es tut ihr nicht Leid, ich weiß das! Sie hat ... ihre Maske abgenommen. Und da hab ich gesehen wie sie wirklich ist.«

»Vielleicht. Vielleicht irren Sie sich auch. Sie können es nicht wissen, wenn Sie sie nicht aufsuchen. Können Sie es sich vorstellen? Dass Sie es wagen, es sich zutrauen? Dem Gespenst seine Maske abzureißen und sich Ihre Ex-Freundin anzuschauen – in all ihrer bemitleidenswerten zwischenmenschlichen Unfähigkeit, wenn Sie so wollen?!«

Greta sitzt minutenlang schweigend mit verschränkten Armen. Sagt keinen Ton.

Die redet doch völligen Blödsinn.

Zu Corinna gehen. Bei ihr schellen. Die Treppe rauf. Vielleicht wohnt sie gar nicht mehr da. Als sie aus der gemeinsamen Wohnung raus ist, hat sie gesagt, es ist vielleicht nur für den Übergang. Greta müsste also erst mal rausfinden, ob sie noch da wohnt. Die Treppe rauf und vor der Wohnungstür stehen. Spalt breit auf. Dahinter ihr Gesicht. Die dunklen Haare, immer ein paar Fransen in der Stirn. Quatsch. Das kann sie nicht machen.

»Und Ihr Ratschlag?«, fragt sie knapp.

Heidelinde guckt ernst. »Raten darf ich Ihnen nicht, Frau Sprengel. Das wäre wenig therapeutisch. Ich begleite Sie nur bei Ihren eigenen Entscheidungen. Aber Hilfestellungen kann ich Ihnen geben: Fragen Sie sich, wem Sie noch eine Maske aufgesetzt haben in Ihrem Leben. Vielleicht müssen noch mehr davon fallen?!«

Dann ist die Stunde vorbei. Greta steht auf dem Bürgersteig vor dem Haus. Schweiß aus allen Poren. Also ehrlich, die spinnt doch total.

Jo findet es fast ein bisschen wie früher. »Wollen wir mal wieder ins Kino gehen?«, fragt Anne, während sie die von Jo mitgebrachten Einkäufe in den Kühlschrank sortiert.

Seit dem Abend neulich, seit Jo mit Ralfs Unterschrift zurückgekehrt war, passiert so was wieder.

Jo zögert nur kurz. Sieht Annes Blick, der nicht bittend ist, sondern aufmunternd, heiter. Der sagt: *Komm schon, du kannst nichts tun für sie. Madita ist bei ihr und steht das mit ihr durch. Du musst nicht trauern, und du kannst ihr nicht helfen. Aber uns, uns kannst du helfen.*

Also nickt Jo lächelnd, und sie ziehen sich gemeinsam im Schlafzimmer um. Kramen nebeneinander im Kleiderschrank. Anne hält sich T-Shirts vor und lässt Jo entscheiden. Keine von ihnen sagt ein Wort dazu, dass sie das schon lange nicht mehr getan haben. Die Intimität des In-Unterwäsche-vor-dem-Schrank-und-Finden-es-ist-nix-passendes-Drin haben sie lange nicht geteilt.

»He, es ist ja nur Kino«, meint Jo endlich. »Und schließlich sind es nur wir beide. Nur du und ich.«

»Na, eben«, antwortet Anne keck und zieht das Shirt über, das Jo letzten Sommer immer so sexy an ihr fand. Und jetzt gerade merkt, dass sie es immer noch findet. Überhaupt ist Anne unglaublich attraktiv. Nicht nur dafür, dass sie fünfunddreißig ist. Insgesamt ist sie einfach knackig und weiblich und ihre leicht gebräunte Haut steht ihr fantastisch zu den weizenblonden Haaren.

Da ist so eine pulsierende Stelle in Jo. So fühlt sich Begehren an, erinnert sie sich. Verwundert darüber, wie lange sie es nicht empfunden hat in dieser Stärke.

Für einen kurzen Moment taxiert sie das ordentlich gemachte Bett. Ob sie Anne überzeugen kann, dass es ebenso schön – vielleicht noch schöner – wäre, hier zu bleiben?

Aber Annes fragender Blick macht sie ungewohnt verlegen. Ihre mehrjährige Beziehung schützt sie also nicht davor, rot zu werden, als sie beim Gedanken an ausgiebigen Sex am frühen Abend ertappt wird.

»Ist noch was?«, erkundigt Anne sich.

»Nein, was soll denn sein?!«, erwidert Jo rasch und betont rotzig. Aber als Anne sich fortdreht und in ihren neuen Levis zur Tür hinausstolziert, umspielt so ein amüsiertes, siegessicheres Lächeln ihren Mund, dass Jo ahnt, dass sie soeben durchschaut worden ist.

Sie suchen sich einen Liebesfilm aus.

Später weiß keine mehr, welche von ihnen den Anstoß zu dieser Entscheidung gegeben hat. Wahrscheinlich sind sie beide getrieben von dem Wunsch, etwas Romantisches zu sehen, etwas optisch Schönes, emotional Ansprechendes, mit einem Happy end.

Jo erinnert ein merkwürdiges Gespräch mit Greta, in dem es um Fannis Buch ging und in dem Greta sich unverhältnismäßig erhitzte, als es um Fannis Einstellung zu einem *glücklichen Ende* ging. Sie muss Fanni mal danach fragen, wie diese Diskussion ausgegangen ist. Schließlich ist es nicht sicher, ob Fanni es immer noch so toll findet, sie alle an dieser Arbeit teilhaben zu lassen. Am Ende bereut sie es noch, weil Greta – vor allem Greta wahrscheinlich, denn die hat ja zu Gott und der Welt ihre feste, meist leicht verschrobene Meinung – zu allem ihren Senf dazugeben muss.

Die Stunden im Kino sind schöner als alles, was Jo in den letzten Wochen so erlebt hat.

Ihre Abende in der Muckibude, manchmal begleitet von Eva, kann sie nun wirklich nicht hiermit vergleichen. Mit Annes Hand an ihrem Arm. Den Tränen bis zum Lidrand, als es kurz vor Schluss so aussieht, als gingen die beiden auf der Leinwand doch in all ihrer Unsicherheit aneinander vorbei. Da halten sie einander ganz fest. Starren sie beide wie gebannt.

Erst als sich alles zum Guten wendet, die Abspannmusik läuft und alle Kinogänger außer ihnen aus ihren Sitzen zum Ausgang schießen, lockert Anne ihren Griff.

»Puh«, macht sie und bläst Jo ihre Erleichterung ins Gesicht. »Das ist ja noch mal gut gegangen.«

»Kann man so sagen.«

Sie sehen einander an. Bis das große Licht angeht, die Putzkolonne hereinmarschiert.

Als hätten sie sich abgesprochen, was sie aber nicht haben, jedenfalls nicht mit Worten, nehmen sie nicht den direkten Weg nach Hause, sondern schlagen den ruhigeren, etwas längeren Weg durch die Seitenstraßen ein.

Hand in Hand zu gehen, ist Jo immer noch so vertraut, dass es ihr auch jetzt – nach den vergangenen Wochen und Monaten – nicht seltsam vorkommt.

»Hast du Lust?«, fragte Anne und meint die Schaukeln auf dem kleinen Spielplatz, an dem sie vorbeikommen.

Klar hat sie. Sie setzten sich auf zwei nebeneinander und geben sich mit den Beinen Schwung. Eigentlich hängen die Schaukeln etwas zu tief. Aber es geht, wenn sie die Unterschenkel seitlich abspreizen.

Anne fliegt höher. Das kann Jo nicht auf sich sitzen lassen, auch wenn sie eigentlich Schiss hat. Seit neulich will sie vieles nicht mehr auf sich sitzen lassen. Sie hat eine Erfahrung gemacht. Dass sie das, was schon immer so war, was scheinbar unabwendbar immer wieder so sein wird, ändern kann. Wenn sie zu Ralf fahren kann und ihn kackendreist um eine Unterschrift bitten, dann kann sie auch genauso hoch schaukeln wie Anne. Und wer weiß, was sie noch alles kann, ohne es bisher gewusst zu haben.

Sie will ihre alte Haut abstreifen wie eine zu eng gewordene Hülle, die sie am Wachsen hindert.

Sie kann ganz einfach alles neu versuchen.

Wenn sie an Grenzen trifft, o.k., damit wird sie leben müssen. Aber diese eine Erfahrung hat ihr gezeigt, dass sie vielleicht nicht an Grenzen trifft. Und was dann?

»Ich bin höher!«, ruft sie, und Anne lacht laut und fröhlich, macht dann kichernd »Pssssst!« und lässt sich ausschaukeln.

Jo hat weiche Knie, als sie von ihrem kinderpodurchgesessenen Brett heruntersteigt und Anne durch den Sand des Platzes zu dem Seil folgt, an dem man – an einem Drahtseil hängend – einmal quer über den Platz rasen kann.

Sie klettern leise lachend gemeinsam auf den Erdhügel, von dem aus es los geht, und geben sich gegenseitig Anstoß. Bis sie auch davon genug haben.

Anne fixiert das kleine Holzhäuschen, das auf dem Hügel auf massiven Stelzen steht und dessen Innenraum wahrscheinlich ausschließlich von Gibbons und anderen langarmigen Affen erreicht werden kann.

»Du willst doch nicht da hoch klettern?!«, mutmaßt Jo und rennt los, um Erste zu sein.

Es gibt am Fuße der Stelzen ein kleines Gerangel. Bis sie merken, dass sie unmöglich allein hinauf kommen können. Sich gegenseitig hebend und schiebend, liegen sie schließlich im Zwergengröße-gerechten Eingang.

»Das erinnert mich an den Abenteuerspielplatz in Holland, als wir mit Kai und Timo da waren. Weißt du noch?«

Kai und Timo sind zwei schwule Freunde von Anne. Mit denen hatten sie sich früher öfter mal verabredet. Kai hat einen echten Klamottentick, aber er ist trotzdem nett. Und Timo kann so toll indisch kochen, dass sie alle vier süchtig danach waren. Seit langer Zeit haben sie keines dieser Treffen mehr einberufen. Wieso eigentlich nicht?

Jo spricht die Frage nicht aus.

Die Antwort kennt sie selbst, wenn sie nur einen kleinen Augenblick darüber nachdenkt. Ihre Prioritäten. Ihre Freundinnen. Denen sie die Treue hält, weil sie es sich geschworen hat. Und wenn die Zeit knapper wird oder die Luft in der Beziehung dicker, ist nicht mehr viel drin für anderes. Wie zum Beispiel für ein ganzes Wochenende in Holland mit Timo und Kai. Als sie wie die albernen Teenager über den Abenteuerspielplatz getobt waren abends. Die beiden Männer sich schließlich unter einem fadenscheinigen Grund schon mal ins Ferienhaus verdrückt hatten, sich heiße Blicke zuwerfend. Anne und Jo plötzlich für ein paar Stunden vogelfrei gewesen waren und zudem ohne feste Bleibe. Denn schließlich hatten sie den Freunden die Gelegenheit zu zweisamen Stunden geben wollen.

In Ermangelung einer Alternative waren sie vom Spielplatz aus aufgebrochen in die Dünen, hatten in den Sandhügeln gelegen, geschützt, geborgen. Hatten einander zunächst nur mit den Augen, später auch mit Händen und Lippen geliebt.

Daran erinnert Anne sich jetzt also. Während sie Jo derart anschaut von da oben. Von der einzigen Sitzbank in diesem Minihaus aus. Jo auf Knien vor ihr.

Plötzlich ist alles Gewohnte ganz anders.

Das kleine Holzhäuschen hier oben ist ein Nest, in dem sie sitzen und sich atemlos ins Gesicht starren.

»Denkst…?«, sagt Anne und bricht ab, weil ihre Stimme sie beide erschreckt. Deswegen flüstert sie weiter: »Denkst du auch…?« und bricht wieder ab. Diesmal, weil es Altvertrautes weckt, die Stimme zu senken, dass sie nur zu hören ist für Jo, deren Sinne ganz bei ihr sind.

Sie schaut immer noch hoch zu Annes Gesicht, das im blauen Licht der Nacht geheimnisvoll schön schimmert.

Als Madita morgens zum Stall aufbrechen will, sitzt Fanni mit einer Tasse grünem Tee am Küchentisch und sieht aus der großen Fensterfront, die auf die Dachterrasse führt, hinweg über die Dächer.

»Machst du noch ein Foto von mir?«, bittet sie und wendet Madita ihr Gesicht zu. »Guck mal, es ist noch eine neue Farbe dazugekommen.«

Tatsächlich. Ein neuer Lilaton, dunkler und schimmernder als die bisherigen. Der olivgrüne Rand um das Mal am Hals tritt auch noch deutlicher hervor als gestern. Es ist schon der zweite Morgen danach. Madita hatte vorgeschlagen, noch einmal bei Fanni zu übernachten.

Die Unruhe der Freundin in der Nacht, ihr beständiges Erwachen, Seufzen und nach einer Hand-Tasten, berührt sie tief.

Madita betrachtet durch das Objektiv der Kamera die Schramme an Fannis Stirn, die von der Mauer oder von einem metallenen Uhrenarmband stammen könnte. Sie ist hart verkrustet.

»Hübsch, nicht?«, kommentiert Fanni und lächelt, als Madita abdrückt. »Schrammen sind wirklich kleidsam. Sie haben so etwas Verwegenes.« Dann rückt sie die Kamera zurecht, stellt den Selbstauslöser ein und zieht Madita hinter sich. Madita schaut ihr über die Schulter ins Gesicht, als es *Klick* macht.

»Wirst du die Bilder wirklich einbauen?« Madita kann sich nicht vorstellen, etwas so Persönliches der Öffentlichkeit zur Verfügung zu stellen. Zum Angucken.

»Ich bin noch nicht sicher. Kommt drauf an, wie attraktiv ich darauf noch wirke«, lächelt Fanni. Aber in ihren Augen spiegelt sich etwas Ernstes, das Madita daran hindert, zurück zu lächeln.

Als sie im Auto sitzt und die Strecke raus aus der Stadt Richtung Stall fährt, erinnert sie sich an den späten Abend nach dem Überfall, in Fannis Bett. Wo sie sicher waren.

»Wie kam es?«, hat sie gefragt, weil sie es nicht glauben konnte, dass es Fanni getroffen hat. »War er dir vorher aufgefallen? Kam dir sein Gesicht bekannt vor? Bist du ihm in der

Stadt begegnet und er ist dir gefolgt? Oder war es einfach ein Zufall? Warst du zur falschen Zeit am falschen Ort? Ich meine ... ich weiß, es kann jede treffen ...«

»Nein!«, hat Fanni unterbrochen. »Kann es nicht. Es trifft die, die weich sind, die verletzbar sind. Vielleicht war es die Stunde bei Frau Abendroth, vielleicht war es das Gespräch mit Greta. Das kann ich nicht sagen. Aber eins weiß ich: Ich war nicht gewappnet, ich war schutzlos. Das spüren sie. Wie Tiere wittern sie, wo ein Opfer geht.«

Das ist eine gruselige Vorstellung. Und eigentlich will Madita das nicht. Sie will sich nicht Männer vorstellen als Wesen, die über einen tödlichen Sinn verfügen. Einen, der erkennen kann, wenn eine Frau wehrlos ist.

Darüber konnte Fanni nur lachen. »Quatsch! Ich meine doch nicht alle! Ich würde mich sofort erschießen, wenn alle Männer so drauf wären!« Dann hat sie geschwiegen und ruhig geatmet. Als dächte sie besonders an einen, der ihr womöglich besonders nah steht, obwohl er weit fort ist und ihre Freundschaft nur wenige Tage währte. Aber auf jeden Fall an einen, der einmal ihre Schwäche erkannte. Und schützte.

Sie lagen unter der einen Decke, und Madita umarmte Fanni von hinten. Löffelchenliegen. Intim war das. *Eigentlich,* dachte Madita so bei sich, *viel zu intim für Freundinnen, selbst wenn es zwei wie wir sind. So was haben wir noch nie getan. Aber Situationen wie diese erfordern so etwas vielleicht.*

Als Madita Fanni so vor sich spürte, den warmen Körper, der viel zu groß für dieses Porzellanzarte schien, an ihr fühlte, hat sie ihr Gesicht in Fannis Haar vergraben. Der Geruch darin war ihr so vertraut wie ihr eigener.

»Fanni, warum ist aus uns nie ein Liebespaar geworden? Manchmal denke ich, wir wären ein wunderbares Liebespaar. Findest du nicht?«

Sie konnte Fanni lächeln hören. Eine Hand huschte nach hinten und legte sich auf ihr Bein.

»Das hat nur einen einzigen Grund«, hat Fanni geantwortet, mit der Stimme, die nur die reine Wahrheit sagt. »So viele Lieben zerbrechen irgendwann. Sie scheitern an allem, was wir nicht können oder nicht wollen. Wir aber sollen immer zusammen bleiben. Deshalb haben wir uns nicht verliebt in einander.«

Fanni weiß immer die richtige Antwort.
Sie gibt sie aber nicht ungefragt.
Und Madita fragt nicht, was Fanni eigentlich inzwischen von ihrer Geschichte mit Karo hält.
Dabei beschäftigt sie das derzeit unentwegt.
Jetzt, wo Karo für drei Wochen fort ist, im Urlaub bei ihrer Familie, scheint sie näher als sonst. Sie begleitet Madita jede Stunde am Tag mit ihrem großen schnörkellosen Mund, seinem Lächeln, das sich in den Augen fortsetzt.
Vorgestern Mittag noch, bevor das mit Fanni passierte, haben sie telefoniert. Karos Stimme hat fröhlich geklungen, ihre Worte weich und ganz besonders. Sie hat von Vermissen gesprochen. Und Madita hat ihre Hand auf den Bauch gelegt, während sie der Sehnsucht in ihr zartes Gesicht schaute. Die Häufigkeit ihrer Treffen lässt längst nicht mehr von *nebensächlicher Bekanntschaft* sprechen oder von *Affäre*. Karo vermeidet es, von *Beziehung* zu sprechen oder von *Freundin*. Madita spürt manchmal das Drumherumschleichen um die Worte der klaren Definition, und dann bekommt sie Angst vor sich selbst.
Wie schön dann so ein Gespräch, in dem Karo sich so innig anfühlt, in dem Madita selbst die Sehnsucht spürt, die sich festkrallt in ihrem T-Shirt. Am Ende des Telefonats vorgestern wollte sie es zum ersten Mal aussprechen. Doch da war Karo, trotz aller empfundenen Nähe, ohne die inzwischen schon vertraute körperliche Wärme und Weichheit, nur elektronisch übertragene Töne. Und Madita hat gefunden, dass sie es sich auch aufsparen kann. Sie hat gelächelt bei der Vorstellung, es Karo zu sagen, wenn sie sich wieder in den Armen halten können. Sie lächelt auch jetzt, während sie die Schubkarre mit dem Mist aus dem Stall fährt.
Du?, würde sie zu Karo sagen, schelmisch grinsend. *Du? Willst du mit mir gehen?*
Und dann würden sie darüber reden, wie es sich anfühlt, wenn man langsam begreift, dass etwas gewachsen ist, das mehr ist als nur eine Zufallsbekanntschaft, die man zwei mal die Woche auffrischt.
Renate ist ansteckend heiter. Seit ihr Hengst Triathlon auf der letzten Zuchtschau gekürt wurde, als Bester im Ring heimfuhr und nun eine Deckanfrage nach der nächsten aus dem

Faxgerät purzelt, steigt ihre Laune täglich. Für sie gibt es nur die Pferde. *Das hat was,* sagt sie manchmal. *Wenn ich mir dich so angucke, in deinem Liebeskummer. Oder auch meine Schwester mit ihrer dritten gescheiterten Ehe. Also ehrlich, da bleibe ich doch bei den Viehchern und häng mir so was erst gar nicht ans Bein.*

Madita lacht sie aus. Mittlerweile kann sie über solche Theorien nämlich wieder lachen.

Das schlimmste Vergehen gegen die Liebe, findet sie, ist: keine zu haben.

»Du?« Renates Gesicht im Rahmen der Tür zur Sattelkammer ist ernst. »Da ist Besuch für dich.«

Und schon im nächsten Augenblick der Blick. Herbeigesehnt. Gefürchtet. Renate zieht sich zurück, skeptisch gerunzelte Stirn.

»Julia.« Madita steht nicht einmal auf. Sie bemerkt es nicht. Wie gelähmt sitzt sie da und blickt nur zurück.

»Tja ...«, macht Julia und lächelt.

»Was machst du denn hier?« Wahrscheinlich gibt es Worte, die eher nach einem Willkommen klängen. Die den Takt ihres rasenden Herzens eher wiedergeben würden.

Julia zuckt die Achseln. Sie trägt ein altes verwaschenes T-Shirt, auf dessen Frontseite eine Hand gedruckt ist, in der steht in grellen Buchstaben: *don' t touch!* »Du hast gesagt, du würdest mich gern wiedersehen. Als wir telefoniert haben vor ein paar Wochen.« Das T-Shirt ist gerade so kurz, dass der Bauchnabel zu sehen ist. Ihr Bauch ist braun, glatt, weich. Er zieht Blicke magnetisch an. Maditas Blicke ganz sicher.

Sie versucht sich zu erinnern, aber es geht nicht. Sie weiß nicht mehr, ob sie das, was Julia behauptet, tatsächlich gesagt hat.

»Als ich dich fragte, ob du Nemo mal wieder besuchen willst...«, hilft Julia ihr, immer noch offensichtlich verlegen in der Tür stehend. Bei ihr weiß man nie, ob es nicht eine zur Schau getragene Gefühlsregung ist, wenn etwas so offensichtlich ist. Julias wahre Gefühle, jene, die tief gehen, die verbirgt sie nämlich meist so geschickt, dass niemand darauf kommen würde.

Jetzt fällt es Madita wieder ein. »Oh, nein, ich sagte, ich würde Nemo gern wiedersehen.«

Julia lächelt nur. Schüchtern zwar, aber dennoch so, als wisse sie es sowieso besser. Vielleicht ist es ja auch so. Vielleicht weiß sie viel besser als Madita, was die mit ihren Worten tatsächlich gemeint hat.

»Hast du gerade zu tun? Ich dachte, ich komm am besten um diese Uhrzeit, damit ich dich nicht störe. Du hast doch jetzt keinen Unterricht?«

Madita zieht die Brauen hoch. Mehr nicht. Julia ist durch die Stallgasse herein gekommen, an der offen stehenden Tür zur Halle vorbei. Sie hat gesehen, dass dort gerade keine Schülerinnen warten.

»Komm«, sagt sie und steht endlich auf. Sobald sie sich bewegt, geht es besser. Einmal muss es ja sein. Dass sie sich wieder begegnen. Ansonsten muss es ja wirklich nichts bedeuten.

»Sagen wir Gustaf *Guten Tag*.«

Scheiß Idee, denkt sie dann, als sie an der offenen Boxtür lehnt. *Das ist wirklich das Letzte, was ich sehen will.*

Trotzdem guckt sie hin, sieht sich an, wie Julia ihr Gesicht an Gustafs fuchsfarbenen Hals schmiegt und er ihr zärtlich ins Haar schnaubt. Der Anblick schneidet ihr vom Herz kleine Stücke ab. Scheibe um Scheibe fällt hauchdünn auf den Boden der Stallgasse.

Sie kann es einfach nicht mit ansehen, wie Julia ihr Pferd liebkost. Jede Berührung wird sie wieder erinnern. Der Anblick von Julias festen, streichelnden Händen auf dem glatten Fell. Wie sie in die Mähne hineinfahren und sie zerzausen.

Sogar ein kurzer Pagenschnitt wie Maditas kann zerzaust werden von solchen Händen.

»Ich muss noch Stroh rüber holen. Hast du Lust, mir zu helfen?«

Nur nicht rumstehen und sich nur ansehen.

Ein Gefühl, als löse sich ihr Geist ganz langsam vom Körper, um zwischen ihnen zu schweben wie ein Nebel, der sich nicht auflöst, sondern immer dichter wird.

»Wie geht es dir?«, will Julia wissen als sie nebeneinander zur Scheune rüber gehen. Sie trägt keine Stallschuhe, sondern Sommersandalen. Die, die auch ohne Bänder und Schnüre an den Füßen halten, wenn man beherrscht, in ihnen auf eine gewissen Art und Weise zu laufen.

»Gut. Mir geht es gut. Ist ja ein toller Sommer dieses Jahr. Viele warme Tage. Renate und ich sitzen oft draußen nachmittags. Und die Kinder sind natürlich ratzverrückt, wenn wir so oft ausreiten können.«

»Und die Liebe? Was macht die Liebe bei dir?«

Madita lacht. Hört selbst, wie künstlich es klingt. »Das interessiert dich immer noch? Was macht denn dein Liebesleben, frage ich mich. Hast du es doch noch mal versucht mit Ulrike?«

Julia schafft es, mit diesen Sandaletten, einen kleinen Stein vor sich her zu kicken. »Versucht. Tja, das wäre wohl das richtige Wort, wenn man es so nennen wollte. Aber im Grunde war schon abzusehen, dass es eh nicht funktionieren würde. Es hatte sich zu viel verändert. Und das mit dir ... also, das konnte ich nicht ... ich hab dich einfach nicht ...«

Sie kommen am Scheunentor an, und Madita zieht es auf. Darin erwartet sie die dämmrige Stille, die solche Orte an sich haben. Vielleicht war es eine ganz besonders dumme Idee, mit Julia hierher zu gehen.

Madita fegt mit ihren ausgelatschten Turnschuhen absichtlich grob über den Boden, ein paar Halme zur Seite, als spüre sie nicht die Verzauberung dieser Halle, die der in alten, menschenleeren Kirchen gleicht. Die Sonnenstrahlen dringen durch die Oberlichter wie Tausende Lamettastreifen.

»Und du? Gibt es jemanden?«

Der Wagen mit den dicken Gummirädern steht ordentlich geparkt dort, wo er hingehört. Madita sieht am Berg aus Strohballen hinauf.

»Ja. Ich hab Karo auf einer Frauenparty kennen gelernt, kaum zu glauben, wie?«

Sie lachen beide ein bisschen. Auf einer Frauenparty. Das ist wirklich zum Lachen.

»Seid ihr zusammen?«

Madita zuckt die Achseln. »Ich schätze schon.«

Julia nickt stumm. Dann streift sie ihre Schuhe ab und klettert barfuß auf den Strohberg hinauf, um von oben ein paar Ballen herunter zu wuchten.

»Reitet sie?«

Madita nimmt einen Ballen auf und wirft ihn auf den Wagen. »Sie versucht es gerade.«

Der nächste Ballen schleudert neben ihr auf den Boden. Sie sieht zu Julia hoch. Deren Körper angespannt arbeitet, sich beugt und dehnt, die Muskeln an den nackten Armen und Beinen treten hervor.

Was wird sie als Nächstes fragen? Was will sie wissen? Was wird ihre Wut, die sie ganz offensichtlich verspürt, noch schüren? Was könnte sie mildern?

»Kennst du das neue Lied von Atomic Kitten?«, ruft Julia zu ihr hinunter. »Ich hab gestern das Video gesehen. Geil! Ich muss unbedingt auf das Konzert!« Und dann singt, und pfeift sie den neuesten Song der Band, stolziert auf dem Strohballenberg hin und her, schwingt die Hüften und tut so, als sänge sie zu einem imaginären Publikum.

Madita kann nicht anders, als sie wollen.

Ihre Leichtigkeit, ihr Flattern, ihre Ein-Frau-Show, bestehend nur aus Julia. Julia in den unterschiedlichsten Rollen, die alle zu ihr gehören: Julia als schüchterne Besucherin, als tatkräftige, pferdestallgewohnte Hilfsarbeiterin, als begehrenswerte Tänzerin ohne Schuhe.

Julia bleibt den ganzen Nachmittag. Bewegt Gustaf ein bisschen in der Halle. Steht am Gatter des Reitplatzes, während Madita Unterricht gibt. Lässig aufgestützt, ein gewohnter Anblick, nur für eine Weile vermisst. Eine Weile, die ausgelöscht ist, wenn sie dort steht, als sei sie nie fort gewesen. Ihr Bild gehört dorthin.

Renate kommt herangeschlendert, sichtbar widerwillig, beginnt einen höflichen Small-Talk und vergisst irgendwann ihre skeptische Zurückhaltung, lacht laut, legt ihr Bein über eine Gatterlatte und erzählt mit munteren Sätzen. Madita hört Unterrichtsstunden lang immer wieder ihre Stimmen zu sich heranperlen. Vertraut. So muss es sein.

Auch dass Julia mit ihr das Absatteln überwacht. Und wie die Mädchen die Pferde dann am Halfter hinausführen und auf der Koppel laufen lassen. »Geh nicht so dicht mit der Indra an den Rinaldo ran. Die zickt ihn immer an«, hört Madita sie zu einer Schülerin sagen.

Renate lächelt, ohne dass Madita sagen könnte, was sie wohl denkt. Möglich, dass Renate das selbst gerade nicht weiß. »Ich werd jetzt mal was zu essen in den Ofen schmeißen. Füttere die Viecher später selbst. Kannst also schon frei machen. Tschö dann, Julia. Vielleicht ja mal bis bald? Und Grüße an Nemo.«

»Richte ich aus. Ja, mal schauen. Vielleicht bis bald?!« Bei den letzten Worten schaut Julia Madita an.

Hängt das denn von ihr ab?

Sie sitzen lange auf dem Koppelzaun und sehen den Pferden zu, wie sie grasen, sich im Staub wälzen, ihren Feierabend genießen.

Julia fragt nach Fannis Neuseeland-Trip, nach Jo und Anne, nach Gretas neuestem Abenteuer.

Irgendwann gibt es nichts mehr.

Dann steigen sie runter, mit in ihre Hintern gesessenen Zaunrillen, über die sie noch mal gemeinsam lachen. Es ist schon Abend geworden.

»Sag mal, Madita, wie stellst du es dir eigentlich jetzt so vor? Ich meine, mit uns. Wie soll das so laufen?«, fragt Julia da.

Madita spürt, wie sie blinzelt, und findet sich selbst blöde dabei.

»Was meinst du?«

Julia sieht zum Horizont. »Möchtest du mich wiedersehen?«

Möchte sie das?

»Und wenn ja, als was möchtest du mich wiedersehen? Schließlich haben wir die Rollen getauscht. Jetzt bist du in einer Beziehung. Da können wir doch vielleicht befreundet sein, oder?«

Will sie das? Befreundet sein? Mit Julia?

Madita folgt Julias Blick, denkt nach. Aber natürlich lässt Julia ihr keine Zeit. Sie ist immer so ungeduldig.

»Wenn du es noch nicht weißt, dann kannst du ja mal in Ruhe drüber nachdenken. Meine Handynummer hat sich nicht geändert. Du kannst mir simsen, was du so dazu denkst. Oder du rufst an. Oder wir ... wir können uns auch wieder treffen ...« Julias Stimme wird heiser, während sie spricht. Wird zu einem Flüstern. Die Berührung ihrer einen Fingerspitze an Maditas Arm macht eine Gänsehaut am ganzen Körper. Die feinen Härchen richten sich auf.

Fannis Worte schwirren heran. *Sexuelle Obsession.* Madita muss schlucken.

Ihr gesenkter Kopf, ihr Blick hinunter auf Julias gebräunte Füße in den leichten Sandalen, gibt Julia ein Zeichen, sie weiß das. Weiß aber nicht, ob sie das Zeichen tatsächlich geben will. Julia wirklich so deutlich machen will, wie unsicher sie sich fühlt. Ihre Souveränität hatte sie immer gerettet. Aber wenn sie die sausen lässt, dann könnte es gleich zu spät sein.

Und schon spürt sie Julias ganze Hand an ihrem Arm, ihren Körper, wie er nah zu ihr tritt, fließt in die Umarmung. Ihr Geist und ihr Körper verdünnen sich zu einem Gemisch aus Sehnsucht und unbändigem Verlangen. Es hat so lange gewartet. Wie in einem Schnellkochtopf vor sich hingebrodelt. Gedeckelt, verwünscht, hinweggeflucht. Doch jetzt zeigt sich, dass es noch lebt, dass es da ist, dass es sie ausfüllt in jedem Winkel. Atem an ihrem Ohr, den Haaransatz an der Stirn entlang. Es ist nur eine winzige Bewegung, den Kopf zu heben, mit geschlossenen Augen, alles hinzunehmen. Die Sekunde zu erwarten, in der Julias Lippen die ihren verbrennen werden. Die Sekunde, in der sie ausgelöscht wird, in der alles wieder da sein wird.

Da. Ein Paar brauner Augen. Ein tiefes Lachen, das aus einer hellen Stimme unvermittelt herausbricht. Zarte Hände um ihr Gesicht.

Als würde der Film zurückgespult. Ihre Essenz wird zurückgezogen in einem körperlich wahrnehmbaren, beinahe schmerzhaften Ruck. Madita weicht zurück.

Julia öffnet die Augen. Madita hat keine Ahnung, was sie sieht. Doch was Julia erkennt, veranlasst sie dazu, sich abzuwenden und eine ihrer Sandalen auszuziehen, mit den schlanken Zehen, hellblau lackierte Nägel, Muster in den staubigen Boden zu zeichnen.

»Ist es dir eigentlich ernst mit dieser ... wie heißt sie noch?«

»Karo«, antwortet Madita, spricht den Namen aus wie einen Fremdkörper, der ihr aus dem Magen heraufschießt. Er gehört nicht zwischen Julia und sie. Zwischen Julia und sie gehört nichts und niemand anders. Keiner hat dort Platz. Dachte sie immer. Hat sie immer gedacht. Bis gerade auf der Innenseite ihrer Lider dieses Paar brauner Augen auftauchte. Karos Augen.

Dass Julia sie ihren Namen sagen lässt, ihn nicht selbst ausspricht, vorgibt, ihn vergessen zu haben, das ist so typisch für sie.

Warum hat Madita jetzt kein Lächeln dafür? Warum fühlt sie sich plötzlich und zum ersten Mal abgestoßen? Von dieser ausschließlichen Konzentration auf ihre Person, die Julia praktiziert.

»Ja«, sagt sie. »Ja, ich glaube, es ist mir schon ernst. Ich weiß gar nicht, ob ich was anderes könnte. Ich dachte zwar zuerst, es wäre eh nichts drin, nicht so schnell jedenfalls. Ich dachte, ich bräuchte vielleicht zwei, drei Jahre oder mehr. Aber dann ist es doch anders gekommen.«

»Und wo ist sie jetzt, deine Freundin? Was arbeitet sie?«

»Sie ist im Urlaub.«

»Ohne dich?« Das klingt, als sei Karo sehr unklug, Madita allein zu lassen. Selbst schuld, wenn dann eine daherkommt und Madita küsst. Und wenn noch mehr passiert. Wie kann Karo auch allein fortfahren?

»Stell dir vor«, sagt Madita. »Sie hat ihr Leben schon etwas im voraus geplant, bevor wir uns kennen gelernt hatten.«

Aber Julia hört sie schon gar nicht mehr. Ihre Miene ist versteinert, schmerzlich verzogen. Es tut ihr weh. Sie hat etwas anderes erwartet. Vielleicht sogar erhofft. Sie ist enttäuscht. Und es bereitet ihr Schmerzen.

Madita macht den einen Schritt zurück auf sie zu und berührt sacht ihren Arm. Fühlt sich unbeholfen und täppisch in ihrem Versuch, zu trösten. War sie doch selbst lange so untröstlich. Weiß sie doch selbst nicht, wieso sie Julia jetzt enttäuschen muss – obwohl sie immer angenommen hat, dass das nie geschehen könnte.

»Alles ist genau so gekommen, wie ich es vermutet habe«, flüstert Julia bitter. »Ich konnte mich damals noch nicht wirklich auf dich einlassen. Aber du warst nicht bereit, zu warten. Du suchst dir eine Neue, und jetzt soll ich sehen, wie ich mit dir klar komme?!«

»Ich war nicht bereit zu warten«, wiederholt Madita als ein Echo von Julias Worten mit der Stimme einer Nachrichtensprecherin.

Julia, vorsichtig, wagt nur einen Blick. Vielleicht, weil sie Madita so noch nie gesehen hat. Sie kennt sie voller Schmerz und Enttäuschung und Resignation und neu entflammter Hoffnung und euphorischem Glück. Aber so.

»Nein, du hast ja nicht gewartet, oder?«, sagt Julia immer noch vorsichtig. »Du bist nicht mehr frei für mich. Das ist doch wohl eine Tatsache, oder?«

Madita wendet sich ab und geht. Zum ersten Mal. Zum bisher einzigen Mal.

Jeder Schritt ein meilenweiter Gang aus Unglaube. Das tut sie nicht wirklich. Das kann sie nicht tun. Sie kann doch jetzt nicht weggehen, wo Julia all dies endlich gesagt hat. Julia hat endlich gesagt, sie möchte, dass Madita wartet. Julia hat gesagt, dass sie zurückkommt. Julia hat gesagt, sie wird da sein, immer, so, wie sie es sich gewünscht hat, so sehr, so lange.

Nein. Nichts davon hat Julia gesagt.

Julia hat nur gesagt: *Du warst nicht bereit, zu warten!*

Und das. Ist nun einmal eine Lüge.

AUGUST

Etwas Maßgebliches hat sich verändert. Das Mal an ihrem Hals ist längst verblasst, die Schrammen verheilt. Aber Fanni braucht nicht die Fotos anzusehen, um sich zu erinnern. Es ist, als hätten die würgenden Hände, als hätten die harten Schläge auf den Hinterkopf etwas Bleibendes hinterlassen: Die Gewissheit, dass schneller als die Sonne an einem lauen Sommerabend untergeht, alles im Leben sich wenden kann. Zu einem Furchtbaren, das keinen Raum für weiteres lässt. Sogar zum Tod.

»Was meinst du damit: *Es passt zu den Entwicklungen in deinem Leben?* Ich finde, diese Aussage klingt furchtbar. Nach einem furchtbaren, entsetzlich sich wendenden Leben.« Elisabeth rührt einen besonders leuchtenden blauen Farbton an.

Fanni stellt den Hintergrund scharf. Das Blau auf der Palette leuchtet um die Wette mit dem Behandlungsstuhl rechts in der Ecke.

»Ist nicht furchtbar gemeint. Es ist eher was Gutes. So als wäre mir plötzlich bewusst geworden, dass ich um mein Leben nicht drum rum komme. Als hätte ich endlich begriffen, dass es andernfalls sein könnte, dass es sonst jemand anderer in die Hand nimmt.«

»Du kommst mir nicht vor wie eine, die um ihr Leben drum herum lebt und die deswegen dann einen derartigen Anstoß braucht«, erwidert Elisabeth befremdet. Gelb braucht sie auch noch. Ein ganz besonderes, das schon fast wie Orange aussieht. Fanni macht ein Foto nur mit Orangegelb, während Elisabeth fortfährt: »Weißt du, Lutz hat einen Bekannten, Werner, der sich eine Weile wirklich schrecklich hat hängen lassen. Er hat getrunken, alle Freunde mit Geldpumperei vergrault ...«

Fanni bekommt nicht mit, was Werner noch alles Schlimmes mit seinem Leben angestellt hat, bis er vor ein fahrendes Auto lief und nach zweimonatigem Krankenhausaufenthalt wie verwandelt war. Fanni lauscht nur dem Echo in diesem fast ausgeräumten Zahnarztpraxisraum nach. *Lutz. Lutz. LUTZ. Lutz. Lutz ...*

Das ist jetzt schon das fünfte Mal, dass Elisabeth diesen Namen erwähnt.

Fanni hat sie darum gebeten, sie bei der Arbeit fotografieren zu dürfen.

Leider hat sie vergessen, darum zu bitten, währenddessen nicht fortwährend Lutzlutzlutz zu sagen.

»Wann bekomme ich eigentlich mal die Fotos zu sehen, die du unentwegt von mir schießt?«, lacht Elisabeth gerade und zaubert dem Paradiesvogel über ihrem Kopf eine herrlich orangefarbige Schwanzfeder. Sie selbst sieht mit der Schutzbrille ganz ungewohnt aus. Lustig. Aber Fanni hat keine Lust, sie damit aufzuziehen, keine Lust zu lachen.

»Bald. Ich muss erst noch ein paar sammeln. Damit du dann einen guten Überblick hast und nicht nur so etwas Fragmentarisches«, argumentiert sie schwach, denn sie hat sich bisher einfach noch nicht getraut.

Weil nämlich Madita dabei war, als sie die ersten Bilder inspizierte, skeptisch betrachtete mit ihren Fotografinnenaugen. Die Oberfläche des hochwertigen Papiers abtastete nach eventuellen Fehlern. Hineinschaute in die Tiefe des Bildes. Ob es passt. Ob es zeigt, was sie erzählen wollte damit. Als sie aufsah, hatte Madita allerdings so sonderbar geschaut. Ihr Blick war verschwommen gewesen, und sie hatte gemurmelt: *Meine Güte, man sieht ja wirklich alles darauf ...*

Daraufhin hatte Fanni deutlich gezögert, die ersten Ergebnisse gleich per Post an ihr Model zu verschicken.

»Und weißt du schon, wo es rauskommen wird? Ich schätze mal, bei Gregor Stemp wirst du kein Glück damit haben, oder?« Sie ist so aufgedreht heute Morgen. Sie führt den Pinsel schwungvoll und wuchtig wie immer. Aber manchmal zittert ihre Hand, und ein Strich geht weiter, als sie es vorhatte.

Fanni macht mehrere Aufnahmen von diesen Händen. Feingliedrig, schmal, auch auf ihnen Sommersprossen in großer Zahl. Kontrapunktiert mit winzigen Farbklecksern in Rot, Blau, Weiß und Grellgrün.

»Gott bewahre! Bei dem werde ich sicher nie wieder ein Buch unterbringen. Nein, um ehrlich zu sein, weiß ich noch nicht einmal, ob ich es überhaupt veröffentlicht bekomme. Ich werde Klinken putzen müssen.«

»Du?«

»Sicher. Wieso nicht?«

»Du bist doch eine respektierte Fotografin. Du hast Preise gewonnen. Du hast schon zig Bücher gemacht, irre Bildbände, die sich wie warme Semmeln verkaufen ...«

»Das ist was anderes.«

»Das glaube ich nicht.«

»Du kannst es mir ruhig glauben. Die Auftraggeber sind anderes von mir gewohnt. Sie müssen sich erst einstellen auf ein neues Gesicht, das Fanni Dupres von sich präsentiert. Und womöglich ist das nicht unbedingt das, was sie von mir möchten. Vielleicht finden sie alle meine Idee schwachsinnig, und die Vertriebsabteilungen schlagen die Hände über dem Kopf zusammen über so einen Unsinn.«

Elisabeth lacht, und Fanni liebt dieses Lachen. Weil es ihre Zweifel so wenig ernst nimmt, sondern stattdessen sagt, dass Elisabeth an sie glaubt. So fest, dass sie über alle Einwände nur breit grinsen kann.

»Du bist wirklich sehr charmant in deiner Unsicherheit, Fanni«, lacht sie kokett und taucht den Pinsel wieder ins Leuchtblau. »Deine Idee ist wunderbar! Das weißt du doch. Alle sind angetan davon, so wie du es erzählt hast. Greta, Madita, Jo, und ich natürlich auch. Stell dir vor, sogar Lutz war ganz begeistert, als ich ihm davon erzählt habe.«

Fannis Lächeln friert ein.

Sie erzählt ihm. Natürlich. Die beiden sind ein Paar. Sie erzählt ihm von Fanni und ihren Ideen. Von Fanni und ihrer Arbeit. Ihm. Erzählt sie. Fannis Name zwischen ihnen beiden.

»Ist irgendwas mit Lutz?«, fragt Fanni da. Sie hört, dass ihre Stimme den Klang besitzt, den Stimmen von Eifersüchtigen gemeinhin besitzen. Eifersüchtige ohne ein Recht.

Elisabeth schaut sie an.

Sie liegen beide in Zweimeterzwanzig unter der Decke einer Zahnarztpraxis, bewaffnet mit Pinsel, Farbpalette, Spiegelreflexkamera, und sehen sich an.

Fanni kann sich nicht mehr erinnern, wie sie mit ihren Eltern war. Sie kennt Mama und Papa nur von Fotos. Da ist auch kein

Gefühl von Leere oder Vermissen aus dieser Zeit. Das kam erst später. Als Großmutti von ihnen erzählte, mit schwimmenden Augen. Oder wenn sie einen Discobesuch verbot. Das herbeigedachte Sehnen nach etwas Besserem. Ja, das erinnert Fanni sehr deutlich. So wie vieles andere. Die Urlaube an der See. Onkel Heiner, der drei Frühstückseier auf einmal in den Mund stecken konnte – demütigend kindische Experimente, die er heute verleugnet. Ihre erste Kamera. Die Katze Emma, die aussah, als hätte sie ein Grinsen im Gesicht, direkt aus dem Wunderland. Die Abiturfeier. Das Fotolabor. Sie hat unglaublich viele, unzählige Erinnerungen aus allen Jahren ihres Lebens.

Neben all dem lebt jedoch seit vielen Monaten in ihr unentwegt dieses Gesicht. Und das kann es kein zweites Mal geben. Womöglich erleben das nur wenige Menschen. Solch eine Klarheit, dass sie die Richtige ist. Elisabeth ist die Richtige für sie.

Aber irgendwer muss am Schicksalsrad gedreht haben. Irgendwer hat nicht kapiert, dass eine Richtige auch die andere Richtige braucht, ein Gegenüber. Irgendwer hat Mist gebaut. Gäbe es sonst Lutz?

»Was soll denn sein mit ihm?«, will Elisabeth wissen, zum ersten Mal, seit sie sich kennen, etwas Unechtes, etwas Gespieltes in ihren Zügen. Das ist noch schlimmer, als das neunte Mal aus ihrem Mund diesen Namen zu hören.

»Du sprichst heute ständig von ihm.«

»Oh ... wirklich?«

Sie malt ein bisschen weiter, schaut nicht her. Fanni hat die Kamera zur Seite gelegt. Es gibt Momente, die will sie einfach nicht festhalten. Sogar sie nicht.

»Ja, du hast ihn schon zig mal erwähnt. Immer nur so nebensächlich. Aber er scheint dich heute ziemlich zu beschäftigen. Ist irgendwas zwischen euch?«

Plötzlich klopft Fannis Herz so deutlich. Als begehre es in sich selbst dringend Einlass, pocht es wild.

Er will sie verlassen. Sie hatten heute Morgen in der Frühe schon einen Streit, und er verlässt sie. Ja, es ist zuende zwischen ihnen. Und sie ist jetzt in einer sonderbaren Stimmung zwischen Demütigung und Erleichterung.

»Du hast Recht. Er ist ziemlich präsent in meinen Gedanken heute«, antwortet Elisabeth. Sie klingt tatsächlich erleichtert.

»Vielleicht liegt es daran, dass wir die letzte Woche unentwegt zusammen waren. Er hatte Urlaub, und wir haben viel miteinander gemacht. Nichts Besonderes, du weißt schon, Kino, Theater, spazieren gehen, Radfahren ...«
Nichts Besonderes.
Fanni findet all das besonders. Den Gedanken, all diese fast alltäglichen Unternehmungen mit Elisabeth zu tun, ganz selbstverständlich, weil es dazugehört zu einer Beziehung, findet sie mehr als besonders. Sie würde sterben dafür. Sie lebt dafür.
»Das Verrückteste ist ...«, sagt Elisabeth da und bricht ab, während ihre Miene so vieles ausdrückt, das Fanni darin inzwischen zu lesen gewöhnt ist. Fanni liest in diesem Gesicht so gern. Und deutet meist richtig. Jetzt gerade ist es eine Mischung aus Verwunderung und Scheu. Ein Rätselraten und das Bewusstsein, nun eindeutig mit ihren Worten unsichtbare, aber dennoch bestehende Grenzen zu überschreiten. Das tut sie schon den ganzen Nachmittag. An dem sie so oft von Lutz spricht.
»Was denn?«, hakt Fanni nach, wohl wissend, dass es jetzt keinen Weg mehr zurück gibt.
»Na ja.« Der hellblaue Blick umspült sie, zieht sie hinaus in die Flut. »Er hatte plötzlich so einen verrückten Gedanken ...«
Sag es nicht, denkt Fanni, plötzlich begreifend. *Bitte sag es nicht.*

»Es gibt Neuigkeiten«, erzählt Fanni munter. Dann bricht sie zusammen und weint. Mitten in ihr steifes Begrüßungslächeln hinein. Madita fühlt sich wie in einem dieser Kinderfilme, Zeichentrick. Ein Huhn, eine Glucke, dick, plüschige Federn, immer zehn Küken im Schlepptau, die mit dem Flügeln schlägt, Daunen verliert, gackert, hin und her rennt, verwirrt, Verwirrung stiftend. In ihr alles in Aufruhr. Ohne Trost über Fannis Tränen. Die etwas bedeuten.
Eine Umarmung kann vielleicht helfen. Eine Umarmung hilft scheißemäßig wenig, gar nichts sozusagen.
»Fanni, Fanni, was ist denn?« Tief, ganz tief hinein. Natürlich Elisabeth. Maditas Herz zwischen ihnen auf dem dünnen Eis. Nur nicht hineinstürzen. Nur nicht wieder so kalt. Nur

nicht erinnert werden an. Julia ist gerade wenige Tage fort. Wenige Tage heraus aus ihrer Umarmung. *Bitte, bitte, Fanni, lass es nicht so weitergehen wie mit Julia und mir.*

Schluchzer abwarten. Nicht geduldig sein können. Ach, könnte doch eine andere hier sein und das mit ihr aushalten und durchstehen. *Jo, Greta, wo seid ihr? Warum ist nicht eine von euch an dieser Stelle, wo es so schwer ist für mich selbst?* Madita lernt wieder einmal eine ihrer Grenzen kennen. Wenn es nun so ist, dass Elisabeth in diese Rolle schlüpft, diese Julia-Rolle, die beständig ›vielleicht‹ sagt und dann wieder zurückspringt wie ein Kind von der heißen Herdplatte, dann werden sie das nicht aushalten können. Fanni wird es nicht aushalten können, und sie selbst auch nicht. Es reicht, verdammt, es reicht wirklich jetzt mit solchen Geschichten. Vor lauter Denken verpasst Madita die ersten Worte.

»... ob sie ihn heiraten will und sie weiß nicht, was sie antworten soll«, weint Fanni leise.

»Sagt sie nur, dass sie es nicht weiß? Oder fühlt sie dieses Nichtwissen auch?«, setzt Madita ihr hinterher.

Da gibt es einen Unterschied! Gravierend.

»Sie sagt, sie weiß es nicht, also wird sie es doch wohl fühlen?!« Fanni ist verwirrt. Gut. Darüber vergisst sie das Weinen. Verzweiflung muss warten. Jetzt muss Klarheit her.

»Du meinst also, es könnte sein, dass sie sehr wohl weiß, dass sie ihn heiraten will ...?«

»Oder dass sie ihn nicht heiraten will!«, fällt Madita ihrer Freundin ins Wort. »Das ist doch viel wahrscheinlicher. Sie könnte sehr wohl wissen, dass sie ihn nicht heiraten will, ja. Aber sie sagt, dass sie es nicht weiß, weil sie sich nicht traut, diese Absage auszusprechen. Das ist doch logisch. Findest du es denn nicht seltsam, dass ihr Freund sie so was fragt und sie zögert? Sie zögert, Fanni! Sie sagt nicht sofort Ja, wie es hunderttausend aberglückliche Bräute in spe tun würden, die schon seit Monaten heimlich die Glocken läuten hören. Sie bittet sich Bedenkzeit aus. Das ist doch ein Zeichen dafür, dass sie im Grunde weiß, dass er es nicht ist, oder?«

Fanni wischt sich die Tränen fort. »Woher nimmst du nur immer diese Zuversicht?«

Reine Verzweifelung, denkt Madita. *Der blanke, schiere*

Wille, dass endlich mal etwas gut werden soll in diesem verkorksten Dasein der Liebe.
»Du musst es ihr sagen, Fanni!«, fleht sie.
Aber Fanni schüttelt entschlossen den Kopf.
Das darf doch nicht wahr sein. Leben andere ihre Leben eigentlich auch so? Sind die Leben der Menschen, die ihr täglich auf der Straße begegnen, auch solche Dramen, in denen es fortwährend um gebrochene Herzen geht? Um den Tod unter der Guillotine des unerwiderten großen Gefühls? Das kann doch gar nicht sein! Die Straßen wären voll mit verzweifelten, weinenden Menschen, deren Augen Trauer tragen, die sich gramgebeugt mit ihren Einkaufstrollis von einem Kaufhaus des Aushaltens bis zur nächsten U-Bahn des Geradenochertragens hinschleppen.
Fanni fasst sich, steht auf und stellt den Wasserkocher an. Sie braucht in solchen Situationen immer einen Tee.
»Frau Abendroth hat das auch gesagt. Neulich, als ich das letzte Mal bei ihr war. An dem Tag, als ich abends ... überfallen wurde.« Nur ein kleines Zögern. Hochadel stellt sich nicht an. Nennt die Dinge beim Namen. *Überfallen.* »Und seitdem denke ich, dass es genauso enden würde, wenn ich es wirklich täte. Ich würde es ihr sagen, und alles würde in einem furchtbaren Kampf enden, in dem ich mit etwas Schrecklichem würde ringen müssen.«
»Du hast gewonnen!«
»Dieses Mal ja.«
Es sieht Fanni gar nicht ähnlich, derart pessimistisch zu sein.
»Fanni ...«
»Nein.«
»Wovor fürchtest du dich denn so?«
Fanni lacht auf. »Muss ich dir das wirklich erklären?«
Madita schluckt. Zu laut und zu deutlich. »Hör mal«, sagt sie, und es klingt wie der Beginn einer Beschwörungsformel. »Mach doch mal einen Schritt zurück und betrachte es ganz nüchtern. Sieh dir doch mal an, welche Möglichkeiten bleiben: Solange sie nicht weiß, was du empfindest und dass du sie willst, wird sie sich wahrscheinlich nicht für dich entscheiden. Sie kann es ja gar nicht – denn alles ist neu für sie. Sie hat doch bisher ganz anders gelebt. Überleg doch, was es für ein gewaltiger Schritt für sie wäre. Sie ist keine Urlesbe wie Jo, die schon mit dreizehn mit Mä-

dels rumgeknutscht hat. Es macht ihr wahrscheinlich mächtig Angst. Wenn du ihr nicht zeigst, dass du da bist für sie, dass sie sicher sein würde bei dir, wird sie es nicht wagen. Und ich kann sie sogar verstehen. Die Möglichkeit, dass sie ihn heiratet, besteht also nach wie vor. Aber was würdest du dann tun? Dir bliebe doch nichts anderes, als sie nicht mehr zu sehen. Oder willst du bei ihrer Hochzeit den Brautstrauß fangen?« Vielleicht ist das grausam, es so deutlich auszusprechen. Aber notwendig.

»Nein«, sagt Fanni wieder. »Nein, nein, nein.«

Madita bäumt sich auf dem Sofa sitzend auf, nimmt in einer Sekunde alles wahr: Fannis stolze, aufrechte Haltung, ihre krampfhaft verschränkten Hände, ihr entschlossener Gesichtsausdruck. Dann sinkt sie selbst in sich zusammen.

Fannis Angst vor der Ablehnung ist größer als ihr Wille, endlich zu handeln. Mit dieser Erkenntnis verflüchtigt sich Maditas gerade noch so empathisch empfundene Zuversicht, ihr heraufbeschworenes Vertrauen in das gute Geschick.

»Ach, du ...«, seufzt sie, fühlt sich hilflos und wie eine Versagerin. Sie hat es nicht geschafft, ihre Freundin mitzureißen. Nicht geschafft, ihr kraftstrotzenden Mut zu machen. *Vielleicht*, meldet sich eine bange Ahnung, *vielleicht ja deswegen nicht geschafft, weil ich ihn selbst nicht spüre.*

»Und wenn es dunkel ist, sind wir nicht da. Einfach nicht da. Für die anderen«, flüstert Fanni, während sie so aufrecht sitzt, als könne nichts sie umhauen.

Ihr Herz eine Grube, in der Madita zu versinken glaubt. Ein Schwarz und Loch ohne Boden. Und dass es das Herz einer ist, die sie liebt, das kann Madita so nicht dulden.

Elisabeth, denkt Greta und lässt den Namen weich auf der Zunge liegen, als wolle sie ihn gleich verschlucken wie eine Auster. *Das ist eine Frau mit Rückgrat. Ein Name mit Stil. Elsa. Lizzy. Betty. Was daraus nicht alles machbar wäre. Aber sie nennt sich Elisabeth.*

Greta denkt an Babs, der sie nicht Unrecht tun will. Aber sie denkt eben an sie.

Und es ist schließlich dieser Gedanke, der sie hinaustreibt. Sie nimmt den Schlüssel und geht einfach los. Hinein in die Stadt, die von der Samstagnacht brodelt und summt.

Um die Ecke liegt das »Belmondo«, irgendeine von vielen Kneipen, aber eben um die Ecke. Greta geht hinein und prallt fast zurück. So viele Menschen in der Wärme des Augustmonats und Zigarettenqualm. Auf den ersten Blick sieht alles voll belegt aus. Nur ganz hinten am Ecktisch ist vielleicht noch ein Platz frei. Dort sitzt ein Mann allein am Tisch und hat den Kopf auf seinen Arm gelegt, direkt neben sein Bierglas.

Es gab in ihrem Leben wirklich schon anderes, von dem sie sich nicht hat abschrecken lassen.

Also geht Greta hin und setzt sich in die Eckbank, dem Mann gegenüber. »Ich darf doch?«, bemerkt sie nur in seine Richtung. Er schreckt zusammen und hebt ruckartig den Kopf. Sein Blick wischt durch ihr Gesicht und einmal durch den Raum.

»Ups«, macht er. »Da bin ich wohl kurz eingenickt.«

Meine Güte. Der ist ja vielleicht noch jung. Schlafaugen lassen ihn aussehen wie ein Junge, der aus einem bösen Traum erwacht ist.

»Sieht so aus. Ich wollte dich auch nicht wecken. Dachte nur, ich sollte fragen, bevor ich mich zu dir setze.«

Er macht eine Bewegung mit der Hand, die wohl cool aussehen soll, aber nur ungelenk wirkt, weil er zu benebelt ist. »Das is nur fair. Klar kannst du dich setzen. Bitteschön! Nur zu.«

»Danke.«

Die Bedienung kommt und Greta bestellt ein helles Weizen. Der junge Mann ein weiteres Pils. Die Kellnerin schaut ihn einen Augenblick skeptisch an, wirft einen Blick auf Greta, nickt dann und verschwindet wieder.

Er starrt vor sich hin. Hebt den Blick und schaut Greta kurz an. Vielleicht kennt sie ihn, irgendwoher, denkt sie eine Sekunde lang.

»Wie heißt du?«, fragt sie. Eigentlich nur so. Aber dann sagt er: »Flin.« Und da ist ein heißer Draht, der sich in ihren Bauch bohrt.

»Flin?«, wiederholt sie langsam. »Was ist denn das für'n Name?«

»Frag mich nicht. Frag meine Eltern.«

»Flin.« Greta sieht ihn an. Die Augen, unter den ernst zusammen gezogenen Brauen. Das kurz geschnittene blonde

Haar oben mit Gel zerzaust. Seine Haut an den leicht geröteten Wangen sieht im schummrigen Kneipenlicht aus, als müsse er sich noch nicht rasieren.

»Und wie alt bist du, Flin?«, fragt Greta weiter. Er erinnert sie an etwas. Vielleicht etwas Vergessenes, längst vergangen, längst nicht mehr gedacht in Bildern. Nur eine vage Ahnung.

»Neunzehn«, antwortet Flin. Neunzehn. Also ein Weichei. Manche sehen mit neunzehn schließlich schon aus wie richtige Männer. Kerlig. Mackerig. Männlich klobig.

»Und warum sitzt du hier rum?«

»Und warum willst du das alles wissen?«, fragt Flin zurück, diesmal mit einem Grinsen.

Greta grinst auch. »Sagen wir mal so, ich habe grad nichts anderes zu tun.«

Da sinkt er wieder ein bisschen in sich zusammen. »Ich auch nicht«, sagt er noch leiser. Woran erinnert er sie nur? »Dachte, ich könnte hier die Nacht rumbringen. Der Schuppen hat bis sieben auf. Dann geht mein Zug.«

»Du willst die Nacht rumbringen? Du bist nicht von hier, hm?«

»Berlin«, sagt er. »Schöneberg.«

Typisch Berliner. Die müssen sich immer über ihre Stadtteile definieren. Schon mit der Mauer. Ohne sie erst recht. Als bräuchten sie unsichtbare Grenzschutzzäune im Kopf. Aber Flin sieht irgendwie nicht aus, als hätte er einen Zaun vor den Augen. Er sieht aus, als hindere ihn etwas anderes am Weglaufen.

Als Greta nichts erwidert, fährt er nur zögernd fort. Vielleicht ist ihm gerade deutlich geworden, dass er sie gar nicht kennt. Und so betrunken, wie sie zuerst dachte, ist er nicht. Nur müde. Und enttäuscht. »Sie hat mir echt die Tür vor der Nase zugeschlagen. Heftig. Tja, vielleicht hätte ich vorher anrufen sollen, bevor ich einfach so bei ihr auf der Matte stehe. Dann hätte ich wenigstens die Kohle für den Zug gespart. Und diese Nacht hier.«

»Und warum hast du sie nicht vorher angerufen?« Ihr erster Eindruck hat Recht behalten! Liebeskummer.

»Ich dachte, sie sagt dann bestimmt, dass ich nicht kommen soll.«

Nicht besonders logisch der Junge. Ruft nicht an, weil er sicher mit einer Abfuhr rechnet. Fährt wider besseren Wissens. Bekommt seine Abfuhr. Ist trotzdem enttäuscht. Greta nimmt einen Schluck Bier und wischt sich die Lippen ab. Sie kann nicht anders, als ihn sympathisch zu finden. Sie hätte das auch so gemacht. Genau so.

»Hat sie einen anderen?«

Er nickt. Wieder eine Geste mit der Hand. Diesmal kontrollierter. Er will, dass sie ernst nimmt, was er sagt. Er will sich selbst überzeugen, das ist klar. »War sowieso Schwachsinn. Blöd von mir, herzukommen. Ich hab sie im Urlaub kennen gelernt. So was geht doch nie gut.«

»Ist sie in deinem Alter?« Wieso fragt sie das?

»Nein.« Er mustert sie kurz. »Eher in deinem.« Vielleicht weil sie glaubte, er könnte das beantworten. Auch wenn es nichts bedeutet. Menschen wollen oft unbedeutende Dinge wissen. Greta bildet da schließlich keine Ausnahme. »Sie war die Animateurin.«

Sie sehen sich an. Seine Augen sind von einem merkwürdig hellen Grün. Auf der Stirn, zwischen den Augen, zeichnet sich eine zarte Linie ab, die später mal eine Falte werden wird. Sie gibt ihm bei nahem betrachtet einen sehr erwachsenen Ausdruck.

Wie ihre Blicke aneinander nippen, verziehen sich plötzlich ihre Mienen, und sie lachen laut heraus, wie auf eine geheime Absprache hin, von der sie beide vorher nichts ahnten.

»Das hat ja wohl geklappt mit dem Animieren, oder?«, lacht Greta.

»Stimmt genau«, erwidert er glucksend. »Weißt du was? Ich bestell mir jetzt erst mal einen Kaffee. Willst du auch einen?« Greta verneint. Heute will sie den Alkohol mal ungehindert durch ihre Adern spülen lassen. Sie verträgt ja wirklich nichts. Das eine Weizen reicht schon aus, um im Kopf neblig zu werden wie die Heide an einem dunstigen Herbstmorgen. *Heidelinde.* Denkt sie einmal kurz. Und lächelt. Während sie Flin betrachtet, der am Tresen lehnt und mit den Fingerknöcheln auf die Platte trommelt. Er trägt eine modern weite Jeans, darüber ein weißes T-Shirt und darüber eine zerknautschte kurze Cordjacke. Sieht ein bisschen nach Skater-Look aus, aber nicht wirklich. Die Hose hängt ihm nicht so runter am Hintern, wie sie es bei diesen Bubis immer tun. Genau betrachtet, hängt die Hose am Hintern gar nicht. Sie sitzt sogar ziemlich gut. Jetzt reicht's aber! Greta wendet grinsend den Blick ab. Fremden Jungs auf den Arsch glotzen. So weit kommt's noch.

Als Flin seine Tasse zum Tisch balanciert, ist Greta bereits vertieft in einen frechen Artikel in einer Szenezeitung. Er lässt sie lesen. Sitzt neben ihr, rührt in seinen Kaffee vier Löffel Zucker und schaut sich in der Kneipe um.

Greta beendete den Artikel nicht. Hätte sie getan, wenn sie allein hier säße. Aber sie zieht Gesellschaft vor.

»Was ist mit dir?«, will Flin da plötzlich wissen. Der eine Kaffee scheint seinen Kopf schon zu einem Großteil entnebelt zu haben. »Hast du einen Typen?«

Dass sie immer noch zögert. Dass sie immer noch kurz abwägt, ob es notwendig ist, es zu sagen. Vielleicht könnte sie auch einfach nur ›nein‹ sagen?

»Nein«, sagt sie. Und dann: »Ich steh nicht auf Männer. Aber weißt du was? Der Gag ist: Eine Freundin hab ich auch nicht.«

Flin mustert sie aus dem Augenwinkel. »Echt jetzt?«

»Was echt? Dass ich lesbisch bin?!«

»Nö. Ich mein, dass du keine Freundin hast. Du siehst doch spitze aus.«

Unglaublich. Aber das ist wirklich das Netteste, das sie seit langem gehört hat. Von so einem ... Echt nicht zu fassen.

»Weißt du was?«, hört Greta sich sagen. »Du kannst bei mir pennen. Ich hab nur ein Bett, aber das ist einssechzig, das reicht für zwei.« Flin öffnet den Mund. »Aber!«, fährt Greta ihn freundlich an, »das ist bloß eine Einladung zum Übernachten. Klar?«

»Klar«, brummt Flin. Ehrlich, er sieht aus wie sechzehn.

»Du siehst hundemüde aus.« Offenbar hält die Wirkung des Kaffees nicht lange an.

»Bin ich auch.«

»Na gut, dann komm. Ich wohne gleich um die Ecke.«

»Au, cool.«

Sie zahlen beide am Tresen und überlassen den Tisch einer Clique, die bereits zehn Minuten am Eingang herumgestanden hat wie ein Schwarm Aasgeier.

Der Weg ist wirklich nicht weit. Aber allein käme Greta schneller vorwärts.

»Ich weiß auch nicht«, meint Flin blass und fahl und hält sich an einer Straßenlaterne fest. »Mir ist immer so schwindelig.«

»Wie viele Pils hast du denn getrunken?«

»Keine Ahnung.«

»Ich schätze mal, dass es daran liegt«, mutmaßt Greta und hakt ihn unter. Sie müssen doch mal vom Fleck kommen. Komisch. Sie kann sich gar nicht erinnern, wann sie das letzte Mal einem Mann so nah war. Klar, Fanni und Jo, die haken sich ständig bei ihr ein und zerren sie beim Shoppen hierhin und dorthin. Trotzdem ist es anders. Eine andere Konsistenz des Körpers und … dieser Gedanke ist nun aber absurd … vielleicht auch des Geistes. Flin torkelt nicht und wirkt auch sonst ganz nüchtern. Nur Geschwindigkeit macht ihm rührenderweise zu schaffen. »Können wir was langsamer gehen?«

»Wir sind sofort da. Da vorne, über der Garageneinfahrt.«

Als sie ihn kurz von der Seite anschaut, lächelt er breit vor sich hin. »Was ist los? Was grinst du so? Sieht aus, als wärst du stoned.«

»Ich dachte grad, dass ich bestimmt nie wieder so schnell an ein Angebot für eine Nacht im Bett einer Frau komme. Wie hab ich das gemacht?«

Greta lacht und knufft ihn in die Seite. »Keine Ahnung.« Vielleicht hat sie mal einen kleinen Bruder gehabt, in einem früheren Leben. Ne, Moment mal. An so was glaubt sie doch nicht! Jo, die würde das jetzt denken. Aber doch nicht sie, Greta.

Hinter ihr, im Treppenhaus, kommt er ihr plötzlich so fremd vor wie von einem anderen Stern. Sie dreht sich mehrmals um. Er lächelt sie an. Aber die Linie auf seiner Stirn steht dort auch.

Sie sprechen nicht, bis die Wohnungstür hinter ihnen zufällt. Er schaut einmal nach links, einmal nach rechts und sagt: »Gefällt mir!« und zieht seine Schuhe aus. Kein Wort zum Altpapier neben der Tür, zum Fahrrad, das mit nur einem Rad und auf den Sattel gekippt an die Wand im Flur gepresst steht.

»O.k., ich hab nur einen Raum, wie du siehst. Das da ist das Bad. Gepinkelt wird im Sitzen, klar?«

Flin reißt die Hand zur Stirn hoch, um zu salutieren, und wird wieder grün im Gesicht. Greta geht in die Küche, schließt das Fenster, durch das noch die Töne, Stimmen und Melodien der Samstagnacht zu ihr hereinwehen. Während dessen übergibt Flin sich geräuschvoll ins Klo. Wenigstens hat er vorher die Tür zugemacht. Wenn Greta eins nicht leiden kann, dann ist das der Geruch von Erbrochenem.

Sie kramt in der Abstellkammer. Irgendwo findet sie die zweite Decke und bezieht sie. Für einen langen Moment steht sie dann vor ihrem Bett und betrachtet diesen Anblick. Die beiden Decken nebeneinander. Unpassende Bezüge. Der eine Satin in Königsblau, der andere abgegriffener Frotteestoff mit verwaschenem Blümchenmuster. Wie sie da nebeneinander liegen, die beiden Decken, muss Greta sich schließlich abwenden. Berührt von irgendetwas.

Sie klopft an die Badtür. »Alles in Ordnung bei dir?«

Seine Stimme klingt etwas verlegen. »Ja, schon o.k.«, dann öffnet sich die Tür, und er zieht seinen Rucksack aus dem Flur zu sich. »Meine Zahnbürste.«

Greta steht viel zu lange im Flur und sieht auf die geschlossene Tür. Hinter der Wasser läuft, die Geräusche einer temperamentvollen Zahnputzaktion zu hören sind, Gurgeln.

Erst als der Hahn abgestellt wird, geht sie rasch ins Zimmer hinüber und zerrt ihre Schlafsachen aus dem Bett.

Im Flur stehen sie sich noch einmal kurz gegenüber. Er in seinem T-Shirt und Boxershorts. Noch leicht feuchte, wild durcheinander gestrubbelte Haare. Wenn sie das den anderen erzählt. Aber vielleicht gibt es auch manchmal Dinge, die kann sie nicht erzählen.

»Such dir einen Platz aus«, murmelt sie und huscht an ihm vorbei.

Dinge, die sie ihren Liebsten nicht erzählen kann? Nein, die gibt es nicht. Darf es nicht. Geben. Sie breiten ihre Leben stets voreinander aus wie Fächer. Schlägt man einen einzigen Knick nicht mit auf, verzerrt sich das Bild und wird schräg. Und wieso sollte sie ihnen nicht …? Ein völlig fremder Mann, ein Junge, ein Neunzehnjähriger, in Boxershorts in ihrem Flur, und wahrscheinlich gleich in ihrer sexy, blauen Satin-Bettwäsche.

Ungewöhnlich. Zugegeben. Aber nichts, was unterschlagen werden sollte. Vor allem, weil es irgendwas bedeutet. Das ist doch klar. Auch wenn sie selbst noch nicht weiß, was. Eine von ihnen wird es bestimmt wissen. Wird sagen: *Aber klar, Greta, das hat zu bedeuten* ... und dann wird sie begreifen, wieso sie vorhin einfach so vorgeschlagen hat: *Weißt du was, du kannst bei mir schlafen.*

Beruhigter verlässt Greta das Bad und löscht überall das Licht. Im Zimmer brennt nur noch die kleine Lampe neben dem Bett.

Er hat sich in die Frottee-Wäsche gelegt, an die Wand, und sieht an die Decke.

Birgit, meine Güte, das ist lange her, bestimmt jetzt zwei Jahre oder länger, die hat super zeichnen und malen können. Design-Studentin. Mit dem härtesten Hintern, der Greta je begegnet ist. So einer zum Nüsseknacken. Ziemlich scharf. Birgit also hat unter der Zimmerdecke ein Gemälde hinterlassen. Airbrush. Ein Dschungel. Grüne Pflanzen, von denen Tautropfen perlen, zwei bunte Papageien, die in ihren Schnäbeln saftige Früchte halten und sich gegenseitig damit füttern.

Als Madita einmal hier übernachtete, hatte sie beinahe stundenlang rauf gesehen und schließlich gesagt: »Da sind gar keine großen Tiere drin, in dem Bild.« Und es hatte verwundert geklungen, und sonderbarerweise auch erleichtert. Greta fragt sich heute noch manchmal, wieso eigentlich. Damals hatte sie versäumt, danach zu fragen.

»Klasse!«, sagt er und hebt nur kurz die Brauen zur Decke.

Sie schlüpft in ihre Satin-Bettwäsche und kuschelt sich darin ein. Versucht, sich einzukuscheln. Satin ist sexy, aber nichts zum Kuscheln. Verdammt, am Ende wird sie Flin noch um die Blümchen-Baumwolle beneiden.

»Willst du noch weiter fernsehen, oder kann ich das Licht ausmachen?«, amüsiert sie sich über Flins starren Blick hinauf. Er schließlich die Augen. Sie fingert nach dem Schalter. Der Raum liegt im Dunkel.

Nicht wirklich dunkel. Es handelt sich nur um eine kurz irritierende Täuschung von Dunkelheit. Bevor die Augen sich auf das wenige Licht eingestellt haben, das durch das Fenster hereinfällt und Schatten ins Zimmer zaubert.

Ihre Augen wandern. Es ist der ihr vertraute Raum. Alles ist wie immer. Und nichts.

»Du, Greta?«, flüstert Flin nach ein paar Minuten, in denen sie schon glaubte, er sei bereits eingeschlafen. Es ist so ungewohnt, seine Stimme hier zu hören, dass Greta ein Kichern unterdrücken muss. Wenn sie das den anderen erzählt. Die sagen doch, sie ist bescheuert. Und da erst fällt ihr ein, dass sie natürlich auch Recht haben werden damit. Nachdem das mit Fanni passiert ... aber sie weiß einfach, dass Flin ... er würde sie nicht anrühren. Ganz einfach.

»Was denn?« Sie stützt sich auf einem Ellenbogen auf und schaut ihn an.

Der Anblick trifft sie vor die Brust. Wie sein Gesicht sich hell abzeichnet gegen das wilde Blumenmuster des Kissens. Und die Ernsthaftigkeit darin. Sie schaut rasch an ihm vorbei, hinüber zum Bücherregal. Sie kann seinen Blick auf ihrem Gesicht spüren, wie er es abtastet, Zentimeter für Zentimeter.

»Ach, nichts.« Er dreht den Kopf fort.

»Nein, sag doch!« Sie beugt sich zu ihm, näher heran. Der Geruch des Duschgels, ihres eigenen Duschgels, steigt ihr in die Nase. So anders und fremd. Nur vage vertraut scheinbar. Die Haare an ihren Armen richten sich auf.

Er sagt nichts. Er atmet. Tief hinein und dann mit einem Stoß wieder aus.

Und beim zweiten Mal mit einem Ton, der wie ein Seufzen ist.

So muss Sehnsucht klingen.

Er hat die Augen wieder geschlossen und liegt einfach still da, lässt sich anschauen und weiß darum. Das erkennt sie an seinem Lippen, die sich manchmal sacht bewegen. Als wolle er etwas sagen, vielleicht nur ein Wort, einen Ton. Aber dann doch nicht sich öffnen. Seine Lippen. Greta schaut weg. Schaut wieder hin. Die voll sind und weich schimmern. Sein Haar liegt wirr, bestimmt sehr weich, ohne Gel.

Ja. Es ist weich. Es ist so weich, wie Babyhaare es vielleicht sind. Meine Güte, sie hat noch nie die Haare eines Babys angefasst. Und gestreichelt. Zuerst sanft darüber. Eigentlich nur oben an der Stirn. Dann mit gespreizten Fingern hineinfahren, an den Schläfen entlang bis hinters Ohr, das der Daumen berührt.

Er atmet aus.

Und ein beim Berühren der Ohrmuschel, sie vorsichtig fassen, bis zum Ohrläppchen hinunter. Und da ist der Hals. Die sanfte Linie des Kiefers. Vorn zum Kinn. In dem doch tatsächlich das kleine Grübchen zu fühlen ist. Direkt unter den Lippen. Die Lippen. Flin öffnet die Augen. Und Greta wäre fast zurückgeschreckt wie verbrannt. Wäre da nicht genau dieser Blick gewesen. In Verwunderung und Erstaunen. Vor allem in einem all das andere überlagernden Begehren, das vorher doch nicht im hellen Grün gestanden hatte.

Sie saugt ihre Lungen voll mit dem Duft, der über ihnen hängt. Da löst sich vorsichtig eine Hand unter der Decke heraus. So langsam, als sei Greta ein scheues Tier, das nicht verschreckt werden darf. Fingerspitzen, die sanft über ihr Haare streicheln, über ihr Gesicht wandern. Warme, weiche Handfläche, die sich an ihre Wange legt.

»Gute Nacht«, flüstert Flin.

Greta beugt sich über ihn.

Das mach ich doch jetzt nicht wirklich, denkt sie. *Unmöglich. Ich träume. Ich liege hier in meinem Bett und habe einen völlig verrückten, bescheuerten Traum. Ich habe keinen Mann ... keinen Jungen geküsst, seit ich fünfzehn war.*

Er schmeckt anders. Sein Atem riecht anders. Außerdem sind Männer doch die, die ihre Arme um einen schlingen und so fest halten, dass man keine Luft mehr bekommt.

Flin liegt nur da, seine Hand an ihrer Wange, die andere unter der Decke an seine Brust gepresst, und küsst sie. Seine Zunge erforscht ihren Mund, gleitet über ihre Zähne, spielt mit ihren Lippen, an denen er zart knabbert.

Sie küsst einen Mann. Ihre Hände greifen wie von selbst in seine Haare und wühlen darin herum, und schon berühren ihre Körper sich noch mehr als nur durch die Lippen. Die über ihre Nase und die Stirn an ihre Schläfe wandern, von dort zum Haaransatz direkt hinter dem Ohr. Und das, sorry, aber das ist zufällig die Stelle, an der geküsst zu werden alles über Bord werfen würde. Falls das nicht schon vorher geschehen ist. Die Zungenspitze am Hals jagt ihr Schauder den Rücken hinunter. Blitze schießen ihr durchs Mark zwischen die Beine.

Da wird ihr klar, dass er sie nicht an etwas erinnert hat. Es waren keine Bilder von früher, die ihr in den Sinn stiegen, als sie ihn sah. Es waren Momente der Zukunft, diese Momente, die sie dazu veranlassten, ihn zu fragen: »Wie heißt du?«

Die Barriere der Decken wird zu viel. Sie schiebt ein Bein hindurch und lässt ihren Körper folgen. Er dreht sich zu ihr, und sie küssen einander weiter und inniger, während ihre Hände immer noch hierhin und dorthin wandern, seine sich an ihren Schlüsselbeinen aufhalten, als seien es die kostbarsten Knochen. Das denkt sie jedenfalls, bis ihr der Gedanke durch den Kopf schießt, er könne sich vielleicht nicht trauen. Seine Hände könnten womöglich dort nicht nur pausieren, sondern immer noch in Unglauben dessen, was hier geschieht, es nicht tun. Denn ... Küssen ist das Eine. Alles andere ist das Andere. Er wird sich vielleicht nicht trauen.

Sie will aber. Sie will, dass er sich traut. Und bevor es nicht geschieht, nimmt sie lieber vorsichtig seine Hand und schiebt sie ein Stück weiter. Hinein in ihr Pyjamaoberteil.

Es ist zu einem großen Teil auch so wunderbar, weil seine Aufregung auf sie überspringt wie ein Funke. Beide stehen sie in Flammen. Sein Gesicht glüht an ihrer Brust. Einmal glaubt sie, ein Zittern seiner Hand an ihrer Seite zu spüren. Sein Atem geht genau so, wie er geht, wenn er am liebsten gestöhnt werden möchte, das aber nicht gewagt wird. Greta lauscht auf diesen Atem und auf ihren eigenen, der genauso sich windet. Als könne ein zu lautes Geräusch, ein ordinäres Ah oder Oh sie beide herausschleudern aus dieser Höhle des Gefühls.

Sie zieht ihn herauf zu sich, und er gibt ein Geräusch von sich wie ein leises Lachen, das sie ihm wirklich nicht verdenken kann. Ihr ist selbst danach.

»Völlig verrückt«, murmelt er, und der Klang seiner Stimme macht, dass Greta sich verloren fühlt und sich an ihn presst, in eine innige Umarmung hinein. In der sie für eine, zwei Sekunden irritiert ist. Bis sie begreift. Und jetzt fast wirklich laut lachen muss. Natürlich. Ein Mann. Der sie begehrt. Auch wenn sie ihn zuerst für einen Kleiner-Bruder-Verschnitt gehalten hatte, zeigt sich jetzt ganz deutlich, dass er das sicher nicht ist. Nur ist sie jetzt diejenige, die plötzlich zögert. So ein Zögern, als würde die neugierige, wissbegierige, offene Greta sich auf einmal etwas nicht gleich trauen.

Aber diesmal ist er derjenige, der ihre Hand nimmt und sie führt. Sie hört ihn schlucken, als sie vorsichtig in seine Shorts hinein tastet. Derartiges hätte sie nun wirklich niemals in ihrem Bett vermutet.

»Du wirst vielleicht lachen. Aber ich ... ich hab das noch nie gemacht«, wispert sie Flin zu.

»Ich bin doch nicht bescheuert und lache jetzt«, ist seine Antwort, bewusst witzig, unbewusst zittrig. »Willst du denn? Ich meine, willst du es so richtig?«, fragt er.

»Nur wenn du nicht auch noch Jungfrau bist. Das wäre mir ein bisschen zu heftig, glaub ich.«

»Na ja, ein bis zwei mal hab ich's schon hinter mir«, lächelt er.

»O.k. Dann ... dann ja.«

Flin rutscht aus dem Bett und huscht in seinen Boxershorts hinüber zu seinem Rucksack. Er zieht ein paar Reißverschlüsse auf, bevor er gefunden hat, was er sucht.

»Du hast Kondome dabei?« Natürlich hat er das! Er ist hergekommen, um eine Frau zu treffen, die ihn vor ein paar Wochen noch mächtig angemacht hat!

Unter der Decke aneinander geschmiegt, betrachten sie die beiden Verpackungen, die er in der Hand hält.

»Sieht eigentlich aus wie' n Kaugummi, oder?«, meint er und wendet sie hin und her.

»Sind das welche mit Geschmack?«, erkundigt sich Greta. Über Flins Gesicht, trotz des spärlichen Lichts ganz deutlich, fliegt eine Verlegenheit, die sie zuckersüß findet. Vielleicht ist es diese Art von Scham, gepaart mit seiner Zärtlichkeit, die sie so weich macht, als sie sich weiter küssen. Er sie auf sich zieht. Seine Hände, unter ihrem Pyjamaoberteil, auf ihrem Rücken so tut, als sei dies das schönste aller Körperteile. Die Wirbelsäule hinunter. Genau da, in der kleinen Mulde, ist plötzlich so ein Schmerz.

Alles weitere geht schnell. Sie rollt sich von ihm herunter, knöpft ihren Pyjama auf, streift das Oberteil und die Hose ab und zieht ihm das T-Shirt über den Kopf, was er leise lachend mit sich machen lässt. Als ihre Hände den Bund seiner Shorts umfassen, nimmt er die andere Seite, und sie schleudern das Ding gemeinsam aus dem Bett.

Dann entdeckt er plötzlich ihren Bauchnabel. Der Aufenthalt wird unerträglich lang. Greta zappelt herum, während seine Zungenspitze bis in ihre Lenden tanzt.

»Flin!«, macht sie. Ungeduldig. Eigentlich so, wie sie es immer von sich kennt. So viel anders ist es nicht. Nur anders eben. Seine Haare fühlen sich anders an, wenn sie hineingreift und seinen Kopf fest hält, während sie ihn küsst. Überall. Auf die Lider, die Nase, das Grübchen am Kinn, und die feine Linie da. Während sie ihn mit den Beinen umschlingt und er sich mitreißen lässt. An sie heran.

»Willst du?«, flüstert er. Greta tastet herum und schnappt sich eine der kleinen Packungen, reißt sie auf und holt das Gummi raus.

»Mach du das lieber.«

Sein Gesicht über ihr sieht so zart aus, dass sie es mit beiden Händen umfasst, um es festzuhalten.

Neben dem Begehren steht etwas wie Ängstlichkeit dort. Wovor? Vielleicht will er ihr nicht weh tun. Dann sollte sie ihm besser sagen, dass alle Gedanken an schmerzhafte Defloration über dreißigjährige Lesben abwegig sind. Jedenfalls seitdem es Sextoys gibt. Als sie ihn deutlich spürt, hebt sich ihr Becken ihm fast von allein entgegen, und sie reibt sich sacht an ihm. Ist ja nichts anderes als ein Dildo.

Ist doch etwas anderes als ein Dildo. Jedenfalls in dem Augenblick, in dem Flin in ihrer intensiven Berührung erstarrt und ein Schauder durch seinen Körper fließt wie eine Welle.

Bevor Greta kapiert, was passiert, rollt er schon zur Seite und stößt ein Wimmern aus, das ihr ins Herz schneidet. »Oh, Scheiße, Scheiße, tut mir Leid. Greta, tut mit Leid«, kann sie aus seinen hilflos gestammelten Worten verstehen.

Sie streckt den Arm aus und hält ihn darin fest. Und er, mit den Lippen an ihrer Schulter, murmelt Entschuldigungen, flucht leise, jammert.

»He, ist doch nicht schlimm«, flüstert sie ihm ins Ohr, sein süßes Gesicht in ihrem Haar. »Ist echt nicht schlimm. Weißt du, ich kenn die Nummer von meinem Vibrator. Da machen regelmäßig die Batterien schlapp.«

Sie lachen. Miteinander. Und er brummelt: »Sauerei!« und verschwindet im Bad.

Das war's wohl. Bei den Männern, das weiß Greta aber wirklich hundertprozentig, ist so gut wie alles gelaufen, wenn die ihren Orgasmus hatten. Überhaupt. Was war denn das jetzt? Das tollste, erotischste, aufregendste Vorspiel. Mit einem Mann. Und dann. Nix mehr. Bestimmt wird es jetzt peinlich, wenn er wieder ins Bett kommt. Aber sie musste ja unbedingt an ihm rumfingern, in seinen Haaren und in seinem Gesicht, und ihn dann auch noch küssen. Idiotin, die sie ist.

Flin ist schneller zurück als sie erwartet. Und bevor sie noch anderes denken kann, das von Enttäuschung handelt, wandern seine jetzt kühleren Hände über ihren immer noch erhitzten Körper. Ihre Lippen finden sich wieder und sind sich jetzt schon vertraut. Sein Geruch heimelig und erregend. Und als seine Fingerspitzen in ihre Feuchtigkeit tauchen, vergisst Greta, was sie gerade noch angenommen hatte. Es ist das Gleiche und doch anders als mit den Frauen. Vielleicht weil er nicht weiß, wie es sich anfühlt. Aber er lässt sich von ihr führen, ihrem Rhythmus in Atem und Bewegung. Einmal, nur ganz kurz, denkt Greta: *Wenn Jo das wüsste!* Und kommt fast raus aus allem. Verflixte Freundinnen. Die sind aber auch immer da. In ihrem Kopf.

Als sie kommt, flüstert er ihr ins Ohr, dass sie schön ist. »So schön!«

Sie dreht sich zur Seite, und er liegt hinter ihr, umarmt sie, zärtlich. Nach dem Sex immer noch zärtlich.

Lange Zeit kann sie nicht einschlafen, weil da dieses Gefühl ist, als schnüre etwas ihre Kehle zu.

Auch Flin liegt wach. Sie hört es an seinem Atem. Und als sie sich ihm zudreht, lächelt er sie zaghaft an, hebt die Hand und angelt nach den Zigaretten am Kopfende. Sie sind sich ähnlicher, als sie in den ersten Minuten in der Kneipe geglaubt hätte. Er steckt eine an und hält sie ihr hin. Sie nimmt sie, und er steckt eine zweite an. An seinem rechten Handgelenk trägt er drei von diesen modernen Steinkugel-Armbändern. Kein Mann, an den Greta sich sonst erinnern kann, trägt diese Dinger. Das ist doch Mädchenkram.

Sie ist wirklich froh, dass er sie in diesem Schummerlicht

nicht deutlicher anschauen kann, so forschend. Ist ganz deutlich zu spüren, dass er nachdenkt. Hat ja allen Grund dazu.
»Wenn ich mal was fragen darf?«
»Klar.« Sie weiß es schon.
»Was war'n das? Ich meine ... ich dachte du ... du ...«
»Keine Ahnung. Das war bestimmt nicht geplant, falls du das denken solltest. Nach dem Motto: Ich mach einen auf Lesbe und schleppe junge Männer mit dieser Masche in mein Bett. Das war einfach ... ach, ich weiß auch nicht.«
Er zieht wieder an der Zigarette und nickt sacht. Seine Brust hebt und senkt sich dabei. Dass Männer nun einmal keine Brüste haben, hat Greta bei allen anderen immer gestört. Aber bei ihm ist es irgendwie in Ordnung so. Irgendwie kann sie ausgerechnet ihn einfach so sein lassen.
»Vielleicht mochtest du mich einfach?« Sie kann ihn bei diesen Worten lächeln spüren.
Wie lange hat es keinen Menschen mehr nackt neben ihr gegeben, den sie einfach sein lassen will, lächeln spüren will. Am liebsten würde Greta weinen. Einfach die Augen überfließen lassen und den Mund weit öffnen, um zu schluchzen. Aber dafür ist es wohl zu spät. Oder aber noch zu früh. Wer weiß.

Haut an Haut liegen sie. Das Pulsieren des Lebens unter Jos locker dort liegender Hand in Annes Leiste. Anne hat ein Bein eng um Jos geschlungen. Der Fuß beginnt schon seicht zu kribbeln. Aber Jo verändert absichtlich nicht die Position. Erst wenn das ganze Bein eingeschlafen ist und innen drin Ameisenarmeen wandernd sie zum Handeln mahnen werden, wird sie es tun. Sie will einfach alles ganz deutlich spüren. Annes vertrauter Atem direkt hier über der Halsschlagader. Ihr Sich-Winden beim Lieben. Ihr Stöhnen von ganz tief innen heraus. Und nun das zeitlupenartige Danach. Jede Bewegung so langsam wie unter Wasser. Ihre Fingerspitzen in der ganz leicht stoppeligen, weil zuletzt vor vier Tagen rasierten, Bikinizone. Was für ein irreführender Name für diese Körperstelle. Bikinizone klingt wirklich so, als sei für diese wenigen Quadratzentimeter Haut einzig ausschlaggebend, dass andere, Fremde, sie im Fall des Tragens eines Bikinis ins Visier nehmen könnten. Jo streichelt dort ein bisschen. Eine

Ader liegt ganz dicht unter der Haut. Jo kann das Blut dort strömen fühlen. *Lebenssaftstelle*, könnte sie heißen. Oder *Verheißungsvollabschnitt*. Oder *Startundzielineinem*.

Jo fielen viele Namen ein für das, was sie fühlt, wenn ihre Hand genau dort liegt.

Annes Züge sehen entspannt aus. Ihr Kopf ruht an Jos Seite, liegt auf ihrem Arm wie eine kostbare Gabe.

Drei und ein halbes Jahre lang. Wenn Jo ehrlich ist, hat sie nicht wirklich ernsthaft darüber nachgedacht. Damals im März, was unglaublich lange her zu sein scheint. Als Schnee lag auf den Straßen, als Fanni in Neuseeland war, als ihr selbst so kalt war, weil ihre Seele sich gepanzert hatte. Da hat sie nicht wirklich nachgedacht über das, was nicht mehr da war. Solche sachlichen, theoretischen Überlegungen liegen ihr nicht. Und obwohl sie damals den Vorsatz hatte, hat sie es einfach laufen lassen.

Hat auf den nächsten Streit, das folgende Schweigen gewartet, es nicht ertragen können, es trotzdem hingenommen. Bis sie begonnen haben, die Rollen zu tauschen. Das war gar nicht so schwer. Schließlich hat sie mal geschauspielert. Sie musste einfach nur Anne spielen. Musste tapfer, unerschrocken, verantwortungsvoll sein, aktiv werden, handeln, aus ihrem Trott heraus sich mitten in jede erdenkliche Schwierigkeit werfen. Und endlich sieht sie im Spiegel wieder sich selbst. Endlich begegnen sie beide sich wieder offenen Auges. Endlich liegen sie wieder beieinander. Wie zwei, bei denen es nie anders war. Deren Liebe nicht in dem flachen Gewässern der Harmonie zu ertrinken drohte.

Anne regt sich neben ihr. So dass Jos Hand ein Stückchen verrutscht und auf dem krausen Haar zum Liegen komm.

»Warum hat es mit Madita und Julia eigentlich nicht geklappt? Ich habe das nie verstanden.«

Jo atmet einfach ruhig weiter. Aber innerlich hält sie die Luft an, verwundert. Noch nie hat Anne nach ihren Freundinnen gefragt. Derart.

»Ich meine«, fährt Anne fort, etwas unsicher, vielleicht weil Jo nicht gleich antwortet. Vielleicht glaubt sie, Jo sei der Meinung, es ginge sie nichts an. »Die beiden kannten sich doch schon eine ganze Weile als sie dann für diese kurze Zeit zusammenkamen. Ein Jahr?«

»Eineinhalb.«

»Eineinhalb Jahre. Da hatten sie doch genug Zeit, um sich kennen zu lernen. Und Madita war doch wirklich verrückt nach ihr. Sie hingen ständig zusammen. Da müsste es doch möglich gewesen sein, sich so weit zu erkennen, um zu wissen, ob sie sich wirklich wollen oder nicht, oder?«

»Sollte man meinen, ja«, stimmt Jo ihr zu. Nicht einmal die winzigste Spur von Missgunst in Annes Stimme. Obwohl es um Madita geht. *Deine göttliche Madita*, hatte sie früher einmal gesagt, spöttisch, mit der kaum wahrnehmbaren spitzen Zunge der in aller Stille von Eifersucht Getroffenen.

»Also, warum hat es nicht geklappt?«

»Dazu gibt es wirklich viele Theorien«, meint Jo trocken. »Mindestens vier. Wir vier haben nämlich alle eine andere.«

»Da bin ich aber gespannt.« Anne lächelt amüsiert und mit dem Flirren in der Stimme, das von Sex am Nachmittag erzählt.

»Gretas Theorie ist am interessantesten, wenn du mich fragst. Sie glaubt nämlich, dass Julia eine spielbesessene Irre ist, die es gar nicht wirklich ernst meint mit den Frauen, denen sie mit ihrer Tour den Kopf verdreht. Sie hält Julia für genusssüchtig und deshalb der wahren Liebe im Grunde nicht wert. Eine andere Gattung Mensch, die nicht geschaffen wird, um glücklich zu sein oder gar um glücklich zu machen, sondern nur des kurzweiligen, ganz egoistischen sexuellen Wohlbefinden willens. Das Schlimme daran ist, dass Greta nicht nur glaubt, dass Julia so ein Monster ist ... sie hält sich selbst auch für eins. Aber sie würde es nie aussprechen, weil sie sich dafür in Grund und Boden schämt. Und wahrscheinlich glaubt sie, dass keine von uns ahnt, was sie dazu denkt.«

Anne lacht. »Das sieht Greta gar nicht ähnlich. Wahrscheinlich werde ich sie beim nächsten Treffen mit ganz anderen Augen sehen.« Und dann leiser: »Vielleicht sollte ich sowieso an dem ein oder anderen Menschen noch einmal neu Maß nehmen.«

Jo streichelt als Antwort Annes Gesicht.

»Und Fanni?« Vor Fanni hat Anne den meisten Respekt. Der Erfolg ihrer Arbeit, ihr aristokratisches Auftreten können einschüchtern. Fanni macht den Eindruck, genau dort hinzugehören, wo sie ist. Und das ist es, was Anne von sich selbst am meisten erwartet.

»Ach, Fanni ist ja immer so schrecklich poetisch. Mit ihren Büchern und ihren Briefen und ihren Geschichten, die sie erzählt oder aufschreibt. Sie glaubt an so was wie Verzauberung. Wenn du verstehst, was ich meine. Als sei Julia eine, die Madita einfach den Schleier des Liebens übergehängt hätte, hinter dem Madita nicht hervorluken kann, selbst wenn sie wollte.«

Anne küsst einmal rasch Jos nackte Schulter, als sei das absolut nicht mehr abzuwenden gewesen, notwendig geradezu.

»Vielleicht denkt Fanni das deswegen, weil sie selbst gerade so etwas erlebt?! Ich schätze nicht, dass sie den Eindruck hat, ihre Beziehung zu Elisabeth selbst noch kontrollieren zu können«, mutmaßt Anne.

Hallo! Sie hat so viel mehr mitbekommen, als Jo vermutet hätte.

Und da fährt Anne schon fort: »Aber weißt du was? Deine Theorie interessiert mich ja am meisten von allen. Was glaubst du? Was ist schief gelaufen zwischen den beiden?«

»Nichts!«, erklärt Jo schlicht. Anne atmet überrascht ein.

»Wie das?«

»Es ist nichts schief gelaufen, sondern genau so, wie es am besten ist.« Jo legt sich zurecht, und sie sehen sich direkt in die Augen, ihr Blick muss keinen längeren Weg als etwa zehn Zentimeter zurücklegen. »Jetzt mal in echt: Kannst du dir Madita mit so einer Springinsfeld vorstellen? So einem Hasenfratz, so einer Schickimicki-super-hübsch-Tussi? Also ehrlich! Das wäre mächtig nach hinten losgegangen. Deswegen bin ich der Meinung: Wenn sie sich schon unbedingt in dieses Luder verknallen musste, dann ist es so am besten. Langes Leiden, kurze und heftige Geschichte und dann ... Ende, aus, Mickey Mouse!«

Annes Augen verziehen sich ein wenig, werden schmaler in einem mitfühlenden Lächeln. Das sich gleich darauf ein bisschen verändert. Jo findet, sie guckt lüstern. Was ein echtes Ding ist, denn sie haben sich doch gerade erst noch geliebt. Aber wenn sie es sich so recht überlegt ... sobald das Gespräch ausgeplätschert ist, wird sie einfach einen kleinen Versuch machen. Sie lässt ihre Finger an Annes Seite hinaufschleichen. Anne schließt ihre Augen. Ihre Lider sind immer ein bisschen apricotfarben, obwohl ungeschminkt. Bevor Jos Hand die zarte Haut über dem Schlüsselbein erreicht, öffnet Anne ihre Augen wieder. Ihr Blick sagt deutlich: *Nur dieses eine will ich noch fragen ... nur ganz kurz ...* Ihre Lippen trennen sich voneinander.

»Und Madita?«

Madita begeht einen Verrat. Eine grobe, eine nicht zu verzeihende Einmischung in Fannis Leben. Aber sie muss es tun, wie unter Zwang. Als könne sie damit alle Chancen, die sie mit Julia je hatte, und auch jene, die sie nicht hatte, sich aber wünschte, bündeln und dann losschießen. Eine Harpune von Hoffnung, Sinn und Ehrlichkeit.

Denn Fanni ist dabei, in Stücke zu zerbrechen.

Einmal ist es genug, findet Madita. Den Kreislauf des Wollens und Liebens und Ja-Sagens und Vielleicht-Hörens, den hat sie erlebt. Fanni muss das nicht auch durchmachen.

Sie drückt auf den Klingelknopf. Der Türsummer geht. Zurück kann sie jetzt sowieso nicht mehr.

Im Türrahmen steht Elisabeth und schaut verwundert, lächelt, ihr Lächeln wird unsicher, als sie Maditas ernste Miene sieht.

»Ist etwas passiert?«, fragt sie rasch. »Mit Fanni alles o.k.?« Madita nickt.

Elisabeth ist steif und bietet ihr einen Platz auf dem Sofa an. Sie trägt ihre roten Haare offen. Und jetzt ist zu begreifen, wieso Fanni immer von einem Feuer um ihr Gesicht spricht. Dieses wilde Lodern der Locken, die ihr bis weit in den Rücken fallen, könnte auch von züngelnden Flammen stammen. Sie geben der geraden, etwas förmlich wirkenden Frau etwas beeindruckend Ungezähmtes.

In der Wohnung riecht es nach Orangenblüten und nach Terpentin.

Madita setzt sich und hält sich nicht lange auf. Es wird ein Geheimnis bleiben zwischen ihnen. Keine sonst wird es je erfahren. So erbittet sie es jedenfalls. Nur sie redet. Ruhig und sachlich erklärt sie Elisabeth die Tatsachen. Elisabeth, die schweigt, die deutlich zu zittern beginnt, während Madita spricht. Niemand könnte schlichter von Liebe reden. Und so viel damit sagen.

Ohne eine Antwort zu wollen, nein, Madita verbietet Elisabeth regelrecht, eine Antwort zu geben. Sie macht klar, dass sie nicht gekommen ist, um Antworten zu erhalten. Nicht sie braucht eine Antwort.

Elisabeth erwidert tatsächlich nichts. Sitzt mit fest verschlossenem Mund, die Lippen ein schmaler weißer Strich, und schaut auf ihre Finger und manchmal in Maditas Gesicht.

Später, als Madita geendet hat und aufsteht, sich die schweißnassen Hände an der Hose abreibt, da macht Elisabeth doch noch den Mund auf und sagt: »Danke, dass du das getan hast.«

Getan. Danke. Die beste Freundin einer Blöße ausgesetzt, die sie entsetzt fliehen würde, hätte sie die Wahl. Madita hat Fanni keine Wahl gelassen.

Und wenn Elisabeth jetzt zu Fanni hingeht und sagt: *Hör mal, deine komische Freundin war hier und hat mir Schwachsinn erzählt ...*, dann wird es aus sein. Auch mit Freundinnen kann es aus sein. Wenn man sie betrügt.

»Du kannst dich auf mich verlassen. Ich weiß, was es bedeutet«, beteuert Elisabeth noch, als sie an der Tür stehen.

Madita, die nur hinaus will, nickt fahrig und bringt nicht einmal so etwas wie eine nochmalige ernsthaft strenge Bitte um Einhaltung dieses Versprechens zustande. Sie bereut. Sie fürchtet sich vor Fannis berechtigter Wut. Sie greift sich an den Kopf als sie die Stufen zur Straße hinuntersteigt, und kämpft gegen Tränen. Was hat sie getan! Sie hat etwas Grauenvolles gemacht! Kaum ist sie zu Hause angekommen, ruft sie direkt bei Karo an.

Sie erzählt ihr alles. Irgendwie ist Karo so, dass sie ihr alles erzählen kann. Das war von Anfang an zwischen ihnen so. Vielleicht hat das überhaupt den Ausschlag gegeben. Madita weiß selbst nicht genau, was sie mit dem ›*Ausschlag*‹ meint. Ausschlag wofür?

»Bei allem, was du jetzt erzählt hast und so wie ich Fanni bisher erlebt habe, glaube ich, dass es gut gehen könnte«, sagt Karo schließlich vorsichtig, nachdem sie alles erfahren hat. »Wenn Elisabeth jetzt wirklich in die Pötte kommt, dann könnte doch alles gut werden für die beiden. Vielleicht haben Fannis Reisen dann ein Ende, und sie kann in einem Zuhause ankommen?!«

»Gibt es das denn? Irgendwo ankommen und dann zuhause sein?«, spuckt Madita da aus, verächtlich. Jede, die daran glaubt, ist doch wahnsinnig. Oder dumm. Trotzdem ist es furchtbar, sich selbst so zu hören. Bittermandelgeschmack auf der Zunge, die diese Worte formt.

»Nicht solange du dir nicht selbst Zuhause bist«, erwidert Karo.

Darauf kann man doch nichts mehr antworten. Sie schweigen lange.

Wellen von unterschiedlichsten Gefühlen brechen in Madita, rollen aus, formieren sich neu. Heute sind Dinge passiert, die einen Beginn oder mindestens ein Ende bedeuten können. Madita hat Dinge angestoßen, Wahrheiten gesagt. Da käme es doch nun wirklich auf die eine oder andere nicht an. Doch statt sie durch die elektronische Datenvermittlung zu senden, schweigt sie. Und denkt.

Ich möchte es mit allem aufnehmen. Ich möchte dich so nehmen, wie du bist, ohne mich dir anzupassen. Ich werde dir nie gleich sein können und auch nicht wollen. Dich einfach lassen, wie du bist, mich lassen, wie ich bin. Das ist die einfachste, simpelste und schwierigste Liebe, die ich je versucht habe.

»Ist Liebe immer nur ein Versuch?«, hört sie sich leise fragen.

Karos Stimme ist dünn, aber darin schwebt jene Zuversicht, nach der Madita sich heimlich sehnt: »Das kann schon sein. Aber du musst auch bedenken, dass ein Versuch immer bedeutet: Er kann gelingen!«

                Hin und wieder kommt Greta bei Fanni vorbei. Vor der Schicht am Nachmittag. Dann nehmen sie sich gemeinsam die Zeit für einen Tee und einen entspannten Plausch.

Aber von Entspannung kann heute nicht die Rede sein. Greta rutscht unruhig auf dem Sofa herum, schlägt die Füße unter, nimmt sie wieder fort, legt die Arme über die Lehne, verschränkt sie vor der Brust, sagt mit ihrem Körper so viele unterschiedliche Dinge gleichzeitig, dass Fanni nach fünfzehn Minuten der Kopf schwirrt.

Und das ist jetzt schon das dritte Mal innerhalb kurzer Zeit, dass sie so einem Nervenbündel gegenübersitzt. In den letzten Tagen häufen sich derartige Vorkommnisse.

Zuerst hatte sie einen überaus merkwürdigen Besuch von Madita, die aussah wie ein verschrecktes Kaninchen und sie fortwährend aus übergroßen, ängstlichen Augen anstarrte. Fanni war sich schon vorgekommen wie ein Henker – auch wenn Madita bei jeder der zunächst vorsichtigen, später immer dringlicheren Nachfragen beteuert hatte, es sei gar nichts, sie habe nur schlecht geschlafen und vielleicht etwas wirres Zeugs geträumt.

Diese sonderbare Begegnung hätte sie ja vielleicht noch einfach vergessen können, wenn nicht am Abend desselben Tages sich Elisabeth kurzfristig angekündigt hätte. Das hatte sie noch nie getan. Ihre Stimme hatte am Telefon so geklungen als habe sie etwas Wichtiges zu berichten, etwas Schwerwiegendes.

Fanni hatte gebebt vor Furcht. Vielleicht, hatte sie vermutet, wolle Elisabeth ihr die Entscheidung mitteilen. *Ja, ich werde ihn heiraten!*, hatte Fanni zu hören befürchtet.

Aber nichts.

Weder kam Elisabeth noch ein einziges Mal auf Lutz zu sprechen – und Fanni hatte sich gehütet, das Thema von sich aus anzuschneiden – noch hatte sie sonst irgendetwas Weltbewegendes zu verkünden. Nein, sie stand einfach nur in der Wohnungstür herum, sah aus, als wolle sie sofort wieder gehen, und lief dann in der Wohnung Fanni von Raum zu Raum fortwährend hinterher. So dass Fanni, die sich nur noch schnell eine Strickjacke zum Überwerfen aus dem Schlafzimmer holen wollte, damit überrascht wurde, dass Elisabeth plötzlich hinter ihr stand und sie selbst gerade noch den parfümierten Briefumschlag, der den letzten poetischen Wortwechsel in Elisabeths Schrift enthielt, hastig unter das Kopfkissen knautschen konnte.

Das konnte Elisabeth unmöglich gesehen haben. Und dennoch war sie hochrot im Gesicht, als Fanni sich zu ihr umwandte und sie möglichst unverfänglich nach ihrem Getränkewunsch fragte.

Der spätere Verlauf des Abends war ebenfalls höchst ungewöhnlich gewesen. Denn Elisabeth, die sich sonst zu allen von Fanni geschossenen Bildern weitschweifend und begeistert äußerte, hatte die Fotos, die sie in diesen Stunden zu sehen bekam, lediglich mit versteinerter Miene zur Kenntnis genommen. Es waren die Fotos von ihr selbst.

Kein Wort hatte sie gesagt, ob die Fotos ihr gefielen. Ihr Gesicht hatte nichts herausgelassen außer einer großen Verwirrung, die Fanni angesteckt hatte.

Und jetzt sitzt Greta hier, hibbelt von einer Sofaecke in die andere und rückt nicht mit der Sprache raus.

»Schätzchen«, beginnt Fanni, noch halb amüsiert, und streckt die Hand aus, um sie Greta beruhigend aufs Knie zu legen. »Du machst mich schon richtig nervös. Was ist denn bloß los? Spuck's aus!«

Greta seufzt und greift nach ihrer Teetasse. »Ach, es ist nichts Bestimmtes.« Das hat Fanni die letzten Tage öfter gehört. »Vielleicht liegt es am Leben an sich. Das Leben hält so vieles für uns bereit, mit dem wir erst gestern noch niemals gerechnet hätten, findest du nicht?«

Irgendwie sind alle durchgedreht.

Elisabeth wird unentwegt rot. Madita stammelt herum, als hätte sie ihren eigenen Namen vergessen. Und jetzt kommt Greta, die offene Immer-und-auch-leider-hin-und-wieder-zu-unpassenden-Gelegenheiten-gerade-heraus-Greta, und macht einen auf rätselhaft und geheimnisvoll.

»O.k.«, grunzt Fanni da, was ein untypischer Satzanfang ist für sie. Dieses Grunzen. Hochadelgrunzen gibt es nicht. »Falls ihr euch alle verbündet habt, um mich – aus welchen Gründen auch immer – völlig durcheinander zu bringen, dann reicht es jetzt aber. Ihr wisst, dass ich so was nicht leiden kann. Wenn du mir nicht sagen willst, was los ist, dann sag es eben nicht. Aber dann hör auf, mein Sofapolster durch dein Herumgerutsche zu strapazieren. Und vor allem hör auf mit diesen Andeutungen.«

Greta seufzt wieder, tief und ausführlich. Lange denkt sie offenbar nach über diese Worte. Ein Ruck geht durch ihren Körper.

»Hast du schon mal einen Mann geküsst?«, fragt sie dann unvermittelt. »Ich meine, richtig geküsst. Nicht nur so zum Probieren, sondern so, dass dir heiß und kalt wurde und du richtig scharf wurdest auf ihn?«

Damit hat Fanni wirklich nicht gerechnet.

»Nein.«

»Nein? Nie?«

»Greta! Du kennst doch alle meine Geschichten. Ich hab mal mit ein paar Jungs rumgeknutscht, als ich noch der Meinung war, das muss so sein. Aber ich fand es nicht erotischer als einen Hamburger von McDonalds. Es war ganz o.k., aber davon kann ich nicht leben. Klar? Also, was ist jetzt? Willst du mir jetzt erzählen, du hast ...«

Schweigen.

Erkennen.

Ach, du Scheiße.

»Jetzt mal im Ernst. Hast du was mit einem Typen?«

Schon beim Beginn der Frage die Antwort wissen. Dass sie nicken wird, verlegen. In einer sonderbaren, und für Greta ganz und gar untypischen Scham. Und was jetzt? Was sagt man denn da jetzt?

»Also, jetzt bin ich aber platt«, erklärt Fanni spontan. Was anderes fällt ihr auf die Schnelle nicht ein.

Greta schaut sie zögernd an. »Findest du es abstoßend?«

»Wieso? Sollte ich?«

»Ich dachte, du würdest es vielleicht eklig finden.«

Vielleicht sollte Fanni sich mal wieder Gedanken darüber machen, was für ein Bild sie ihren Freundinnen eigentlich von sich vermittelt.

»Nein«, sagt sie entschieden. »Nein, ich find's nicht eklig oder abstoßend. Aber ... überraschend. Ja, überraschend finde ich es schon. Ich hatte keinen blassen Schimmer. Wer ist es denn?«

Greta erzählt. Von einem Abend, neulich, im *Belmondo*, und dem jungen Mann, ihrem Gespräch, dieser ungewöhnlichen Anziehung, dem weiteren Verlauf, keine Einzelheiten, nur dass es passiert ist zwischen ihnen.

Dann schweigen sie eine Weile. Greta sieht trotzig aus, und ein bisschen so, als erwarte sie die Absolution.

»Und?«, hört Fanni sich. Sie fragt nie so was.

»Wie? Und?«, macht Greta irritiert. Natürlich irritiert.

»Na, und? Wie war es?«

»Was willst du denn jetzt wissen? Ob es anders war?«

Fanni seufzt. Unschlüssig. »Nein. Vielleicht eher, ob es gut war. Hat es sich gelohnt, die Lesbenehre über Bord zu werfen?«

Greta stutzt. »Lesbenehre«, wiederholt sie langsam, als müsse sie das Wort ausprobieren. Dann grinst sie. »Ich glaube, damit triffst du den Nagel auf den Kopf. Die von allen so hoch gehaltene Ehre, die jetzt macht, dass ich mich zwischendurch irgendwie ein bisschen beschmuddelt fühlte.«

»Jetzt mal im Ernst, so was macht man ja auch nicht als Lesbe.«

»Frau.«

»Hm?«

»So was macht frau nicht als Lesbe«, wiederholt Greta schmunzelnd. »Aber was, wenn ich gar keine bin?«

»Jetzt mach aber mal einen Punkt!« Greta und keine Lesbe. Wenn Greta keine Lesbe ist, dann gibt es auf der ganzen weiten Welt keine einzige.

»Ich hab mal eine Frau gekannt ...«, beginnt Fanni. Diese Geschichte hat sie noch nie jemandem erzählt. Das war viel zu heftig und zu persönlich. Und es steckt so viel Scham darin.

»Tatsächlich? Eine Frau also?« Greta schmunzelt.

»Es war nur ein Abend. Nur eine einzige Nacht. Es war wie ... wow ... ein Rausch aller Sinne bis zur Bewusstlosigkeit!« Fanni kann nicht recht glauben, dass sie das sagt. »Wir haben uns aufeinander gestürzt, dass die Vorhänge in Brand gerieten. Die ganze Nacht haben wir nichts anderes getan, als uns auf viele verschiedene Arten und Weisen zu ... hm, lieben kann ich schlecht sagen, ich kannte sie ja kaum.«

»Wie wäre es mit vögeln?«, schlägt Greta freimütig vor.

»Und dann?«

»Und dann ... na ja, sie hatte keinen Freund und ich keine Freundin. Ich dachte in dieser Nacht wirklich die ganze Zeit, es würde weitergehen. Aber am nächsten Morgen war es irgendwie völlig klar, dass es das nicht war. Es war ganz einfach nicht der Beginn einer Beziehung. Es war eben nur diese Nacht, nur dieses eine Mal.«

»So was gibt es wohl«, antwortet Greta darauf, und sie zwinkert ihr zu.

Den ganzen Tag denkt Fanni sich an diesen Worten entlang. Zieht die Essenz heraus, und übrig bleibt ein kleines Wort. Sex.

Ja. Darum geht es ja auch. Auch wenn zwei miteinander Briefe tauschen, die vor Poesie nur so aus dem Umschlag triefen. Auch wenn Blicke zu erwidern romantisch und warm sein kann. Da gibt es noch das andere. Das Wilde, das Ungezähmte, das Haltlose. Sex eben.

Fanni geht los und macht ihre Arbeit, die sie tun muss, um ihre Miete zu zahlen, aber ihr Kopf ist woanders. Ihr Kopf ist bei Greta und Elisabeth und bei der Frage, warum sie selbst immer wegschaut, wenn es *darum* geht. Um Sex. Und wieso sie sich nicht eingesteht, dass es tatsächlich so ist: Sie ist unglaublich scharf auf Elisabeth.

Fanni kichert. Schaut sich erschrocken um im Fotolabor.

Eine dumme Sechsklässlerin ist sie. Innendrin natürlich nur. Außen ganz die alte, ganz die elegante Frau, mit beiden Beinen mitten im Leben. Innen aber in Aufruhr.

Warum Gretas Frauengeschichten sie nie derart mitgerissen haben, keine Ahnung. Aber diese. Flin. Vielleicht weil sie so außergewöhnlich war, diese Begegnung. Vielleicht weil Grenzen einfach so niedergepustet wurden, die panzerfest schienen. Vielleicht weil sie mittlerweile schon selbst nicht mehr daran glaubt, dass sie Elisabeths Haut irgendwann einmal so deutlich riechen und schmecken wird. Es scheint so unmöglich, so fern von jedem erdenklichen Schicksal. Aber jetzt, heute, wo Greta das erzählt hat, ist plötzlich nichts wirklich unmöglich.

Abends liegt sie im Bett und malt sich aus, wie sie es tun.

Daran hat sie natürlich schon öfter gedacht. Es gehört eben dazu. Aber noch nie war es so elementar wie heute. Miteinander zu schlafen, ist nicht nur ein Ausdruck der Liebe, es ist ihre ureigenste Form.

Sie wird sagen ... sie wird ihre Hand ... ihren Mund ... es wird ... und dann ... ihre Schenkel ... die helle Haut ... am unteren Rücken der zarte Flaum ... rascher Atem ...

Fünf mal geht das so. Dann ist sie zu müde. Nicht, dass sie nicht weitermachen könnte, sogar gerne wollte. Aber sie ist zu müde. Als sie die Hände unter das Kissen schiebt, knistert dort etwas. Elisabeths Brief. Hastig darunter geschoben, vergessen. Sie zieht ihn heraus und betrachtet den Umschlag im Sternenlicht, das durch das Schrägfenster aus dem Himmel hereinfällt. Schwach duftet das Papier nach Jasmin.

Morgen. Wird sie ihr nicht darauf antworten. Wird sie nicht

auf einen weiteren Brief hoffen. Wird sie statt dessen anrufen und sagen: *Triff mich!*

Das ist es nämlich, was sie will. Sie will, dass Elisabeth sie trifft. Keinen Brief mehr.

Alles theoretischer Scheiß, denkt Greta. Während sie Flins Telefonnummer in der Hand hält. Sie legt sie schließlich zur Seite, ohne zum Hörer gegriffen zu haben. Das ist es nicht. Das kann es irgendwie nicht sein. Es war eine schöne, eine wunderbare Nacht. Und er ist ein netter Typ, wirklich. Aber eine wie auch immer geartete Beziehung mit einem Neunzehnjährigen, der in Berlin wohnt? Ehrlich nicht. Aber was sonst? Sie ist ruhelos. All ihre sonst so lustigen Sprüche machen ihr plötzlich zu schaffen. Sie fühlt sich wie auf der Suche.

Greta erstarrt. Auf der Suche. Oh, nee! Das auf keinen Fall. Am Ende wird sie Kontaktanzeigen aufgeben, die nur ernst gemeinte und seriöse Antworten erwünschen. Sie wird sich im Lesbennet-Chat herumtreiben und die Profile nach in Frage kommenden Kandidatinnen durchsuchen. Und sie wird auf dem Schwof in jedem Flirt eine Chance sehen. Sie wird den Frauen selbst fragend mit der Taschenlampe ins Gesicht leuchten. Und einige von ihnen werden lachend sagen: *Ich bin nicht zu haben.*

SEPTEMBER

Madita ist schon wieder viel zu spät. Sie verspätet sich ständig in der letzten Zeit. Das darf so wirklich nicht bleiben. Aber sie lächelt, während sie diesen Vorsatz fasst. Voller Nachsicht mit sich, wenn sie an den Morgen mit Karo denkt. Dann musste sie eben jetzt auf die Schnelle ein Butterbrot machen und es unterwegs essen. Madita greift in den Schrank und nimmt die Butterschale heraus. Das Brot ist frisch und weich, die Kruste knusprig. Als das Messer in die Butter fährt, stutzt Madita. Die Butter wird fest. Die Butter in ihrer Schale im Schrank wird fest. So kalt ist es bereits wieder. Der Herbst ist da. Der Winter wird kommen. Und mit dem Winter der Schnee. Mit dem Schnee der Geruch nach diesem Eisigkalt.

Sie hat Ruhe gehabt in den letzten Wochen. Ohne den Nebelschleier der dumpfen trügerischen Ahnung, dass keine, auch nicht die wunderbarste, je den Raum würde einnehmen können, den Julia okkupiert hatte. Keine.

Wird mit dem Schnee, wird mit dem Geruch im Weiß auch all dies zurückkehren?

Madita lässt das Messer in der festen Butter stecken und flieht aus der Wohnung.

Ihre Arbeit im Stall verrichtet sie mechanisch. Dann sattelt sie Gustaf, während der Regen aufs Stalldach prasselte.

Sie lässt ihn geruhsam im Schritt in den Wald hineingehen, treibt in dann zum Trab an und lässt ihn nicht eher wieder gehen, bis sie sich tief unter Bäumen befinden.

Auf der Anhöhe hält sie Gustaf an. Aus den Zweigen tropft der beginnende Herbst auf die Pferdemähne vor ihr, auf ihren Kopf in der Kapuze.

Wie sie immer meinen Namen gesagt hat, denkt sie. *Madita*, hatte sie gesagt. Ganz ernst. Jede Silbe, jeder Buchstabe. *Madita, du hast einen Namen zum Sagen und zum Flüstern. Spreche ich ihn richtig aus? Spreche ich ihn so aus, wie er wirklich geht, deinen Namen? Madita. So geht er doch, nicht? Madita, Madita.*

Nein, hört sie dieselbe Stimme sagen. *Nein, Madita. Nein. Nein zu dir. Nein zu uns. Nein.* Und dann wieder: *Vielleicht.* Was zu viel war, um zu gehen. Was zu wenig war, um zu bleiben. Was so etwas war wie ein Nein, aus ihrem Mund. *Nein, Madita.*

Der Tag ist kalt. Kühle Feuchtigkeit saugt sich in ihren dicken Pullover und in Gustafs dichtes Fell.

Wie sie am Anfang gedacht hatte, dass Julia braune Augen hätte. Wegen ihres Dunkeldunkel in Blau. *Du,* denkt Madita, die Zügel zwischen den Fingern gleiten lassen. *Ich sage deinen Namen nicht mehr vor mich hin. Ich höre auf, ständig deinen Namen zu singen in meinem Kopf. Ich bin müde von dieser Melodie. Ich bin erschöpft. Ich höre auf. Ich rase auf meinen Pferd über die Felder, und will dich nicht mehr jagen.*

Madita hört einfach auf. So schlicht ist das also. Was sie als immer und ewig wähnte, endet.

»Und das tut so gut!«, sagt sie laut. Gustaf spielt mit den Ohren.

Im Schritt den Berg hinunter. Hin und her wiegen auf dem Rücken des Tieres, dessen Seele sie am besten von allen kennt. Dessen Geruch sie plötzlich mit Glück erfüllt, als gäbe es nichts Heiligeres als einen Ausritt im Regen. Ein Galopp durch Pfützen, ein korrekter Trab wie auf dem Dressurplatz, an dem Gustaf Spaß hat, er schnaubt auf diese gewisse Art.

Madita verbringt den ganzen Tag in diesen Zustand. Renate merkt irgendetwas und wundert sich. Aber als Madita einmal den Kopf in den Nacken legt und über einen Witz einer ihrer Schülerinnen lauthals lacht, lächelt sie zustimmend.

Abends meldet sich keine ihrer Freundinnen. Karo ruft einmal kurz an. Madita spielt mit dem Gedanken, ihr zu sagen: *Vielleicht entstehen Gefühle aus Gedanken. Und der Wille, sie zu ändern, kann Berge versetzen. Vorausgesetzt, er ist echt, ehrlich, der einzige – ohne einen winzigen verbleibenden Rest von Hoffnung, Sehnsucht, kummervollem Vermissen.*

Aber dann sagt sie es doch nicht und denkt, sie wird das noch lernen müssen. Solche Dinge zu sagen. Karo zu sagen. Ohne Angst. Aber sie hat ja genug Zeit. Genügend Zeit, um so etwas zu lernen.

Die Nacht ist tief, traumlos, erfrischend. Am Morgen wartet unverhoffte gute Laune, ein gutes Maß an Übermut und ein

Anruf von Fanni, die auf dem Sprung ist irgendwohin und vielleicht ein bisschen Zuspruch und Mut braucht.

»Du wirkst irgendwie verändert«, kann Fanni nicht anders als feststellen. Ihre Freundin lacht darüber: »Ich habe keinen Bock mehr auf diese Dramen. Keine Lust auf diesen ganzen Schmerz. Bäh! Ich hab beschlossen, dass ich einfach damit aufhöre.«

Fanni legt ihre Hand auf ihr Herz. Das ist das erste Mal, dass Madita so etwas sagt. Sie sagt selten etwas, das sie nicht so meint.

»Ich muss jetzt los, Madita, ich habe einen Termin in Köln.«

»Was denn?« Madita hat offenbar sofort erkannt, dass es wichtig ist.

Fanni schickt ein tonvolles Lächeln durch die Leitung, als Dankeschön für die beständige Anteilnahme ihrer Freundin. »Eine Überraschung für euch, wenn es klappt. Drück mir die Daumen.«

»Oh«, macht Madita, vielleicht eine Ahnung. »Na, klar, das werd ich. Ganz fest, meine liebe Freundin!« *Meine liebe Freundin* sagen sie alle nur, wenn sie es ernst meinen, weiß Fanni.

Sie nimmt den Zug um sechs Minuten nach zehn.

Ihr Aktenkoffer, in dem sie häufig die Fotos transportiert, liegt auf ihren Knien, während sie aus dem Fenster auf die vorbeifliegende Landschaft schaut.

Etwas über eine Stunde dauert die Fahrt. Endet auf der stählernen Brücke über dem großen Fluss, auf dem grau wirkende Lastkähne und bunt bewimpelte Ausflugsschiffe träge dahinziehen, weiße Gischt im bräunlichen Wasser hinterlassend.

Sie hatte nur mit der Sekretärin gesprochen. Leider war die Chefin verhindert gewesen. Aber einen Termin, ja, den konnte sie rausgeben. Vielleicht am kommenden Montag um zwölf? Fanni hatte zugestimmt. Verzagt. Denn wenn sie es richtig heraushörte, dann war dies immer noch die gleiche Sekretärin wie vor drei Jahren. Und wenn sie es zuließ, diese Stimme zu interpretieren, dann klang sie kühl und distanziert. Das konnte ein Irrtum sein. Aber wenn nicht, wird ihre Fahrkarte, die sie auf keine Rechnung setzen kann, rausgeworfenes Geld sein.

Sie betritt das Haus durch die schlichte Glastür und durchquert das Foyer, dessen Wände gepflastert sind mit großformatigen Bildern von fremden Ländern, ausdrucksstarken Gesichtern, charaktervollen Tieren. Vom Boden bis zur Decke werben die Plakate für einen anderen Blick auf die Dinge.

Fanni geht zum Fahrstuhl hinüber und steht unerwartet vor einem ihrer eigenen Blicke.

Von einer Klippe herunter. Auf ein brütendes Möwenpaar. Sie auf den Eiern, den Kopf weit zurückgebogen im Begrüßungsschrei. Er im Anflug, die starken Schwingen ausgebreitet und die Füße vorgestreckt auf den Felsenrand, einen zappelnden silberglitzernden Fisch im Schnabel. Unter ihnen allen das Meer. Die Gischt. Die tobenden Wellen an diesem besonders stürmischen Tag. Eine Apokalypse, die unter diesem Heim, unter der Aufzuchtstätte ihrer Jungen, stattfindet. Sie nicht berührt.

Irland.

»Davon wusste ich gar nichts«, sagt Fanni laut und erschrickt vor ihrer Stimme, die so überrascht und erfreut aus ihr herausbricht. Gott sei Dank ist niemand sonst hier. Und deshalb kann Fanni sich die Zeit nehmen, das Plakat noch einmal genau zu studieren. Es wird ein gutes Zeichen sein. Ein Willkommen.

Der Fahrstuhl kommt und öffnet ihr seine Pforte, durch die sie nun mutiger hindurchschreitet und auf die 3 drückt. Innen sind Spiegel angebracht. Ihre hohe Gestalt, die braunen Haare, die sich heute geschmeidig um ihre Schultern legen. Die leuchtend orangefarbene Bluse unter dem schwingenden leichten Mantelcape. Besonders grüne Augen heute. Vor drei Jahren waren sie manchmal dunkel geworden, beinahe komplett braun. Vor Kummer über das, was ihr nicht möglich gewesen war und was die andere sich so sehr wünschte.

Nun hängt alles ab von dieser Begegnung.

»Fanni!«, Luise kommt aus ihrem Büro geschossen. Immer noch die Haare in schwarzen Locken um den Kopf gekräuselt. Immer noch das klassisch schöne Profil leicht gebräunt. Ein Strahlen im Blick, ein Flirren. Ihre Hand weit ausgestreckt, an den zarten Fingern viele ungewöhnliche Goldringe. »Wie freu ich mich, dich mal wieder zu sehen! Ich konnte es ja gestern gar nicht glauben, als ich in meinen Terminkalender sah und deinen Namen las! Komm doch rein!«

Die Sekretärin verzieht keine Miene.

Sie gehen ins Büro, Luise schließt die Tür hinter ihnen und bietet Fanni einen gemütlichen Sessel in einer Sitzgruppe an. Sie selbst setzt sich genau gegenüber und strahlt.

»Wie geht es deinem Mann?«, fragt Fanni

Luise grinst vergnügt. »Ullrich geht's prima. Viel besser als früher, wo er noch so eine Nudel wie mich am Schlappen hatte. Vielleicht hast du es ja gehört? Er hat es bei seiner alten Jugendliebe noch einmal versucht und ist gelandet. Ein Herz und eine Seele, die beiden. Nur was die Arbeit angeht, ist er mir treu geblieben. Betreut gerade ein Projekt über Thailand. Ha! Du guckst! Stellst dir Bambusurwald vor, hm? Nix da! Es geht um den Sex. Um die Frauen. Wir machen es mit einer Fotografin aus Wien, Brigitte Totowa, kennst du sie? Ein aufsteigender Stern, sage ich dir. Sie wird mal ganz groß. Sie hat einen Blick durch die Linse ... Schau nicht so! Ich darf dir von ihr vorschwärmen, weil du selbst so wunderbare Arbeiten machst. Aber sag mal, wollen wir nicht essen gehen? Du hast ja einen tollen Termin bekommen, direkt vor der Mittagspause. Ich mach früher Schluss, und wir gehen rüber zum Italiener, ja? Der hat eine neue Gnocchisoße auf der Karte ... mhm, ich sage dir, ein Hochgenuss, die musst du probieren! Und über dein Anliegen«, ein Blick zum Koffer unter Fannis Arm, »können wir auch während des Essens reden, oder? Oder hast du anschließend noch einen Termin?«

Fanni beugt sich zurück unter diesem Ansturm. »Nein, ich bin frei.« Korrigiert sich: »Ich meine, ich habe nichts weiter vor heute.«

Luise lacht, weil ihr die kleine Verhaspelung nicht entgangen ist. »Na, wunderbar! Dann komm!«

Sie schießt an Fanni vorbei aus ihrem Büro und reißt im Vorbeigehen eine Wildlederjacke vom Haken. »Sabine, wir machen heute früher Mittag ... nein, länger, meine ich. Bin um zwei zurück.«

Fanni folgt der temperamentvoll dahinschreitenden Luise in den Fahrstuhl. Im Spiegel sie zwei nebeneinander. Luise zwinkert ihr zu. »Großer Gott, du siehst klasse aus. Ich glaube, die drei Jahre, die wir uns nicht gesehen haben, haben dich noch attraktiver gemacht.«

»Danke«, lächelt Fanni und fühlt sich unbehaglich. Luise war schon damals großartig im Komplimente-Machen. Schmeichelhaft, was sie über einen einzigen Frauenkörper alles zu sagen weiß. Doch dorthin zurück, zu den Komplimenten, will Fanni nicht. Sie will ja etwas ganz anderes. Und windet sich ein wenig, um den schmalen Grat der Höflichkeit nicht zu verfehlen.

»Du siehst auch sehr gut aus, Luise. Und so lebendig wie eh und je.«

Luise lacht und wartet kaum ab, bis die Fahrstuhltüren sich ihnen vollständig öffnen, sondern quetscht sich schon durch den sich auftuenden Spalt. »Tja, das sind meine Qualitäten. Und natürlich meine famose Arbeit. Meine unglaubliche Nase für die ganz großen Projekte.« Sie hakt sich bei Fanni ein, während sie das Foyer durchqueren und auf den Ausgang zusteuern. Ihre beiden Absätze klappern. Luise trägt zu ihrem kupferfarbenen Kostüm goldene hohe Sandaletten, die eher nach Sommer in Rom als nach Herbst in Köln aussehen. »Weißt du, dass wir unsere Erstauflagen verdoppelt haben? Und wir bringen jetzt an die zehn Bücher mehr pro Jahr raus. Hermann Sorretzki hat es gerissen. Er ist fabelhaft, findest du nicht?«

Fanni klemmt ihren Aktenkoffer noch ein bisschen fester unter ihren anderen Arm. »Doch. Natürlich kommt man an ihm nicht vorbei. Seine Arbeit beeindruckt mich immer wieder. Obwohl ich finde ...«

Luise wirft ihr im Gehen einen erwartungsvollen Blick zu. »Was findest du?«

»Ich finde, dass seinem letzten Buch die Seele fehlt. Es hat nicht so viel Charakter wie die vorangegangenen.«

Luise ruckt einmal kurz an ihrem Arm. »Also, weißt du, Fanni! Das bringst auch nur du fertig! Alle Welt wirft sich Hermann zu Füßen und betet ihn an, und du wagst es, seiner Verlegerin dreist ins Gesicht zu sagen, seinem letzten Werk fehlt es an Seele. Du bist echt ein Original.«

Sie sind an der Eingangstür zu einem kleinen italienischen Restaurant angekommen und lassen gleichzeitig den Arm der anderen los. Luise mustert Fanni kurz von oben bis unten und lächelt dann verschmitzt. »Das ist wiederum deine Qualität, nicht wahr?«

Fanni hält ihr die Tür auf und lächelt zurück. »Und außerdem habe ich Recht«, sagt sie charmant.

Luise steuert zielstrebig auf einen Tisch an der Fensterfront zu. Offenbar hat sie auch dort einen Lieblingsplatz, denn sie bietet Fanni den ihr gegenüber liegenden an. Sie lässt Fanni in Ruhe die Karte studieren, obwohl Fannis Magen deutlich und alarmierend signalisiert, dass Aufregung und italienische Leckerbissen keine gute Kombination für ihn sind. Dann bestellen sie, und ihre Getränke kommen in kürzester Zeit. Dann erst setzt Luise sich zurecht und sagt, sich neugierig reckend: »Jetzt zeig mal, was du da hast!«

Die Verschlüsse des Koffers klacken nicht so elegant auf, wie Fanni sich das ausgemalt hat. Der eine klemmt. Sie muss schließlich die Gabel vom gedeckten Tisch nehmen und nachhelfen. Während sie die ganze Zeit Luises Blick auf ihren Händen und ihrem Gesicht spürt.

Als sie schließlich die Vorführmappe in der Hand hält und über den Tisch reicht, zittern ihre Finger ein bisschen. Zu deutlich steht ihr noch vor Augen, wie Gregor Stemp ihre Fotos aus Neuseeland kommentiert hat.

Sie erinnert sich nicht mehr, wie Luise damals auf die ersten Irland-Bilder reagiert hat. Vielleicht weil ihre Wahrnehmung so vernebelt war von einer gemeinsamen explosiven Nacht, vor der alles andere verblassen musste. Aber wenn eines dieser Bilder nun unten im Foyer ausgestellt wird, muss Luise ihre Sachen für gut halten. Es sei denn, sie hat es aus einem sentimentaleren Grund dort aufhängen lassen, direkt neben dem Fahrstuhl.

Fanni erträgt es kaum, zuzusehen, wie Luise durch die Mappe blättert. Manchmal hält sie inne, betrachtet ein Bild, von dem Fanni nicht erkennen kann, welches es ist, genauer. Runzelt die Stirn. Kneift die Augen zusammen.

In der Umhängetasche sind Zigaretten. Von denen Fanni sich geschworen hat, erst nach dem Gespräch eine zu nehmen. Sie will eigentlich ganz aufhören. Mal wieder.

Aber jetzt hält sie es wirklich nicht länger aus und fummelt sich eine aus der Packung. Als sie das Streichholz anreißt – so viel Stil muss sein, sie hält nichts von Feuerzeugen –, blickt Luise rasch auf und murmelt: »Würdest du mir bitte auch eine anstecken?«, bevor ihre Augen wieder in der Mappe kleben.

Fanni reicht ihr ihre über den Tisch und zündet sich eine weitere Zigarette an. Sie inhaliert den Rauch tief und pustet ihn aus, Richtung Fenster.

Draußen laufen Menschen vorbei, in Anoraks, leichten Mänteln, ein Junge auf einem Skateboard im T-Shirt ohne Arm. Der lässt sich bestimmt die Oberarme tätowieren, sobald er alt genug ist, um das selbst entscheiden zu dürfen.

Ihr Essen wird serviert. Luise nimmt gedankenverloren einfach die Mappe vom Tisch und lehnt sie gegen die Tischkante, aufgestützt auf ihren Schoß. Die zuvor in den Himmel gelobten Gnocchis bedenkt sie mit keinem Blick. Fanni möchte ihren eigenen Teller am liebsten zur Seite schieben.

»Weißt du was?«, fragt Luise da und hebt zum ersten Mal seit langen zehn Minuten deutlich den Blick in Fannis hinein. »Ich glaube, ich begreife jetzt, wieso du vorhin das über Hermann gesagt hast.«

Fanni muss schlucken. Das klingt so, als würde es ihr gefallen.

»Wer sind diese Frauen?«

»Meine Freundinnen.« Fanni angelt über den Tisch und schlägt die letzte Seite auf. Da sind sie alle.

»Madita«, sagt sie und deutet auf ein Portrait im Profil, Maditas Augen, trauerverhangen, der Blick in die Ferne, die Frage, wohin sie wohl schaut. »Greta.« Elektrizität in den roten Locken um ihren Kopf, rastlos, Zunge im Mundwinkel, eine Hand an der Stirn, *was wollt ich noch gleich?* »Johanna. Wir nennen sie nur Jo.« Latinlover, aufgekrempelte Ärmel, Zigarette im Mundwinkel, eine hochgeschnackte Braue über den Augen, denen man ansieht, dass alles nur Show ist. »Mich kennst du ja.« Die blaue Wange mit Kratzspur, die Hand erhoben wie eine Pranke mit Klauen. »Elisabeth.« Elisabeth.

Auf diesem Gesicht ruht Luises Blick besonders lange. Dann nickt sie leicht, kaum merklich.

»Du bist nicht Nan Goldin, weißt du«, sagt sie. Fanni spürt es in ihren Mundwinkeln zucken.

»Ich will auch gar nicht ...«

»Ich weiß!«, unterbricht Luise sie und lacht. »Und das finde ich großartig. Du kommst als Dokumentar-Fotografin daher und spinnst uns was vor. Du fabulierst in Bildern. Fanni, Fanni. Du bist großartig.«

»Heißt das, du könntest dir vorstellen…?«

»Vorstellen?« Manchmal kann man bei Luise nicht einen einzigen Satz zuende reden. Aber das ist egal. Gerade jetzt ist es Fanni so was von egal. »Vorstellen, meine Liebe? Nix da! Du kommst nach dem Essen mit in mein Büro, und wir besprechen den Vertrag. Auf keinen Fall werde ich zulassen, dass du zur Konkurrenz läufst und die auch nur eins von diesen Bildern zu sehen bekommen, bevor du bei mir unterschrieben hast.«

Jetzt, denkt Fanni, *kann ja wohl nichts mehr schief gehen.*

Jo rast mit dem Rad heim. Ihre Muskulatur ist noch warm und beweglich vom Training. Ihr Geist fegt in ihrem Hirn herum wie Huibu. Warum ist sie nicht schon früher darauf gekommen. Wieder ist es Eva gewesen, die sie mit der Nase drauf gestoßen hat. Als Jo nämlich von dem Restaurant in Köln erzählte, in dem es stockduster ist, nichts zu sehen, nicht die eigene Hand vor Augen, da hatte Eva gefragt: »Und mit wem gehst du da hin? Mit deiner Freundin?«

Jo hatte verneint, nicht mit Anne, sondern mit ihren drei besten Freundinnen. Nebenbei war ihr das aber derart verquer vorgekommen, dass sie jetzt nicht anders kann als mit annähernder Lichtgeschwindigkeit durch die Straßen zu schießen.

Zu Hause sitzt Anne am Küchentisch und liest in einer Wochenzeitung. Eine von diesen großformatigen Dingern, die man unmöglich im Sessel sitzend durchblättern kann. Deswegen hegt Jo eine Abneigung gegen diese Zeitungen. Sie mag nichts lesen, was sie nicht notfalls auch mit einer Hand festhalten könnte.

»Schon zurück? Das ging aber schnell heute«, bemerkt Anne bei ihrem Anblick im Türrahmen. »Ich hab grad einen Artikel über Braune Hyänen gelesen. Das sind doch die, die Fanni mal fotografiert hat in der Kalahari, oder? Es gibt Zoo-Nachwuchs hier in Deutschland. Das ist doch bestimmt interessant für Fanni, meinst du nicht?«

Dass sie daran denkt.

»Warum kommst du nicht einfach mit am Samstag?«, schlägt Jo vor, was nicht wirklich eine Antwort ist. Aber alles andere muss erst mal warten. Sie ist nicht den Weg heimgehetzt, um jetzt über Welpen von aasfressenden Raubtieren der Savanne zu quatschen.

»Samstag?« Anne blinzelt, als müsse sie sich erinnern. Dabei hat sie vor zwei Tagen erst noch lässig hingeworfen, dass sie sich am Samstag einen gemütlichen Abend machen wird. Wenn Jo mal wieder mit ihren Mädels loszieht.

Jo spürt etwas Weiches in sich, das sich bewegt und nicht an Grenzen stößt. Ihre Seele hat schon lange den Stahlmantel abgelegt. Und dennoch sind die Momente, in denen sie sie so deutlich spürt, immer wieder ganz besondere. Es ist die liebevolle Rührung über Annes Versuch, so zu tun, als sei der allein zu planende Samstagabend für sie derart unwichtig, dass sie ihn gleich ganz vergessen habe.

»Das Restaurant. Das Essen im Dunkeln. Wie wäre es, wenn du mitkommst? Als ich grad beim Training war, dachte ich plötzlich …«, das mit Eva muss sie ihr ja nicht unbedingt erzählen, »vielleicht möchtest du ja mitkommen, dachte ich. So was ist doch ein besonderes Erlebnis. Das sollten wir eigentlich zusammen erfahren, oder?«

»Aber musst du denn die anderen nicht erst fragen? Das ist doch euer Ding«, wirft Anne skeptisch ein.

Jo spürt einen kleinen Biss, direkt überm Zwerchfell. Mit dem hätte sie rechnen müssen, denn das hat sie selbst versaubeutelt. Dass Anne immer noch das Gefühl hat, bei ihnen vieren eher zu stören, ausgeschlossen zu sein. Immer noch ist sie vorsichtig.

Aber was erwartet Jo? Dass in wenigen Wochen sich ein Weltbild verändert? Jenes Jos-Welt-Bild, das Anne sich über dreieinhalb Jahre bilden konnte?

»Wenn du meinst, ruf ich sie an«, antwortet Jo. »Aber nur, um sie zu fragen, ob sie vielleicht auch in Begleitung gehen wollen.«

Anne zuckt die Achseln. »O.k., kannst du ja machen. Sag mir dann doch einfach Bescheid. Ich würde schon mitkommen, klar.« Die coole Anne. Alles im Griff. Nichts gerät außer Kontrolle. Aber dann lacht sie den ganzen Abend über viel und berührt Jo häufig, mit den Händen im Vorbeigehen, mit den Lippen ganz zielgerichtet an Jos Lippen. Warum manche

Entscheidungen früher so schwer gefallen sind, kann Jo sich plötzlich selbst nicht mehr beantworten.

»Klasse«, freut Madita sich durchs Telefon. »Hatte auch schon dran gedacht, ob ich Karo einfach mitbringen soll. Das klärt sich ja jetzt wohl von selbst. Machen wir also einen Pärchen-Abend im Stockdusteren. Sehr hip.«

»Meinst du, ich sollte Elisabeth fragen?«, überlegt Fanni. »Sie war ganz begeistert, als ich ihr davon erzählt habe, was wir vorhaben. Vielleicht würde sie gerne mitkommen?«

»Was sollte ich dagegen haben?«, meint Greta, wie immer locker. »Ich ruf dann noch mal im Restaurant an und sag denen, dass sich bei uns was geändert hat und dass wir jetzt mit doppelt so viel Damen kommen ... na ja, fast doppelt so vielen. Ich werde ja wohl niemanden mitbringen, wie es aussieht.«

Nur da ein kurzes Stutzen. Beide lauschen sie einen Moment den Worten nach.

»Du könntest Babs fragen«, schlägt Jo vor. »Ihr habt euch doch in den letzten Wochen öfter mal getroffen. Und sie scheint nett zu sein.« Da ist vor allem die Erinnerung an Gretas außergewöhnliche Frage, als sie gemeinsam auf Jos Sofa saßen. *Könntest du dir vorstellen ...?* Und Jo hatte ja gesagt. Trotz ihrer Zweifel. Weil sie gespürt hatte, dass Greta die Gewissheit brauchte, dass es zumindest vorstellbar sei für die anderen.

»Also wirklich!«, lacht Greta jetzt und klingt schon wieder ganz wie die alte. »Du kennst doch die goldenen Regeln der Affären: Niemals Vermischung von Sexgeschichten und Familie!«

Madita hat sich die Überraschung aufgespart. Als sie sich am Samstagabend zu siebt vor Fannis Haustür treffen, schwingt sie den neuen Schlüssel.

»Der Großteil von uns kann in meinem neuen Auto fahren!«, verkündet sie. Alle schauen. Das hat sie nämlich keiner gesagt. Heimlich, fast schon verstohlen, ist sie zwei Tage zuvor zum Händler gefahren. Nein, in Zahlung nehmen kommt auf keinen Fall in Frage, so ein Schrotthaufen. Der Verkäufer kennt aber jemanden, der ist ein echter Sammler und Fan, der würde ganz sicher. Und der neue, wie wäre es mit dem hier vorne, ganz frisch reingekommen, hat auch ein paar Extras, für einen Kombi ein echtes Schmuckstück, der kann bequem abbezahlt werden. Madita setzt auf zufällige Begegnungen und weil sie das helle Rot des Lacks mag, sagt sie ja.

Auf dem Heimweg sieht sie einen Turmfalken am Himmel über dem Feld. Sie ist sich ganz sicher, dass es einer ist. Und deshalb nennt sie das neue rote Auto heimlich *Feuerfeder*. Aber das traut sie sich nun wirklich noch nicht, den anderen zu sagen. Dass sie sich – von niemandem gewusst – Indianernamen nicht nur für ihre liebsten Menschen, sondern jetzt auch für ein Auto, ausdenkt, das ist doch ein bisschen spinnert. Fanni hieße *Auge-das-erzählen-will*. Jo hieße *Hüterin-der-vier*. Und Greta hieße *Tänzerin-durch-die-Glut*. Manchmal probiert sie auch den einen oder anderen Namen für Karo aus. Diese sind nämlich nicht einfach so plötzlich da. Die meisten müssen erst wachsen und verändern sich im Laufe eines Kennens. Für sich selbst weiß Madita nie einen Indianernamen. Dabei hätte sie so gern einen. Aber sie schafft es nicht, auf sich zu schauen und nur die Essenz zu sehen.

Alle sind sie aufgeregt. Karo hat Angst in engen geschlossenen Räumen. Und wenn die dann noch dunkel sind ... Greta fiebert immer allem Neuen entgegen. Elisabeth ist fremd und stellt sich fortwährend vor, dazuzugehören. Jo kämpft gegen die Empfindung, zwischen den Stühlen zu stehen, die niemand ihr gibt, die nur aus ihr herauswächst, wie sie plötzlich weiß. Anne weiß, dass sie ab heute alles ändern kann, und ahnt, dass sie womöglich etwas falsch machen könnte. Fanni hat so ein diffuses Gefühl der entscheidenden Stunden und Momente. Madita saugt all das auf und weiß, sie kann keine einzige von ihnen beruhigen.

Sie gehen gemeinsam hinein, stehen unsicher herum, eine wabbernde Wolke Freude, Furcht und Nervosität um sie herum.

»Guten Abend«, begrüßt sie da ein junger Mann im Kellner-Anzug mit langer weißer Schürze, der sich als *Max* vorstellt. Greta klärt ihre Reservierung. Er gibt ihnen die Instruktionen, die man braucht, wenn man im Stockdunklen gemütlich eine leckere Mahlzeit zu sich nehmen will. Keine von ihnen behält alles. Aber dafür sind sie ja zu siebt, werden sie später feststellen. Alle merken sie sich, dass die Kellnerinnen und Kellner fast ausschließlich alle blind sind oder stark sehbehindert. Kaum ein Sehender könnte sich zurechtfinden im Stockdunklen. Sie können sich ihre Gerichte per Karte aussuchen. Wobei nicht wirklich klar ist, um was es sich handelt. Alle Speisen sind so blumig umschrieben, dass tatsächlich Geschmack und Geruch gefragt sein werden. Dann werden sie von Max in einen kleinen Flur geführt, der als Schleuse fungiert. Vor ihnen eine große dunkle Flügeltür, hinter ihnen wird die Tür geschlossen und der schwere, schwarze Vorhang sorgfältig zugezogen. Sie gehen in einer Polonaise hinein. Jede hält mit den Händen Kontakt zu der vor ihr Gehenden. Es wird gekichert. Der Raum um sie herum unergründlich weit. Nicht zu ermessen die Anzahl der anderen Gäste, deren Stimmen und Gelächter an sie heranschwappen. Könnten sie sehen, würden sie entdecken, dass manche von ihnen die Augen fest zusammengekniffen haben, andere die Lider weit aufreißen.

Am Tisch angekommen, wählen sie alle einen Platz. Ein großer, runder Tisch, auf dem bereits das Besteck und große Teller gedeckt sind, wie sie ertasten können.

»Ihre persönliche Kellnerin und Betreuerin für den Abend wird gleich da sein«, erklärt der junge Mann noch und verlässt sie auf leisen Sohlen. Das einzige Gesicht, das sie von vor ein paar Minuten noch vage in Erinnerung haben, verschwindet.

»Lasst uns mal alle kurz die Hand geben«, bittet Fanni. »Damit wir auf Nummer sicher gehen, dass hier kein Fremder mit am Tisch sitzt.«

Die anderen lachen, und alle reichen sich kurz die Hände, schließen den Kreis, erkennen einander am Gekicher, Gemurmel und den halblauten Sätzen über den Tisch.

Es vergeht tatsächlich nicht viel Zeit, bis eine unbekannte dunkle Frauenstimme sich als *Carmen* vorstellt. Sie erläutert ihnen den weiteren Ablauf des Essens, stellt ihnen noch einmal unterhaltsam und fröhlich die zur Wahl stehenden Gerichte vor und beschreibt die Geschmacksvarianten so detailliert, dass vor ihrer aller Augen Bilder entstehen, unterstützt von den Gerüchen, die von allen Seiten auf sie einströmen.

Danach verschwindet Carmen wieder. Zumindest vermuten sie alle das. Dennoch ist es noch eine lange Minute still am Tisch. Schließlich flüstert Anne: »Ob sie wohl weg ist?« Jo kichert leise neben ihr.

»Falls sie noch hier ist, möchte ich unbedingt sagen, dass ich ihre Stimme irrsinnig erotisch finde«, beeilt Greta sich zu sagen. »Übrigens, ich bin die mit den roten Locken. Falls wir uns später draußen noch sehen.«

Madita und Karo lachen beide. Karo sagt: »Nein, ich bin die mit den roten Locken!« und Jo macht mit: »Nein, ich!«

Anne sagt: »Das wird euch alles nichts nutzen. Wenn sie wirklich blind ist, werden rote Locken sie nicht die Bohne interessieren.«

Es dauert ein bisschen, bis wieder Ruhe einkehrt. Von den anderen Tischen dringt nur gedämpftes Gemurmel und manchmal auch nervöses Gekicher. Niemand kann abschätzen, wie weit der nächste Tisch entfernt ist.

»Carmen!« Greta betont den Namen so, als zergehe er auf der Zunge. Und dann noch mal: »Carmen!« Diesmal klingt es wie eine Stichflamme. »Ich wette, sie hat hüftlange, schwarze Haare und Glutwangen. Sie ist bestimmt mindestens zur Hälfte Spanierin.«

»Ach, echte Spanierinnen gibt es doch heutzutage in Deutschland gar nicht mehr«, seufzt Jo und kichert wieder, als Anne ihr sanft in die Rippen stößt.

»Lange Haare, wie ein schwarzseidener Vorhang um ihren gebräunten Körper ... uuuhhhaaa, etwas Erotischeres kann es doch gar nicht geben, oder?«, steigert Greta sich noch.

Fanni räuspert sich. »Also, ich fand ihre Stimme auch sehr reizvoll. Aber ich glaube eher, dass sie kurze Haare hat. Ich steh nun mal auf kurze Haare. Denkt euch nur mal eine eher feminine Kurzhaarfrisur, mit etwas längerem Deckhaar. Die frei liegende Nackenlinie, der stolze, schlanke Hals, zarte helle Haut.«

Elisabeth schweigt dazu. Und alle anderen denken beinahe gemeinsam: *Was ist denn mit Fanni los?*

Als von Carmen das Essen serviert wird, komplikationsloser, als sie es sich vorgestellt haben, sind alle vollkommen damit beschäftigt. Sie lassen sich gegenseitig kosten, verfehlen mit den Gabeln den Mund ihrer Liebsten, malen sich aus, dass sie jetzt den kleinen Käfer im Salat nicht werden entdecken können.

Greta fühlt hin. Es ist dunkel um sie herum, und sie fühlt genau hin. Karos helle Stimme liegt ganz nah an Maditas Bauch, aus dem es warm strömt. Keine Angst vor der Dunkelheit. Eine wie Karo, die eine wie Madita neben sich hat, braucht im Grunde gar nichts zu fürchten. Eine wie Elisabeth, die Fanni neben sich hat und vor sich und hinter sich, um sich herum, die sollte nicht länger zögern. Greta neigt den Kopf dorthin, wo sie die beiden vermutet. Aber auch wenn Greta weiß, dass ihre Stimme gehört würde, ihre Meinung nicht unbedeutend wäre, es gibt einfach Dinge, die muss eine ganz allein entscheiden. Und manchmal entscheidet da ein Augenblick.

Fanni spürt Elisabeths Hand. Das muss Elisabeths Hand sein. Ihre rechte Hand. Die sie nicht zum Essen braucht, als Linkshänderin. Elisabeths rechte Hand legt sich auf Fannis linke Hand. Neben Fannis Teller. Im Dunkel. Was? Wie? Und wieso jetzt? Weil da kein Licht ist? Weil keine es sieht? Nein. Elisabeth ist keine, die das einfach nur so macht. Weiß Fanni. Und es wäre eine Fehlannahme, zu vermuten, es gäbe diese eindeutige Berührung nicht.

Die etwas klamme rechte Hand auf ihrer linken. Madita erzählt eine lustige Geschichte von ihrer Hausfrauen-Gruppe in der Reitschule. Die zu Hause ein Pony haben und nur hin und wieder mal Unterricht nehmen und sich einen Witz nach dem anderen erzählen. Madita redet viel. Aber nicht steuerlos. Sie spricht mit ruhiger Stimme. Weil Karo Angst hat. Im Dunkeln. Karo sagt fast gar nichts. Sie lacht nur manchmal. Fanni erkennt ihr hohes Lachen inzwischen sofort. Ihre Nervosität. Ihr wildes Herzklopfen. So hastig wie ihr eigenes? Während sie ihre Hand herumdreht. Die linke. Langsam den Handrücken zur Tischplatte dreht und die Innenfläche nach oben. Die Finger gespreizt. So wie Elisabeths Finger an der rechten Hand. Das Geräusch einer Gabel auf dem Teller. Gelächter. Stimmen. Elisabeths Finger verschränken sich mit ihren. Weich schmiegen sich die Handflächen aneinander. Neu. Ganz neu und ohnegleichen. *Die anderen sind so in das Gespräch vertieft*, denkt Fanni. *Sie bekommen nichts anderes mit.*

Und Jo?, denkt Greta, neigt ihren Kopf hinüber. Jos sattes Brummen links. Ein flapsiger Spruch zum schnellen Sex am Nachmittag. Kernige Worte über etwas, das Jo jetzt schnurren lässt wie eine sentimentale Katze. Annes perlendes Lachen im Raum ohne Licht, das keine Frage darüber offen lässt, ob die beiden ihre Krise überwunden haben. *Umgeben von Paaren*, denkt Greta weiter. Sonja fällt ihr ein. Ihr letztes Treffen im Frühjahr. Sie versucht, sich vorzustellen, Sonja säße neben ihr und taste im Dunkel nach ihrer Hand. Sie wäre eine, die fortwährend den Kontakt zu ihr hielte und selbstverständlich nicht vergessen würde, dass sie da ist. Vielleicht würde auch Babs gerne hier sitzen. Oder Flin. Womöglich sogar auch er. Wer weiß das schon. Im Grunde hat sie sie alle nicht danach gefragt, hat im vorhinein alle Fragen dieser Art im Keim erstickt.

Die anderen als Paare. Greta, die plötzlich aufspringen und hinausrennen will. Die trotzdem sitzen bleibt, mühsam beherrscht. Weil sie es immer so getan hat: Dableiben, aushalten, bis alles vorüber ist, und kurz darauf schon wieder drüber lachen. Dieses überraschende Aufkommen von Panik bedrückt sie, presst sie nieder. Weil sie weiß, es steckt mehr dahinter. Weil es wirklich nicht Sonja ist, die sie vermisst. Nur irgendeine, die nicht vergessen würde, dass da Greta ist im Dunkel. Auch wenn sie schweigt. Auch wenn sie schon seit Minuten kein Wort mehr getan hat. Die Speise auf ihrem Teller, dessen Muster sie nicht kennt, vielleicht ist er einfach weiß, oder schwarz, oder so hässlich, dass er in einem anderen Restaurant längst aussortiert worden wäre, die Speise auf diesem nicht erkannten Teller wird kalt.

Greta hört im fremden Dunkel, das sie umgibt, am deutlichsten ihre eigene Stimme. Nicht die vom heutigen Abend. *Ich bin nicht zu haben*, sagt sie. *Wahrscheinlich kommt irgendwann eine, leuchtet mir mit ihrer Bist-du-diejenige-welche-für-mich?-Taschenlampe ins Gesicht, und ich erwidere darauf nur: ›Ich bin nicht zu haben! Tut mit Leid.‹ Natürlich, ohne dass es mir wirklich Leid tut. Das wäre nur so eine Floskel.*

Diese Worte mit ihrer sorglosen, amüsierten Stimme, nicht gespielt, sondern wirklich belustigt bei der Vorstellung. Wie konnte sie nur je über diese wirre Idee lachen? Wie konnte sie nur je stolz den Kopf herumwerfen und so einen Quatsch von sich geben. *Ich bin nicht zu haben.* Nicht für die Babsis, die Barbaras, die Sonjas, die Sonstwies der Welt. Höchstens für eine. Die. Weiter kommt sie nicht. Sie weiß ja nicht einmal selbst, wie die sein müsste.

Vielleicht so wie Carmen, die Kellnerin-ohne-Gesicht, mit der dunklen Stimme, die von schwarzem Haar spricht, bis zum weiblich runden Po hinunter, von Glutwangen, dichten Wimpern, Kastagnetten-Geklapper in jedem Schritt. Faszinierend, ein Rätsel, voller Wunder. Und nah zugleich. Ein Paradoxon also. Eine Nichtexistente.

Greta, die so wild auf diesen Abend war, die nie genug bekommen kann von Neuem und Aufregendem, die einen Magen hat, der alles aushält, Greta hat keinen Appetit und will nach Hause. Aber die anderen bestellen noch Kaffee und Espresso. Reihum eine nach der anderen. Vergnügt und immer noch ein bisschen zittrig, vielleicht auch erleichtert.

»Und Sie, haben Sie noch einen Wunsch?«

Sie meint Greta.

Kein Zweifel, aber die dunkle Stimme richtet sich an sie und nur an sie. Eindeutig Greta. Es ist dunkel. Und Greta nicht da für die anderen. Aber Carmen erinnert sich. Carmen weiß, dass sie hier sitzt und da ist.

»Glauben Sie mir, selbst wenn es dunkel um uns ist, kann ich Ihnen den nicht erzählen«, flirtet Greta sehr eindeutig, beinahe aus Gewohnheit. Die anderen lachen leise und warten gespannt auf die Antwort.

»Ich glaube, Sie unterschätzen mich«, erwidert Carmen mit einem Singsang in der Stimme. »Die Frage ist nur, ob ich Ihnen den Wunsch hier und jetzt auch erfüllen könnte.« Kleine Pause. Alle sprachlos. »Also nichts mehr für Sie? Dann bringe ich die Kaffees und mache die Rechnung fertig.«

Als die sieben glauben, dass Carmen sich außer Hörweite befindet, wird anhaltend gekichert.

»Boah, Greta, du hast dich ja selbst übertroffen!«

»Die hat cool gekontert. So was wäre mir nicht eingefallen!«

»Da geht was! Ich wette, da geht was!«

Als mache die Dunkelheit sie wieder zu Teenagern, verknallt natürlich.

Unglaublich, dass durch die besondere Aufmerksamkeit, die Carmen ihr geschenkt hat, Greta plötzlich im Mittelpunkt steht. Als sei sie nie unsichtbar gewesen.

Nach den Kaffees werden sie erneut von dem jungen Mann abgeholt, der sie auch hineingeleitet hat. Im Foyer wird gezahlt.

»Hat es Ihnen bei uns gefallen?«, fragt Carmen mit der Samtstimme.

Greta fährt herum. Dahin ihre Vision von der südländischen Schönheit mit langem schwarzen Zopf und Schönheitsfleck. Carmen trägt ihr Haar streichholzkurz, und seine Farbe ist nur schwer zu erahnen, denn momentan ist es leuchtend weiß gebleicht. Viel herber ist sie, als ihre weiche Stimme es würde vermuten lassen. Ihre Hände sind außergewöhnlich groß und geschmeidig. Als Greta aufschaut, um die Bezahlung zu übergeben, ist da die Erinnerung an den Teich im kleinen Garten ihrer Kindheit. Es sollten dort Seerosen wachsen, exotische Blüten treiben, bunt schillernde Fische ihre sanften Kreise ziehen. Vielleicht lag es an der Schattenseite des Hauses, die auf den Teich fiel. Vielleicht hatten sich Algen darin festgesetzt. Es wuchsen keine Seerosen. Nichts fremdländisch Geheimnisvolles haftete ihm an. Doch als Kind hatte Greta stundenlang auf den Steinen an seinem Rand gesessen und hineingeschaut. Wenn sie es nur lange genug aushielt, dann wurde ihr Spiegelbild lebendig, als schaue ihr aus der unbekannten Tiefe ein zauberhaftes Wesen entgegen. Ihr ähnlich, und doch mit so vielen Rätseln im Haar. Der Blick in Carmens blind blickende Augen ist wie der in den verhinderten Seerosenteich ihrer Großmutter.

Darüber vergisst Greta, etwas vom Trinkgeld zu erwähnen, und Carmen zählt das Restgeld sorgfältig in ihre Hand.

Halt still!, denkt Greta zu ihrer Hand hin, die leicht zu zittern beginnt.

Carmen wendet sich den anderen zu, lächelt die ganze Zeit, spürt das Besondere unter diesen Frauen. Karo steht so dicht hinter Madita, wie nie eine Freundin hinter einer Freundin stehen würde. Als Madita für sie beide bezahlt hat, sie vergisst das mit dem Trinkgeld nicht zu erwähnen, gehen sie alle hinaus. Carmen wendet ihr Gesicht noch einmal in Gretas Richtung. Was ein Zufall sein könnte. Aber was, wenn nicht? Fast nur gehen sie alle hinaus. Greta, als Letzte in der Tür, dreht sich um. Die anderen bleiben nach Essen duftend, noch aufgewühlt und nun ein wenig verblüfft, allein auf dem Bürgersteig vor dem Restaurant zurück. Allein, zu sechst.

Greta im Foyer, mit einem Herz wie ein Palomino in wilder Hatz. Was tut sie hier? Mal wieder so eine dumme Idee. So etwas, ohne nachzudenken. »Vielleicht sollte ich mich für die unverschämte Bemerkung vorhin am Tisch entschuldigen. Aber eigentlich will ich das gar nicht. Eigentlich geht es mir nur um das Trinkgeld«, sagt sie und reicht Carmen das Zwei-Euro-Stück, das sie noch in der Hand umkrampft hält. Die Frau vor ihr kann es nicht sehen. So greift Greta mit der anderen Hand zittrig nach ihren Fingern. Carmen umschließt das Geldstück warm. Ihr Lächeln immer noch nicht geschäftlich.

»Das werd ich gut aufheben«, sagt sie. Kein Grund, so etwas zu sagen zu einer Frau, die zu Gast war im Restaurant, in dem Carmen als Kellnerin arbeitet. Kein wirklicher, ersichtlicher Grund.

»Bis zum nächsten Mal«, will Greta sich verabschieden. Ihre Freundinnen, draußen auf dem Bürgersteig, verwundert, *was hat sie denn?, muss sie noch mal?, sie hat so komisch geguckt, vielleicht ist ihr schlecht geworden*. Gleich wird eine von ihnen herein kommen und den Blick in den Teich zerstören.

»Die meisten kommen nicht öfter als einmal her«, erwidert Carmen rasch. Die Tür öffnet sich. Ein Paar kommt herein. Die Frau hält dem Mann die Tür auf. Beide schauen sich nervös um und tun amüsiert. »Sie probieren es aus und wenn sie die Erfahrung gemacht haben, dann kommen sie natürlich nicht wieder.«

»Wir?«, fragt der Mann belustigt, obwohl er genau mitbekommt, dass Carmen mit Greta spricht.

»Sie wahrscheinlich auch«, antwortet Carmen ihm, indem sie sich nur kurz in seine Richtung wendet, ohne zu erklären, worum es geht. »Ich bin immer von Dienstag bis Samstag hier. Nicht am Sonntag«, setzt sie hinzu und schließt auch noch die andere Faust um das Geldstück in ihrer Hand.

»Bis zum nächsten Mal«, wiederholt Greta und geht hinaus. Wo sie gerade rechtzeitig erscheint, um wie durch einen Fokus zu sehen, wie Elisabeth zwischen allen Mänteln Fannis Hand nimmt.

OKTOBER

Karo ist ein Waldkind für Madita. Denn Karo streunt oft mit Mathilde, die jetzt in ihrem zotteligen Fell buntes Laub und kleine Zweige des Herbstes einsammelt, zwischen den Bäumen hindurch und kennt alle schönen Plätze. Wenn sie an einem goldenen Tag wie diesem gemeinsam unterwegs sind, rennen die Erinnerungen an den zweisamen Sommer ihnen voraus und sie werden ausgelassen wie die Erdtrolle.

Madita sieht links im Wald ein Eichhörnchen, das vor der wild gewordenen Mathilde einen Stamm hinauf flieht. Seine eleganten Sprünge und Mathildes unförmige Gestalt, die hektisch wuschelnd dieser Anmut zu folgen versucht, bringen Madita derart zum Lachen, dass sie sich ins Laub fallen lassen muss.

Obwohl Karo eigentlich zu spät hingesehen hat, lacht sie mit bis ihnen beiden die Tränen kommen. Karo lacht über Madita, die dort selbstvergessen auf dem Boden hockt und sich ausschüttelt.

Karo sitzt neben ihr auf einer knorrigen Wurzel, fasst ihren Arm und lacht: »Wenn jetzt eine von deinen Reitschülerinnen zufällig hierher käme! Dann würdest du deine Autorität aber einbüßen, wenn sie dich hier so sehen würde als die, *die-ihr-Lachen-wiederfindet*.«

Madita, plötzlich im albernen Gelächter verstummt, starrt sie an.

»Was hast du gesagt?«, flüstert sie. Sie muss sich verhört haben. »Wie hast du mich genannt?«

»Die-ihr-Lachen-wiederfindet«, murmelt Karo noch einmal und kuschelt sich an ihre Seite, hinein in den dicken Anorak. »Jo hat mir gesagt, dass sie glaubt, du hättest dein Lachen verloren über der Geschichte mit Julia. Sie sagte, dein Lachen wäre das Größte gewesen, früher. So eine Art Naturgewalt. Und manchmal, in den letzten Wochen, habe ich verstanden, was sie damit wohl gemeint hat.«

Madita ist überrascht und lässt es sich nicht anmerken. Jo erzählt Karo, sie habe ihr Lachen verloren. Karo und Jo in einem intimen, vertrauten Gespräch über Madita, die sie beide lieben. Ihre liebe, gute Freundin Jo. Und Karo. Warum hat sie nie daran gedacht, es könnte sich etwas vermischen? Diese Idee wäre ihr gar nicht gekommen. Dass sie miteinander reden könnten wie zwei, die sich wirklich etwas zu sagen haben. Dass sie alle keine Satelliten bleiben werden, die auf Sicherheitsabstand voneinander die Erde umkreisen. Sie werden sich berühren, sich mögen oder verabscheuen, einander nah kommen oder das nicht wollen. Karo hat einen Schritt hinein gemacht. In Maditas wirkliches Leben. Ohne dass Madita es bemerkt hätte. Und jetzt kommt es Karo so selbstverständlich über die Lippen, als sei alles seinen ganz natürlichen Gang gegangen.

Darüber müssen sie jetzt nichts weiteres sagen. Sie wissen beide, was es bedeutet, dass Karo so klarsichtig ist und Madita erkennt und einen Indianernamen für sie weiß, und Madita bemerkt das alles nicht.

»Wann wirst du es mir mal sagen?«, fragt Karo, ihr Blick schleicht zwischen den Stämmen hindurch.

Madita könnte so tun, als wisse sie nicht, wovon sie spricht. Sie könnte ihre großen braunen Augen verwundert betrachten und sagen: *Was meinst du denn?*

Aber wahrscheinlich würden Karos empfindliche Antennen die darin versteckte haarfeine Lüge wahrnehmen. Das wäre unter ihrer Würde. Unter der Würde dessen, was zwischen ihnen besteht.

»Gib mir Zeit«, bittet sie deshalb und weiß, dass es immer so bleiben wird: Sie wird von Karo immer mehr verlangen müssen, als sie selbst ihr geben kann. Heute ist diese Gewissheit ein Meer von feinen Nadelstichen, über die sie gemeinsam laufen. »Es hat sich so viel getan bei uns. Anfangs dachte ich noch, es wäre gar nichts möglich. Aber jetzt ... wo ich gelernt habe, dir zu vertrauen und an uns beide zu glauben ...« Es soll zuversichtlich klingen. Aber irgendetwas fehlt darin.

»Du kannst vieles lernen, aber nicht zu lieben«, sagt Karo traurig.

»Nein«, antwortet Madita. Diese eine Silbe tut häufig weh. Heute besonders. »Nein, ich fürchte auch, dass das nicht geht.«

»Sie ist da, oder sie ist nicht da. Sie berührt dich, wirft dich um, drückt dich nieder. Die Liebe zu lernen oder sie zu versuchen, das ist ein Paradoxon. Das kann nicht gehen.«

Eine Weile schweigen sie. Madita hat dieses Gespräch schon oft geführt, im Geiste. Sie kommt darin immer wieder an die gleiche Stelle.

»Aber können wir nicht einfach beieinander sein, solange es gut ist zwischen uns?«, lautet die.

Karo lächelt und nickt und ist darin schon so vertraut.

Vor ihnen liegt das Tal mit der sonnenlichtgebadeten Wiese, deren Grüntöne langsam an Kraft verlieren, noch ein letztes Mal für dieses Jahr leuchten. Sie blicken zwischen den kahler werdenden Bäumen hindurch, hinweg über das Leuchtrot und Warmbraun und Strahlgold und Sanftgelb. Es ist einer von diesen wunderbaren Tagen, an denen die Welt an diesem Fleckchen in Ordnung zu sein scheint. Nur eine kleine Wehmut schimmert zwischen ihnen beiden.

Greta steht im Bug des Bootes. Den Mantel eng um sich gezogen. Nebel auf dem Wasser. Vor ihr die Küste, nah schon der Strand. Hinter ihr am Steuer sitzt eine, der sie vertraut. Es könnte Jo sein, ihre beste Freundin, es könnte Fanni sein oder auch Madita, es könnte wohl auch Heidelinde sein. Vielleicht sind sie es alle in einer Person.

Sie fahren so schnell, dass kleine Wellen den Bootsrumpf umspülen und sich der Bug sanft aus dem Wasser hebt. Greta schaut voraus. Denkt: *Was soll ich da?* Und in diesem Moment spürt sie die Bewegung des Bootes. Die leichte Seitwärtsneigung, nicht gefährlich, aber aufregend. Der lange, weite Bogen, den sie fahren. Das Steuer liegt nicht in ihrer Hand und gehorcht doch ihrem Willen. Hinter ihr ein Lachen. Voller Zuversicht. Vor ihr: das offene Meer.

Sie hält den Zettel mit der Adresse in der Hand. Die leicht zittert. Legt den Zettel fort und schaut das Haus an.

Sie hat es bisher noch niemandem erzählt. Nur Heidelinde weiß von ihrem Vorhaben. Die hat sie ja quasi drauf gebracht. Hat Greta immer wieder auf die Gespenster in ihrem Leben hingewiesen, die sie behindern. Die sie hindern am tatsächlichen Vorwärtskommen – obwohl sie doch scheinbar immer so schnell unterwegs ist. Dennoch, trotz demütigend vieler Hinweise von ihrer professionellen Helferin, hat es lange gedauert.

Bis sie es gerafft hat. Bis sie den Mut hatte, überhaupt erst mal bei der Auskunft anzurufen. Um zu erfahren, dass es gar nicht weit ist. Quasi die Nachbarstadt. Und damit hatte sie irgendwie nicht gerechnet. Sie hat erwartet, dass es irre weit weg sein würde. Vielleicht Hamburg. Oder Berlin. Oder Stuttgart. Aber nicht so nah. Sie hätten sich zufällig begegnen können.

Madita hat ihr den Wagen geliehen. Mit Bauchgrummen wahrscheinlich und einem letzten wehmütigen Blick auf den bisher unversehrten Lack. Aber Greta hat nicht vor, unvorsichtig zu sein. Heute ganz sicher nicht. Neun war sie, als sie ihn das letzte Mal gesehen hat.

Seine Stimme am Telefon vor ein paar Tagen ganz fremd und hohl. Vielleicht auch vor Schreck. Zuerst hatte er gar nichts gesagt, als sie sich gemeldet hatte. Doch dann, später, hatte in all dem Unglauben auch Freude mitgeklungen, der Greta verwundert lauschte.

Sie hat nicht ein einziges Foto von ihm. Aber sie erkennt ihn sofort. Sogar sein Gang ist ihr vertraut, wie er vor ihr den schmalen Flur entlang geht und sie ins Wohnzimmer führt. Seine Locken, die sie wild und ungezähmt in Erinnerung hat, ebenso wie ihre sich stets wirr um ihren Kopf schlängeln, sind dünner geworden. Durchzogen von feinen grauen Fäden, wirken sie wie die gezügelte Ausgabe derer, die sie einmal waren. Es ist fast dreißig Jahre her ...

»Mein Gott«, sagt er, während sie sich im Raum umsieht. »Bist du groß geworden!«

Darüber lachen sie beide. Und wenn es so was wie Eis gegeben hätte, würde es jetzt brechen und schmelzen. Aber das Merkwürdige ist, dass von Frost zwischen ihnen von der ersten Sekunde an nichts zu spüren war.

Die Wohnung sieht etwas spießig aus. Aber gemütlich. Würde sie die Einrichtung kennen, fiele ihr das leicht Biedere wohl gar nicht auf. Sie wäre vertraut mit allem. Selbst mit der Sammlung kleiner Glastierchen, die eine eigens dafür blank polierte Glasvitrine wertvoller scheinen lässt, als sie wahrscheinlich sind.

»Ulla s Tick«, erklärt er ihr und tritt näher. Greta kann sein Rasierwasser riechen. Dass es ihr vertraut vorkommt, kann nun echt nicht sein. Kein Mensch benutzt dreißig Jahre lang das gleiche After Shave.
Auf der Schrankwand steht ein Hochzeitsfoto.
»Sie ist heute Abend beim Töpfern. Dachte, es wäre besser, wenn wir uns allein treffen. Erst mal.« Sein Lächeln kann das Zittern in seiner Stimme nicht verbergen. Denn jetzt stehen sie beide vor den Kinderfotos. In mehreren Rahmen Bilder von Hanne und ihr. Hanne mit einer Zahnlücke, durch die der Wind pfeifen könnte. Und sie selbst auf einem Schaukelpferd, an das sie sich erinnern kann. Sie beide zusammen mit Wolken von Zuckerwatte vor den kleinen Gesichtern, selig lächelnd, die Kamera unbemerkt.
Greta kann noch weniger sagen. Sie ist sich ganz fremd, so wortkarg. Aber an dem Kloß im Hals kommt kein Wort vorbei. Wenn sie mit allem gerechnet hat, aber nicht damit, hier Fotos von sich selbst zu finden. Aus einer anderen Welt herübergerettet. Es ist wie die Erfüllung eines Wunsches, von dem sie bislang nicht wusste, dass sie ihn gehegt hat.
Er bietet ihr einen Platz auf dem Sofa an. Auf dem Couchtisch davor warten verschiedene Getränke. Sie nimmt einen Saft. Er den Tee. Dann sehen sie sich an. Und jetzt muss sie wohl endlich etwas sagen. Warum sie hier ist. Wieso sie jetzt hier ist. Sie hat sich für den heutigen Abend so einiges ausgedacht, aber es ist verschwunden in den Tiefen des Gefühls. Sie wird sich auf ihre Intuition verlassen müssen, wie sonst auch.
»Ich bin nicht immer so stumm«, lächelt sie ihn an. »Aber ich bin aufgeregt. Und es ist mir nicht leicht gefallen. Ich dachte, vielleicht möchtest du den Kontakt lieber nicht.«
Er nickt. »Ich bin doch auch aufgeregt«, erwidert er. »Hab nicht damit gerechnet, dass sich eine von euch mal bei mir meldet. Gedacht hab ich jeden Tag an euch. Aber ich hatte es Irmgard ja versprochen ...« Was hatte er ihrer Mutter versprochen? »Aber nun erzähl mal: Was machst du denn so? Was arbeitest du?«
Sie erzählt ihm. Vom begonnenen, abgebrochenen Studium, von der Lehre in der Buchhandlung, von ihrer Arbeit jetzt, den wundersamen KundInnen, den schrillsten Entwicklungen auf

dem Esoterikmarkt. Er unterbricht sie manchmal auf eine nette Art, fragt nach, lacht, mit ihr, über ihre Erzählungen, Greta legt sich ins Zeug dabei, er springt auf und sucht nach einem Buch über UFOs, dabei fallen ihm noch mehr Fotos in die Hände. Sie sehen sich alle gemeinsam an.

Greta erinnert sich an sein Gesicht als ein düsteres und mürrisches. Als ein Gesicht, in dem das Lächeln nicht zu Hause war. Aber heute Abend lächelt er oft.

Sie fragt sich mehrmals, immer wieder, später ununterbrochen, wieso sie ihn nicht früher gesucht hat. Wieso sie Angst hatte davor. Ihm zu begegnen. Dem größten Gespenst ihrer Vergangenheit, dem sie eine Maske aufgesetzt und es im negativen Sinne überhöht hat.

»Interessiert es dich, wie es Mama geht?«, fragt sie viel später und hofft, dass es ganz ohne Vorwurf klingt, wirklich nur nach einer schlichten Frage, auf die er auch »nein« sagen könnte.

Aber er nickt nur.

»Sie hat mittlerweile die Anfälle ganz gut im Griff. Aber es ist immer noch wie früher: man weiß nie sicher, ob es an diesem Tag gut geht. Na ja, wem sag ich das ... du wirst dich noch gut erinnern können.«

Er senkt den Kopf, und Greta ahnt, dass auch ihm die Vergangenheit noch weh tut manchmal. Trotz des neuen Anfangs. Trotz der zweiten Frau. Trotz und vor allem wegen der Kinderfotos auf seiner Schrankwand. »Sicher erinnere ich mich. Mein Gott, es hat alles noch schlimmer gemacht. So eine Krankheit ist ein Fluch. Und sie ist dadurch noch bitterer geworden. Dabei war es vorher schon nie einfach für sie. Manchmal habe ich gedacht, sie glaubt, die ganze Welt ist ihr Feind. Sogar ich. Oder vielleicht sogar ich am meisten ... Hat sie jemanden gefunden, der sie glücklich gemacht hat?«

Er selbst hat es nicht gekonnt, spricht daraus.

Greta schüttelt den Kopf. »Nein, sie ist allein geblieben.« Weil Männer Verräter sind, hat sie schon von klein an gelernt. Weil Ehemänner ihre Frauen und Väter ihre Kinder verlassen.

»Du solltest uns helfen, wieder zueinander zu finden«, gesteht er da plötzlich. Das erste Mal, dass sie das hört. »Wie dumm von uns zu glauben, ein zweites Kind könnte all das wieder kitten, uns eine neue Chance geben, die wir uns selbst nicht geben konnten. Am besten sogar etwas möglich machen, was schon vorher nicht möglich war ... ach, du Arme, du hast darunter bestimmt sehr gelitten.« Immer wieder kratzt seine Stimme durch sein Lächeln hindurch.

»Ich weiß nicht mehr viel davon, weißt du«, sagt Greta leise. Sein Mitgefühl macht sie unerwartet schwach, wo sie gelassen sein möchte. »Ich war drei, als du uns verlassen hast.«

Bildet sie es sich ein, oder zuckt er zusammen?

Nein, sie hat es sich eingebildet. Warum sollte er zurückschrecken wie vor einem Heiß-an-nackter-Haut, nur weil sie die Tatsachen nennt.

»Ja, du warst drei«, wiederholt er und verknotet die alt gewordenen Männerhände ineinander. »Hast du das wirklich so gesehen? Dass ich euch alle drei verlassen habe?«, hakt er dann nach.

Greta stutzt. »Vielleicht nicht sofort. Du bist ja eine ganze Weile noch zu Besuch gekommen, hast uns zu Ausflügen abgeholt ...« Sie sieht zu dem Zuckerwattebild hinüber. Ein Tag auf dem Rummel. Kettenkarussell. Fünf Runden auf den Ponys.

»Eure Mutter ... sie ... also, wir hatten den Eindruck, dass meine Besuche euch verstören. Hanne war immer so aggressiv. Zuerst gegen mich. Aber dann später wurde sie autoaggressiv. Sie war so wütend auf mich. Und du hast immer so viel geweint, wenn ich da war.«

»Vielleicht wollte ich nicht, dass du wieder gehst.«

Er schweigt darüber. »Ich wusste nicht, was richtig ist. Ich dachte, sie ist eure Mutter. Sie ist den ganzen Tag mit euch zusammen. Sie muss wissen, was gut ist für euch. Und ihr solltet nicht darunter leiden, dass wir uns stritten und immer weniger klar kamen miteinander. Nach der Scheidung wollte sie mich dann ja gar nicht mehr sehen. Wir dachten, es würde euch eher schaden, das alles mitzubekommen.«

Verdammt, denkt Greta. *Sie hat mir immer gesagt, dass er uns verlassen hat, weil sie krank war. Ich habe sie krank gemacht, als ich zur Welt kam. Deshalb hat er uns verlassen. So hat sie es immer erzählt.*

»Wir können die Uhr nicht zurückdrehen«, sagt sie fest.

»Nein. Das können wir wohl nicht. Aber ich hoffe doch, dass das nicht dein letzter Besuch hier war?«

Wahrscheinlich hat er sich hundert Mal gefragt, wieso sie ihn anruft, wieso sie ihn sehen will, wieso sie ihn besucht und ob es ein Anfang sein könnte oder der endgültige Abschluss.

Greta blickt ihm in die Augen, die ihren so ähnlich sind. »Wenn du möchtest, komme ich gern wieder!«, sagt sie. »Ich würde auch gern deine Frau kennen lernen. Und vielleicht habt ihr ja Lust, mich mal zu besuchen. Meine Wohnung ist wirklich winzig, aber ich kann super indisch kochen. Mögt ihr indisch?«

Ihr Vater lächelt schief. »Ich glaub, ich hab's noch nie probiert.«

»Dann wird es aber Zeit!«, lacht Greta ihn an. Damit wäre wirklich alles gesagt.

Als sie sich verabschieden will, bringt er sie zur Tür. Kein Wunder, dass sie so eine halbe Portion geworden ist. Er ist ein kleiner Mann, nicht viel größer als sie.

»Was wirst du heute Abend noch machen? Du kannst auch gern noch bleiben.«

»Weißt du«, Papa. Sie schafft es nicht, Papa zu sagen, aber es zu denken ist schon ein großer Schritt. »Ich hab noch eine Verabredung. Und ich hoffe auch, dass wir uns bald wiedersehen. Wir haben ja jetzt viel Zeit, uns kennen zu lernen. Meinst du nicht?«

»Natürlich! Ich freu mich darüber!«

Und an der Tür sagt er noch: »Ist doch toll, jung zu sein. Verabredungen zu haben. Gehst du schön essen mit deinem Freund?«

Coming out mit 33 vor dem eigenen Vater. Das steht ihr auch noch bevor. Aber für heute reicht es sicher erst mal.

»Ich werd wirklich in ein nettes Restaurant gehen«, antwortet sie daher nur knapp und plötzlich kurz entschlossen. Er nickt. Immer noch etwas befangen. Sie wissen so wenig voneinander.

Im Auto muss sie atmen. Das hat sie wohl vergessen die letzten zwei Stunden. Wahrscheinlich hat sie einfach die Luft angehalten. Sie startet den Wagen und lässt das Fenster herunterschnurren. Eisig kalte Luft schlägt herein, presst sich in ihre Lungen, die sie weit aufbläht. Das Kalte so deutlich in sich wie das pure Leben. Plötzlich wird es dringend Zeit, alles zu ändern.

Die Fahrt dauert länger, als sie gedacht hat. Es ist voll in der Stadt. Sie findet keinen Parkplatz in der Nähe des Restaurants. Und dann, als sie aussteigt, beginnt es zu regnen. Es schüttet aus Eimern Kälte auf sie herab. Sie rennt die Straßen entlang und verbirgt sich notdürftig unter ihrer übergezogenen Jacke. Als sie ins Restaurant hineinstolpert, steht da ein junger Mann im Kellnerdress hinter der Bar, der sie verblüfft anstarrt.

»Guten Abend«, grüßt Greta atemlos.

»Guten Abend. Sind Sie allein?«

Greta weiß natürlich, was er meint. Aber sie ist so überdreht, dass sie gar nicht anders kann, als ihn ein bisschen auf den Arm zu nehmen. Sie wendet sich hin und her, schaut auch hinter sich, als suche sie jemanden, sagt dann: »Ja. Ja, so wie es aussieht, bin ich allein.«

Er stutzt. Ein Ausdruck zwischen menschlichem Lächeln und Kellnergehabe. »Haben Sie einen Tisch bestellt?«

»Nein.«

»Tut mir Leid. Wir sind immer schon Wochen im Voraus ausgebucht, auch an Wochentagen. Da kann ich Ihnen dann leider nicht helfen.«

Greta öffnet bereits den Mund, da rauscht der schwarze Vorhang, und eine junge Frau mit grellweiß getönten stoppelkurzen Haaren steht im Foyer. Sie will zur Theke und stößt mit Greta, die mitten im Weg steht, zusammen.

»Oh, bitte...« Doch bevor sie sich entschuldigen kann, hastet Greta ihr zuvor: »Tut mir Leid! Wie blöd von mir. Erinnern Sie sich an mich? Ich war neulich mal hier mit ein paar Freundinnen und habe ein paar freche Bemerkungen losgelassen...«

Carmen lächelt breit: »Natürlich erinnere ich mich. So schnell wieder hier?«

Jetzt muss jedes Wort stimmen. »Ehm...«, macht Greta hölzern.

Sie stehen voreinander. Greta schaut sie an. Carmen lauscht auf das nächste Wort. Ihre Körper angespannt miteinander. Der Mann hinter dem Tresen wendet sich verlegen ab und schiebt Gläser im Regal hin und her.

Was wollte sie noch ..? Was waren noch die Sätze, die sie sagen wollte ...? Ihr fällt nur ein Bruchteil wieder ein. Was für eine Schwachsinnsidee, jetzt noch hierher zu fahren.

»In der Querstraße gibt es eine nette Kneipe, die bis zum Morgengrauen auf hat«, sagt sie. Mehr nicht.
»Ja«, lächelt Carmen weich. »Die kenne ich auch.«
»Eigentlich hatte ich vor zu sagen, ich sei zufällig in der Nähe gewesen und da sei mir der Gedanke auf einen Kaffee in diesem Laden gekommen. Aber ehrlich gesagt, bin ich extra deswegen hergefahren.« Greta hält sich echt nicht ans Drehbuch. Hoffentlich täuscht ihr Gefühl sie nicht. Hoffentlich runzelt Carmen jetzt nicht die Stirn und tippt sich mit dem Zeigefinger daran.
Aber Carmens Stirn bleibt glatt, während um ihre Augen herum sich kleine Fältchen bilden.
»Unser Restaurant schließt in etwa einer Stunde«, antwortet sie.
»Gut«, sagt Greta, froh, es hinter sich zu haben. »Ich werde einfach dort warten.«
Auf der Straße dreht sie dem Restaurant den Rücken zu und geht langsam davon. Es ist nicht schwer, dem Leben die Hand zu reichen. Es ist sehr schwer, zu haben zu sein. Denn es gilt herauszufinden, wer es ernst meint. Wer sie wirklich haben will, ganz in Freiheit. Das wird sie wohl rausfinden müssen. Ab jetzt.

         Jo schaut noch mal auf die Uhr. Eigentlich müsste sie beim Training sein. Aber sie hat diese Anzeige gelesen im Szeneblatt. Von Frauen, die für ein Theaterstück gesucht werden. Es hatte sie erinnert. Wie ein gutes Zeichen, ein Wegweiser war es gewesen. Und wenn sie sich jetzt hier umsieht, scheinen viele das so empfunden zu haben. Es sind neun Frauen, die hier im Versammlungsraum des Schwulen- und Lesbenzentrums zusammengekommen sind. Jo ist offenbar mal wieder die Jüngste, aber daran hat sie sich mittlerweile gewöhnt.
Diejenige, die die Anzeige aufgegeben hat, heißt Ute, ist etwa Mitte dreißig und trägt nur selbst genähte Klamotten, wie sie einer Frau erklärt, die sich nach der Herkunft der bunten Weste erkundigt. Ute hält die akademische Viertelstunde ein. Aber es kommt keine mehr, alle waren sie pünktlich.
Gutes Zeichen, denkt Jo.

Ute erzählt kurz, dass sie Sozialpädagogin ist, »mit Ambitionen in den künstlerischen, kreativen Bereich«, dass sie vor Jahren eine Hospitanz am Schauspielhaus der Stadt absolviert hat und jetzt unbedingt mal etwas Eigenes auf die Beine stellen möchte. »Mit vielen klugen, ambitionierten Frauen, die sich selbst einbringen wollen in dieses Projekt!« Sie lächelt charmant und schlägt vor, eine Vorstellungsrunde zu machen, in der jede erzählen soll, wer sie ist und was sie sich von dieser freien Lesben-Theater-Gruppe verspricht.

»Wer macht denn die Regie? Du?«, erkundigt Jo sich vorsichtig bei Ute, als sie an der Reihe ist.

Doch die schüttelt nachsichtig den Kopf. »Eine Regisseurin brauchen wir nicht. Wir haben uns das so vorgestellt, dass wir das Projekt gemeinsam erarbeiten. Wenn wir gut harmonieren und ambitioniert sind, wird die Dramaturgie sich von selbst entwickeln. Das wirkt dann am überzeugendsten, weil wir alle unseren ganz persönlichen Anteil dazu beisteuern.«

Petra nickt dazu und gibt damit zum Ausdruck, dass sie sich in diesem von ihrer Freundin ausgesprochenen *wir* durchaus einbezogen fühlt.

Jo schaut sich im Kreis um. Gesichter, die ihr nie zuvor begegnet sind. Lesben aus der Szene und aus der Versenkung. Interessante Gesichter. Unterschiedlichste Figuren und Ausstrahlungen. Was für ein Potenzial. Das verpulvert würde in einer gemeinsamen Projektarbeit.

Ute hat bereits wieder die Zügel aufgenommen und trabt zur nächsten Runde weiter. Die Visionen der Rollen. Sie möchte gerne wissen, was die Frauen sich vorgestellt haben, was sie verkörpern möchten. Welche Anteile ihrer selbst wollen sie einbringen? Die Frauen in der Runde schauen ratlos.

»Ich weiß nicht«, sagt eine, die Samantha heißt, aber Sam genannt werden will und deswegen Jo gleich sympathisch ist. »Ich bin eigentlich hergekommen, weil ich einfach mal wieder ein bisschen spielen möchte. Bin bestimmt etwas eingerostet seit der Theater-AG in der Schule. Aber ich dachte, ich hätte bestimmt Spaß daran.«

»Und du?«, fragt Ute Jo sehr wichtig, die ihr genau gegenübersitzt. »Was würdest du an Rollenentwurf für dich bevorzugen?«

Jo muss schmunzeln. Ute hat ihre Antenne auf sie gerichtet. Vielleicht weil sie spürt, dass Jo von allen hier am deutlichsten weiß, worum es geht. Und worum es nicht gehen kann. Als sie den Mund aufmacht, denkt sie, dass sie so viel reifer geworden ist seit damals, vor fünf Jahren: »Ich kann alles spielen. Dazu bin ich ja hier. Ich habe noch keine genauen Vorstellungen im Kopf. Und ich denke auch, wenn wir alle mit starren Visionen von unserem *persönlichem Einbringen* hierher kommen, dann wird es eh nichts. Wir müssen unsere Köpfe leer machen von so was, finde ich. Wir sollten stattdessen lieber mal in die Runde werfen, was uns am Theater so interessiert und wie viel Zeit und Mühe wir bereit sind zu investieren. Denn an diesen Dingen scheitert es meistens. Außerdem halte ich es für Unsinn, wenn wir versuchen, alles auszudiskutieren. Ihr kennt doch Frauen genauso gut wie ich. Wenn wir das so durchziehen wollen, sitzen wir in drei Jahren noch hier und quatschen über unsere Traumrollen …« In der Runde wird gelacht und zustimmend genickt.

»Und wie hast du dir das gedacht?« So wie Utes Stimme klingt, scheint sie nicht wirklich gespannt zu sein auf die Theorien dieses Kükens zum Theaterspielen.

»Na ja, ich dachte, wir suchen ein Stück aus, oder eine von uns schreibt es, wenn sich eine *ambitioniert fühlt* …«, zwei der Frauen kichern verhalten, »dann verteilen wir die Rollen, eine macht die Regie, kontrolliert die Improvisationen und die Proben, und am Ende führen wir es auf.«

»Ja, so hab ich mir das auch gedacht«, sagt rasch die Frau neben Jo, die sich als Mia vorgestellt hat. Jule, die neben Ute sitzt, nickt ebenfalls: »Das klingt gut!«, und im Kreis wird zustimmend gemurmelt.

Aber Ute hebt ein wenig die Hand, lächelt bedauernd. »Wie ich schon erwähnte, habe ich am Schauspielhaus hospitiert. Die Umstände, unter denen solche Produktionen ablaufen, sind mir also nur zu gut bekannt. Regie und Dramaturgie liegen dabei immer, und ich betone immer, in den Händen derer, die auch gleichzeitig die Macht auf die Schauspielerinnen und Schauspieler ausüben. Der kreative Prozess des Theaterspielens wird dabei missbraucht zur Umsetzung individueller Ausübung von Herrscherverhalten«, fachsimpelt sie. »Und ich glaube nicht, dass wir hier zusammengekommen sind, um das einfach nachzuahmen, oder? Also ich kann jedenfalls ganz ehrlich sagen, so hab ich mir das hier nicht vorgestellt. Ich möchte etwas im Kollektiv machen. Demokratisch. Ambitioniertes Arbeiten in Gleichberechtigung. Auf patriarchiale Strukturen habe ich keine Lust, ehrlich gesagt.«

»Dann stell dir doch einfach vor, es ist ein Matriarchat. Da sitzt auch eine, die die Fäden in der Hand hält«, schlägt Jo munter vor. »Es geht doch nicht darum, dass eine von uns Macht über die anderen ausübt. Es geht nur darum, dass sie die anderen in den Rollen führt, ihnen hilft, sich einzufühlen. Wenn man draußen sitzt und den andern zuschaut, sieht man ganz anders, als wenn wir alle auf der Bühne rumspringen. Wenn man schauspielert, hat man doch genug damit zu tun, sich in die Rolle einzufinden. Da kann man nicht noch auf die Schrittfolge der anderen achten.«

»Jo hat Recht«, stimmt Sandra ihr zu. »Wenn wir nicht eine bestimmen, die sich auskennt, die die Regie macht, uns anleitet, gibt es ein heilloses Chaos, und es wird nichts mit unserem Projekt.«

»*Unser* Projekt«, Ute spricht es so aus, dass allen klar ist, dass sie eigentlich *ihr* Projekt meint, »baut aber nicht auf der herkömmlichen Art der Theater-Produktion auf. Wie schon gesagt, ich denke es mir als ein Kollektiv.«

»Wir können doch trotzdem alles gemeinsam entscheiden«, argumentiert jetzt auch eine Frau mit Glatze, deren komplizierten Namen Jo gleich wieder vergessen hat. »Es geht doch nur darum, dass eine Regie führt und uns beim Spielen anleitet.«

»Und wer bitte schön soll das sein? Etwa sie?« Ute deutet mit dem Kopf leicht in Jos Richtung.

»Warum nicht?« Die Glatzkopf-Frau blickt Jo vertrauensvoll an.

Jule schnalzt mit der Zunge. »Also, mir scheint die Idee auch richtig.«

»Und ich finde, Jo wirkt durchaus so, als wüsste sie, wovon sie spricht«, erklärt Mia überzeugt.

Im Kreis setzt sich ein Nicken und Lächeln fort, das deutlich die Tendenz der Anwesenden zeigt.

Auf Utes Stirn haben sich inzwischen zwei steile Falten gebildet. Petra rutscht neben Ute auf ihrem Stuhl herum. Sagt aber nichts.

»Wenn ich dann mal das Fazit ziehen darf?«, beginnt Ute mit spitzem Tonfall. »Offenbar scheinen alle Anwesenden, meine Person und Petra ausgeschlossen«, Petra nickt bestätigend, wobei ihr egal zu sein scheint, wovon sie jetzt ausgeschlossen werden wird, »der Meinung zu sein, die herkömmliche Herangehensweise an Theaterarbeit sei für sie die bessere. Und das, ohne auszuprobieren, wohin uns ambitionierter, kreativer Umgang miteinander führen könnte.«

Jo schweigt lieber. Sie hat sowieso schon viel gesagt. Früher hätte sie das nicht getan. Jetzt ist ihr Schweigen nicht Schüchternheit, sondern Klugheit, findet sie.

»Sagen wir es mal so«, sagt Sandra, eine Frau im fein geschnittenen Tweet-Jackett, »wir sind offenbar alle der Ansicht, dass wir gerne mit einer Regie arbeiten würden.«

Ute sieht sich einmal im Kreis um, jeder einzelnen ins Gesicht. Als sie Jos Blick begegnet, fragt Jo sich wieder einmal, wieso Anthropologen zu der Ansicht gelangen konnten, unter der Führung von Frauen gäbe es weniger kriegerische Übergriffe auf Andersgläubige.

Ute schiebt ihren Stuhl zurück, grüßt knapp in die Runde und verlässt betont ruhigen Schrittes den Raum. Petra beeilt sich, ihr zu folgen. Alle schauen sich ein wenig betreten an.

»Hm«, macht Jo. »Das hab ich wirklich nicht gewollt.«

»Besser, wir wissen, wer die Regie in der Hand hält, statt oberflächlich kollektiv zu sein und trotzdem heimlich gegängelt zu werden«, bemerkt Mia dazu.

Eine der anderen lacht plötzlich laut: »Wäre es nicht genial, ein Stück über die Verhältnisse in Lesbenkreisen aufzuführen? Ich wette, wir würden vor vollen Sälen spielen. So was wie das gerade kennt doch wohl jede.«

Plötzlich sind alle ganz aufgeregt. Sie reden wild durcheinander, werfen sich Ideen zu, gestikulieren wild. Ein paar holen Papierblöcke raus, um alles festzuhalten. Erst nach einer geraumen Weile, mehr als einer Stunde, beruhigen sie sich langsam.

»Hey, jetzt haben wir genau das getan, was Ute sich so vorgestellt hat«, stellt plötzlich eine fest.

»Genau!«, grinst Jule. »Wir haben sehr *ambitioniert* zusammengearbeitet, ganz *kollektiv*!«

»Aber was machen wir jetzt mit den ganzen Ideen. Sind zwar tolle Einfälle dabei, aber ein Stück ist das noch lange nicht. Irgendeine müsste das alles zusammenflicken«, stellt Mia fest.

Chiandra, die Frau mit der Glatze, knipst ihren Kugelschreiber zweimal an und aus. »Ich mach das«, sagt sie. »Ich bilde mir ein, etwas schreiben zu können.«

Die anderen lachen.

»Und wer bildet sich ein, die Regie übernehmen zu können?«, fragt eine.

Plötzlich sehen alle sechs sie an. Jo spürt den Schreck wie einen Faustschlag im Magen. Wie kommt denn das jetzt? Sie ist die Jüngste! Das Küken. Ohne Erfahrung. Ohne das, was man Führungskraft nennt. Wieso gucken sie jetzt alle so an?

»Jo sollte das machen«, sagt Sandra überzeugt.

»Ja, würdest du das tun?« Alle scheinen einer Meinung zu sein.

So was! Jo kann's nicht fassen. Aber sie nickt. Stumm plötzlich. Und am Lächeln der anderen sieht sie, dass ihre Überraschung ihr ins Gesicht geschrieben steht. Am Lächeln der anderen erkennt sie auch, dass ihre Sympathie ihr entgegenfliegt. Auf eine sonderbare, ungeahnte Weise ist sie plötzlich die Mitte.

Wenn sie das den anderen erzählt!

Fanni zuckt zusammen. Es hat geklingelt. Sie schaut auf die Uhr und nimmt den Arm wieder herunter. Sie muss noch mal schauen, weil sie gar nicht richtig geguckt hat. Viel zu früh. Fast eine Stunde. Das kann sie noch nicht sein. Sie kommt nie derart zu früh zu einer Verabredung. Die Gegensprechanlage. Es ist tatsächlich Elisabeths Stimme, verdünnt durch die mangelhafte Technik.

»Komm rauf!«, lädt Fanni sie ein, das Gerät wird hoffentlich das Zittern ihrer Stimme auch kaschieren. »Ich lass die Wohnungstür angelehnt, komme grad aus der Dusche.«

»Oh ... tja ... ehm ... gut«, hört sie noch. Das verlegene Gestammel einer, die eine Stunde zu früh zu einer Verabredung erscheint und nicht damit umgehen kann, ihrem Gegenüber um ein Haar im feuchtnackten Zustand zu begegnen.

Fanni huscht zurück ins Bad, hantiert in aller Eile, lässt Cremedosen fallen, findet die Bürste nicht, Fön muss auch dringend sein, meine Güte, war der schon immer so laut?, der verdammte Kajal rollt unter das Rattanschränkchen, beim Bücken und Suchen reißt sie fast die orangeleuchtende Lichterkette von der Spiegelwand des altmodischen Alibertschränkchens. Das Gesicht mit roten Wangen. Wenigstens sieht sie hübsch aus, wenn sie in Stress gerät. Das ist doch was. Madita zum Beispiel, die auch so helle Haut hat, wird dann im ganzen Gesicht rot und sieht aus wie ein Frankfurter Würstchen, das zu lange im siedenden Wasser gelegen hat.

Fanni richtet ein letztes Mal den Blusenkragen, schaut nach dem Hosenumschlag und reißt die Tür auf. Sie denkt noch, dass sie besser langsam machen sollte. Damit es nicht nach überstürzter Hast aussieht. Wie wird das denn wirken, wenn sie bei einer ganz normalen Verabredung, zu der die andere zugegebenermaßen eine Stunde zu früh erscheint, aus dem Bad geschossen kommt, als gält es, bei einem Wohnungsbrand die Tagebücher zu retten.

Um die Ecke im Wohnzimmer sitzt jemand auf dem Sofa.

Dies ist der erste Eindruck, den Fanni hat, als sie um die Ecke titscht. Es ist ein großes Stofftier. Ein Hase mit langen Ohren und Stupsnase, der eine karierte Latzhose trägt. »Natürlich wäre es unpraktisch, ihn im Flugzeug mitzunehmen«, ertönt Elisabeths Stimme hinter ihr. »Aber wenn du mal im Auto verreist, könntest du ihn auf dem Beifahrersitz mitnehmen. Dann wärst du nicht so allein. Und er hat noch nicht viel von der Welt gesehen, weißt du.«

Fanni dreht sich um. Kurzes Haar. Eiskaltes Wasser ins Gesicht. Sie schnappt nach Luft. »Oh, nein!«, entfährt es ihr. Irgendwie steht die Welt plötzlich auf dem Kopf. Elisabeths lange roten Locken, ihr Feuer, ihre Flammen ums Gesicht, fort.

Elisabeth lächelt. In ihre Scheu, in ihre Verlegenheit, die Fanni inzwischen so gut kennt, ist etwas Neues gemischt. Passend zu der Frisur, die ihren Hals lang, weiß und stolz aussehen lässt. »Der Zopf ist ab«, bemerkt sie auf diese ungewohnte, aber berauschende Art selbstbewusst. »Ich dachte, es sei mal Zeit für etwas Neues.«

Fanni stürzt in einen sich verquirlenden Sog aus Regenbogenfarben und Heiß und Kalt. Ihre Körpermitte bricht klaffend auseinander. Was ist geschehen?

»Es gefällt dir wohl nicht?«, fragt Elisabeth in Fannis stummes Starren hinein.

»Nimm's mir nicht übel«, quält Fanni sich heraus. Mit einem Mal ist ihr ganz übel. »Es ... es sieht toll aus, ehrlich. Aber ich ... damit hatte ich nicht ...«

»Gerechnet?«, hilft Elisabeth ihr.

Fanni nickt. »Was ist passiert?«

So sind Frauen. Sie schneiden sich die Haare ab, wenn etwas passiert. Es kann nicht sein, dass eine das Feuer um ihren Kopf stutzt und zu heißblau züngelnden Flämmchen macht, ohne dass es etwas bedeutet.

»Gestern ist Lutz ausgezogen.«

Dieser Name. Sein Name, nie in ihren Briefen geschrieben, mitten im Raum. In diesem Raum. Fanni hätte nie gedacht, dass sie ihn willkommen heißen würde, diesen Namen, in ihrem Zuhause, aus dem sie ihn immer hatte verbannen wollen.

Sie antwortet nichts. Jedenfalls kommt sie sich so vor, als antworte sie nichts. Später wird Elisabeth ihr erzählen, dass sie sehr wohl etwas gesagt hat. Nämlich: *Oh, ich nehme an, das bedeutet, dass du seinen Antrag nicht angenommen hast?* Und dann noch: *Wo ist er denn hin?* Und kurz darauf: *Das heißt, ihr habt euch getrennt?*

Aber Fanni fühlt sich so, als antworte sie nichts. In ihr summt ein tiefer Ton, der auf und nieder schwingt. Das Kriegshorn der Maoris. Das Blätterrauschen im Urwald. Das Ende des Wartens. Denn Elisabeths Erscheinen, ihr Besuch bedeutet noch etwas anderes als nur das Überbringen dieser Neuigkeiten. Es ist die Fortsetzung von ihrem rastlosen Folgen von Raum zu Raum neulich. Die Fortsetzung des Ergreifens einer klammen Hand am Tisch und draußen vor dem Restaurant.

»Das sind ja Neuigkeiten«, ist das Erste, was sie selbst sich wieder sagen spürt, während ihre Knie weich sind und ihre Haltung wahrscheinlich gerade etwas darunter leidet. »Sollen wir uns vielleicht erst mal setzen?«

Elisabeths Miene sieht beinahe mitleidig aus. »Sicher«, sagt sie.

Als sie hinter Fanni zum Sofa geht, ist ihre körperliche Präsenz so deutlich, dass es Fanni schwindelt. Sie fühlt deutlicher als sich selbst diese erwünschte Wärme hinter sich. Sie ist so nah. Folgt ihr so dicht. Als wolle sie von hinten einfach die Arme um Fanni schlingen.

»Was ist denn?«, fragt Elisabeth, nur ein wenig verwundert über Fannis plötzliches Stehenbleiben und Umdrehen. »Was hast du denn?«

Was ist. Was sie hat. Sie hat etwas Unbändiges, Plötzlich-Aufbegehrendes. Etwas, das nach dem letzten Jahr, in den letzten Wochen noch größer und nun geradezu gewaltig geworden ist. Das jetzt macht, dass ihre Hände sich heben wie in Zeitlupe und sich an diesen weißen Hals legen.

Es ist die erste Berührung dieser Art zwischen ihnen. Fannis Träume waren nicht halb so schaudernd. Eine feine Gänsehaut überzieht die zarte Haut, dort unter ihren Fingern. Die sich sanft bewegen. Die ihre Spitzen streichen lassen hin zum Nacken. Hinein in den Haaransatz, den weichen Flaum aus Leuchtendrot.

»Du«, flüstert Fanni. Mehr kann sie nicht. Mehr braucht sie nicht. Denn darin liegen alle Antworten. Sie ist sicher, dass Elisabeth nicht zurückweichen wird. Sie wird sich Fannis Händen entgegenrecken, ihren Körper begrüßen an ihrem eigenen. Diese Gewissheit färbt Fanni purpur ein und macht sie größer, als sie ist. Noch größer als sie beide gemeinsam. Als sie jetzt Elisabeths Gesicht in beide Hände nimmt und sie anschaut. Ihre Augen auf genau der gleichen Höhe. Entschlossenes Grünbraun vor erwartungsvollem Blau.

Ihre Lippen sind wie das Baiser ihrer Kindheit. Süß und schmelzend unter ihrer Zunge.

Und da donnert ein Wort über ihre Köpfe. Da schwebt es zwischen ihnen und durch sie hindurch. Mitten im Raum stehen sie, küssen sich, halten sich, zärtlich und wissend um das Wort: ENDLICH!

Elisabeth wird zittrig und muss sich doch setzen. Sie landen versehentlich auf dem Stoffhasen, quietschen beide auf, lachen, starren einander an, ergreifen erneut ihre Hände und lassen sie für Stunden nicht mehr los.

»Natürlich wusste ich es«, murmelt Elisabeth. An ihrem linken Ringfinger befindet sich ein gelber Farbfleck, an dem sie immer mal wieder herumreibt. Als sei es ihr peinlich, ihn übersehen zu haben bei ihrer sorgfältigen Vorbereitung auf diesen Besuch. Diese Geste rührt Fanni. Das Streben nach Perfektsein, das gepaart ist mit dem Wunsch, einfach so geliebt zu werden. Sie weiß es noch nicht. Es ist noch nicht angekommen bei Elisabeth, dass sie unfassbar tief einfach so geliebt wird, mit allen vermeintlichen Schwierigkeiten und Fehlern. Sie wird es erfahren. »Aber du hast es nie ausgesprochen. Und ich dachte, es ist womöglich nur ein Strohfeuer. Vielleicht brennt es lichterloh nieder, und dann bist du fort, und ich stehe da, habe alles Frühere hinter mir gelassen. Und mir selbst habe ich auch nicht getraut. Vielleicht ein paar Wochen, dachte ich. Und dann: Vielleicht ein paar Monate. Wie lange kennen wir uns jetzt, Fanni?«

»Ein Jahr und acht Monate.« Das weiß sie sofort.

»Ein Jahr und acht Monate.«

Sie sehen sich wieder an. »Ich denke, das wird wohl reichen, um zu wissen, dass es nicht einfach so plötzlich wieder vergeht.«

Die Beziehung zu Lutz ist beendet. Ihre beste Freundin, Doro, weiß es bereits. Ihr Bruder. Sie hat es Menschen gesagt, die ihr wichtig sind. Sie hat alle Brücken abgebrochen, alle Flöße umgestürzt. Fanni ahnt, da ist etwas, etwas, das Elisabeth nicht sagen wird. Vielleicht nicht sagen will, vielleicht auch sich verpflichtet fühlt, irgendjemandem. Etwas, das nie ausgesprochen werden wird zwischen ihnen. Etwas, das den Weg bereitet hat, womöglich. Aber es ist egal. Sie ist da. Endlich. Und hat nicht vor, wieder zu gehen.

Ihre Sommersprossen necken Fanni, weil sie sich nicht alle gleichzeitig küssen lassen.

Sie schlingen ihre Zypressenkörper umeinander, da auf diesem Sofa, mit den erhitzten Gesichtern im rotkarierten Schoß des Hasen.

Dass es das gibt, denkt Fanni, ihre Eltern, ihre Großmutti, ihre Freundinnen vor Augen und im Herzen, *dass es das gibt, anzukommen und zu Hause zu sein*. Mit diesem Abend hat nichts mehr eine Eile.

Natürlich denkt sie noch lange daran. An ihre Hand unter der Bluse auf dem Weich. Lange nachdem Elisabeth, fast schon mitten in der Nacht, doch noch aufbrach, lächelnd, sich mit Haut und Haar und Lippen verabschiedend. Morgen ist ein anstrengender Arbeitstag für sie. Ein bisschen Schlaf braucht sie noch. Aber sie sehen sich doch? Morgen Abend dann? Ja, ja sicher sehen sie sich. Von jetzt an immer.

Die ganze Zeit denkt Fanni daran. An ihre Küsse, ihre Zunge, ihr Ansieschmiegen. Traumwandlerisch im Bad, der Kater in Spiellaune, sie mit ihm lachend und tobend. Mit der Zahnbürste im Mund, dem Seidenpyjama in der Hand. Sie stürzt zum Telefon, als es klingelt. Empfängt Elisabeths Stimme, als hätte sie sie noch erwartet. Ihre selige Frage, ob auch alles kein Traum gewesen ist, alles tatsächlich wahr und echt. In ihrem Gute-Nacht-Zueinander liegt so viel mehr als nur ein Wunsch. Es liegt auch ein Versprechen darin.

Fanni legt dann auf und löscht das Licht. Für einige Sekunden starrt sie. Ihre Lider weit aufgerissen, berührt nichts als Dunkelheit ihre Augäpfel. Den Hörer noch in der Hand. Sie braucht nur die Tasten zu drücken und die Urwald-Schmetterlinge, sie kämen zurück in Scharen. Doch ruhig sollen sie jetzt sein. So spät. Und morgen ein neuer Tag zum Fliegen. Keine Eile mehr. Jetzt endlich keine Eile mehr, um die Schmetterlinge auszusenden. Das Licht wird wieder erwachen nach dem Frieden der Nacht. Und wenn nicht, selbst wenn nicht. Was denn dann? Nichts Schlimmes könnte es bedeuten.

Jo. Greta. Madita. Flüstert Fanni sich in den Schlaf. Mitten hinein ins Schwarze. *Ich seh euch nicht. Aber spüren kann ich euch. Ich spüre euch.*

Und das wird so bleiben, solange wir noch gemeinsam einen Traum haben, nur einen einzigen, vielleicht von einem Haus an Haus mit einem regenbogenfarbenen Gartenzaun, denkt Greta und schließt die Augen, muss lächeln darüber, dass sie die Augen schließt. Das Bild von ihrem Haus mit den roten Schlagläden, das Geräusch des Windes im Flieder und sein Duft. Ist immer da. Wozu die Augen schließen? Wozu es nur sehen im Dunkel? Es ist da. Da bei ihr. Und bei denen, die ihre Nachbarinnen sind. Nichts ist so sehr da und so sehr wirklich und ist so sehr wie dieses Haus. Ihre Seele, in der ein Zimmer ist für jede von ihnen.

»Im Zimmer dieses Nichts so viel zu ahnen«, murmelt Madita, während Karo sich halb schon im Schlaf neben ihr regt. Nicht nachfragt, sondern nur lauscht, was Madita ihr zuraunt. »Man sieht nicht einmal, wohin die Hände greifen.« Sie hebt ihre Hand, und ihre Finger fahren gespreizt durch die Luft, versinken, und wildes Gekicher als Antwort. Weil die Seite so kitzlig ist heute Nacht. Beine strampeln und sich plötzlich aufeinander werfen. »Man sieht es nicht«, wispern sie, wie ein Echo im Raum ihrer Stimmen. Wie auf einer langen Reise bei einer guten Rast. »Man sieht es nicht, aber trotzdem ist es wahrer als real.« Dann sprechen sie nicht mehr.

Das muss ich ihnen sagen, beschließt Jo, als sie aufwacht, aus einem Traum, der vor Farben explodiert ist, hinter ihren geschlossenen Lidern explodiert wie ein Feuerwerk am Nachthimmel. Anne bewegt sich nicht neben ihr, gleichmäßiger Atem. *Diesen einen Satz muss ich ihnen unbedingt sagen.* Schläft Jo wieder ein. Ihren Gedanken ganz sicher vergessend, wie alle großen Ideen, die mitten in der Nacht entdeckt und gefasst werden.

Ein Satz aus Wörtern, die mehr sagen als Töne: Wenn es dunkel ist, dann gibt es uns trotzdem.